T0178698

México roto

Francisco Martín Moreno

México roto

ALFAGUARA

El papel utilizado para la impresión de este libro ha sido fabricado a partir de madera
procedente de bosques y plantaciones gestionadas con los más altos estándares ambientales,
garantizando una explotación de los recursos sostenible con el medio ambiente y beneficiosa para las personas.

Penguin
Random House
Grupo Editorial

México roto

Primera edición: octubre, 2021

D. R. © 2021, Francisco Martín Moreno

D. R. © 2021, derechos de edición mundiales en lengua castellana:
Penguin Random House Grupo Editorial, S. A. de C. V.
Blvd. Miguel de Cervantes Saavedra núm. 301, 1er piso,
colonia Granada, alcaldía Miguel Hidalgo, C. P. 11520,
Ciudad de México

penguinlibros.com

ISBN: 978-607-380-285-7

Impreso en México – *Printed in Mexico*

Dedico esta novela periodística a mis queridos compatriotas, verdaderos ultraneoliberales y ultraconservadores, quienes en las últimas elecciones intermedias votaron en contra de Morena y de sus partidos mercenarios, auténticos traidores a la patria, para impedir que AMLO lograra la mayoría calificada también en la Cámara de Diputados, y de esta suerte cancelar el catastrófico proceso de destrucción de nuestra economía y de las instituciones de la República. La patria está en deuda con todos ustedes.

Advertencia al lector

México roto es una novela periodística redactada en tiempo presente. La considero uno de mis grandes retos como narrador de historias, no solo por los cambios abruptos en las políticas y estrategias erráticas, en su inmensa mayoría, de la 4T, sino por la velocidad con la que se han desarrollado los acontecimientos, unos más contradictorios y desconcertantes que los otros.

La catastrófica gestión del presidente no solo se advierte en su lenguaje destemplado, sino también en sus agresiones a los periodistas, a sus opositores en número creciente, a los graduados en universidades extranjeras, a los empresarios, en general, a los organismos tanto nacionales como internacionales, a los poderes federales, a la clase media "aspiracionista" y hasta a los pobres, a quienes califica de animalitos que requieren ser alimentados para poder sobrevivir. Aquí no se salva nadie… Su frustración se percibe en su rostro, en sus ojeras, en su mirada en ocasiones iracunda, en su espalda encorvada, en fin, en su comportamiento corporal; un fiel reflejo de los verdaderos datos a tres años cumplidos del inicio de la Cuarta Transformación.

AMLO empezó a gobernar desde el 1 de julio de 2018 al ganar las elecciones, en la inteligencia de que Enrique Peña Nieto abandonó cobardemente por la vía de los hechos sus obligaciones presidenciales, al mismo tiempo que traicionó al electorado que lo eligió para concluir formalmente su mandato el último día de noviembre de aquel año. La realidad se encargaría de demostrar la anterior afirmación cuando el nuevo jefe del Ejecutivo canceló en el mes de octubre, por medio de una consulta espuria, la construcción del Aeropuerto Internacional de la Ciudad de México, a pesar de no haber tomado todavía posesión del cargo ni contar, por ende, con las facultades constitucionales para ejercerlo. Dicha decisión conmovió al mundo financiero y fue entendida como la primera señal ominosa de lo que sería México en los siguientes seis años en materia económica y social, en el marco de un absoluto desprecio por las instituciones republicanas.

Nunca, en la historia reciente de México, mandatario alguno había llegado al poder con el apoyo de 30 millones de compatriotas, con el control del Congreso de la Unión y de 19 congresos estatales, esto debido, en buena parte, a las maniobras desaseadas de la coalición en materia de representación proporcional. El triunfo arrollador se logró a razón de las promesas de campaña utilizadas para convencer a un pueblo engañado, manipulado y esperanzado, deseoso de disfrutar las mieles de la justicia social, un frustrado anhelo de imposible realización, ni siquiera a raíz de nuestro conflicto armado de 1910, en donde los mexicanos nos matamos inútilmente los unos a los otros sin poder erradicar la patética y dolorosa desigualdad heredada desde los años de la Colonia.

El inmenso y avasallador capital político de AMLO pudo haber sido utilizado para rescatar a millones de la pobreza, para lanzar al infinito la mágica marca México, para avanzar en la Reforma Educativa, para conquistar mercados, crear empleos y riqueza, captar inversiones de todo el mundo gracias a nuestra ubicación geográfica y a nuestra mano de obra, construir obras de infraestructura, disparar nuestras exportaciones, modernizar tecnológicamente al país, en fin, para materializar el viejo sueño de hacer de México el fabuloso cuerno de la abundancia…

La Cuarta Transformación fue considerada por millones de compatriotas como la última llamada antes de que la marginación y la corrupción, convertidas en desesperación, irrumpieran por las puertas y ventanas de la nación. ¿Resultado? ¡Por supuesto que AMLO fue, es y será un peligro para México! Los datos fidedignos están a la vista de quien desee consultarlos.

México roto se desarrolla en dos partes a lo largo de 2021: antes y después de las elecciones intermedias del mes de junio. La velocidad de los acontecimientos que se sucedían constituyó el gran desafío para concluir esta novela de gran actualidad. Los hechos se atropellaban los unos a los otros de tal modo que los ataques mañaneros desde el máximo púlpito del país, las acusaciones y los embustes del día, al siguiente amanecer ya eran historia.

Los próximos mil días del gobierno de AMLO no parecen ser promisorios; por un lado, al no contar con un moderno equipo de trabajo para materializar los justificados ideales mexicanos; por el otro, el propio presidente, debido a su concepción anacrónica de la economía, se encuentra imposibilitado de dar un golpe de timón orientado a la reconstrucción de su mandato por el bien de la República.

El tiempo, sin embargo, tendrá, como siempre, la última palabra, al igual que la tendrá la paciencia del pueblo bueno y noble.

Valle de Bravo, Estado de México, 30 de agosto de 2021

Primera parte

Cuánta razón tenía Groucho Marx cuando sostenía: *La política es el arte de buscar problemas, encontrarlos, hacer un diagnóstico falso y aplicar después los remedios equivocados.*

Un hombre con el que no se puede razonar es un hombre al que hay que temer.

Albert Camus

Los éxitos del diablo son más grandes cuando aparecen con el nombre de Dios en sus labios.

Mahatma Gandhi

El gobierno despótico es aquel en el que uno solo, sin leyes ni frenos, arrastra a todo y a todos detrás de su voluntad y de sus caprichos...

Montesquieu

Aquella madrugada, la del 3 de mayo de 2021, Martinillo descansaba con una expresión beatífica en el rostro, la de quien parecía estar en paz con la vida. En su sueño sonreía y respiraba plácidamente sin delatar la menor ansiedad, a diferencia de las noches de insomnio, las de eterna luna inmóvil, cuando unas manos frías, mecánicas, inconmovibles, lo asfixiaban con los ojos desorbitados. En ese amanecer ya no movía desesperado la cabeza de un lado al otro en busca de aire, ni se despertaba sentado en la cama con la mirada crispada, después de haberse sacudido a patadas las sábanas como si se le hubieran enredado reptiles gelatinosos en las piernas. Padecía justificadas resistencias al tratar de dormir, porque una y otra vez soñaba con la terrible sensación de precipitarse en el vacío de grandes alturas para recuperar la conciencia justo cuando estaba a punto de estrellarse contra el piso. En cambio, en aquella alborada ya no se dolía, como en otras ocasiones, de los golpes descontrolados del corazón que amenazaban con romperle el pecho cuando un conjunto sucesivo de imágenes fantasiosas lo despertaban empapado en un charco de sudores helados.

En ese momento, ajeno a las pesadillas recurrentes, un conjunto de felices visiones empezó a hacer acto de aparición en su mente alucinada. El periodista finalmente dormía a placer sin somnífero alguno. Ese sueño, por lo visto, le regalaba un espacio de calma y reconciliación, una breve y dichosa vacación al margen de sus obsesiones periodísticas y literarias. ¡Cuántos malos ratos le hacían pasar también los protagonistas de sus novelas históricas, nacidos de su pluma incendiaria, al jugarse la existencia en cada párrafo, víctimas de arrebatos pasionales que el propio escritor, hecho de fuego, como él mismo decía, a veces tampoco podía controlar porque se le escapan como arena fina entre los dedos de las manos! Solo él y sus colegas podían entender e intercambiar los sentimientos venturosos o exasperantes entre quienes invertían lo mejor de sus días en la narrativa.

El ensueño comenzó cuando escuchó el himno nacional, verdadera música para sus oídos, interpretado con entusiasmo y rigor marcial por la banda de la marina armada. Los uniformes blancos, impolutos, le otorgaban una gran solemnidad al evento. Bastó con oír repentinamente las voces del coro y contemplar a los asistentes puestos de pie con la cabeza descubierta y la mano derecha cruzada sobre el pecho para alborozar hasta el último poro de su piel. Mientras se le rendían los honores a la bandera, trató inútilmente de distinguir el rostro del presidente de la República. No lo logró: en su pesada somnolencia alcanzaba a percibir un numeroso grupo de personas, todas ellas extraviadas en el anonimato, pero al llegar a la figura del jefe del Estado Mexicano solo reconocía la banda tricolor, la presidencial, en tanto su cara surgía difuminada, carente de nitidez. Mientras resonaban las notas motivantes de la máxima oda mexicana, de pronto entendió el significado de su sosiego al ver las colas de enormes aviones civiles, nacionales y extranjeros, estacionados en sus respectivos hangares. En ese momento se acomodó instintivamente sobre la almohada a la espera de más aspectos del evento. El nuevo mandatario inauguraba el aeropuerto de Texcoco y su impresionante diseño arquitectónico ultramoderno, el iniciado durante la administración de Ernesto Pasos Narro, uno a la altura de los más modernos del mundo. El de Santa Lucía, por otro lado, una central aérea similar a las viejas estaciones de camiones pueblerinas de mediados del siglo XX, había quedado reducido a una terminal de carga, según lo había propuesto él en sus columnas periodísticas.

México se convertía en el gran ombligo del mundo. Llegaban aeroplanos supersónicos de Estados Unidos, de Canadá, de América del Sur, líneas aéreas con diversas banderas provenientes de Asia y Europa llenas de turistas y de carga. Los dólares, euros, yuanes, yenes y divisas de distinta naturaleza entraban en las tesorerías de las empresas y en las arcas nacionales para convertirse en empleos, en utilidades para comerciantes e industriales, en abundante riqueza para provocar una brutal expansión económica en beneficio de toda la nación. Nadie se quejaba. El pan y las tortillas alcanzaban y sobraban para todos. En la prensa se encontraban letreros con los siguientes textos: "Se buscan meseros, recamareras, jardineros, cantineros, cocineras, chefs, soldadores, especialistas en redes sociales, enfermeras, camilleros, albañiles, azulejeros, plomeros, residentes de obra, chalanes, choferes de Uber, proyectistas, pasantes de Derecho, escenógrafos, músicos de diversas especialidades, maestros, sobre todo de civismo, telefonistas, expertos en informática y robótica, diseñadores gráficos, guionistas, contadores, fiscalistas, ingenieros y ayudantes de taquero o pasantes de arquitectura", es decir, había trabajo para todo aquel que quisiera ganarse la vida con dignidad y ambición. No solo se habían cancelado los despidos, sino que se solicitaba personal para llenar vacantes a lo largo y ancho del país. México se llenaba de inversionistas nacionales y extranjeros, volvíamos a ser el país de la oportunidad, ninguna nación podía competir con nosotros, gracias a la construcción de un Estado de derecho. Se respetaban las reglas del juego en relación con la división de poderes. Las exportaciones se disparaban al infinito, junto con las reservas monetarias.

Para un guerrero del periodismo, un feroz crítico de Antonio M. Lugo Olea, AMLO, como lo era Martinillo, su plácida sonrisa no requería de mayores explicaciones. Las imágenes positivas se sucedían las unas a las otras. Aun dormido, estaba a punto de estallar en una y mil carcajadas. Podía ver y leer las primeras planas de casi todos los periódicos, que evidenciaban a ocho columnas, con sorprendentes fotografías y en diversos idiomas, la realidad de una auténtica transformación, de una optimista y efectiva revolución social. Si los gobiernos de China habían logrado rescatar de la miseria a más de 300 millones de chinos en menos de 15 años, ¿por qué razón México, en su justa proporción, no podía igualar y hasta superar semejante proeza, sobre todo si contaba con todos o casi todos los recursos para lograrlo?

Pocos diarios en el mundo dejaban de consignar en sus columnas políticas y financieras la existencia del nuevo México. Se festejaba la suscripción de un nuevo Tratado de Libre Comercio que concedía más oportunidades económicas al socio más pobre de América del Norte, y, por otro lado, se aprovechaban las rivalidades comerciales y arancelarias entre Estados Unidos y China en beneficio de México. Se había iniciado ya la construcción de enormes puertos de altura en el Pacífico y en el Golfo de México para recibir tanto barcos de carga como cruceros con pasajeros dispuestos a gastar su presupuesto en las costas mexicanas. El turismo arribaba por la vía aérea, por mar y por tierra, una invasión de extranjeros nunca antes vista. El país estaba lleno de enormes aerogeneradores, al igual que de grandes superficies cubiertas por celdas solares productoras de energía eléctrica limpia y barata. El sol y el viento sobraban en México y había que aprovecharlos. Era claro que se había recurrido finalmente a la tecnología del *fracking* para extraer gas y petróleo con ayuda técnica y financiera foránea. La prosperidad se advertía, de nueva cuenta, en el famoso cuerno de la abundancia, mientras que las obras de la refinería de Dos Bocas y el Tren Maya lucían abandonadas: finalmente se había detenido la hemorragia económica que había devastado a la nación en episodios de vesania incomprensibles.

Por alguna razón inexplicable, de pronto, vio Martinillo al presidente Biden puesto de pie, de espaldas a su escritorio, contemplando sonriente, muy sonriente, con los brazos cruzados, muy a su estilo, los jardines de la Casa Blanca.

Tan pronto el periodista despertara de su sueño tendría que interpretar sus visiones para entender esa expresión satisfactoria y enigmática del presidente de los Estados Unidos que se reflejaba abiertamente en su rostro y, sobre todo, entender por qué aparecía guiñando el ojo derecho…

La promulgación de una serie de reformas constitucionales y la derogación de leyes y reglamentos echaron por tierra las disposiciones y ordenamientos jurídicos suicidas impuestos por Lugo Olea con el ánimo probado e irrefutable de destruir el país y la República para crear una nueva dictadura comunista en pleno siglo XXI.

Ahí aparecían en páginas completas y a todo color las fotografías de la mayor parte del gabinete de AMLO tras las rejas, encerrados en prisiones federales, acusados obviamente de corrupción y de diversas complicidades al haber ignorado las leyes, así como por haberse negado a ejecutar las sentencias de amparo dictadas por los tribunales para proteger los derechos de los ciudadanos. Atrás habían quedado los embargos impuestos por los países afectados por la violación de convenios internacionales suscritos ceremoniosamente por México antes de la llegada del "monstruo", según se refería Martinillo al ciudadano presidente de la República. La cadena de delitos era interminable, así como las noticias entusiastas que revelaban la reconstrucción de México. No todos los seguidores de AMLO habían sido encarcelados, pero les resultaba imposible caminar siquiera por las calles o asistir a un lugar público, en donde el pueblo sabio les chiflaba sonoras tonadas insultantes o simplemente les escupían o hasta los agredían físicamente sobre todo por el descaro de pensar siquiera en volver a tratar de disfrutar un puesto público. La sociedad había reaccionado y distinguía con meridiana claridad a los siniestros cómplices de la debacle en todos los órdenes de la vida nacional. Sí, pero no solo las cárceles estaban llenas de militantes de Morea, sino también los manicomios se encontraban saturados de enfermos de delirios de persecución, entre otros tantos que decían ser unos iluminados, los "hijos del Hombre…" ¡Todos al bote o al manicomio!, rezaba la prensa popular, ¡que no quede ni uno libre!

Martinillo soltó una tremenda carcajada a pesar de estar dormido, absolutamente dormido. ¡Qué manera de disfrutar su descanso, y no podía ser para menos, claro que no…! De pronto contempló a López Gatiel, el matasanos, sentado en una pequeña silla, esposado, enfundado en un uniforme amarillo, cuestionado por un tribunal en el que los magistrados vestían togas y birretes negros, todo un escenario solemne rodeado por banderas tricolores, para juzgar al famoso "doctor muerte". El fiscal, puesto de pie, encaró al acusado para leerle los cargos en su contra:

Aquí tenemos, señoras y señores, al peor criminal de México a lo largo de toda la historia. Su irresponsabilidad y su ausencia de estructura ética les costó la vida a cientos de miles de compatriotas. ¿Cuándo se había visto que una sola persona fuera la causante de la muerte de una aberrante cantidad de mexicanos inocentes víctimas de la decrepitud moral? ¡Claro que no mandó matar a nadie!, pero su insolvencia moral y su ambición política fueron determinantes para enlutar a decenas de familias mexicanas que se han resignado inexplicablemente a su suerte, en lugar de protestar ante esta autoridad judicial, como afortunadamente lo demandaron unas personas con el debido valor civil.

El ciudadano López Gatiel, nada de doctor, movido por la soberbia, la vanidad y la lambisconería ante el jefe de la nación, amputó sus conocimientos científicos adquiridos en México y en el extranjero, anuló la labor encargada al Consejo de Seguridad Nacional y decidió encargarse de la salud de los mexicanos para conducir a la nación a un desastre sanitario de proporciones trágicas e históricas, en lugar de haber convocado a la sociedad civil especializada en la materia para que viniera a auxiliar en esta pavorosa realidad nunca antes vista.

He aquí a este prófugo de la escuela de Hipócrates que se negó a aceptar ayuda económica para la compra de equipos y para la contratación de personal calificado. Morea, ese partido político podrido, se abstuvo de discutir el tema en la Comisión Permanente para aprobar un presupuesto destinado a solventar los gastos de una pavorosa pandemia que ya causaba estragos en México al igual que en el extranjero. Gatiel, aquí sentado, subestimó la importancia del cubrebocas, que según él solo daba una "falsa sensación de seguridad", cuando en realidad era una posición político-ideológica, compró vacunas tardíamente, no las utilizó de inmediato para vacunar al personal médico, el más expuesto a los contagios y a la muerte, ignoró las recomendaciones de la Organización Mundial de la Salud y de los ex secretarios del ramo, traicionó su juramento científico en aras de su porvenir político, rechazó la realización de pruebas de detección temprana de la enfermedad para evitar su expansión porque estas "no salvaban vidas", politizó las medidas sanitarias fundamentales, utilizó modelos equivocados como el Centinela, predijo un escenario catastrófico de 60 mil muertos cuando ya sobrepasamos los 600 mil, en razón del ocultamiento de los datos verdaderos, y no restringió la entrada de extranjeros al país, como ocurrió en casi todo el mundo…

He aquí a un epidemiólogo farsante y negligente, que se opuso en un principio al confinamiento, a crear cercos sanitarios, a informar a la nación de los auténticos peligros que corría. Un supuesto experto que vendió tapabocas a China cuando México los necesitaba, que no suspendió eventos masivos, incluidos festivales y giras presidenciales, que mintió cuando aseveró que la "curva ya se estaba aplanando", que aceptó la existencia de "cifras ocultas", que falseó las estadísticas, que pidió quedarse en casa cuando él salía de vacaciones, que no expuso ninguna estrategia para combatir la peste porque no la tenía, que confundió la influenza con la pandemia, que sostuvo que los pacientes asintomáticos no contagiaban, que canceló durante mucho tiempo la posibilidad de importar los medicamentos adecuados para atacar el mal y es uno de los grandes responsables, junto con el presidente de la República, de la falta de medicamentos en el país con todas sus consecuencias.

Después de un momento de reflexiones, el juez responsable de la audiencia hizo uso de la palabra en los siguientes términos, pidiendo al público que se pusiera de pie: "Señoras y señores: una vez escuchados los cargos, este supremo tribunal sentencia al ciudadano López Gatiel a una condena con duración de 208 años, pena que purgará en una prisión de alta seguridad. He dicho".

En ese momento se escuchó el golpe del mallete para que la policía condujera al doctor muerte fuera del recinto y que jamás se volviera a escuchar su nombre ni volver a saber de su lamentable existencia.

"A-se-si-no, ge-no-ci-da", gritaba el pueblo al mismo tiempo satisfecho por que en México la ley y la justicia se hacían valer...

¿Cómo Martinillo no iba a disfrutar un sueño con semejante realismo? ¿Acaso no estaba claro, clarísimo el origen de su estimulante sonrisa?

¿Quién mató al comendador? ¡Fuenteovejuna, señor...!

Solo que la sonrisa festiva de Martinillo no se agotó con el castigo de Gatiel, porque de repente vio con perfecta nitidez una jaula montada sobre una plataforma de cuatro ruedas, remolcada por un nutrido grupo de ciudadanos que gritaban al unísono y a cada paso expresiones inentendibles. Devorado por la curiosidad subió la mirada para identificar al pasajero transportado por una parte de la nación que finalmente había demandado justicia. Se trataba de otro "ínclito" pasajero: Mariano Berrondo, director general de la Comisión Federal de Electricidad (CFE). El alto funcionario, otro gran destructor del país, desfilaba ante la muchedumbre sentado en una silla con los brazos inmovilizados rumbo al Zócalo capitalino. La gente exigía una sanción mucho mayor ante el enriquecimiento inexplicable de este burócrata insaciable de poder y de dinero, que había logrado una enorme fortuna con cargo al erario a lo largo de su dilatada carrera política. El tal Berrondo, por si fuera poco, se había convertido en un feroz enemigo de la economía familiar por los brutales incrementos en los recibos de la luz que, por la misma razón, también habían lastimado severamente la competitividad industrial y comercial de México. Cuando la jaula se detuvo debajo del asta bandera, empezó el verdadero jolgorio popular.

Se hizo una larga cola para las personas deseosas de ver al reo vestido con un traje de presidiario a rayas negras y gorra del mismo color. Al detenerse el vehículo fueron colocadas múltiples cajas con fruta, vegetales y huevos podridos para lanzárselos a través de los barrotes a uno de los grandes enemigos de la prosperidad familiar y del desarrollo económico del país. Los gritos de júbilo y los insultos no se hicieron esperar al igual que las repetidas porras muy a la mexicana.

Tratando inútilmente de guarecerse de los proyectiles que hacían blanco una y otra vez, Mariano Berrondo solo mascullaba maldiciones:

"Chingue a su madre el puto pueblo que nunca entendió a sus verdaderos líderes…"

El público celebró con escandalosas ovaciones el arribo de dos carruajes más, el de Menelao Delgadillo, ex flamante presidente de Morea, y el de Roberto Montilla, ex cabeza de los senadores del mismo partido derrotado en las urnas, políticos traidores que habían logrado escapar cuando el barco capitaneado por Lugo Olea naufragaba y hacía agua por babor, estribor, proa y popa. Este par de siniestros sujetos todavía pensaban en continuar su carrera pública a pesar del tremendo daño ocasionado a la nación. La respuesta no se hizo esperar cuando algún buen ciudadano abrió las puertas de las jaulas para permitir el acceso del pueblo para extraer a jalones a ese par de individuos enemigos de la patria. Una vez en el piso, ambos fueron desnudados, en tanto que un ilustre ciudadano los llenaba de brea con una brocha gorda y otro más, surgido de la muchedumbre, los cubría de plumas de guajolote para, acto seguido, entre la rechifla popular al ritmo de "La cucaracha", hacerles caminar descalzos sobre canicas colocadas a su paso, con el propósito de dar varias vueltas al Zócalo capitalino. La venganza popular cobraba vida con el negro sentido del humor del mexicano.

Martinillo, en su sueño, sabía que AMLO no solo había perdido el control de la Cámara de Diputados en 2021, sino que el electorado, mayoritariamente furioso y decepcionado, había votado a favor de la revocación del mandato en 2022 y aquel se había tenido que refugiar aterrorizado en su rancho, mejor conocido como La Chingada, en medio de una escandalosa rechifla y de inenarrables amenazas. De nada le habían servido sus viejos trucos, trampas y chapuzas, ni su inútil cantaleta de "voto por voto, casilla por casilla". La Chingada era La Chingada, lo había dispuesto finalmente el pueblo, un lugar siniestro del que nunca debió salir el antiguo mandatario. Ahí había nacido, pues ahí debería quedarse por siempre y para siempre, salvo que la nación demandara lo contrario y dispusiera una sanción superior y ejemplar para quien o quienes intentaran imitarlo en el futuro inmediato o lejano: ¡No faltaba más!

Nunca en la historia de México se habían escuchado tantos y tan diversos insultos, improperios, vituperaciones y maldiciones en las calles, en los restaurantes, empresas, loncherías, salas de consejo, bares de lujo, cantinas, micros, aviones, obras en construcción, oficinas de edificios inteligentes, en las milpas y en los invernaderos operados con tecnologías sofisticadas. En todos los sectores de la población, desde el interior de los jacales hasta en las residencias, se escuchaban anatemas de la peor ralea. Lugo Olea ya no se dolía solo por la pérdida del poder, su gigantesco ego se había convertido en cenizas; también temía, con justificados argumentos, por su integridad física: de ese tamaño era el rencor nacional por el terrible engaño perpetrado en contra del dolorido pueblo de México… Si el lema de su campaña electoral había consistido en "Juntos haremos historia", pues sí, en efecto, había alcanzado con creces el objetivo, pero a la inversa: la purga política había sido tan intensa y severa que cualquier mexicano había aprendido de sobra lo que no se debía hacer en el futuro… ¿Dónde esconderse? ¿Pedirle ayuda a Nicolás Maduro y huir a Venezuela? Tal vez, masticaría la idea…

Al amanecer, Martinillo se levantó con un justificado entusiasmo. Sonreía porque sí, a ver, sí ¿y qué…? A pesar de saber que todo había sido producto de un maravilloso sueño, prefirió ignorar la realidad por un momento mientras se arreglaba para ir a correr al Bosque de Chapultepec, a respirar vida y a llenarse los ojos con el paso de mujeres jóvenes y hermosas enfundadas en atractivos trajes deportivos que lo inspiraban a la hora de volver a su estudio a garrapatear cuartillas y más cuartillas para su próxima novela.

—Temo por tu salud, amor. Es más, temo hasta por tu vida, por tu integridad física —exclamó Sofía Mercado, una hermosa mujer, joven y radiante, de risa pronta y contagiosa, pelo negro grafito, estatura media, piel color canela, adictiva, estratégicamente perfumada, de mirar travieso, intrépida, deseosa de devorar a mordidas el mundo, su mundo; curiosa, viva, penetrante, imposible ignorar su presencia cargada de una poderosa energía ni su cuerpo escondido con provocadora discreción entre prendas escogidas con exquisita sabiduría femenina. Ella había aparecido en la vida de Gerardo González Gálvez, mejor conocido como Martinillo, cuando él, dedicado a reunir esfuerzos destinados a evitar el naufragio de México, empeñaba lo mejor de su ser, de sus apasionadas y fundadas convicciones políticas, de sus conocimientos históricos, para convencer al gobierno y a sus lectores, y a quien se dejara, de la importancia de dar un inaplazable golpe de timón para desviar al gran barco de la República de una segura ruta de colisión, según se acercaba con precisión suicida a la conocida zona de los arrecifes, de donde nadie salía con vida.

Al recordar a Sofía, bien se repetía en críptico silencio el audaz periodista, quien en ocasiones se dolía de su edad, que los dioses castigaban a los humildes mortales concediéndoles todo aquello que más habían deseado en su existencia en el momento más inoportuno.

—¿Tienes miedo por lo que me puedan hacer AMLO y sus chairos secuaces, querida Sofi?

—Sí, sí lo tengo, amor —repuso la joven artista—. Te expones mucho al denunciar con tanta pasión la nueva tragedia mexicana, te pierdes de coraje al escribir, al dictar tus conferencias o al participar en debates o entrevistas de radio y televisión… Ya te lo he dicho muchas veces.

—Estoy hecho de fuego, cariño, y no puedo asistir indiferente a la destrucción de mi país que se deshace como papel mojado —repuso el autor en plan conciliador.

—Estás instalado en un eterno monólogo que te obsesiona de día y de noche, el mal humor con el que te acuestas y el pésimo estado de ánimo con el que te levantas en tu casa, según me dices, la cantidad de tiempo que inviertes en estudiar y publicar las estupideces de AMLO como si no existiera otro tema en tu vida, Gerardo, vida mía, este enardecimiento incendiario, escúchame y no pongas esa carota de cansancio, escritorcito de transistores, podría descarrilar tu carrera porque te estás convirtiendo en un líder de opinión que indigesta cada mañana a sus lectores con su frustración y amargura…

Con una sonrisa sibilina, como quien desenvaina una daga guardada en el refajo, le mostró en su celular los últimos tuits que el autor había subido a las redes esa misma mañana y que por alguna oscura razón casi siempre se abstenía de comentar:

Martinillo

@Martinillol

En 1990 hubo 14 493 homicidios dolosos… Entre 2019 y 2020, la cifra se elevó a 73 mil en los primeros dos años de la 4T y eso que AMLO prometió textualmente el 1 de diciembre de 2018 lo siguiente: "México tendrá paz desde el primer día de mi gobierno…"

—Bueno, bueno, uno más, mi amor, prometido —replicó ella, juguetona como siempre.

—¡Ya, metiche!, ¿no…?

—No, nada de que ¡ya! Debes saber que si sigues obsesionándote con el tal por cual de Lugo sin administrar tus emociones acabarás en un hospital con un infarto o con un derrame cerebral, si antes no te encuentras con una bala perdida en la Ciudad de México o con un camión sin frenos y en sentido contrario en uno de tus viajes, tal y como les ha sucedido a centenares de periodistas. Mira a quién se lo digo, en esta malvada ley de la selva en donde gana el más poderoso. Si tratas de impedir el hundimiento de México —continuó en sus reflexiones— no comiences, por favor, por hundirte tú, mi vida. ¿Vas a ofrendarle tu salud al dictador como si se tratara de un sacrificio humano? —concluyó en tono jocoso al huir de temas ácidos e inoportunos en un momento de intensidad amorosa—. ¿Te imaginas cuántos tragos de balché tabasqueño se iba a empujar Luguitos para brindar hasta encuetarse por tu muerte…? No le des ese gustazo, por favor, no se lo merecen, piénsalo bien… ¿Quieres acabar políticamente con él o deseas acabar físicamente contigo?

Martinillo no contaba con la repentina dramatización humorística protagonizada por su amada. De pronto se vio recostado, boca arriba, en la piedra de los sacrificios, rodeado de brujos, mientras uno de ellos, cubierta la cabeza con un enorme penacho multicolor, elevaba un largo y afilado cuchillo de obsidiana para hundírselo con gran fuerza y precisión en el pecho.

—Mira, patria mía, patria adorada, cuánto te quiero, que soy capaz de morir por ti —declaraba Sofía en un gracioso tono sarcástico, como si se tratara de una sacerdotisa mexica perdida a la tenue luz de la luna, en una escasa nube de incienso—. ¿Eso es? —cuestionó acostada, completamente desnuda, boca arriba, a un lado del escritor, mientras se burlaba de él al levantar ambas manos como si sostuviera entre ellas el corazón, todavía palpitante, recién extraído de un guerrero para ofrecérselo a Tezcatlipoca o a otra divinidad, como acontecía durante las llamadas Guerras Floridas.

Martinillo soltó una carcajada en tanto colocaba su brazo izquierdo a modo de almohada por debajo de la cabeza de Sofía para contemplar el perfil de su rostro y gozar sus gesticulaciones, mientras ella continuaba, en broma, la representación teatral de un sacrificio humano, episodio condenado a concluir una vez más entre quejidos y súplicas de jovial arrepentimiento por haberse burlado del periodista:

—Amor, ya no, ya no, tigre, mi tigre —exclamó ella al comprobar de nueva cuenta las intenciones amorosas del inagotable galán—. Entiendo ahora por qué tu esposa te pedía que te masturbaras. ¿Quién puede contigo, demonio de niño?, ¿eh? Prometo ya no burlarme, lo juro, lo juro…

—Es muy tarde, corazoncito mío, no te queda más que abrir las piernas y dejarme entrar en tu alma, el único lugar del universo en donde me encuentro feliz y a plenitud.

¡Cómo gozaba Martinillo el feliz momento de acariciar la piel de esa mujer, estrecharla contra su cuerpo, morderle sus labios empapados de deseo, tocarla sin pudor con una suave violencia que ella agradecía con un más, más, *Gerry Boy,* mi *Gerry,* seguido de delicadas contorsiones como las de una gata de angora que se estira perezosamente al despertar de un largo sueño! Ella lo dejaba hacer sin contención alguna, accedía como una esclava dócil y amaestrada a las pretensiones de su dueño, de su amo, de su patrón. Sofía obedecía sonriente, sin más, con un mero chasquido de dedos o una delicada o a veces ruda insinuación respecto a la posición a seguir, o de la caricia solicitada en la exquisita rutina del amor. Retozaba con el autor en medio de pellizcos juguetones, amenazas graciosas y arrumacos revoltosos. El juego entre ambos constituía un privilegio envidiable. Gozaba su sentido del humor, su lenguaje cuidadoso, escogido, ajeno a la menor expresión ríspida o vulgar, por ello el novelista se regodeaba cuando ella recurría, a veces, a vocablos procaces. Martinillo se deleitaba con su aliento casi perfumado, con el aroma perverso escondido en cada rincón de su cuerpo. Sofía era una mujer atenta de cada detalle, escudriñaba la mirada, los gestos o los rictus, la intensidad de los besos, la pasión de la respuesta y de los abrazos de su amante para medir arteramente cómo se apoderaba de cabo a rabo, a cada paso, del famoso escritor, víctima de una imperceptible manipulación para acorralarlo y dominarlo hasta hacerlo dependiente de su belleza, de la enloquecedora fragilidad de sus dedos y de la destreza de su lengua, de su risa contagiosa y de la agudeza de su talento. Ella sintetizaba en su persona a todas las mujeres nacidas en los últimos 100 años o, tal vez, muchos más…

Gerardo se rendía ante los poderes hipnóticos de aquella mujer, sin dejar de confesarse, al mismo tiempo, un admirador cautivo de las habilidades fotográficas de su amada, dotada de un ojo educado y sobresaliente para encontrar la belleza, en donde los demás eran incapaces de captarla, de apreciarla, para ya ni hablar de retratarla con su cámara mágica. ¡Cuánto placer podía concentrar Sofía en la yema del índice de su mano derecha al apretar el obturador y escuchar ese "clic" maravilloso, el sonido mágico que anunciaba la feliz captura de una nueva imagen destinada a aparecer en su nutrido catálogo de historias vivas!

—¿Por dónde sacas tu toxicidad, Gerardito, amor mío? Te pareces a una olla exprés sometida a un fuego intenso y sin la válvula de expulsión del vapor. Un día vas a reventar y a dejar el techo lleno de verduras o de sesos, lo que prefieras. Tragas y tragas sentimientos tóxicos y no veo que los drenes por ningún lado.

Mientras acariciaba el rostro de Sofi y le acomodaba con dulzura su cabello todavía humedecido con algunas perlas de sudor, huellas de un feliz combate amoroso, el escritor le aclaró que contaba con diferentes drenajes emocionales, si se les podía llamar así. Para él, lo primero era redactar, contar, crear personajes, invadir su intimidad, comprometerse con ellos, hacerlos dignos de respeto, explicar, denunciar, describir escenarios, investigar vidas ajenas para consignarlas en sus novelas históricas, imaginar acontecimientos apartados del escrutinio público, relatar los ambientes, las voces, los aromas, las luces, los sonidos, las penumbras y las actitudes y respuestas de sus protagonistas, sus fortalezas y debilidades y sus fantasías y frustraciones. Escuchar música clásica todo el santo día, sí, pero por el otro lado Martinillo adoraba correr en los parques, gozar la frescura del bosque, inhalar los perfumes de las mañanas en los días de lluvia, pisar los charcos, empaparse de sudor, luchar contra el cansancio, disfrutar el rítmico trote de mujeres, sin dejar de contemplar el cadencioso ir y venir de sus colas de caballo. Además, se fascinaba al abrazar árboles o al gritar al sentirse solo en las pistas de arcilla, pero sobre todo expulsaba hasta el menor rastro de veneno cuando hacía el amor con ella, con Sofía Mercado, Sofi, sí, Sofi, al menos un par de veces a la semana.

Con Sofi se desfondaba, se desarmaba, se soltaba, se dejaba ir, se relajaba, se destornillaba, se vaciaba, se entregaba en cadenas interminables de besos, de salvajes apretones, de incontables suspiros y feroces embestidas acompañadas de expresiones procaces solo permitidas en el lecho amoroso. Ella saciaba al hombre hasta dejarlo exangüe, perdido entre palpitaciones, sudores y, además, devastado e imposibilitado de tener tentaciones amorosas con cualquier otra mujer. Ella sonreía esquivamente al comprobar la respiración desacompasada del supuesto guerrero invencible, quien de nueva cuenta había caído arrodillado, con las armas melladas, al lado de la reina que lo haría sucumbir tantas veces ella se lo propusiera, al extremo de convertirlo en un triste muñeco de trapo inútil para continuar el combate. ¿Cómo vencer a Sofía? Bien lo sabía él, después de cualquier esfuerzo faraónico estaría condenado a morir la misma muerte tantas veces ella se lo propusiera.

Mientras Martinillo secaba una y otra vez la frente de Sofía, ese lenguaje corporal imposible de disimular, un justificado homenaje a su virilidad, de golpe, movido por un impulso incontrolable, tomó con ambas manos el rostro de su amada para cubrirlo con una andanada de besos agradecidos, tiernos, espontáneos, un reconocimiento obligatorio a la dueña absoluta del escenario, una muda ovación a la vencedora. Trenzados, abrazados, firmemente enlazados, amarrados, enganchados, engarzados, empalmados, devorándose todavía con la mirada, vino a la memoria del periodista el recuerdo de una conversación sostenida con un colega suyo, quien, al concluir una comida, comparaba los platos sucios colocados todavía sobre la mesa con una mujer después de haberla poseído:

—No las soporto, hermanito de mi vida, hermanito de mi corazón, después de estar con ellas, te lo confieso solo entre nosotros, desaparece la galantería, pierdo el hechizo como por arte de magia —aclaró el interfecto en tanto continuaba su perorata acercándose al oído del periodista—. Dime si no es cierto, háblame derecho, ¿no es verdad que la dama antes apetecida y deseada con locura de repente se transforma en una mugrosa peluda, en un bicho maloliente de quien deseas apartarte a la brevedad? ¿No pagarías una lanota para que tu chofer se la llevara de inmediato y agradecerías el hecho como cuando el mesero retira los platos sucios y los cubiertos cochinos con restos de comida que huelen a madres…? No sabes el trabajo que me cuesta comportarme como un caballero, es un horror, Gerardo, convivir respetuosamente con ellas, en lugar de largarlas en el primer taxi, cuando momentos antes las contemplabas como ninfas… No cabe duda de que la vida a veces se parece al cuento de la Cenicienta: a una cierta hora el fantástico carruaje dorado se convierte en una apestosa calabaza podrida…

Martinillo recordaba en voz alta la patética conversación y se compadecía de quien nunca había sabido descubrir ni disfrutar la riqueza escondida en una mujer, en donde radicaba uno de los verdaderos motivos para vivir. ¿Qué haríamos sin ellas, sin ese magnetismo innato que extrae lo mejor de los hombres? Basta tan solo un simple guiño, un murmullo, la insinuación contenida en un exquisito escote, el repentino arreglo del cabello, el cruce inocente de las piernas expuestas a la lujuria del varón, los aromas, esas fragancias adormecedoras necesarias para socavar la voluntad de sus víctimas próximas a ser domadas por una fuerza mágica inexplicable. Su amigo, un pobre diablo, vivía en un mundo plano sin haber disfrutado el hechizo de esos seres luminosos, dueños de una magia incomprensible para cualquier varón.

Sofía había enmudecido. Tal vez esperaba otra parrafada interminable de la 4T, o un nuevo rollo de cualquier otro tema de los que obsesionaban al autor. Mientras se producía la nueva catarata de arrebatos, ella levantó la mirada como si invocara la paciencia celestial.

—Pobre de aquel —continuó el escritor confesando en voz alta sus reflexiones—. Sí, pobre de quien nunca ha llegado a conocer el amor de pareja y que solo ha visto en ellas la posibilidad de saciar apetitos animales… ¡Ay de aquel que nunca se dejó atraer anuente por una mujer sin oponer la menor resistencia!

Gerardo continuaba expresando sus concepciones en torno a las mujeres sin percatarse que su amante, con una clara expresión de fatiga, negaba con la cabeza. ¿Cuánto tiempo más resistiría otra indigerible perorata?

—Ustedes son nuestras brújulas para salir del laberinto de la existencia. Basta el consejo de una mujer inteligente que ubique los obstáculos en su justa dimensión para empequeñecerlos y poder concluir así las insoportables noches de insomnio.

—¡Ay, ahora sí, *Gerry Boy*, amor de mi vida, la neta de las netas, levanta la mano y repite conmigo "no me medí", corazoncito lindo —repuso Sofi soltando una ruidosa carcajada—. Yo he visto y sabido de ninfas, como tú las llamas,

33

de tus supuestas dríades, aparentes divinidades, que son unas auténticas hijas de la chingada que solo las mueve la lana y la fama. Las leo y las percibo como el cirujano que analiza con claridad una radiografía antes de echar mano del bisturí. Conozco a las de mi género, amorcito, y sin generalizar, por supuesto, solo te digo que aguas con algunas porque cuando ustedes apenas van, nosotras ya venimos cien veces de regreso. Somos capaces de quitarle las cuatro herraduras a un caballo a pleno galope, y ya ni digas cuando nos reunimos tres o cuatro chavas, porque eso sí, mujeres juntas ni difuntas…

Gerardo contemplaba el techo sin hacer el menor comentario. Contenía la risa como podía. Lo que tenía que escuchar en voz de una mujer… Adiós, poesía; adiós, novela; adiós, idolatría, pensaba risueño en su interior.

—A ver, vidita mía, ¿cómo es eso de que "no me medí"? ¿Eh? ¿Me explicas?

—Sí, cariñito azucarado, no te mediste, de verdad —insistió en su posición sin dejarse intimidar—. Fíjate bien, Martinillito —Sofi hizo una breve pausa para continuar no sin antes sujetarle a su amante la nariz con los dedos índice y pulgar de la mano derecha, como si formara con ellos una pinza—, con el temperamento a veces brutal de ustedes, su intolerancia, su machismo, sus actitudes dictatoriales, creen que pueden imponerse por la fuerza como los primitivos de hace 10 mil años sin ponerse a pensar con la debida humildad que nosotras, las mujeres, nos hemos visto forzadas a desarrollar talentos y habilidades para evitar ser dominadas y atropelladas por los bárbaros en esta feroz lucha por el disimulado control político de la pareja… No se te olvide que vale más maña que fuerza… Ustedes podrán ser más fuertes, pero nosotras somos más inteligentes y más astutas —aseveró orgullosa sin detenerse en sus reflexiones—, de la misma manera que a un gigantesco cebú de dos toneladas se le domina dándole pequeños jaloncitos a una argolla colocada en su nariz, nosotras tenemos mil armas invisibles para sobrevivir e imponernos sobre los avasalladores poderes físicos masculinos.

—¿Entonces ustedes, las mujeres, se creen más chingonas que nosotros, Sofi mía? —cuestionó Martinillo mientras se liberaba de la pinza nasal y besaba la palma de la mano de la fotógrafa.

—No es que nos creamos más chingonas, ¡lo somos!, cariño mío —repuso encantada prestándose a un juego bien conocido entre ambos, en realidad un combate encubierto de inteligencias—. Basta con que aceptes, salvo que te comportes como un necio, que los hombres podrán dirigir naciones, enormes corporaciones, prestigiados institutos, pero después de todo escuchan y obedecen a las mujeres. Nosotras podemos cambiar las grandes decisiones del mundo porque al acostarnos y hablarles a ustedes al oído podemos influir cada noche en el presente y en el futuro de los países, de las sociedades, de las familias y de las personas, de la misma manera en que una gota de agua puede romper una enorme roca de granito con el paso del tiempo. Todo se reduce a un problema de persistencia y de oportunidad.

—Ya no sé si caí en tus brazos o en tus garras, amor mío, me das miedo —repuso el pensativo autor.

—Pero aguantas de maravilla tu dolor, porque sabes que solo quiero tu bien. Como decía mi abuela Felisa: puedes seguir a un alacrán, a un bicho ponzoñoso, pero nunca sigas a una mala mujer, y ustedes no se dan cuenta de quién los persigue ni qué intenciones tiene porque solo se fijan en una cara bonita, en las tetas, en las piernas o en las nalgas y dejan de analizar lo más importante. Son muy predecibles y muy fáciles, por no decir pendejos, cielo…

—No me digas pendejo, eso sí que no porque me da sueño, amor —exclamó el periodista con cierta picardía…

—¿Sueño…?

—Sí, de chiquito me decían: Ya duérmete, pendejo, y la sola palabrita me adormece.

Por supuesto que Martinillo no pudo concluir la frase porque ambos soltaron la carcajada.

—¿Acaso crees, cariñito azucarado, que cuando te conocí pensé en tu estúpido pito, mientras tú te regodeabas imaginando el tamaño de mis tetas? ¿Te das cuenta con qué piensan ustedes, los hombres? Por eso es tan fácil dominarlos: basta una huelga de piernas cruzadas y se rinden…

Martinillo prefirió guardar un prudente silencio, preguntándose pensativo si el orgullo de su virilidad no cumplía con sus obligaciones. ¿Sería el caso? Ante una mujer tan crecida, decidió recurrir al ataque, la mejor de las defensas:

—Bruja, eres una bruja, todas ustedes son hechiceras, de otro mundo, de otro tiempo, de otra galaxia —expresó mordiéndole los labios.

—¿Ves cómo un beso inesperado —adujo la fotógrafa como una escuincla traviesa— puede acabar con un diálogo áspero? Solo hay que saber darlo en el momento preciso.

—¿No hay una escuela para aprender técnicas femeninas de seducción? —cuestionó el curioso periodista—, ustedes ya nacieron con ese instinto, muy desarrollado, por cierto. No se vale, carajo…

—Dios, nuestro Señor, los premió a ustedes con un pene, una herramienta poderosa de placer con la que pretenden dominarnos, ¿y a nosotras nos iban a dejar inermes ante fieras sexuales insaciables que a la fuerza quieren imponernos su ley en el mundo? —cuestionó Sofi sus razones, en tanto bajaba los ojos como cualquier mujer, aunque ninguna los alzaba igual que ella.

Martinillo sonrió.

—Nosotros vamos indefensos por la vida porque ustedes con sus atributos físicos y su intuición nos dominan a su antojo como marionetas. Brujas, chapuceras —insistió el escritor tomando por el cuello a Sofía como si quisiera estrangularla. La zarandeaba de un lado al otro jugando con ella sin dejar de sonreír—. Son unas malvadas prestidigitadoras, Sofi bonita, porque cuando descubrimos el maleficio ya es muy tarde, como cuando un insecto queda atrapado en la red y advierte la presencia de la araña lista para devorarlo.

El pobre bicho ignora que mientras más se mueva, más se enreda. ¿Cómo defendernos?

—No me entiendas ni lo intentes ni le busques ni le pienses, ¿para qué? Cualquier esfuerzo será inútil, te lo aseguro. Solo quiéreme, solo siente, solo goza, deja tus razones de lado, archívalas, no sirven para nada, solo para descarrilar el amor y la relación —repuso Sofía—. Me conquistaste porque nunca trataste de comprenderme. De haberlo intentado, cariño, no estaríamos ahora aquí... Te entregaste sin reservas. Nuestra fuerza radica en nuestra dulzura, en nuestra prudencia, en nuestra habilidad para estudiarlos, en saber resignarnos y en ser pacientes. Todo a su tiempo... Pobre de aquella que se precipita, porque acabará lanzada como la colilla de un cigarrillo por la ventana de un coche.

—Sí, claro, su dulzura, tan dulce que yo nunca entendí por qué Roberta, mi esposa, me decía, pichón, pichoncito mío, mi pichón, y por supuesto que no entendí ese mote de cariño hasta que me desplumó.... Sí, cómo no, sexo débil... ¿Débil? ¿Qué tienen de débiles...?

—¿No eres feliz con tu esposa? —preguntó Sofi aprovechando la ocasión para darle una vuelta más a la rosca y acorralar a su querido interlocutor.

—Claro que soy feliz, y muy feliz, por cierto. Ella siempre ha estado, está y estará en los momentos más críticos para pronunciar la palabra adecuada con la caricia necesaria. Posee un gran sentido de la oportunidad y del humor que se reflejan en sus textos de filosofía existencial. Discutimos temas relativos a la educación, a la religión, a la comida, a la literatura o a las artes en general, para encontrar más y más motivos para disfrutar a plenitud la vida.

Gerardo le explicó a Sofi que Roberta siempre se cuestionaba el sentido de "todo esto de vivir". Para ella, aunque pareciera una perogrullada, lo realmente importante era estar vivo y sano, de otra manera no se podría disfrutar nada, ni la familia ni el dinero ni el éxito profesional ni el amor ni la fama. ¿Estaba claro? Las personas morían a falta de ilusiones, la energía limpia que movía al mundo. La gente empezaba a soltarse, a extinguirse, cuando la apatía le impedía sonreír al ponerse frente al espejo temprano en la mañana. ¿Quién quería sonreír al comenzar el día cuando costaba tanto trabajo soportarse uno mismo, ya no se dijera a los demás?

"Ríe, tú ríe, amor, ya tendrás mucho tiempo para estar serio cuando te mueras", no se cansaba de repetir Roberta con su acento colombiano que tanto disfrutaba su marido.

Al esgrimir diversas razones para exponer entre líneas su decisión de seguir viviendo al lado de Roberta, Gerardo deseaba acotar con sus comentarios su relación con Sofi, quien afortunadamente estaba casada y con ello se evitaban desequilibrios indeseables en su relación. Casados con casados, solteros con solteros…

—Si estás tan contento con ella, es más, tan enamorado, ¿qué haces conmigo? —pregunta obligada en toda mujer.

Silencio. Golpe abajo del cinturón. Más silencio.

—¿Qué hago contigo? —repuso finalmente el periodista—. Lo mismo que tú haces conmigo. Si quieres te lo digo como me lo confesó al oído una gran actriz mexicana de cine a la que entrevisté en alguna ocasión.

Se produjo un silencio muy denso. Se soltaron los dedos entrelazados, se separaron los cuerpos, los rostros adquirieron una repentina seriedad.

—Ella me dijo entre sonoras risotadas: mira, mijito, las cadenas del matrimonio son de tal manera pesadas que deben ser cargadas entre tres, en este caso, entre cuatro…

Más silencio. La antesala de una batalla campal. El periodista quiso romper el hielo con un beso, seguido de unas repentinas cosquillas en los costados de su amada, pero ella se apartó con una inconfundible expresión de malestar.

—Dijiste que los besos servían para resolver conflictos, ¿no? —cuestionó el periodista.

—Sí, pero hay que darlos sin pedirlos y en el momento adecuado.

Sin más, Gerardo tomó el rostro de Sofi entre sus manos y besó sus labios, su frente, su nariz, sus mejillas y su cuello, en tanto ella oponía una débil resistencia que momentos después se desvaneció por completo.

—Una mujer puede ser una gran esposa o una maravillosa amante, pero, por lo general, no concurren ambas en la misma persona. Lo mismo es aplicable a tu maridín —acotó Martinillo.

—No voy a tocar ese tema en este momento —agregó ella bajando la mirada, un lenguaje, una actitud que podía fascinar al periodista.

—Entonces ¿de qué hablamos, amor? —preguntó el autor a su amada a la espera de otra ocurrencia de la fotógrafa.

—De ti, *Gerry*, de ti, me preocupa tu suerte en este México tan fanático que vivimos, en este país en que el propio presidente provoca, día con día, un enfrentamiento social, como si ignorara que los mexicanos somos de mecha corta y ahí vas tú a arrojar más leña a la hoguera con tus publicaciones radicales —manifestó Sofía cambiando el tema al percatarse que caminaba sobre la superficie de un lago congelado y el hielo empezaba a crujir. Una huida oportuna era la salvación y la continuidad de una cara relación entre ambos. En ese momento echó mano de su celular como si hubiera olvidado una cita, pero en realidad deseaba mostrarle al menos un par de tuits más subidos por el periodista para desviar la conversación.

Martinillo
@Martinillol
AMLO difundió los resultados de la encuesta Global Leader Approval Tracker, en donde, según él, aparece como el mejor presidente del mundo. ¿Cómo creerle a un mentiroso profesional? Sobre todo, ¿cuántos millones de mexicanos se creerán sus embustes? ¿No mentirás…?

Sofía tuvo que girar, darle la espalda al periodista para poder leer atropelladamente el último tuit, antes de apagar el teléfono.

Martinillo
@Martinillol
La British Petroleum, BP, reducirá para 2030 en un 40% su producción de hidrocarburos y sus inversiones, bajas en carbono, se multiplicarán por 10. Construirá parques eólicos marinos en el mundo. ¿Para qué construir una refinería si los coches serán eléctricos en el corto plazo?

—¿No tienes otro tema, monologuito querido? Hablas como loro huasteco —adujo mientras arrojaba el celular a la cama.

—Por lo menos dime si quieres ser mi novia y luego hablamos —exclamó Gerardo discretamente ufano cuando ella le dio un giro a la conversación.

—Sííí —exclamó con voz apenas audible.

—¿Qué…?, no oigo… Te pregunté si querías ser mi novia.

—¡Que sí, nene!, pero me preocupas…

Gerardo tomó entonces otra de las almohadas para apoyar la cabeza, momento que ella aprovechó para acostarse sobre su pecho.

—Nací para decir, Sofi mía, y no me voy a callar y menos, mucho menos ahora cuando comienza el tercer año de AMLO después de 30 meses de devastación social, sanitaria, económica, cultural y ecológica de México. No, amor, no —agregó en plan conciliador—, quien se calle o no proteste ni actúe o deje de votar ahora, en junio, será cómplice por omisión del desastre de México —el periodista todavía agregó—: Estamos a un mes de este impredecible 2021 para arrebatarle a Morea el control de la Cámara de Diputados o perderemos a México por muchos lustros por venir. Como verás, en esta coyuntura no puedo retirarme para aprender *bel canto*, porque los lugares más oscuros en el infierno, según Dante Alighieri, están reservados a aquellos que se mantuvieron neutrales en tiempos de crisis morales…

"No es el momento para bromas", pensó en silencio la fotógrafa. Tampoco convenía interrumpirlo, sobre todo cuando él parecía prepararse para adentrarse, una vez más, al centro de sus preocupaciones políticas. ¿Otro monólogo interminable? ¡No, por favor, no…!

—Toma en cuenta —continuó el escritor— que yo hasta los 10 años creí que me llamaba "Cállate" y me apellidaba "Pendejo", o sea, "cállate, pendejo", porque me daban la espalda al hablar en mi casa, me ignoraban en la escuela, me largaban de todos lados o me ponían carotas porque solo sabía decir pendejadas de las que todo buen dios se burlaba —confesó Martinillo con un dolor no superado—. O me llamaban loco o huevón o payaso, pero quienes me ninguneaban hoy en día no me llegan ni a los talones, y a los lambiscones los mando a lavarse las nalgas con aguarrás cuando me buscan solo por ser una figura nacional…
—para rematar, agregó—: No sabes la cantidad de veces que las maestras me ponían en la cabeza unas enormes orejas de burro de cartón color rojo y me empujaban por inútil a un rincón del salón de clases. ¿Te imaginas la burla de mis compañeros y las lágrimas que yo soltaba en mi desesperación y vergüenza? Quisiera que estas salvajes, unas supuestas pedagogas, vieran las alturas a las que he llegado con todo y sus castigos cavernícolas, porque si de mí dependiera metería a esas criminales en un manicomio para que gritaran de impotencia. Mira que lastimar así a un pequeñito… Me traumaron esas maleantes al destruir mi autoestima por muchos años. Si vivieran hoy les escupiría en la cara hasta que se me acabara la saliva, hijas de su madre…

Sofi, por toda respuesta, acarició la cabellera hirsuta y canosa de Gerardo, jugando a hacerle rulos.

—Además, amor, a estas alturas de mi vida estoy por llegar al sexto piso, y callarme implica traicionarme y traicionar a mi país, porque mi silencio me haría cómplice del

41

desastre. Pero a ver dime —reaccionó Martinillo como si hubiera llegado de pronto a una conclusión inesperada—, ¿por qué tengo yo, precisamente yo, que envolverme en la bandera y hacer de mi vida un apostolado con el fin de denunciar, explicar y dar de gritos en donde sea para tratar de evitar el nuevo naufragio que viene? ¿Por qué no mejor me voy en santa paz de la ciudad a rentar una casita en Valle de Bravo, con vistas al lago, y me retiro de la arena política con Roberta y un par de perros a redactar las novelas que pasen por mi cabeza y a tratar de hacer cine o series de televisión con una treintena de mis libros? Mi vida se reduce a contar historias.

—Pues hazlo entonces, amor —Sofi dejó pasar inadvertida su exclusión en los planes del galán—. Vive entonces tu vida alegremente, como dice la canción, Gerardo —externó severa y cortante, mientras pensaba en silencio que en realidad no deseaba pasar el resto de su vida al lado de él, pues la diferencia de edades era intransitable. Solo pretendía vivir momentos mágicos, de esos que jamás olvidaría. ¿A dónde iba pretendiendo más que eso de su relación cuando en realidad ni lo deseaba? Muy pronto el fogoso galán ya no requeriría de una amante, sino de una enfermera…

—No es tan sencillo, vida mía. ¿Me oculto en el anonimato en uno de los momentos más críticos y peligrosos de la historia de México para investigar los amoríos de Cortés con la Malinche o el papel desconocido de Maximiliano en la Guerra de Secesión en Estados Unidos, según las instrucciones de Napoleón III, o lo que quieras, mientras AMLO hace estallar a México hasta convertirlo en astillas? ¿Eso es? ¿Sí…? ¡Pues no! ¡Imposible quedarme callado y arrinconado para que mi ausencia sea entendida como cobardía y mi aislamiento me envenene la sangre, en tanto México se va a la mierda conducido por un loco furioso que guía a millones de ciegos al despeñadero! —concluyó el periodista golpeando violentamente el puño de la mano derecha contra la palma de la izquierda.

—Te entiendo, *Gerry* —repuso Sofi sin dejarse intimidar—. Solo te digo que quien se lleva se aguanta, y si vas a continuar te perseguirán, te espiarán a cada paso, esculcarán tu vida, entre otras estrategias, para saber si eres fiel o no, si pagas impuestos o no, si recibiste sobornos o no. Tratarán de chantajearte con información secreta o inventada, con fotografías, videos y audios telefónicos —exclamó la fotógrafa anticipándose a los acontecimientos—. Nos vigilarán, hay que cuidarnos más que nunca… tendremos ojos y orejas por todos lados… Van a tratar de espiar hasta el último whatsapp o tuit que envíes o recibas o te seguirán a donde vayas para callarte, encarcelarte y hasta asesinarte en circunstancias inimaginables —agregó una Sofía conocedora de las leyes de la selva en México.

—Soy una figura ya demasiado visible —respondió el periodista—. Si se estrellara un camión sin frenos contra mi automóvil y me matara, no creo que el crimen pasara desapercibido, no son tontos…

—Tu famosa efervescencia acabaría si tu muerte coincidiera con el clásico del futbol entre el América y las Chivas o peleara el Canelo. ¡Adiós, efervescencia! ¡Adiós, Martinillo! Los de la 4T son unos ilusionistas natos y cambian la agenda a su antojo. Al ratito, amorcito, ni quién se acuerde de ti… Si te matan a balazos, tu recuerdo se perderá con un larguísimo putooooo… como cuando despeja el portero del equipo contrario, parece que no los conoces.

Gerardo volvió a soltar sus contagiosas carcajadas. No se podía con ella. A continuación, después de secarse las lágrimas, afirmó:

—No es 4T, sino 4D, la Cuarta Destrucción, porque ha destruido el patrimonio de nuestros ancestros…

—Acaba de pasar un ángel —aclaró la fotógrafa cuando se produjo un repentino silencio—. Si tú crees que la gente va a ir a depositar flores en tu tumba y que tu sepultura será un lugar sagrado, recuerda entonces a los mexicanos que fueron a mearse en la llama del soldado desconocido en el Arco

43

del Triunfo, allá en París, y apagaron la llama del pebetero con orines, vidita mía…

—No llegarían a eso conmigo —dijo Gerardo, en espera de una nueva andanada. Casi hubiera preferido taparse las orejas, pero prefirió guardar silencio y, en el fondo, provocarla.

—¿Qué…? La chairiza iría, en primer lugar, a cagarse en tu tumba, y luego seguirían la borrachera en otro lado, cariño…

—Algún ejemplo habré dejado, ¿no…?

—Sí, claro, el ejemplo de lo que no se debe hacer ni ser, porque representas al periodismo pirrurris, el ejemplo vivo de lo indeseable en su existencia.

—Pero si solo busco crear empleos y fuentes de riqueza, amor, bienestar para todos…

—Suena maravilloso tu discurso, cariño —exclamó ella sin dejar de hacer los pequeños rulos, ahora en el pecho poblado de Martinillo—, pero en la realidad no te creen. Han vivido engañados por generaciones y para ellos no pasas de ser un nuevo ladrón de esperanzas, un neoliberal de clóset, un embustero más.

—A mí me corresponde convencerlos y mostrarles soluciones viables —repuso Gerardo.

—¿Convencerlos? El único que lo logró fue Lugo Olea, y eso después de 18 años de campaña —agregó Sofi, decidida a cambiar la conversación. El lecho amoroso no debería convertirse, una vez más, en una arena política… En ese momento decidió ausentarse para imaginar su próxima exposición fotográfica. ¡Cómo deseaba, en ciertas circunstancias, tener en sus manos un control remoto para apagar la voz del periodista con tan solo apretar el botón de *off*! Dicho sea sin eufemismos, ¿cómo callarlo…?

Afortunadamente existían colores para todos. La vida no se reducía a discutir los golpes bajos de la política ni las traiciones ni las miserias humanas ni los callejones sin salida; para ella, la existencia consistía en vivir inmersa en el mundo del arte, en emplear su tiempo en retratar al colibrí que mañana tras mañana aparecía en su terraza para extraer en pleno vuelo el néctar de las flores. ¿No era maravilloso imaginar que el feliz encuentro con esa ave mágica significaba la bienaventuranza de nuestros seres queridos? ¿No era un mensaje esperanzador enviado por la naturaleza? ¿Dónde había un colibrí? ¡Que ya amanezca! Quiero ver uno suspendido en el vacío para llenarme de paz y de ilusiones.

En ese instante se levantó sin mostrar malestar alguno, recogió del piso su bata corta de seda blanca para cubrir su desnudez, sacó de su portafolios una computadora portátil y después de volver al lecho amoroso se colocó boca arriba a un lado del periodista, para empezar a mostrarle las fotografías que exhibiría en su próxima exposición en una galería de Polanco, en la Ciudad de México.

—¿Te parece bien, amor mío, que nos olvidemos por un ratito de AMLO? —exclamó sonriente—. La vida no comienza y acaba con la política, ¿verdad, corazoncito?

¡Qué barbaridad! Jamás estaría satisfecha, siempre buscaría más temas, nuevos motivos, su imaginación, la loca de la casa jamás tendría un instante de sosiego. Apretar el obturador era un vicio. Tan pronto atrapaba la imagen, volteaba compulsivamente la cámara para contemplar a través del pequeño visor la escena que podía aumentar, iluminar, colorear, dimensionar, centrar y jugar con ella incorporando diversos fondos, hasta dejarla a su gusto. ¡Bingo!, decía al producir un chasquido con los dedos cuando sentía haber atrapado la estampa deseada. Llegaría a una conclusión al imprimir y archivar las fotografías en su taller o simplemente las borraría sin el menor empacho. Si no emociona, no sirve…

Sofi ingresaba a un reino imaginario, silencioso, pacífico, sin espacio para la prensa ni para la ansiedad, las envidias, el morbo, los latrocinios, las traiciones, las pandemias, las amenazas o las venganzas. Ella huía de las bajezas, de la ruindad, de la maldad, de la abyección y de las tragedias humanas, salvo cuando incursionaba en zonas de desastres naturales o en poblados azotados por la miseria o en las cárceles o sanatorios para enfermos mentales, o ingresaba en salas en donde niños enfermos terminales de cáncer esperaban la muerte entre sonrisas fingidas de sus padres. Buscaba colores, formas, tonalidades, momentos, perfumes, aromas y, sí, también los dramas y dolores cuando ella deseaba abrir la puerta a otros sentimientos. Siempre iba acompañada de su cámara bajo su conocido lema: "El buen indio nunca abandona su cobija". ¿Qué tal cuando retrató en la madrugada una serie de gotas de rocío al caer de un alcatraz? Menudo desafío profesional para distinguirlas extraviadas en el color blanco impoluto de la flor…

Ya recostada, se colocó una almohada sobre el vientre para poder observar mejor las imágenes. Al abrir su computadora apareció como fondo de la pantalla ella misma, vestida y maquillada como payasa, con una enorme nariz de esponja roja y alborotada cabellera verde, morada, amarilla y azul y un simpático y diminuto gorrito negro desproporcionado para el tamaño de su cabeza. Se había pintado las cuencas de los ojos y las comisuras de los labios con un color blanco. En su atuendo aparecía Sofi con un corbatín, un lacito en forma de mariposa de diversos colores, además de un enorme saco anaranjado decorado con múltiples motitas negras, azules, moradas y rojas, la indumentaria de un bufón.

Para ella la escena pasó inadvertida, pero el periodista detuvo de inmediato la acción para preguntarle:

—¿Eres tú, verdad, amor?

—¡Claro que soy yo y no me da pena en lo absoluto!

Gerardo enarcó las cejas sorprendido y continuó con el interrogatorio:

—¿Me quieres explicar, escuincla traviesa, por qué te disfrazas de payasa…?

—Bueno, esperaba la ocasión para decírtelo, pero mejor te cuento de una buena vez —se preparó para explicar sus razones con su conocida sonrisa socarrona—: Nunca te lo había dicho, amor, pero si algo me rompe el alma, me despedaza en esta vida, es el sufrimiento de los pequeñitos, sobre todo el de los enfermos, y entre los enfermos, los terminales. Tengo arreglos con varios hospitales infantiles que me permiten entrar en sus instalaciones disfrazada de payasa para hacer reír a los niños al menos un ratito, todo depende de mi resistencia antes de caerme de rodillas al abandonar sus cuartos. Sus caritas esperanzadoras me rompen el alma. No puedo con eso, pero menos resisto volver tres días después a sus habitaciones y ver las camitas ya vacías. Es un dolor tremendo. No puedo hacer nada, no soy doctora, no tengo los recursos, no tengo los conocimientos, solo sufro de una terrible impotencia que desahogo disfrazándome para hacerlos reír. Mal haría en no confesarte que, en muchas ocasiones, sentada en el pasillo del nosocomio me pongo a llorar sin consuelo, hasta que las enfermeras se apiadan de mí y me llevan a sus cubículos a tomar un té o un vaso con agua. Ahí las abrazo y las beso y les digo que un día construiremos un monumento digno a esas heroínas mexicanas.

—Pero no me habías comentado nada, amor mío —repuso Gerardo sorprendido—. Si antes te quería, ahora mi admiración por ti se catapultó al infinito; te lo tenías muy bien guardadito, malvada. Eres demasiada mujer para mí, lo concedo, ¡qué bárbara!

Sofía Mercado, insensible a las adulaciones, continuó con su presentación como si hubiera ensordecido.

—Vayamos a lo importante —interrumpió como si el pasaje con los niños no fuera estremecedor—. Mira, amor, este es el título —adujo deseosa de seguir huyendo de la discusión política avinagrada. Sofía identificaba los encuentros con Gerardo como el ingreso a un jardín reservado para ellos dos, un espacio en el que no le darían cabida a la acidez ni a la tristeza en el remanso de paz que ambos habían construido. Al salir a la calle tendrían todo el tiempo del mundo para vivir la realidad. La adversidad siempre estaría presente, pero no en el interior florido de su templo del amor—. Los dos Méxicos, así dirá la invitación que tú vas a redactar, por si no sabías, corazón.

Martinillo la vio sonriente de reojo, mientras ella mostraba las fotos de un hombre de negocios vestido con un corte inglés, comparándolo con un indígena enfundado en un traje de manta. En otra toma apareció un humilde peluquero cortando el pelo al aire libre en la noche, iluminando su oficio con un triste foco, y al lado un cliente sentado en un sillón en el interior de una barbería de un hotel de cinco estrellas...

—¿No te impresiona esta del campesino montando su burro, en tanto su esposa camina a su lado descalza, cargando fardos de leña en la espalda y un bebé atado al pecho con un rebozo desgastado, porque ella no tiene para comprar un asno? ¿Y qué tal —comentó con un entusiasmo desbordado— esta del minero que sale sucio, con el rostro cubierto de tizne, de las entrañas de la tierra, mientras el dueño de la mina, reunido con sus accionistas, sentados en su ostentoso despacho, discuten, tal vez, el reparto de dividendos o el soborno al líder sindical? A ver, mi nene, ¿te parece un buen contraste retratar una taquería en los comederos públicos y compararla con los restaurantes de lujo, o al bracero que se juega la vida al cruzar a nado el río Bravo con el viajero que llega en avión a Estados Unidos sentado en primera clase tomando champaña?

—Caray —comentó el periodista—, con ver tus fotos entiendo nuestra relación. Nos duele lo mismo: los brutales contrastes en México. Yo lo digo con palabras y tú con fotos, pero es lo mismo, amor...

En tanto ella afirmaba satisfecha con la cabeza, siguió mostrando fotos.

—Aquí tienes este par de huaraches llenos de costras de lodo, y al lado unos zapatos nuevos boleados con todo y hebilla de plata, otra prueba de las abismales diferencias económicas que padecemos. En esta otra —comentaba mientras accionaba una tecla de su computadora para mostrar las imágenes a todo color o en blanco y negro, según se tratara—puedes ver los jarros de barro de los pobres y las copas de Baccarat de los ricos en una sola placa. Por otro lado, no se antoja tomar un chocolate caliente en una copa de Baccarat ni champaña en un jarro de barro —concluyó sonriente al mostrar parte de su obra reunida para su exhibición. Ya encarrerada, mostró un humilde jacal chiapaneco y al lado un ostentoso rascacielos en el Paseo de la Reforma; la siguiente era una copa de globo servida con coñac francés y un vaso muy barato decorado con diversos colores lleno de pulque del Bajío; otra consistía en un baño lujoso de mármol blanco, junto a una letrina pueblerina; acto seguido, mostró un canapé de *foie gras* servido con cubiertos Christofle, junto con un caldo tlalpeño a punto de comer con una cuchara de peltre.

—¿Percibes las diferencias o solo piensas en AMLO? ¿Me entiendes? —cuestionó Sofi fascinada por su obra.

—¡Claro que te entiendo, amor, tú resumes el sentido de mi vida en unas cuantas imágenes! Pero a ver, dime, ¿cómo se te ocurren tantas ideas y temas? —preguntó Gerardo tan encantado como sorprendido, mientras se cubría el cuerpo con las sábanas. Un tema de dicha naturaleza no se podía abordar desnudo.

—Me inspiro —repuso ella fascinada— en el mismo lugar de donde sacas tus fantasías, amor. Tal vez tomamos los mismos brebajes…

Martinillo, sonriente, la dejó continuar ávido de más sorpresas. ¡Qué mujer…!

—Mira a la gente empapada que espera el camión en el atardecer de lluvia intensa después de trabajar, y todavía tiene que padecer al menos dos horas antes de poder regresar a su casa sana y salva, mientras pasa un coche importado conducido por un chofer encorbatado que lleva en la parte de atrás a su patrón, leyendo el periódico, sin dedicar la menor atención a las carencias ajenas. ¡Que se chinguen los jodidos, ¿no…?, para qué no tienen dinero ni fueron a la escuela, ¿verdad?

Martinillo, precavido, se abstenía de iniciar una nueva conversación política —al buen entendedor pocas palabras—, simplemente negó en silencio con la cabeza. Ella, engolosinada, continuó mostrando gráficas de devotos de la virgen de Guadalupe avanzando con las rodillas ensangrentadas rumbo a la basílica, comparando dicha escena siniestra con un ama de casa rezando con la debida comodidad en su lujoso altar privado. ¿Quién estará más cerca de Dios, amor mío? ¿Qué opinas? A la chingada, amor, ¿no…?

El periodista no la dejó continuar. Cerró con delicadeza la computadora, la colocó en el piso, mientras que con el dedo índice cruzaba los labios de la fotógrafa y la invitaba a guardar silencio. Una vez concluida la operación anterior, se arrodilló y procedió a desanudar lentamente la bata blanca de seda sin percibir la menor resistencia de parte de ella. En pleno atardecer, cuando agonizaba la luz del día, la destapó para contemplarla de cuerpo entero. ¿Cuál maja desnuda? Sofía era un monumento.

Martinillo contemplaba el cuerpo de Sofía, mientras repetía un párrafo de una de sus novelas: "nunca permitas que un viejo se instale en tu vida, mantente sano y ágil, la edad es un estado de ánimo…"

Sofía sucumbió al escuchar nuevos arpegios, *più forte*, *forte subito*, *fortissimo* hasta llegar al *meno forte* y de ahí al *grand finale* con todos los integrantes de la orquesta arrancándoles las notas más sonoras y estremecedoras a sus instrumentos hasta dejar al reducido público sin aliento y con la respiración extraviada para culminar con un silencio sepulcral, antes de caer desfallecidos para volver a morir la misma muerte.

Era una feliz manera de honrar el talento fotográfico de Sofía Mercado.

Juan Alcalá Armenta, alias Juanito, pasó el mes de abril en soledad. Solo asistía con creciente malestar a Palacio Nacional cuando lo citaban a alguna reunión oficial para recabar la opinión de sus colegas universitarios, así como para comunicar la voz juvenil y franca del pueblo, un elemento imperdible para medir los niveles de aceptación de la 4T. Asistía puntualmente a la subdirección de la cátedra de Derecho Internacional de la UNAM sin que esta ocupación lo agobiara. Huérfano de madre y padre, había decidido prescindir de cualquier compañía, incluidos parientes, cercanos o lejanos, así como de sus amigos y amigas, para reorientar su vida y reencontrarse. De Yanira ni hablar. Había enloquecido, y de ser una fanática amlista, orgullosamente "chaira", como se calificaba, con el paso del tiempo había empezado a descubrir la dolorosa verdad —al percatarse de que el presidente y sus allegados integraban no solo una pandilla más corrupta que cualquiera de las de los priistas, sino que habían llegado al poder con el objetivo de destruir a México— , e intentaba saciar su dolorosa decepción y sus frustraciones vertiendo sus venenos en Juan, aquel todavía consejero presidencial en materia jurídica y beisbolera, con su respectivo despacho, nada menos que en Palacio Nacional.

Yanira no votaría por Morea ni por sus partidos satélites, una vil patraña más para engañar a los ignorantes o a los inocentes. Yanira tampoco votaría por el "Sí por México", jamás lo volvería a hacer por el PRI, el PAN o el PRD, es más, nunca votaría ni el 6 de junio ni nunca más por nadie ni por nada, así era la dimensión de su frustración, aun cuando otras personas decidieran en las urnas por ella. ¿Cómo entenderla?

El joven y promisorio abogado necesitaba recluirse para extirpar esa desagradable sensación de ser una nave al garete, la hoja seca caída de un árbol sujeta a los vaivenes del viento. Según se acercaba el verano de 2021, hurgaba en su interior para dar con la mejor opción de aislamiento desvinculado de todo contacto con el mundo exterior. Su vida amorosa y su desempeño profesional constituían un desastre completo.

Juanito no encontraba la mitad de las piezas del rompecabezas. Como todo buen místico, pensó en la posibilidad de encerrarse en un monasterio o pasar algunos momentos en ciertas iglesias católicas. Ahí, encerrado, en absoluto silencio, al inhalar el olor a incienso y confinado en una reconfortante penumbra, tal vez podría escuchar obras clásicas de órgano, en total sosiego, hasta encontrar la salida del laberinto. Muy pronto desistió de la idea, porque el contacto con los curas le resultaba ciertamente tóxico. Rentar una habitación en una playa tampoco le despertaba la menor ilusión: no podía exponerse a ser contagiado de Covid y agotar sus menguados depósitos de paciencia, recursos y escaso buen ánimo. No, no era momento de enfermarse, no. Pronto dio con la solución ideal. Recordó cuando Ana, una antigua novia muy querida, lo había llevado de la mano a un retiro espiritual en absoluto silencio, en las afueras de la Ciudad de México. En ese recinto, carente de la menor connotación religiosa, estaban prohibidos los libros, las revistas, los periódicos, las tabletas electrónicas, las computadoras, los teléfonos celulares, las cámaras fotográficas, así como cualquier aparato tecnológico que distrajera la atención de la concurrencia. La comunicación oral entre los meditadores tampoco era posible ni a través de un texto escrito, es más, ni siquiera era válido un mero intercambio visual. Existían tres obligaciones ineludibles para permanecer en reclusión: no hablar una sola palabra ni escribirla ni ver a los ojos al prójimo y, eso sí, usar el tapabocas todo el tiempo, salvo cuando se estuviera en el interior de su habitación o en el comedor, a la hora de los alimentos.

Pero ¿cómo se las arreglaría para seguir enviando textos a través de Twitter y no dejar de participar, durante el encierro, en la agenda jurídica, si prescindía de su celular para obligarlo a meditar y a ensimismarse con el ánimo de descubrir lo que se agitaba en su interior? Casi podía deletrear un mensaje imposible de ser enviado, al ser asesor del presidente, pero que le estallaba en el alma:

Juanito Alcalá A.

@aliasjuanitoaa

Los jueces federales que se opusieron a las leyes ilegales, ordenadas y promulgadas por AMLO, son héroes de la patria que no se acobardaron ante la UIF ni ante el SAT ni ante la FGR ni ante el poder omnímodo de AMLO. Son un orgullo para México.

El lunes 4 de mayo de 2021, después de haber pedido unos días de vacaciones, Juanito entró a su encierro en busca de sí mismo. Saldría siete días después, con la esperanza de haber encontrado un mejor destino, suerte y sólidas decisiones para resolver su existencia. El costo total de la estancia, incluida la habitación, un pequeño calabozo, ¿calabozo?, bueno, sí, casi un calabozo, de tres por dos metros, alimentos y agua fresca, se elevó a 1 400 pesos, o sea, 200 pesos diarios. La cama, si así se le podía llamar, consistía en una plancha de concreto sin almohada y una manta rasposa para superar los fríos nocturnos. La ropa y otros bienes personales se depositaban en el piso a falta de un mueble para colocarlos. Su pequeña maleta fue esculcada por unos misteriosos sujetos vestidos de negro, deseosos de encontrar alguna botella de licor o algún producto alucinógeno o embriagante, incluidos los cigarrillos o tal vez un celular, una computadora o un iPad. Las duchas, ubicadas en baños comunitarios separados para hombres y mujeres, no tenían, por supuesto, agua caliente ni la menor comodidad.

Los perfumes y otros aromatizantes e incitadores no podían ser utilizados en los reducidos linderos del recinto que, además, carecía de energía eléctrica para coincidir con los horarios marcados por la madre naturaleza, tal y como acontecía en los monasterios enclavados en lo alto de las montañas europeas del siglo XVI, en donde solo era posible escuchar la voz del viento. La actividad comenzaba al salir el sol y culminaba cuando este se ponía. Las velas también estaban prohibidas en las reducidas crujías. Se estaba acompañado, sí, pero en hermética soledad, tal y como sucedía en las gélidas e indiferentes sociedades modernas. Se recomendaba dormir en posición fetal para revivir la felicidad de estar en el vientre materno.

Durante el encierro, Juanito se vio obligado a caminar por los pasillos con la mirada clavada en el piso, para no ver a los ojos de las personas con quienes se cruzaba. La misma situación se daba durante el desayuno, la comida y la cena: no debía mirar el rostro de los comensales. Los alimentos consistían en pan, bastones de jícama, pepino, apio y zanahoria sin sal ni ningún tipo de aderezo, condimento o picantes y agua sola, la que se deseara. Se trataba de disfrutar el sabor original de la naturaleza. La carne y los productos lácteos estaban prohibidos. Imposible quejarse con nadie, salvo con los directivos, quienes juzgaban la validez del comentario o de la reclamación y, en su caso, podían solicitar la exclusión del sujeto que había presentado alguna inconformidad. Pensar en la feliz idea de visitar a Ana en su celda, a escondidas, como lo había logrado anteriormente, durante la noche, antes de la madrugada, una ilusión que quedaba reducida a una mera fantasía, a un gratísimo recuerdo. Las alucinaciones no estaban prohibidas.

A tres días de su enclaustramiento, Juanito se acomodó, después de un breve baño tomado con justificada rapidez y de ingerir el magro desayuno, en una banca de madera ubicada debajo de un ahuehuete. Acto seguido, escrutó el rostro del cielo, contempló el balanceo de las copas de los árboles, se felicitó por la llegada reconfortante de un gorrión, disfrutó las caricias de los rayos tempraneros del sol y se dispuso a estar más tiempo con él mismo.

De Yanira no volvió a saber gran cosa, salvo que había salido con varios amigos mucho más jóvenes que ella y no había logrado consolidar ninguna relación amorosa.

Juan, como él mismo confesaba, había pasado de flor en flor, sin encontrar tampoco la pareja de sus sueños. El amante que se fue, si vuelve, jamás será el mismo. En sus fantasías solitarias el abogado, experto en derecho internacional, comparaba a Yanira con el corcho de una botella de champaña. Una vez expulsado con la fuerza de las burbujas, jamás se podría volver a introducir en el frasco, salvo que se le mutilara con un cuchillo y se destruyera, pero entonces la pieza habría sido dañada para siempre y jamás volvería a su estado original.

Al recordar los versos inolvidables de Manuel Gutiérrez Nájera, una sonrisa irónica apareció en su rostro:

"Las novias pasadas son copas vacías, en ellas pusimos un poco de amor; el néctar tomamos… huyeron los días… ¡Traed otras copas con nuevo licor!"

Bien sabía Juan que la mente, su gran enemiga en esta coyuntura, intentaría distraerlo para impedirle dar con la solución y encontrar el camino de la reconstrucción de su vida. ¡Claro que aquella le cerró el paso mandándole pasajes dolorosos padecidos en su relación con su hermano, sin olvidar sus saldos en las tarjetas de crédito, las cuentas del teléfono, entre otros distractores! ¿Habría dejado abierta la puerta, cerradas las llaves del agua y del gas en su departamento? Extrañaba su vida cotidiana, deseaba un gran trago de whisky, una buena arrachera con frijoles refritos, un jugo de naranja, una concha de vainilla, varios sabrosos mordiscos de chocolate amargo para recuperar la energía y su cama. ¡Ay, su cama!, sus deliciosas sábanas, su almohada, su ducha con agua caliente, luz artificial para leer, trabajar y oír música en las noches y, desde luego, su computadora y su imprescindible teléfono celular que lo mantenía comunicado con el mundo exterior. Lo que fuera, pero se trataba de impedir el abordaje del meollo de sus graves preocupaciones.

Su mente parecía un fantasma maldito, un espíritu sádico que disfrutaba la pérdida de su paz y se negaba a orientarlo para salir del caótico laberinto. Mientras clavaba la mirada en un pequeño estanque habitado por varios patos, de pronto, a modo de una idea relampagueante, entendió la causa de la confusión que, en buena medida, lo había conducido a la reclusión. Juan había negado, por la razón que fuera, dicha posibilidad. La cercanía con el máximo poder político de México lo había deslumbrado y desquiciado su ego. El tema central tenía nombre y apellido, se llamaba Antonio M. Lugo Olea, AMLO, presidente de la República. Sí, en efecto, ahí radicaba su principal fuente de angustia, el origen mismo del malestar y de su extravío.

Finalmente había dado en el clavo. La soledad se convirtió en su mejor aliada para descubrir que la vanidad se había alojado en su interior como un demonio imperceptible, hasta enceguecerlo, para impedirle entender su conducta. La fama, el reconocimiento público en la escala que se deseara, habían cambiado su personalidad, lo habían engañado, lo habían instalado en una turbulencia emocional y convertido en una triste marioneta que desempeñaba un papel despreciable que su razón, ahora, no estaba dispuesta a admitir. La vanidad lo había orillado a traicionarse. ¿Él iba a ser un político corrupto o apoyaría un sistema emponzoñado que siempre había criticado? ¿Qué quedaría de él a la larga en este proceso de divorcio de sus valores? El monstruo de la vanidad terminaría por perderlo, y luego devorarlo. Sí, pero finalmente había entendido los móviles diabólicos que lo habían extraviado a lo largo de más de dos años de gobierno de AMLO… Ahora podría retomar las riendas de su vida…

Juan Alcalá ya no podía seguir prestando sus servicios a un gobierno en el que no solo ya no creía, sino despreciaba y, sobre todo, se le desbordaba una agria insatisfacción por estar bajo las órdenes de quien había dictado, sí, dictado, impuesto contra toda razón, decisiones suicidas como si hubiera llegado al poder con el ánimo fundado de destruir al país. Después de casi 30 meses de la catastrófica gestión de Morea, se le había agotado la paciencia junto con el periodo de gracia que se le concede a todo gobernante al ceñirse en el pecho la banda tricolor. Las cartas estaban sobre la mesa, la realidad podría constatarla quien hiciera el mínimo esfuerzo por informarse a través de diversos medios de comunicación. México estaba proyectado, en una inercia suicida, a caer en un inmenso despeñadero de profundidad desconocida, en un vacío sin fondo, un agujero negro en el espacio infinito del que no saldrían las futuras generaciones a menos que, en términos inaplazables, se adoptaran las medidas correctivas para evitarlo.

Sí, en ese momento, justo debajo del enorme ahuehuete, Juanito se dolió de haber estado mucho tiempo en un bosque sin poder ver los árboles. La esperanza, la desesperación y la promesa de una vida mejor podían obnubilar ya no solo a las muchedumbres, sino a personajes de la vida económica con credenciales académicas, hartas de la putrefacción política, del atraso social, de la corrupción, de la inseguridad y de la patética ineficacia de los servicios públicos de salud, entre otros ejemplos que justificaban el malestar nacional. Sí, sí, lo que fuera, pero uno de los motivos centrales de su decisión de apartarse de la presente administración, supuestamente de izquierda, consistía en comprobar que AMLO estaba construyendo paso a paso, día a día, hora por hora, una nueva dictadura mexicana en pleno siglo XXI. Él de ninguna manera podría convertirse en un cómplice de la destrucción política, social y económica de México. Si quien calla otorga, Juan Alcalá Armenta jamás callaría, y no solo no enmudecería, sino que saltaría rabiosamente al lado de la oposición para continuar estructurando una auténtica república democrática. La patria, la única que teníamos y tendremos, se desintegraba a diario en el seno de una sociedad apática, somnolienta, acobardada o simplemente anestesiada.

Al salir de su encierro voluntario, el abogado y consejero solicitaría una cita con el presidente de la República. Le entregaría en su propia mano su carta de renuncia. ¿Un rugido de ratón? Sí, algo era algo, ¿no...? ¡Claro que antes que él ya habían renunciado, con la debida dignidad, en unos casos extemporánea, pero al fin y al cabo lo habían hecho, el secretario de Hacienda, el secretario del Medio Ambiente, el coordinador de la Oficina de la Presidencia, el director del Instituto Mexicano del Seguro Social, entre otros más de menor jerarquía!

¡No!, nada de que presentaría su dimisión por cuestiones personales y por así convenir a sus intereses, o por motivos de salud. Le explicaría sus razones al jefe de la nación, cara a cara. ¡Cuánta desesperación le producía, mientras se encontraba en su transitorio enclaustramiento, la impotencia de no poder sentarse a redactar la carta que pondría en manos del propio AMLO! ¡Qué daría por contar con su computadora y desahogar de una vez su malestar con palabras lanzadas como proyectiles! Sin embargo, tendría que cumplir con el término de su reclusión a la espera de nuevas revelaciones. Los compromisos son los compromisos... "No se puede ser feliz sin ser valiente", se repetía hasta el cansancio, al imaginar su enfrentamiento con el jefe de la nación. Se armaría de valor. ¿Quién era él finalmente, un hombre o un payaso? ¿De qué estaba hecho?

El resto de la semana, además de inventariar de memoria los cargos contra el gobierno de AMLO, a falta de un lápiz y de una hoja de papel, lo dedicaría a jerarquizar otras prioridades personales y a materializarlas, como quien ejecuta un viejo anhelo. Decidió que buscaría una nueva pareja, la forma más feliz de resolver la existencia. Ella tal vez estaba cerca, muy cerca de él y no la había visto. Exploraría su antiguo plan de viajar a Estados Unidos para unir a los mexicanos y lograr un acuerdo nacional de "Brazos Caídos" en aquel país, de modo que un día del año, solo uno para comenzar, ningún mexicano prestara sus servicios en los campos ni en los hoteles ni en los restaurantes ni en las construcciones ni en los trabajos que no hacían ni los negros, como decía el presidente Ford… Los chicanos podían paralizar la economía yanqui si legales o ilegales no recibían la misma retribución por su trabajo en igualdad de circunstancias que los yanquis. Ya no habría oportunidades para ejercer el desprecio por el origen económico, la nacionalidad y el color de la piel. A los hechos; todo era cuestión de organizarse.

Otra decisión, otro objetivo adicional de su viaje a Estados Unidos: México había recibido 40 mil millones de dólares en 2020, algo así como 800 mil millones de pesos provenientes de las remesas remitidas por la comunidad chicana domiciliada en los Estados Unidos. Una auténtica fortuna captada por las familias humildes de México para ayudarlas a superar la adversidad económica y la pobreza. Si bien resultaba innegable y justificado el envío de esa suma, superior a las exportaciones de petróleo y a los ingresos por turismo, entre otros rubros, también producía un efecto indeseable entre los receptores de los recursos: estos no se dolían de los perjuicios evidentes de la catastrófica gestión de AMLO porque gracias a ese ingreso mensual generoso siempre había para tortillas, frijoles y medicinas, además de otros gastos familiares, y ello impedía el desasosiego de multitud de marginados, el malestar por las carencias, y anulaba las iniciativas de salir a la calle a protestar por el hambre, por las privaciones materiales o por el desastre sanitario originado en la pandemia. En resumen: las remesas ayudaban a ignorar la realidad, solo que, por razones evidentes, no existía persona alguna que pudiera proponer su cancelación, pero sí cabía la posibilidad de condicionar su entrega a los beneficiarios, siempre y cuando no votaran por Morea, o sea, por la destrucción de México. Menuda tarea faraónica; sin embargo, habría que intentarlo. "Los grandes retos son para los grandes hombres", se dijo en silencio.

Al terminar su encierro, una vez liberado de su cautiverio, tan pronto llegó a su departamento, arrojó al piso una pequeña bolsa con sus pertenencias y corrió a sentarse en su silla favorita, frente a su escritorio. Abrió la computadora portátil y empezó a redactar compulsivamente. Leía y volvía a leer, tachaba y volvía a tachar, imprimía, corregía y volvía a corregir a mano el texto impreso. No podía olvidar la sentencia de Gracián: "Si lo bueno es breve, entonces es doblemente bueno".

Sr. Lic. Don Antonio M. Lugo Olea
C. Presidente de la República
Palacio Nacional
Ciudad de México

Señor presidente: con el obligado respeto a su alta investidura, no a su persona, le presento mi renuncia irrevocable al cargo de asesor con el que usted me distinguió al principio de su administración.

Si bien yo soy uno de los millones de mexicanos que votamos por usted para construir un Estado de derecho… Si bien me sumé a su cruzada para erradicar la pobreza y el hambre… Si bien me decidí por usted cuando prometió consolidar la separación de poderes, encarcelar a la Mafia del Poder y nombrar a un fiscal autónomo e independiente, la realidad es que la única promesa que cumplió fue cuando ejecutó la sonora sentencia de mandar "al diablo a las instituciones", para lo cual se ha apropiado del ahorro público para gastarlo en la construcción de una dictadura y en su eternización en el poder.

Usted le ha fallado y mentido a la nación al haber creado un narcoestado, en donde impera la ley de la selva, y se han cometido aproximadamente 90 mil homicidios dolosos de mexicanos en dos años y medio, asesinado a 11 mujeres al día, se cuentan por 10 mil los desaparecidos durante su oprobioso mandato y 98% de los delitos que se cometen en el país jamás se sancionan. ¿No es la ley de la selva que usted se comprometió a combatir con la Constitución en la mano?

Señor presidente: por haber traicionado sus promesas relativas a la creación de un sistema eficiente de impartición de justicia (~~miserable traidor, y yo todavía le creí a usted como millones de mexicanos~~), lo considero un traidor a la patria, por lo que no puedo prestar mis servicios a un gobierno, a una autoridad podrida a la que desprecio y debo, por legítimo amor a mi país, combatir fuera de Palacio Nacional por el bien de México. Le he perdido la confianza. Ha venido usted a destruir los heroicos trabajos de nuestros antepasados, la obra histórica de nuestros abuelos, por lo que colaborar a su lado equivale a traicionar mis caros principios y a convertirme en cómplice de la debacle que usted encabeza.

A partir del día de hoy, parafraseándolo a usted, por el bien de México, acabemos con Morea, considéreme su enemigo con el insignificante poder que usted desee concederme. Desde mi humilde trinchera haré lo posible y lo imposible de modo que Morea pierda el control de la Cámara de Diputados el próximo 6 de junio. No seré cómplice del proceso de destrucción de México, que usted lamentablemente encabeza con gran éxito.

~~¿Atentamente? Bueno.~~ Atentamente,
Juan Alcalá Armenta

P. D.: Me declaro listo para enfrentar las represalias que habré de padecer por haber tomado la decisión de no colaborar con usted ni un solo día más, y peor aún, por el contenido de la presente carta. He conocido de cerca los alcances de su resentimiento y su capacidad para ejercer una venganza disimulada en el momento más inoportuno para sus víctimas. Estoy en paz conmigo mismo. Venga el SAT, venga la UIF, venga la calumnia: los espero con el pecho abierto.

Al concluir la carta de renuncia y leerla y releerla una vez impresa, la dejó reposar para pedir la cita al día siguiente. Enseguida, Juanito, liberado, se dirigió a la ventana con la sensación de haberse quitado un gran peso de encima. Enfrentarse al presidente de la República no era, ni mucho menos, una tarea insignificante. ¡Pobre de aquel incapaz de conocer los poderes y los recursos de sus enemigos! El abogado los conocía de sobra, y tampoco ignoraba las consecuencias de seguirse traicionando hasta hundirse en sus propias heces. Él podía dimitir con un simple texto, alegando pretextos indigeribles con tal de salir del paso, pero en realidad se trataba de enrostrarle a AMLO los catastróficos errores de su gestión con el ánimo de sacudirse el malestar y estar en paz con su conciencia.

De pronto, al contemplar el escaso tráfico citadino y constatar que el mundo no se detendría por sus problemas personales, vio a Yanira descendiendo de un automóvil. Ella se dirigía, sin duda alguna, a su departamento. ¿Qué hacer? ¿Por qué lo visitaría? Se restregó los ojos, incrédulo, mientras escuchaba las pisadas sobre los escalones que conducían al segundo piso. Después del tremendo rompimiento de meses atrás, la relación, según él, había quedado cancelada de por vida. Por lo visto se equivocaba. El sonido del timbre lo sacó de cualquier género de dudas.

—¿Juan? —preguntó—. Soy yo, Yanira, ábreme…

El abogado se quedó paralizado. Si no le respondía y le impedía el paso, ella se encargaría de encontrarlo en cualquier lugar de los tantos a los que él acostumbrara ir y podría armar un verdadero escándalo en público, de aquellos que hacen historia. Mejor, mucho mejor aplacar a la fiera en casa, en linderos controlables.

Yanira estaba preciosa. Se había arreglado como nunca. Llevaba puesto, puestísimo, su perfume favorito. El aroma lo transportaba a los momentos amorosos más intensos y arrebatados vividos con ella. Al entrar se desprendió de su bolsa y la arrojó sin más sobre el sillón en el que tantas veces habían hecho el amor. Su pelo trigueño, sus jeans ajustados y su camiseta blanca que insinuaba la presencia de unos poderosos senos que él tantas veces había remojado con su mezcal favorito, tequila o lo que tuviera a la mano, ese cuerpo juvenil, muy a pesar de sus colosales 37 años, despertaron la avidez del macho de apenas 32. Bien sabía ella su juego y conocía a ciencia cierta las debilidades de su amante. Algo de razón contuvo los impulsos del abogado, más aún cuando ella se abalanzó, sin más, para colgarse de su cuello. Juan permaneció estoico y serio, clavado en el piso, sin devolver las caricias ni pronunciar palabra alguna. Sus brazos descansaban inmóviles a sus costados. De llegar a ceder, bien lo sabía él, continuaría una relación ácida y frustrante. En los últimos meses entre los dos se habían amargado la vida, los insultos habían subido de tono y las diferencias habían destruido la convivencia y acabado con la magia del amor. Ambos se habían ido a dormir noche tras noche mascullando maldiciones y leperadas. Los pesados silencios se habían apoderado de una conversación ya casi inexistente. Nada de escucharla bañándose bajo el chorro del agua y correr a enjabonarla una y mil veces. Las ilusiones habían venido desapareciendo y perdiendo vigor, como la llama parpadeante de una vela cuando el pabilo se encuentra a punto de la extinción.

—¿Ni siquiera me vas a abrazar, guapo? —cuestionó Yanira con el ánimo de hacerse la graciosa y romper el hielo.

—No, Yanira, lo que ocurrió fue muy serio. El daño es irreparable, entiéndelo —repuso recordando las palabras de su abuela, una mujer muy religiosa, amante de la sabiduría popular de corte clerical: La debilidad debería ser un pecado mortal.

Por toda respuesta, Yanira dispuso de un arsenal de recursos con los que había conquistado al abogado. No podía fallar. Sin apartarse de él, tomó una de sus manos y se la apoyó contra sus nalgas. El abogado no reaccionó; su extremidad permaneció tan inconmovible como su dueño. No respondía ni jadeaba ni perdía el ritmo de su respiración ni respondía a las caricias más audaces. Tampoco cuando ella metió su mano en la entrepierna, a la espera de una reacción favorable.

Yanira insistió. Juanito la dejó hacer. Ella descendió los brazos para abrir lentamente los botones de la bragueta sin dejar de verlo a la cara. El abogado no le permitió continuar. La reina había perdido su magia. Ahora se trataba de una bruja. Juanito no pudo más y se retiró. Se apartó como quien lo hace de una persona con una enfermedad contagiosa. No había más que decir ni le permitiría avanzar en su estrategia de conquista.

—Ya nada de nada, ¿verdad? —preguntó Yanira sorprendida. Se sabía perdida. La verdad afloraba.

—No, Yanira, mi cuerpo expresa mis sentimientos a la perfección. ¿Ves cómo no miento?

—¿De verdad ya no me quieres, cariño? —preguntó ella, dolida por el rechazo y lastimada en su orgullo y en su amor propio.

Juan prefirió callarse en lugar de contestar.

"Respóndeme, cobarde", iba a agregar en uno de sus conocidos ataques de furia, solo que sus planes diseñados de buen tiempo atrás la convocaban a guardar la calma.

—¿Qué dices, amor? Habla, contéstame —insistió cruzándose de brazos—. Vengo dispuesta a oír lo que sea antes de perderte para siempre. Vine a escucharte, me duela o no.

El abogado también hizo lo posible por evitar un aluvión violento de sentimientos incontrolables. Recordó cuando en el último pleito ella le había dicho que se fuera a la chingada, mientras estrellaba media vajilla contra las paredes y el piso. "Espero no volver a verte nunca más", había agregado en su furia destemplada. En esa ocasión, todo acabó cuando Juan abandonó el nido amoroso, maleta en mano, mientras accedía a la petición con estas palabras: "Nada me daría más gusto que complacerte, pero resígnate, Yanira, porque nos volveremos a ver, pero en el infierno y por toda la eternidad".

—Estoy esperando tu respuesta, Juan. Dime que ya no me quieres y échame de tu casa a patadas —la furia resurgía. El sentimiento de desprecio le despertaba una profunda rabia. ¿Cómo se atrevía ese imbécil a rechazar a una mujer como ella? En el fondo hubiera deseado llamarlo cobarde y abofetearlo.

—Nada me gustaría más que quererte como antes, Yanira, pero ya no siento nada. Estoy hueco, muerto. Quisiera quererte, pero no puedo; el daño es profundo, total e irremediable.

—No empieces con tus mamadas. ¿Me quieres o no? —preguntó en su detestable flema explosiva. Desquiciaba la conversación con su radicalismo. Además, no era momento para utilizar un lenguaje procaz.

—Disculpa, pero no puedo hacer nada, estoy impedido. Si ahora mismo quisiera hacerte el amor, no podría convencer a mi mente ni a mi cuerpo. Jamás tendría una erección. Yo ya no mando en mi corazón.

—¿Entonces ya no hay nada que hacer?

—Ya no me interesa. No quiero volver a sufrir a tu lado. Aprendí la lección. No siento nada ni se me agolpa la sangre en el cuello ni tu mirada me entusiasma ni tu cuerpo me dice nada… ¡Y pensar que nunca había querido a alguien como a ti! Los espantosos pleitos, la violencia y los insultos fueron acabando conmigo y ahora ya no queda nada. ¿Me entiendes?

—Pero…

—Yo llegué a creer que jamás te podría dejar y el día que salí de tu casa, cuando me mandaste a la chingada, viví una sensación de alivio como no te la puedes imaginar —afirmó el abogado en términos contundentes. Iba a agregar que un hombre nunca sabe lo que gana cuando pierde a una mujer, pero prefirió no utilizar semejante expresión. ¿A dónde iba con eso?

—¿Entonces lo nuestro fue mentira?

—No, lo fuimos destruyendo con el tiempo hasta que solo quedó un vacío. Acuérdate la cantidad de veces que te lo mencioné. Giramos contra la cuenta de los depósitos sentimentales hasta que la dejamos en cero.

—¿No queda nada?

Silencio.

—Insisto, ¿no queda…?

—No —respondió, interrumpiéndola—. Estoy completamente seco, seco como el polvo.

—¿Me puedo quedar un rato más, aquí en tu casa?

Silencio, un silencio cada vez más denso.

Ante la última respuesta, Yanira fue por su gabardina y se cubrió con ella.

—¿Te puedo dar el último beso?

Juan giró el rostro en dirección a la calle. Ella solo pudo besarlo en la mejilla, en un intento soso y desangelado. De inmediato se dirigió a la puerta de salida, echó un último vistazo al departamento, repasó con la mirada luctuosa a su antiguo amante y salió en silencio, para siempre, de la vida del abogado. Juan escuchó los pasos hasta que se perdieron al contaminarse con los ruidos callejeros. La meditación había funcionado a la perfección. Había acomodado cada taza en el ropero, como decía su abuela. Aliviado, se desplomó sobre el sillón: ahora sí ya no habría marcha atrás con esa mujer. ¿Por qué tolerar esas intempestivas explosiones que aniquilaban las ilusiones presentes y futuras? Los violentos cambios de ánimo hacían palidecer los momentos felices y acababan con el deseo de continuar con una relación que reportaba más malestar y frustración, que felicidad y placer. ¡Adiós, Yanira, adiós…! En un primer momento no se percató de la abundante mancha de sudor en sus axilas. Donde había existido fuego por supuesto que quedaban cenizas. ¡Cuánta razón tenía Otto von Bismarck, el Canciller de Hierro, cuando decía que era muy sencillo hacerse de colonias, pero muy difícil salir de ellas…! A veces acontecía lo mismo con las mujeres. ¿Número uno? ¡A la mierda con AMLO! ¿Número dos? ¡A la mierda con Yanira! Paso a paso... Ya era hora...

Quedaba entonces una asignatura pendiente, la más difícil y tortuosa: hacerse de valor, pedir una cita en Palacio Nacional con el presidente de la República para entregarle en mano su carta de renuncia y exponerle, cara a cara, las razones de su dimisión. Quedaba abierto el camino rumbo al norte, a los Estados Unidos, ahí se encontraba la siguiente tarea y la ejecutaría con coraje y entusiasmo. A los hechos y al tiempo...

Cuando Gerardo González Gálvez, Martinillo, regresó a casa después de una jornada intensa de trabajo, arrojó su portafolios sobre un sillón y se dirigió a la mesa de trabajo de Roberta Londoño, su querida esposa, quien lo saludó con un beso esquivo y no por otra razón, sino porque estaba dándole los últimos retoques a un texto relativo a la "Igualdad o Desigualdad" para una conferencia de la Facultad de Filosofía y Letras de la UNAM. Según Martinillo, un cambio de problema o de escenario equivalía a un veraneo en la Riviera Maya.

Ante la respuesta gélida de su mujer resultó imposible no sospechar que ella hubiera descubierto o sabido o simplemente intuido su relación con Sofía aquella misma tarde. Las mujeres tenían seis dedos, o sea una percepción muy desarrollada; según él, tal vez esa era la razón, o bien lo podían haber seguido los espías bien adiestrados de Lugo o escuchado sus llamadas telefónicas por medio de los especialistas electrónicos de la 4T, como correspondía a un gobierno autoritario. Colocó las cuartillas con sus conclusiones respecto a la instalación del comunismo en México sobre su escritorio, abajo del pisapapeles de cristal de roca, no sin antes servirse un whisky y leer lo más sobresaliente de la prensa del día.

Mientras daba el primer sorbo de *scotch*, echaba la cabeza para atrás y se alisaba los cabellos con los ojos cerrados como si agradeciera a mil dioses el sabor de ese elixir, reposado al menos 15 años en barricas de roble, añejándose solo para su placer, pensaba en un alarde de presunción.

Por supuesto que guardaba las botellas en sus respectivas cajas, apartadas de la luz con el propósito de evitar que ese bálsamo mágico se aclarara y perdiera sabor y, por supuesto también, que alojaba dicha panacea universal en su recipiente original, colocado de pie, jamás acostado, muy bien cerrado y en lugares frescos para preservar la calidad del destilado. ¿Otro por supuesto? Ni por asomo tomaba ese sanalotodo con hielo, una auténtica herejía, una falta de ortografía etílica. Mientras experimentaba cómo el buqué de ese remedio milagroso escapaba en cada trago, en efluvios exquisitos por su nariz, no dejaba de mirar de reojo a su mujer, quien tecleaba compulsivamente como si interpretara un *rondo a capriccio* de Beethoven. ¿Qué estaría escribiendo con tanta pasión?

Gerardo estaba perdido de amor por Roberta, a pesar de haber transcurrido casi 30 años de compartir juntos la vida. Admiraba su pasión por su carrera, la fuerza de sus convicciones, su lucha por ser independiente y exitosa en el seno de su matrimonio, su constante búsqueda de explicaciones, su deseo incansable por rescatar la influencia de las mujeres en la historia, en la política, en la economía y en las relaciones humanas de cualquier naturaleza. Sus alumnos de la cátedra de filosofía la admiraban y no solo quienes habían concluido el curso, sino los estudiantes de diversas generaciones, incluidos aquellos que ya estudiaban el doctorado. Si alguna habilidad se le reconocía a Roberta era la de pronunciar la palabra adecuada en el momento preciso. Amigas y amigos, parientes y terceros necesitaban su consejo, su sabiduría, su concepción práctica de la existencia y el contagio de una paz interior envidiable como la de quien entra a una iglesia a confesarse o se purifica escuchando un coro angelical interpretado por cantantes de cualquier academia o institución europea. "¡Nadie puede permanecer igual después de oír una gran ópera, un magno concierto o después de visitar un museo que te despertará hasta el último poro de la piel!", solía repetir al tener contacto con el mundo del arte.

Roberta llegaba a los 58 años en plenitud de sus facultades mentales y físicas. Se encontraba en los umbrales del esplendor de toda mujer, lista para aprovechar su madurez, su experiencia acumulada durante cinco décadas, la decantación de sus sentimientos, el acceso a sus esencias intelectuales y emocionales, ya filtradas de basura y libre de lastres. Nada la detendría. Ella explicaría sus conclusiones, sus claves aplicables a la justicia femenina y a la social. Con el tiempo se perdía la timidez y obsequiaba en sus trabajos la realidad de su persona, el ser íntimo que habitaba en su interior. No tenía el menor empacho en mostrarlo a terceros ni temía las interpretaciones, morbosas o no, de los receptores de sus reflexiones, antes inconfesables. "Así soy yo", exclamaba en sus conferencias y cátedras. Sean como son, los hipócritas, esos actores permanentes, no pueden ser felices... Día con día se quitaba una prenda de su personalidad escondida para sorprender a quienes la rodeaban. Se atrevía, se desnudaba, la edad la atropellaba, por lo que se empeñaba compulsivamente en descubrir quién era finalmente ella, y una vez conocido ese ser oculto que había vivido durante décadas sin exhibir su rostro, festejaba el hallazgo publicando su verdad, un ejemplo de autenticidad a seguir para sus lectores, radioescuchas o para el público en general. Se conquistaba ella misma, y al conquistar más espacios de libertad lo gritaba sin cortapisas ni complejos.

—Tú eres muy tonto para entender lo que estoy escribiendo, pero de cualquier manera te leo un par de párrafos y cuando se te quite la cara de ternerito degollado te los explico, ¿te parece, pichoncito mío, mi pichón? —comentó Roberta con su conocido humor negro con el que, por lo general, festejaba un hallazgo filosófico.

Martinillo respondió con una carcajada. Disfrutaba el lenguaje pedestre de su esposa de origen colombiano, pero ya aclimatada a la perfección a México, un país que adoraba igual o más que a su propia patria.

—Acabo de terminar la lectura de varios libros, Martinsucho, que se intitulan *La tiranía de la igualdad*, escrito por Axel Kaiser, *Cómo perder un país*, de Ece Temelkuran, *Aporofobia, el rechazo al pobre*, de Adela Cortina, entre otros textos que no están nada mal. Tenía razón Newton cuando decía que lo que sabemos es una gota de agua y lo que ignoramos es el océano, *amore mio*. Jamás dejaremos de aprender. El conocimiento es una de las grandes aventuras de la vida. ¿No crees?

—Claro —contestó el escritor, acomodándose en el sillón para encarar a su mujer a la espera de una conversación intensa y sin cuartel como las tantas que habían tenido juntos al abordar distintos temas en los que pocas veces estaban de acuerdo. O le concedía a ella la razón aun cuando fuera por simple cortesía o volvería a dormir en la perrera—. La curiosidad mueve al mundo, mi Rober. ¿Te imaginas el deterioro de nuestras vidas si partiéramos del supuesto de que lo sabemos todo y, por lo tanto, no hay ya nada que descubrir ni investigar? Si compadezco a quien carece de ilusiones, ahora piensa en el hecho de que perdiéramos el interés por saber, ¿qué nos movería entonces? En la escuela nos enseñaron que los humanos nacen, crecen, se reproducen y mueren y yo les enmendaría la plana a mis maestros diciéndoles que nacen, crecen, se reproducen, piensan, crean, evolucionan, forjan, construyen, inventan, se desarrollan intelectualmente y mueren —agregó descansado al comprobar que la actitud seca y cortante del principio no tenía relación alguna con Sofía, ¡ay, Sofía…!

—No empieces con tus bobadas, amor, mejor te cuento a dónde voy, pero calladito te ves más bonito, ¿ok? —agregó la filósofa con la intención de no permitir interrupciones.

—Soy tan tuyo que ni me pertenezco. Di…

Acto seguido, Roberta procedió a leer los párrafos más sobresalientes que días después dictaría en la UNAM. Se mostraba muy inquieta:

De acuerdo con lo anteriormente expuesto, ¿podemos concluir, en términos de las hipótesis socialistas, que la desigualdad es inmoral por definición y una sociedad igualitaria siempre será mejor que una sociedad desigual? De ser afirmativa la respuesta, valdría la pena pensar en la tesis de Kaiser, cuando sostiene que existen países africanos con mayores niveles de igualdad que en los Estados Unidos. ¿Quién en su sano juicio, me pregunto, quisiera vivir en una sociedad igualitaria en tribus africanas como la himba en el norte de Namibia o la de los bosquimanos en Botswana o la de los zulus en Mozambique, en donde todos, absolutamente todos, pues de otra forma no sería igualitaria la comunidad, consumen agua contaminada cuando la encuentran, por lo que los problemas de salud son tan alarmantes como increíbles? Ahí están los severos problemas de deshidratación, hambrunas, mortalidad infantil, ébola, las enfermedades causadas por la falta de higiene, diarreas, disentería, cólera, además del VIH, que mata por millones, sin olvidar la mutilación genital femenina que, con independencia de los respectivos traumatismos emocionales, produce infecciones mortales, entre otros males. Imposible dejar en el tintero el caso de la brujería, en donde internan a mujeres en campos de concentración para obligarlas a ingerir brebajes antihigiénicos sin atención médica para dejarlas morir. Ahí está el caso de las niñas que tienen su primera menstruación, ocasión en que se les fuerza a mantener relaciones sexuales sin protección con un hombre denominado la "hiena", como parte de sus ritos de iniciación a la pubertad.

Me adelanto a las réplicas de la audiencia a sabiendas de que se trata de afirmaciones extremistas, lo sé, pero al fin y al cabo solo intento explicar que la postura igualitaria parece razonable y ética, pero ¿lo es?, como se cuestiona el autor: ¿es superior una sociedad con mayor igualdad y menor calidad de vida, que una con más desigualdad, pero con más calidad de vida para la mayoría de la población? ¿En Estados Unidos todos se apellidan Gates?

Finalmente, el análisis de la igualdad se reduce a un mero problema de generación de riqueza. Veamos. ¡Claro está que las personas pretenden ser iguales, pero eso sí, iguales a quien más bienes posee y jamás desean parecerse a quien menos tiene! Ningún político con dos dedos de frente prometerá la igualdad a las masas diciéndoles que las va a nivelar por lo bajo, ¿verdad que no? Imposible matar el ideal del bienestar... El concepto electoral muy vendible, por cierto, consiste en quitarles el dinero a los ricos para distribuirlo entre los pobres, sin importar que con su verborrea estimulan la envidia y detonan el odio entre los diversos sectores de una sociedad con sus consecuentes perjuicios. Todo parece indicar, sin embargo, que muchos políticos, sobre todo los latinoamericanos, no han entendido todavía que los ricos no van a esperar que les expropien sus bienes cruzados de brazos para lograr una mayor o absoluta igualdad social, sino que procederán a sacar sus recursos del país en busca de certeza jurídica y patrimonial, solo para producir más desigualdad y pobreza en el lugar en donde hicieron su fortuna. ¿Van a resignarse a entregar el fruto de su trabajo a un gobierno autocrático o al que fuera, o el patrimonio de generaciones de familiares, a sabiendas de que el destino de su capital en manos de burócratas no mejorará la suerte de millones de pobres, según lo demuestra la historia, y en cambio sí se verán incrementados los depósitos de los políticos extorsionadores, auténticos parásitos, ladrones, en cuentas de banco en paraísos fiscales, como también lo documenta la propia historia?

El periodista permaneció pensativo, sin intentar criticar el argumento. Su mujer tenía razón. Si los empresarios advertían con claridad el arribo del peligro convertido en confiscación, no podían permanecer inmóviles cuando unos truhanes iban a robarles el producto del trabajo de una o varias generaciones. Claro que tenía que haber una respuesta; lo primero que saldría de México serían los capitales, y a continuación huirían las personas.

Ustedes, con la mano en el corazón, ¿creen que si el día de mañana Maduro fuera derrocado —el mismo que dijo que los niños venezolanos se morían a propósito como parte de una conjura imperialista para desestabilizar a su gobierno, al igual que López Gatiel se atrevió a declarar que los niños enfermos de cáncer intentaban asestar un golpe de Estado en contra de AMLO—, regresaría como chofer a conducir un camión de carga por las ahora deprimentes carreteras venezolanas? ¿Acaso la revista *Forbes* y otros medios de difusión masiva no divulgaron la existencia de la fortuna de Fidel Castro haciendo saber que era uno de los hombres más ricos de América Latina con todo y sus interminables discursos comunistas? Está claro que no solo los empresarios exportan sus capitales en casos de peligro. ¿Dónde y en manos de quién habrán quedado esos gigantescos recursos robados a los cubanos y a los venezolanos, entre otras tantas nacionalidades, a la muerte del tirano? ¿Verdad que nunca volverían a la tesorería cubana para resarcir de alguna forma, insignificante, por cierto, el daño? Una conclusión anticipada: Donde hay un tirano, un enemigo de la democracia, hay un bandido. Ahí están los depósitos en bancos panameños de las hijas de Hugo Chávez y sus discursos a favor de la igualdad… Sobran los ejemplos… ¿Qué tal el inmenso rancho propiedad de Raúl Castro en Panamá, en donde posee miles de cabezas de ganado? ¿Quién quiere una igualdad como la cubana y la venezolana en donde la gente se muere de hambre, entre otros dramas?

Martinillo escuchaba estupefacto. ¡Qué talento el de su mujer, con cuánta claridad planteaba la problemática política y social, sobre todo del hemisferio sur, aun cuando incursionaba en terrenos distintos a su especialidad profesional! Prefirió dejarla leer. Ya habría tiempo para conversar, pensó mientras apuraba otro trago de whisky.

¿Cuál igualdad, señoras y señores?: Todos desean que sus hijos sean los mejores de la clase, los más exitosos, los más populares, los ganadores en los eventos deportivos, los más destacados y premiados en los festivales escolares. ¿Quién quiere hijos iguales a los demás, sin mérito alguno? Está en la naturaleza humana el ideal de superación, con lo cual se rompe cualquier principio de igualdad, por ello quien tiene los recursos para mudarse a una casa mejor en una colonia mejor, de la misma manera, si puede cambiar de escuela a sus hijos, lo hará no para distinguirse de los demás, sino para ofrecer una mejor calidad de vida a los suyos, a quienes lanza en busca de la excelencia o de metas superiores inalcanzables para los demás. Por supuesto que no los dejará en un barrio pobre o en un colegio público si puede pagar una zona residencial y becar a sus hijos para que estudien una carrera incluso en el exterior. El acceso a mayores niveles de bienestar rompe con el ideal absurdo de la igualdad. Las personas prefieren la desigualdad porque quieren diferenciarse del resto. ¿Cómo no recordar en estas breves líneas al fraile Tomás de Mercado cuando declaró "no hay quien no pretenda su interés y quien no cuide más de proveer su casa que la República"? Todos pretendemos evolucionar y prosperar con independencia de la condición de los demás. Cualquiera preferiría gastar sus ahorros, el producto de su trabajo, en bienes para su familia antes de gastar su dinero para rescatar del hambre a millones de personas que perecen de inanición en África o acá mismo, en México. ¿Egoísmo? Es naturaleza humana: lo mejor para nosotros, allá los demás, sin olvidar la existencia de filántropos que afortunadamente piensan de otra manera.

Gerardo escuchaba atónito. De sobra sabía que acusarían a Roberta de elitista, de fifí, de pirrurris, de clasista.

Todos somos distintos, todos somos desiguales y tenemos diversos gustos, preferencias, sentimientos, impulsos, fortalezas y debilidades, costumbres, hábitos e inteligencias, aspectos físicos, estatura, complexión, voces. Es más, en una familia nadie es igual: los padres son distintos, los hermanos también lo son entre sí; en un hogar nadie es igual, de la misma forma que acontece en una manzana o en una colonia o en un Estado o en el país: nadie es igual al otro, por lo que si se pretende igualar a una sociedad, el patrimonio incluido, este objetivo, como en el socialismo, solo se logrará por medio de la fuerza en el contexto de un régimen totalitario.

—Espera, espera —arguyó Martinillo, mientras iba por un vaso de agua mineral para acompañar su bebida. El autor estaba deleitándose con el análisis de su mujer.

Los cantantes mexicanos ¿son todos Pedro Infante o los boxeadores se llaman Canelo o hay muchos pilotos como el Checo, o directoras de orquesta como Alondra de la Parra o genios creadores como González Camarena? ¿Verdad que no? ¿Alguien se iba a atrever a decirles a ellos cómo cantar, pelear, conducir, dirigir o construir un cinescopio? ¿Alguien les propondría regalar sus ahorros a los pobres o estarían conformes en que se los expropiara el gobierno para destinar sus bienes a lo que fuera? Por la fuerza sí, pero se acabaría el talento, se empobrecería un país en lo general, no solo en el orden económico, al producirse una fuga de cerebros en busca de otras latitudes en donde pudieran disfrutar su libertad, sus bienes y su prosperidad sin ser perseguidos ni envidiados ni acosados.

¡Cuánta razón tenía don Quijote cuando afirmaba: "La libertad, Sancho, es uno de los más preciosos dones que a los hombres dieron los cielos; con ella no pueden igualarse los tesoros que encierra la tierra ni el mar encubre; por la libertad, así como por la honra, se puede y debe aventurar la vida, y, por el contrario, el cautiverio es el mayor mal que puede venir a los hombres".

(Contar esta historia sin leerla, para dar más dramatismo a la narración):

En la Guerra Civil española, cuando los anaqueles de los mercados estaban vacíos y el hambre se apoderaba de toda la península, una mujer mayor criaba cierto número de gallinas en las azoteas para proveer, en secreto, a su familia, doliéndose de la suerte de quienes carecían de alimento. Ella no solo no estaba dispuesta a compartir los huevos ni sus gallinas, sino que, como llegó a confesarlo en varias ocasiones, si alguien atentaba contra el patrimonio, la vida y el bienestar de los suyos, sería capaz de matar a quien intentara privarlos de su sustento. La igualdad, decía como buena castellana, se puede ir a la mismísima mierda o si queréis os la podéis meter por el culo: antes que la patria o cualquier tercero están los míos…

La catarata de argumentos constituía una lluvia refrescante para Martinillo, agua limpia y cristalina, reconfortante. Ojalá y leyera AMLO alguna de sus cuartillas a las que calificaría de un conservadurismo extremista.

En términos igualitaristas, ¿es mejor que nadie se salve a que se salven solo algunos?, pues esa sería una desigualdad injusta, afirmaba Kaiser. ¿Quién va a sacrificar el interés personal en aras del "bien común"? ¿Quién va a decidir qué es el bien común? Yo sé, yo, será el supremo intérprete de la voluntad nacional, un dictador, un iluminado, un profeta, un místico, un vidente, en el fondo un vulgar ratero, un déspota, un Putin, que sabrá mejor que ustedes lo que más les conviene a ustedes y a su familia en la vida, al igual que a la sociedad. ¿En aras del "mayor interés general" se privará, por la fuerza, a la gente del fruto de su trabajo, en lugar de aprovechar su riqueza, sus habilidades y conocimientos en el rescate de los desposeídos, mediante la generación de fuentes de trabajo? ¿Cómo es posible que un grupo de burócratas resentidos, envidiosos e ignorantes, supuestamente interesados en generar el bienestar de la nación, empiecen por provocar la huida de quienes pueden ayudar a crear ese bienestar y a aliviar la desigualdad material? Solo con una bayoneta en el cuello se le podría imponer a la gente el modelo de vida que debe adoptar... Basta con ver las miserias en que viven postrados venezolanos y cubanos cuando los empresarios son expropiados y exiliados... Hoy en día Venezuela es el país más pobre de América Latina, incluido, ¡una barbaridad!, nada menos que Haití... Todos debemos defender nuestra libertad a cualquier costo, porque es, junto con el raciocinio, lo mejor del género humano...

Thomas Jefferson, el tercer presidente de Estados Unidos, sostuvo que "el bien común —*public good*— se promueve de la mejor manera por el esfuerzo de cada individuo buscando su propio bien a su propio modo", claro está, en un contexto de libertad y de protección de los derechos individuales, es decir, de escrupuloso respeto de las garantías individuales de los integrantes de una comunidad, que es lo que permite a cada uno perseguir sus fines y servir a la comunidad. El gobierno no les puede decir a los individuos dónde trabajar, con quién trabajar, cómo trabajar, a qué hora trabajar, a qué hora descansar, dónde vivir, cuántos hijos tener y de qué sexo, a qué escuela mandarlos, qué deben estudiar, qué deben leer, qué deben decir, qué pueden publicar y en qué medio deben hacerlo, qué deben vestir y en qué lugar comprar, con quién pueden hablar y de qué pueden hablar y, finalmente, a qué hora pueden hacer el amor y hasta en qué forma deben hacerlo: a más restricciones en la actuación de las personas, coincido con Kaiser, más se debilita el proceso dinámico que constituye la esencia de la sociedad.

Jamás olvidemos, sostiene el colega chileno, que la Revolución Industrial nos llevó a niveles de riqueza, bienestar y libertad nunca antes vistos en la historia humana gracias al rol del empresario, el lucro y la burguesía. Hasta el papa Juan Pablo II, a diferencia de Francisco, concluiría lo siguiente: "Se puede decir que después del fracaso del comunismo, el sistema vencedor sea el capitalismo, y que hacia él estén dirigidos los esfuerzos de los países que tratan de reconstruir su economía y su sociedad. Ese es el modelo necesario que deben adoptar los países del Tercer Mundo, que buscan la vía del verdadero progreso económico y civil…" ¿Cómo alcanzaron Alemania, Estados Unidos, Inglaterra y Japón, además de Corea del Sur, entre otros más, los niveles de bienestar y de igualdad material? Nunca fue creando un sistema de propiedad comunal ni restringiendo libertades ni destruyendo el Estado de derecho ni controlando los aparatos de impartición de justicia ni acabando con la democracia. Todo es muy simple: copiemos, imitemos, pero eso sí, imitemos lo bueno con sus debidas adaptaciones. Las claves están a la vista, aprovechémoslas…

El capitalismo, no amputado, no mutilado, sometido a ciertas reglas para evitar la monstruosa acumulación de poder económico y, por ende, político, es el menos malo de los sistemas de generación de riqueza. Roosevelt supo imponer el orden a los *trusts* que amenazaban la estabilidad de su gobierno, permitió un aumento de la productividad sin precedentes, y al disminuir los niveles de miseria equilibró en buena parte las desigualdades materiales y con ello detonó la prosperidad nacional. En los regímenes socialistas de extracción marxista la desigualdad es patética porque los burócratas que viven en el Kremlin disfrutan su lujosa *dacha*, en las afueras de Moscú, su casa de campo, de la que carece la población, mientras brindan con vodka Crystal por el bienestar y por la conquista del bienestar del pueblo ruso.

Para concluir, los gobiernos no son los únicos culpables, porque nunca he creído en las culpas absolutas, como bien se dice por ahí. Adela Cortina, en su magnífico ensayo intitulado *Aporofobia, el rechazo al pobre*, explica la existencia de "una cierta fobia hacia los pobres, la cual lleva a rechazar a las personas, a las razas y a aquellas etnias que habitualmente no tienen recursos y, por lo tanto, no pueden ofrecer nada, o parece que no pueden hacerlo".

En ese momento, aprovechando una pausa de Roberta, el autor se levantó y se dirigió al pequeño bar de la sala a servirse otra generosa ración de whisky. Regresó a su asiento para decirle a su esposa:

—Amor mío, tienes que cuidar mucho las inflexiones de la voz. Tu exposición no puede ser tan plana. Imprímele más pasión, más enjundia, de modo que haya más contrastes en tu conferencia para que sacudas al público.

—No estoy ensayando. Solo estaba leyéndote mis ideas en voz alta. Pero va, a ver qué te parece mi rollo:

Se trata de reclamar un hogar para todas las personas, que nadie se vea obligado a mendigar, que nadie se vea sometido a mafias. Se trata de erradicar la pobreza y de reducir las desigualdades dentro de un contexto de dignidad.

Llegar a esta afirmación ha sido una labor de siglos, a lo largo de los cuales se fue produciendo una evolución, desde entender que los pobres son culpables de su situación, responsables de ella, hasta comprender que existen causas naturales y sociales que una sociedad justa debe erradicar. Adela aclara que "desde un punto de vista ético, quien rechaza y denigra desde el poder, sea cual fuere el tipo de poder, rompe toda posibilidad de convivencia justa y amistosa. Rompe el vínculo con el humillado y ofendido y se degrada a sí mismo".

Al estar de acuerdo con ella sobre si los pobres son en parte culpables de su situación, en descargo de ellos debo reconocer que los gobiernos no han sabido instrumentar políticas eficientes para rescatar de la pobreza a la población, ya sea por desprecio a quien "solo" les da votos o por ignorancia o por incapacidad o por torpeza o por corrupción o simple indolencia. Basta imaginar que si en México se hubieran invertido los recursos sustraídos al erario por políticos rapaces, los marginados habrían salido de su condición hace un buen tiempo, siempre y cuando se hubieran aplicado estrategias educativas y empresariales como las empleadas estratégicamente en Corea del Sur. Lo anterior es cierto, pero más cierto aún que el lastimoso papel de las sucesivas autoridades ha sido el comportamiento o el discurso o los planteamientos de la Iglesia católica, de los medios de difusión masiva, en particular las televisoras nacionales, sin olvidar a las escuelas y los métodos de enseñanza. En concreto: a los niños y a sus padres se les embrutece en las iglesias mediante la inducción de sinsentidos, es decir, a través de la indigerible deglución del dogma reñido con la más elemental razón. ¿Qué tal aquello de que "es más fácil que pase un camello por el ojo de una aguja a que entre un rico en el reino de los cielos"?, cuando los ricos crean empresas, captan divisas, generan prosperidad, pagan impuestos y cooperan a la paz social mediante la creación de empleos que implican ingresos honrados para sus familias. ¿Los empresarios entonces al diablo? Las televisoras y la iglesia embrutecen al pueblo con su programación y con la difusión del dogma católico, sin olvidar que en las escuelas mexicanas se engendra la mediocridad y el atraso en todas sus manifestaciones, en tanto los videojuegos se imponen como los peores enemigos de la lectura. No solo es el rescate de los pobres por medio del gobierno, sino el proceso de estupidización y de resignación al que someten a la nación.

Como bien sentenciaba Kant: es preferible formar un Estado de derecho en el que los individuos sean protegidos por las leyes, que quedar desamparados en un Estado sin leyes, en el que cualquiera te puede quitar la vida, la propiedad y la libertad de decidir el propio futuro.

Cambiemos todo desde la escuela: los conocimientos y la ética nos harán libres sin esa estupidez de que por mi raza hablará el espíritu. ¿Cómo que hablará el espíritu? ¿Qué sandez es esa en un Estado laico? Que no hable el tal espíritu, que hablen la razón y el conocimiento. Ya es hora de cambiar el lema…

Muchas gracias.

En ese momento, una Roberta alegre y juguetona agachó la cabeza a modo de una breve reverencia, en busca de un aplauso. Su marido se puso de pie y se lo tributó encantado y dichoso. Sin terminar la ovación, dio la vuelta alrededor del escritorio y la cubrió de besos. Qué mujer. Qué maravilla. Roberta era un privilegio.

Alfonso Madariaga, el audaz empresario internacional especialista en finanzas, el deportista de alto riesgo próximo a cumplir 50 años quien, según decía, había colocado la bandera mexicana en la cumbre del Everest, había descendido 35 metros en el mar, sin equipo de buceo, volado en los Alpes suizos con un parapente y recorrido varios kilómetros de ríos subterráneos en la península de Yucatán, un hombre capaz de enfrentar cualquier desafío como entrar en la noche en la habitación del presidente Pasos Narro con el objetivo de cuestionarlo, tal y como hubieran deseado hacerlo millones de mexicanos, estaba ávido de nuevas experiencias, una más audaz que la otra. Sus compañeros de golf se burlaban del gran Poncho al recordar, entre carcajadas, que el exitoso financiero neoyorquino les contó esa gran patraña del pavoroso ataque de un tiburón blanco, cuando se encontraba nadando en el Mar Rojo, y solo había podido salvarse al meterle la mano por la boca y luego el brazo completo, para voltearlo al revés como a un calcetín... Increíble, ¿no? ¡Menudo hablador! ¿Otra más? ¡Sí! Imposible olvidar aquella anécdota verdaderamente graciosa, remojada con whisky Talisker, del día en que lo había perseguido un enorme león africano y luego de alcanzarlo y derribarlo, mientras la fiera intentaba morderle el cuello entre rugidos de horror, el inigualable Madariaga le había jalado los testículos hasta arrancárselos, para poder salvar la vida... Sobra decir que el inmenso felino había huido más dolorido que aterrorizado...

Además de sus elevados ingresos profesionales, el aventurero había ganado una infinidad de apuestas por miles de dólares, entre otras tantas por haberse llevado a la cama a un buen número de mujeres, solteras o casadas, daba lo mismo, quienes finalmente habían sucumbido fascinadas en el lecho gracias a su exquisita y hábil labia, desarrollada con el paso del tiempo.

Alfonso, un competente financiero, conocía, claro estaba, los patrimonios de sus propios clientes, así como los haberes de diversos inversionistas del sector público y privado, a través de sus contactos con los altos directivos de la banca y operadores de fideicomisos mexicanos o de extranjeros en Nueva York. Si la información era poder, este hombre lo tenía de sobra. Sabía, directa o indirectamente, sobre la vida y obra de muchas personalidades mexicanas del mundo de los negocios, de las artes y, por supuesto, de la política. En su carácter de asesor, era experto en triangular operaciones a través de distintos paraísos fiscales y, de ahí, atomizar los recursos enviados a ciertos fondos con claves secretas inaccesibles a los fiscos del planeta. Para salvaguardar la identidad de los interesados, podía esconder o localizar los fondos de sus clientes o de terceros por medio de complejas estrategias aprendidas o utilizadas por directivos de casas internacionales de bolsa, en donde las transacciones billonarias en bonos o acciones eran el pan nuestro de cada día. Entre operadores financieros se conocían entre sí, y aunque no se transferían todos los secretos, sí se sabían las mecánicas y las estrategias…

Sí, Alfonso Madariaga se hacía rico con su magnífica especialidad. Sus ahorros crecían día tras día; sin embargo, mientras más llenaba su vida con dinero, más vacío experimentaba en su existencia. Necesitaba algo más, mucho más. Los viajes en aviones privados estaban muy bien, al igual que los paseos en lujosos yates acompañado por mujeres hermosas en busca de jugosas recompensas, así como las estancias en hoteles económicamente inaccesibles para la inmensa mayoría de los humildes mortales. El boato y la frivolidad cotidiana empezaban a hartarlo. Él no era, en modo alguno, un goloso coleccionista de arte, ni siquiera podía ser considerado como un buen lector. Lo negro, la letra negra, no era lo suyo. Tampoco le llamaba la atención la filosofía. La aventura y la voluminosa secreción de adrenalina constituían la droga necesaria para justificar su estancia en el aburrido mundo de los vivos. ¡Horror de horrores!

Podía, claro está, contemplar un cuadro o una escultura, sentarse como una abuelita a leer un libro escrito por el mejor novelista, lo que fuera, pero nada comparable con la emoción de jugarse el pellejo en una escapada de esas tantas, dignas de ser consignadas en un colosal libro de aventuras, en donde la audacia, el coraje y el valor serían los principales protagonistas. Todo aquello que no le permitiera sentir cómo el corazón estaba a punto de estallarle y salirse desbocado de su pecho carecía de sentido. El paso por la vida no debería ser un tránsito descafeinado; todavía menos para él, dueño de una personalidad ansiosa, ágil y desesperada. Más, necesitaba mucho más, pero ¿como qué?, se preguntaba en sus ratos de ocio, sobre todo los fines de semana, cuando se enfrentaba a sí mismo.

Madariaga tenía amigas y amantes, así como compañeros de buceo en busca del tiburón blanco o para lanzarse desde una avioneta, a gran altura, con la intención de romper el récord de mayor tiempo en caída libre sin abrir el paracaídas; precipitarse en el vacío constituía su gran ilusión. Disfrutaba jugar al dominó, al golf o simplemente viajar con amistades para hablar de fruslerías o banalidades, sin olvidar a los socios con los que intercambiaba puntos de vista profesionales. ¿Su vida era completa? ¡Qué va! El gran Poncho no tenía pareja. En realidad no deseaba comprometerse con nadie, en buena parte porque su cotidianidad estaba rodeada de riesgos que él buscaba afanosamente. Requería de la estimulante presencia de tóxicos naturales en su sangre, una hormona del peligro, de la tensión, de la ansiedad, la que generaba alto voltaje, la necesaria para percatarse de que, en efecto, vivía. Sabía que en cualquier momento podría encontrarse frente a frente con la muerte, y se resistía a producir dolor y vacío en sus herederos, para ya ni pensar en una viuda desconsolada por haber emprendido el viaje sin regreso mucho antes de lo previsto. Prefería una soledad en llamas y jugarse su resto en cada coyuntura.

El distinguido financiero llevaba largos años padeciendo una enorme desesperación como consecuencia de la inutilidad del sistema mexicano de impartición de justicia. Políticos llegaban y políticos se iban llenos de dinero mal habido, robado impunemente al pueblo de México, y nunca se les castigaba; jamás se les veía retratados en la cárcel, atrás de las rejas, como correspondía a una pandilla de bandidos. Aún más, esos miserables rateros, rotos por dentro, incapaces de experimentar el menor sentimiento de piedad, contemplaban el tesoro público como si fuera de su propiedad, sin detenerse a considerar los millones y más millones de compatriotas sepultados en la pobreza, desde la primera noche en que había comenzado la historia.

Alfonso Madariaga no era juez ni ministro de la Corte, ni siquiera agente del ministerio público, pero sí un experto en finanzas, conocedor de múltiples secretos ciertamente inconvenientes de ser expuestos al escrutinio público. Su información, divulgada a través de los medios de difusión masiva, convulsionaría al execrable mundillo político. ¡Claro, pensó, ahí estaba la respuesta! Usaría el poder de la información con dos fines: escapar de lo rutinario y, lo más importante, obligar a los pillos a regresar lo robado.

Él no encarcelaría a nadie; carecía de conocimientos jurídicos para lograrlo por más pruebas que tuviera a su alcance. Al contratar a un abogado para iniciar un juicio tendría que, por un lado, revelar forzosamente su identidad, un detalle imposible de salvar; por el otro, no confiaba en los jueces y detestaba a los abogados chicaneros, por lo que fracasaría en sus planes después de siglos de trámites inútiles y de procesos judiciales insoportables, atentatorios contra su escasa paciencia.

Si para un funcionario de alto nivel lo más importante consistía en la preservación de su imagen pública, entonces comenzaría por hacerle llegar, en términos anónimos, el inventario secreto de sus inversiones fuera del país, o sea, un listado de existencias del ahorro público sustraído ilegalmente de México. ¡Claro que los presupuestívoros se quedarían azorados al desconocer el origen de una información tan confidencial como comprometedora!

Emocionado, Madariaga comenzó a diseñar la estrategia para luchar en contra de la corrupción, al menos en el corto plazo. Una vez notificado el político corrupto, a título personal, de la ubicación internacional del patrimonio ilícito sustraído al erario, sería amenazado con publicar en los medios de difusión masiva el listado de sus inversiones, advertido de que si una vez difundida dicha información el truhán no devolvía los fondos robados en un plazo determinado donándolos a instituciones filantrópicas nacionales, simple y sencillamente sería asesinado. ¡Ay de aquel que se resistiera a devolver el producto del hurto, porque sería ultimado! De que el poderoso financiero impondría el orden, por supuesto que lo impondría, de eso no cabría la menor duda. ¿Un justiciero…? Sí, en efecto, se convertiría en un señor justiciero… ¿Un juicio en contra de los ladrones…? No: los graves problemas se resolvían ubicándose en los extremos. Primero, la honorable advertencia a los políticos, para reintegrar lo robado. Si la respuesta era el desprecio a la invitación, entonces a matar. Así entenderían y se convencerían los demás rateros, que se contaban por decenas de miles. Se trataba de llevar a la práctica las medidas ejemplares… O se alinean o se mueren…

¿Que se convertiría en un asesino? Sí. En los últimos 100 años de gobiernos mexicanos, cuando menos, nunca nadie había combatido, en la realidad y con resultados, la putrefacción política. ¿Se trataba de una comodidad suicida entre la sociedad, apática y cómplice, y la autoridad? Pues si ese era el caso, él sería el brazo justiciero mexicano. Si el crimen perfecto no existía, él se ocuparía de desmentir semejante enunciado. Nunca nadie podría sospechar de él ni podría ser señalado como presunto culpable ni siquiera por la mente más alucinada. ¿Quién iba a creerlo de un agente bursátil en Nueva York? Manos a la obra. Entre todos los candidatos escogería al idóneo: uno de los más famosos por haberse enriquecido en volúmenes y cantidades estratosféricas. El producto de lo robado por ese bandido no podrían agotarlo ni siquiera varias generaciones de descendientes, todos ellos auténticos cómplices, destinados a disfrutar impunemente el botín sustraído al pueblo de México. De pronto, al hojear una revista de eventos sociales que tenía sobre su escritorio, se encontró con la fotografía de su candidato ideal, mientras navegaba a bordo de un lujoso yate, en las aguas del Mediterráneo. ¡Este es el hijo de la gran puta que estaba buscando! —se dijo en silencio.

Disfrutaba su riqueza ante los ojos de propios y extraños con el debido cinismo, cuando se sabía el origen ilícito de sus bienes, pues jamás había trabajado en una empresa privada que justificara la tenencia de semejante patrimonio, un insulto a los desamparados, quienes todavía lo distinguían con un humillante "don Cirilo". Estaba ante el perfecto bribón. El pillazo de marras le había causado un doble daño a la nación: por un lado, no había pagado impuestos al acumular su gigantesca fortuna y, por el otro, había sacado del país millones y más millones de dólares que buena falta hacían en México para ayudar a financiar su crecimiento. ¡Miserable!

¿Cómo es posible —se preguntó Madariaga en alguna ocasión mientras despachaba asuntos en el interior de su oficina del piso 42 de un rascacielos en Nueva York— que los mexicanos, de todos los niveles, homenajeen a los políticos corruptos anteponiéndoles un "don" a su nombre, como si fueran merecedores del menor respeto o consideración social? ¿Don...? ¡Su madre! Eran *detritus* humanos, y como tales los trataría... Finalmente, la sociedad mexicana era cómplice no por comisión, pero sí por omisión: por lo menos deberían escupirles en la cara a los bandidos, pero los distinguían en casa y en banquetes como personajes dignos de reconocimientos y honores. ¿La sociedad mexicana era otra mierda? Ya veríamos…

Una vez seleccionada la víctima, Alfonso encontró enormes depósitos en Andorra, en Suiza, en Curazao y en el Estado de Brunéi Darussalam. Se apoyó en diversos colaboradores de "don Cirilo", quienes por una razón o por otra habían sido despedidos, anulados o excluidos del grupo encabezado por el exitoso ladrón. Madariaga partía de un supuesto muy válido: no hay hombre sin hombre. Los truhanes requerían a sus operadores confiables para mover su dinero. Alguien, en algún momento, habría tenido acceso a los más íntimos secretos patrimoniales y conocería el destino y ubicación de la fortuna mal habida. ¿Cuáles eran los ingredientes para dar con la gran veta? Por un lado, capitalizar el rencor de sus anteriores allegados, resentidos al no haber recibido la indemnización deseada después de años de una relación amafiada, o porque resultaba insignificante la recompensa obtenida después de haber prestado la identidad en negocios turbios, o por alguna traición o malentendido, lo que fuera.

Por el otro lado, una herramienta de probada eficacia consistía en contar con suficientes cantidades de dinero para aflojar la voluntad de los dueños de la información privilegiada. A billetazos soltarían la lengua y podría acceder a los registros públicos de la propiedad en México y en el mundo, así como a los estados de cuenta. El ladrón, titular de los bienes ocultados, se quedaría helado al recibir reportes personalísimos, estrictamente confidenciales, con la amenaza, además, de publicar dichos datos en los diarios más influyentes del país, salvo que se sometiera y aceptara las condiciones impuestas por un sujeto absolutamente desconocido. ¿Cómo era posible que una parte fundamental de su fortuna estuviera en manos de terceros y, además, en poder de chantajistas? Cuando Madariaga asesinara al primero y los demás hampones conocieran las razones de su muerte, sería de esperarse una voluminosa derrama de dinero en instituciones filantrópicas necesitadas de recursos.

La tercera parte del plan consistía en armar una eficaz estrategia de asesinato. ¿Que el plan era propio de un novelista alucinado? No importaba: la realidad superaba la mejor de las ficciones. ¡A los hechos! Ya se tragarían sus palabras los escépticos de siempre. Madariaga recurriría a la tecnología moderna para asesinar al primer político corrupto después de haberse negado a devolver el dinero defraudado.

Transcurrida una semana de reflexiones, consultas e investigación, el financiero decidió especializarse en el manejo de minidrones asesinos, las modernas armas inteligentes del futuro; es decir, echaría mano de la inteligencia artificial.

Los drones "militares", que cabían en la palma de una mano, volaban a velocidades sorprendentes y sus procesadores reaccionaban cien veces más rápido que un humano, por lo que ni los francotiradores más avezados podían destruirlos. Estaban dotados de cámaras, sensores, y en sus aplicaciones contaban con lentes para el reconocimiento facial. Podían transportar hasta tres gramos de explosivos con el suficiente poder para penetrar en el cráneo del delincuente y destruirlo con el primer impacto. Se trataba de un ataque aéreo de precisión quirúrgica, de una pequeña artillería electrónica imposible de detener, sobre todo si consistía en varios pequeños aparatos, cuya repentina presencia sorprendería a la víctima. Se podía acabar con cualquier enemigo sin correr el menor riesgo, pues se operaban a larga distancia. Varios drones se podrían ubicar en el momento adecuado, exactamente frente al bandido y, una vez identificado su rostro, disparar pequeños proyectiles o detonar los explosivos con la velocidad de un relámpago. Madariaga compraría los drones y aprendería a usarlos en el campo abierto en Nueva Jersey. El resto sería cuestión de tiempo…

Eso sí, jamás exigiría que el dinero desfalcado se devolviera al erario, porque AMLO lo desperdiciaría o tendría un destino al menos oscuro.

Eran las once de la mañana del 15 de mayo de 2021, la hora acostumbrada en que el ciudadano presidente de la República despertaba de su siesta matutina una vez concluidas sus conferencias mañaneras. Después de dos infartos, de dos severos ataques al corazón, el jefe de la nación estaba obligado a dormir por prescripción médica, a cuidar su corazón al menos un par de horas a media mañana, para poder continuar el resto de día con el eficiente proceso de destrucción de la República, iniciado en octubre de 2018, antes de haber tomado siquiera posesión de su elevado cargo, cuando canceló la construcción del nuevo aeropuerto de la Ciudad de México, a pesar de no contar con facultades constitucionales para perpetrar semejante atentado en contra de la economía nacional. Una parte de su gabinete fatigado y malhumorado ya se encontraba, horas antes, instalado en sus respectivas oficinas, pues había interrumpido su descanso desde las cinco de la madrugada para asistir a una supuesta reunión de prensa, utilizada, en el fondo, para dividir con éxito notable a la nación.

Los médicos personales del primer mandatario le habían insinuado, tiempo atrás, el uso del cubrebocas con voz apenas audible, propia de los menores de edad que solicitan tímidamente un permiso a un padre intolerante. Se trataba de evitar el contagio del Covid, sobre todo porque viajaba con mucha frecuencia y permanecía rodeado de una parte del pueblo, la más necesitada de cuidados preventivos, en razón de su escasa capacidad económica, de su ignorancia o de su escepticismo clínico. De contraer la enfermedad no le importaba infectar a terceros, una prueba adicional, otra más, para demostrar su desprecio por la sociedad, específicamente por la humilde, la carente de recursos o de derechos para acceder a la asistencia médica. Los millones de mexicanos dueños solo de su hambre, una vez contagiados, corrían el peligro de morir en casa o en la calle al carecer de atención médica. Los pobres primero, ¿qué...?

AMLO, por más que se irritara al surgir el tema de su salud, era un sujeto vulnerable por sus alarmantes antecedentes cardiacos, por su edad, su obesidad y sus preocupantes índices de azúcar en la sangre, sí, lo que fuera, pero el presidente desafiaba las recomendaciones científicas como si estuviera poseído por una poderosa fuerza de origen divino imprescindible para escapar a cualquier acechanza en contra de su integridad física. Nunca se cubriría el rostro para no proyectar cobardía ni debilidad ante sus seguidores, como si él no formara parte del mundo de los mortales. Los iluminados no se enferman, no se contagian ni contagian, ni requieren de sacramento alguno al saberse protegidos por una fuerza sobrenatural que los convierte en seres indestructibles. Los elegidos cuentan con información privilegiada, jamás se equivocan al poseer conocimientos superiores a sus semejantes, por lo que conducen su existencia a través de visiones e instrucciones dirigidas a ciertos seres humanos, los favoritos, los predilectos seleccionados directamente por Dios, su dios.

Solo así era posible entender sus reiteradas declaraciones desde 2003, cuando todavía era jefe de Gobierno de la Ciudad de México y afirmaba con la debida convicción e inexplicable seriedad: "Soy indestructible...".

Entonces ¿por qué razón se iba a cubrir la nariz y la boca si nada, absolutamente nada, ninguna enfermedad, virus, bacteria o parásito podrían lastimarlo ni mucho menos acabar con él? Era una contradicción flagrante... ¡Qué mal hubiera lucido Jesús de haber mostrado miedo en el momento de la crucifixión! Los enormes clavos encarnados en las palmas de sus manos y en sus pies colocados uno encima del otro, el desgarramiento en el momento de levantar la cruz y enterrarla en el piso, la consecuente asfixia al no poder respirar, así como el dolor agónico producido al sentir cómo se hundía en sus carnes la lanza de un centurión, produjeron una expresión en Jesús: "Perdónalos, Padre, porque no saben lo que hacen...". AMLO, con su sorprendente sentido de superioridad, parecía asentir con la cabeza afirmando en silencio la misma convicción: Señor, perdona a mis críticos, tampoco saben lo que hacen...

En alguna ocasión, cuando a mediados de 2020 la pandemia empezaba a cundir y todavía no mataba a mansalva a los mexicanos, el primer mandatario declaró con fundada convicción apostólica: "No mentir, no robar, no traicionar, eso ayuda mucho para que no dé el coronavirus...", por lo que, de acuerdo a semejante "criterio clínico", él jamás sería víctima del terrible mal ni tampoco el pueblo bueno y noble llegaría a caer enfermo, salvo algunas notables excepciones, siempre y cuando la nación se sometiera a un riguroso código de ética diseñado por su equipo de moralistas, seleccionado para evitar cualquier daño personal, familiar o social. En relación con el coronavirus, indicó el mandatario mexicano con esa sonrisa enigmática, si acaso sarcástica, triste y escéptica: "Hay que estar bien con la conciencia, no nos van a hacer nada los infortunios ni las pandemias...". O sea, ¿AMLO estaba en paz con su conciencia y por ello jamás se contagiaría de Covid? Y el desastre generacional de la 4T, ¿qué...? ¿No era un infortunio?

Como si semejante afirmación no constituyera una agresión a la inteligencia más primitiva, todavía, olvidándose de ser el líder de un Estado laico, mostraba unas "estampitas", sus "detentes", unas imágenes religiosas con la forma de un escapulario, sus "guardaespaldas", sus "escudos protectores", que le ayudarían a no contraer el virus: "Detente, enemigo, que el corazón de Jesús está conmigo...". El tiempo implacable, claro estaba, tendría, como siempre, la última palabra: ¿a la larga la exhibición de una imagen con el corazón de Jesús detendría la pandemia y desafiaría cualquier principio científico? ¿Realmente Lugo Olea jamás se contagiará de Covid? ¿No...? Más adelante declararía: "México es uno de los países que más cultura tienen en el mundo, por eso resistimos, salimos adelante y podemos enfrentar cualquier adversidad ante terremotos, inundaciones, epidemias, malos gobiernos y corrupción", aseguró sin el menor rubor el jefe del Ejecutivo, para proponer otra conclusión que dejaría absorta a la comunidad nacional e internacional: "Hay que abrazarse, no pasa nada", "la pandemia nos ha caído como anillo al dedo", comentaba cuando la peste ya había asesinado a más de 200 mil mexicanos y contagiado a dos millones de todos los sectores económicos de la nación y, sin embargo, la sociedad, anestesiada o feliz en su inconsciencia, no protestaba ni reclamaba como si se resignara a una suerte macabra tomada de la mano por Mictlantecuhtli, el dios del inframundo y de los muertos.

¿Cómo era posible que un jefe de Estado, en pleno siglo XXI, o cuando fuera, se atreviera a lucrar con una catástrofe mundial sanitaria, con una enorme fatalidad, una tragedia que había privado de la vida y del empleo a cientos de miles de mexicanos, porque el desastre convenía a su administración? AMLO, un consumado experto en el diseño de distractores para despistar al electorado en momentos cruciales, sentenció lo del "anillo al dedo" porque así la sociedad, desesperada por la muerte y el hambre, al cambiar la conversación y generar otro escándalo por sus infames declaraciones, ya no prestaría atención al caos de su gestión ni a la instalación de una nueva dictadura en el país. El ciudadano presidente de la República, electo democráticamente, utilizaría la pandemia como el gran pretexto para evadir con "sus datos" la catástrofe económica que él mismo había venido ocasionando al aplicar políticas suicidas de probada inutilidad en México y en el mundo. Él culpará al Covid, y a quien o quienes él designe, del creciente desempleo, de la multiplicación de los pobres, de la angustia social, de la contracción de la inversión nacional y extranjera y de la parálisis económica, cuando él es el único y exclusivo responsable de una nueva crisis financiera y social de proporciones inimaginables. El secretario de Hacienda era un florero despintado, incoloro y extraviado en alguno de los despachos de Palacio Nacional… AMLO se declarará inocente de cualquier carencia material, de la temeraria insolvencia monetaria de las enormes masas de marginados y de la insuficiencia presupuestaria de millones de mexicanos para adquirir siquiera los artículos más elementales de la canasta básica, cuando en el primer año de su gobierno, antes de la plaga, México no solo no creció al 4% prometido, sino que la economía se desplomó a menos del 1%.

Ningún integrante del gabinete, incluido el coordinador general de Comunicación Social y vocero del Gobierno de la República, se atrevía a comentarle al presidente los contenidos de las redes sociales, sobre todo lo relacionado con la pandemia para ya ni hablar de la marcha de la economía, porque la respuesta la conocían de antemano: "Yo tengo otros datos". Las contestaciones de AMLO dependían de sus imprevisibles estados de ánimo. En ocasiones respondía como un afectuoso padre de familia conversando con su hijo, un menor de edad, y en otros momentos surgía una fiera indomable que escupía al hablar, gritaba, golpeaba el escritorio, insultaba soezmente y maldecía a diestra y siniestra sin control alguno de sus sentimientos y sin conceder el menor respeto a sus interlocutores. Muchos de ellos coincidían, ya fuera por convicción o por miedo, en que AMLO era presidente hacendario, presidente ecologista, presidente epidemiólogo, presidente ingeniero, presidente magistrado, presidente legislador y presidente educador, entre sus inmensas y sorprendentes habilidades, en fin, se trataba de un genio universal capaz de dominar cualquier rama del saber humano.

Dicho lo anterior, ¿cuál hubiera sido la reacción del jefe del Ejecutivo si "alguien" hubiera osado deslizar subrepticiamente sobre su escritorio, como un mero descuido, un resumen de los contenidos en Twitter o en Facebook o hasta algunos textos hackeados a diversos personajes de la vida pública de sus cuentas de WhatsApp, a quienes se espiaba de manera permanente?

Comprar vacunas para los mexicanos mayores de 20 años hubiese costado 3 300 millones de dólares. Solo Pemex había perdido casi 25 mil millones de dólares en 2020. De haber vacunado a la sociedad y de haber inyectado recursos a la pequeña y mediana empresa, no se hubiera paralizado la economía ni tendríamos 4 millones más de pobres ni hubieran fallecido cientos de miles de compatriotas. Bastaba con haber impuesto coactivamente el uso de cubrebocas para empezar a salvar vidas: una irresponsabilidad genocida…

México cuenta 600 mil muertos por Covid, mientras que Japón, con nuestra misma población, solo registra 8 135 hasta abril de 2021; China, con 1 400 millones de habitantes, registra casi 5 mil muertos según la prensa, a saber… Alemania, con sus 83 millones de habitantes, registra 90 mil muertos. ¿Era tan difícil copiar, por ejemplo, a Corea del Sur y sus 3 700 muertos, en donde un doctor López Gatiel hubiera sido destituido y encarcelado de por vida a los 20 días de gestión?

Seiscientos mil mexicanos muertos por Covid superan a los mexicanos fallecidos durante la Revolución y la Rebelión Cristera juntas. El millón de mexicanos ausentes en el censo de 1920 se debió, claro está, a los compatriotas caídos durante nuestro lamentable movimiento armado, sí, pero también a los muertos por influenza en 1918 y a las decenas de miles de migrantes a Estados Unidos en busca de paz y de prosperidad.

—Ciudadano presidente —concluía Martinillo en una de sus intervenciones—: la supuesta "austeridad republicana" no debe incluir recortes en el presupuesto de mantenimiento de la central nuclear de Laguna Verde operada por burócratas de la CFE: un estallido como en Chernóbil podría matar

96

a millones de mexicanos. Evite una conflagración atómica, por favor, reaccione: en septiembre del 2020 estuvo cerca de experimentar una situación de máxima alerta al llevar a cabo un recambio de uranio. La pandemia sería un juego de niños si explotara esa central atómica por falta de mantenimiento.

Mientras todas las naciones se beneficiaban con la importación de diversos medicamentos para vencer al coronavirus, México cerraba sus fronteras a los fármacos más eficientes, a la usanza de las dictaduras genocidas, sin reconocer el menor respeto por la salud pública, decisión incomprensible y severamente criticada en el exterior… Mientras se practicaban pruebas masivas en todo el orbe para aislar a los infectados, atender a tiempo a quienes exhibían síntomas de la enfermedad, la 4T ignoraba las recomendaciones de los expertos epidemiólogos considerando una exageración semejante estrategia diseñada para evitar decenas de miles o centenas de miles de fallecimientos… Mientras cada jefe de Estado informaba a sus gobernados de los avances en el combate a la pandemia, en México se ocultaba perversamente la realidad para confundir a la sociedad y propiciar un desastre todavía mayor… Mientras en diversas latitudes se invertían enormes cantidades de dinero en el equipamiento de los hospitales públicos, en la adquisición de medicinas y en la capacitación de los equipos médicos, Lugo Olea destinaba ilegalmente los ahorros de la nación en la compra camuflada de votos para las elecciones intermedias del próximo mes de junio… Mientras los ministerios de salud rastreaban dentro y fuera de sus confines para contratar a los mejores especialistas en el control y erradicación de las pandemias, el primer mandatario apoyaba a un pseudomédico, López Gatiel, que había sido cesado por inútil, ignorante e incapaz durante los momentos aciagos de la influenza. Por supuesto que lo respaldaba cínicamente no solo para irritar aún más a sus críticos, sino para demostrar su poder omnímodo y distraer a sus detractores con las alarmantes aberraciones de un galeno traidor a su profesión y a su generación…

Mientras México era calificado en el mundo como el país con más personal médico fallecido por coronavirus y constituía una prioridad vacunar antes que a nadie a doctores, enfermeras y camilleros, AMLO prefería hacerlo en las poblaciones apartadas sin importarle arriesgar la vida de millones de familias mexicanas ante la ausencia de especialistas para atenderlas… Mientras la prensa internacional calificaba a México entre los cuatro primeros países con mayor número de contagios y de muertes, el presidente y su conocido doctor muerte ignoraban con absoluta desvergüenza los hechos al alegar que contaban con "otros datos" solo conocidos por ambos. ¡Claro que López Gatiel negó que 79% de los mexicanos hospitalizados habían perdido la vida al no habérsele podido someter a cuidados intensivos, entre otros daños similares! Mientras se proponía la realización de mapas de infección, en México se menospreciaba dicha información vital, en tanto un nutrido grupo de abogados acusaba a AMLO y a Gatiel de genocidas en la Corte Internacional de Justicia… ¿Alguna vez se les vería encerrados a ambos en una prisión holandesa, vestidos con los uniformes de los condenados a cadena perpetua, por haber cometido delitos atroces de lesa humanidad, en contra de poblaciones civiles al haber aplicado políticas genocidas o crímenes de agresión durante sus gobiernos? Esa fotografía, lamentablemente, jamás se vería publicada en los diarios del mundo…

La realidad, sin embargo, se impondría tarde o temprano y finalmente, claro estaba, AMLO cayó enfermo de Covid, para echar por tierra su supuesta indestructibilidad. Todo aquello de "no mentir, no robar, no traicionar", que ayudaría mucho para que no diera el coronavirus, se vino abajo como un endeble castillo de naipes sin que el pueblo bueno reclamara la insolvencia de sus palabras. ¿Alguien lo llamó mentiroso? ¡No, nadie, imposible en un país de reprobados y de resignados a una suerte celestial! Solo guardarían en su alma, en lo más profundo de su ser, su imagen sacra, la del gran "salvador…". La verdad no contaba, las evidencias tampoco, quiero promesas y no realidades, parecía cantar una parte significativa de la nación en un coro siniestro en un tono *pianissimo*.

Por supuesto que el comportamiento ético estaba absolutamente desvinculado de la posibilidad de contraer la enfermedad, de otra suerte, los políticos, jueces y legisladores corruptos, los narcos, los defraudadores fiscales, los curas pederastas, los criminales, en general, los hombres o mujeres infieles, todos ellos, entre tantos más, hubieran muerto fulminados por el Covid imponiéndose una purga social y religiosa sin precedentes en la historia patria. ¿Has mentido? ¿Sí...? ¡Pues entonces morirás de Covid! ¿Has robado? ¡Perecerás como en Sodoma cuando veas caer fuego y azufre del cielo como una penitencia impuesta por Dios por tus pecados! ¿Has traicionado? El coronavirus invadirá tus pulmones y acabará con tu pueblo infiel, le podría haber advertido Dios a Lugo Olea, de la misma manera que, en su momento, Él le había comunicado a Abraham su decisión de destruir Sodoma, salvo que Abraham encontrara, al menos, 50 justos en la ciudad. ¿Quiénes eran los 50 justos en Morea?

¿Dónde había un solo justo, solo uno, no más...? En efecto, en Morea no había justos, no, pero en el seno de la sociedad mexicana sí que existían y se daban en abundancia, no todo estaba podrido como en el gobierno. Solo que en lugar de que Dios acabara con los rateros, los mentirosos y los traidores, cientos de miles de personas que estaban en paz con su conciencia se contagiaron de coronavirus y fallecieron. ¿Era o no cierto que llevar una imagen del corazón de Jesús colgada del cuello detendría la pandemia? El "detente, enemigo, que el corazón de Jesús está conmigo" ¿supliría los efectos de inmunizar a todo un pueblo con una vacuna obtenida por los más importantes científicos del mundo instalados en laboratorios de la más alta tecnología y con acceso a millones de dólares para financiar sus investigaciones? No, los corruptos, los mentirosos y los traidores sobrevivieron y sobrevivirían por decenas de millones. ¿En dónde habían quedado las promesas incumplidas de Dios? El Abraham mexicano había fallado y defraudado a su pueblo...

Buena parte de sus prosélitos creyeron que al estar bien con sus conciencias no sufrirían infortunios ni enfermedades ni muertes, sin imaginar que muy pronto se contagiarían, fallecerían sus seres queridos, perderían sus empleos sin poder atenderse en los hospitales privados por la falta de ingresos ni en los públicos saturados, sin camas disponibles, sin equipos clínicos ni personal calificado, para terminar sus días sin su añorada cristiana sepultura y ser incinerados sus restos en un humilde crematorio municipal sin la posibilidad de reclamarle al iluminado la trascendencia de sus mentiras. ¡Claro que ser aséptico y esterilizado éticamente no servía para nada!

AMLO fue curado de sus males, solo los originados por el Covid, en un hospital militar al que no tienen acceso decenas de millones de mexicanos, en lugar de ingresar, con la debida congruencia, en un nosocomio del Insabi. Con la aplicación del primer medicamento intravenoso concluyeron las tesis de la inmortalidad para quedar incluido en la especie humana. Sin embargo, ignorando los auxilios celestiales, los médicos le aplicaron un tratamiento intravenoso inaccesible a la inmensa mayoría de la población, tanto por su elevado precio como porque el propio presidente había prohibido la importación del medicamento, debido a una indigerible rivalidad política con el laboratorio de marras. ¿El pueblo que se pudra? ¡Que se pudra! Las venganzas presidenciales estaban antes que la salud de los mexicanos. Por esa razón había prohibido la vacunación a los médicos y enfermeras del sector privado dedicados a atender solo a los "fifís". ¡Que mueran todos, sí, pero antes los "fifís"!

Tenía razón Martinillo cuando afirmaba en uno de sus escritos que si en Alemania surgiera un AMLO, después de la experiencia nacionalsocialista, este sería rodeado por un cordón sanitario que lo reduciría a la inmovilidad por medio de la colocación de una camisa de fuerza, para recluirlo en un hospital psiquiátrico, hasta recuperar, si fuera posible, su salud mental…

Bienvenido el coronavirus porque este se utilizará como una afortunada cortina de humo para ocultar la incompetencia, la ineficacia, la perversión y la intolerancia de AMLO y de la realidad de la Cuarta Transformación. ¿Qué parte del electorado entenderá que Lugo Olea, AMLO, es un ladrón de esperanzas, entre otros hurtos no menos deleznables? Ladrón, porque quienes esperaban la superación material ahora enfrentan la reducción de sus salarios o hasta la pérdida de sus empleos y sus terribles carencias; ladrón, porque aquellos que exigían el arribo de un país más justo con la instalación de un Estado de derecho y un eficiente sistema de impartición de justicia hoy enfrentan la misma o una mayor impunidad que disfrutan gerifaltes insolentes e intocables; ladrón, porque los servicios sanitarios prometidos son casi inexistentes, al igual que la seguridad pública y la educación de calidad. Ladrón, porque a quienes votaron por él para huir de la postración y de la miseria les robaron la confianza en el futuro y ahora se encuentran más apartados de cualquier sueño de bienestar y superación material. Las tortillas, los huevos, la leche, la gasolina, la electricidad y el gas serán más caros que nunca debido a un conjunto de decisiones suicidas que propiciarán una escalada inflacionaria, el impuesto más gravoso para los pobres. Ladrón, porque al regalar dinero a manos llenas les hurta a los supuestos beneficiarios el ideal de la lucha y del combate, en el entendido de que el desencanto y la frustración serán una amenaza presente cuando finalmente quiebre la Tesorería Federal.

Antes que otro cargo, AMLO acredita con creces el de ladrón, el de bandolero social, el de un defraudador de la confianza de la nación, en la más amplia acepción de dichos vocablos. ¿No es suficiente su paso a la historia como el ladrón de la democracia mexicana?

El máximo líder de la supuesta izquierda mexicana había declarado insistentemente, desde sus campañas electorales, que había concluido la época de la presidencia imperial, porque él iniciaría una presidencia más cercana al pueblo, ya que él no viviría en Los Pinos, la residencia habitada por 14 presidentes que lo antecedieron en el poder, que iban a cambiar las cosas, que él seguiría viviendo en su humilde casa ubicada en la alcaldía Tlalpan, a unos 15 kilómetros al sur del Zócalo capitalino... "No puede haber un gobierno rico con un pueblo pobre", repetiría el presidente hasta el cansancio a quien quisiera escucharlo; sin embargo, con todo y su austeridad republicana, ignoró una vez más sus promesas y se mudó a un palacio junto con su familia, sí, a un palacio rodeado de lujos con tibores chinos, pisos de duela importada perfectamente barnizada, candiles con vidrios y porcelanas de Bohemia, espejos de Tiffany, artesanados decorados por artistas italianos, esculturas de bronce y mármol, cortinas manufacturadas con sedas europeas, habitaciones decoradas al estilo art déco, jardines botánicos, murales pintados por Diego Rivera, jarrones de cientos de años de antigüedad, muebles de siglos pasados, alfombras y tapetes antiguos, sillones de madera tallada por grandes artesanos mexicanos, enormes óleos con sus marcos dorados labrados con figuras y recuerdos de los grandes protagonistas de la historia patria, grandes ventanales con vista al patio de honor y su fuente ochavada, un Pegaso, el caballo alado de Apolo, que aludía a los gobernantes, para que emplearan en sus tareas las virtudes —prudencia, inteligencia y valor— con que Perseo venció a la Gorgona, el mal. Imposible olvidar que otro tirano, Porfirio Díaz, había sido, desde 1884, el último inquilino de la majestuosa edificación antes de trasladarse al Castillo de Chapultepec. ¿Alguna coincidencia?

Al sentarse en el sillón de su escritorio, el de Benito Juárez durante los años de la restauración de la República, y acomodarse para leer los documentos confidenciales que requerían su atención inmediata, se encontró, entre los artículos de la prensa diaria escrita, nada más y nada menos que con una nueva columna del tal Martinillo, textos prohibidos por Brigitte, quien le había ordenado al secretario particular de su marido abstenerse de incluir las publicaciones de ese malvado periodista en los boletines diarios de prensa porque destruían el buen ánimo del presidente.

—¿Cuándo vas a entender, pedazo de pendejo, que no quiero que el presidente lea al puto de Martinillo y ahí vas y se lo pones enfrente para amargarle el día? —repetía la esposa vigilante hasta el cansancio con su conocido lenguaje florido—. ¡Carajo, contigo!

Los esfuerzos de la "no" primera dama, como se referían a ella periodistas y columnistas, fueron inútiles porque Antonio M. Lugo Olea no podía prescindir de conocer los puntos de vista de su más reconocido crítico. Tal vez disfrutaba el proceso diario de flagelación, mientras bebía su conocido "polvillo", su bebida tabasqueña favorita hecha a base de maíz, cacao, chocolate, piña y otras frutas.

¡AMLO, el Destructor!
Gerardo González Gálvez

Antonio M. Lugo Olea, desgraciadamente presidente de la República, ha logrado, como nadie, destruir a México con notable celeridad y sobrada eficiencia en tan solo 30 meses de "gobierno", si así se le puede llamar a su deplorable "administración…". Antonio López de Santa Anna, su idolatrado tocayo, otro renombrado traidor a la patria, de quien AMLO guarda celosamente un gran retrato al óleo escondido atrás de las cortinas en el despacho presidencial, dividió, empobreció, deprimió, escindió y acabó por perder más de medio país a manos de más de 7 mil estadounidenses invasores, cuando la población superaba más de los 6 millones de habitantes en este valle de lágrimas de 1847… Los mexicanos no hemos logrado superar el traumatismo derivado de la guerra alevosa en contra de los Estados Unidos, por lo que me pregunto, ¿cuánto tiempo tardaremos en recuperarnos económica y emocionalmente del brutal daño causado por AMLO, un vengador desalmado, quien, roto por dentro, llegó decidido a devorar como una implacable marabunta la menor simiente de progreso y de bienestar de la nación? Roto él por dentro, ¿se propone heredar también un México roto?

A lo largo de la dolorida historia de México nos hemos encontrado con gobernantes corruptos, frívolos, inútiles, golpistas, dictatoriales, depredadores, anacrónicos, suicidas, traidores, colaboracionistas, vendepatrias, sí, ignorantes y alevosos, al igual que asesinos, pero nunca nos habíamos encontrado con un presidente cruel, poseído por una alarmante insensibilidad con la que conmociona a la nación.

En efecto, AMLO es un jefe de Estado cruel, porque solo un feminicida intelectual no se conduele con el asesinato de 11 mujeres al día ni promueve reformas penales draconianas para protegerlas, sino que suprime los "Refugios de Mujeres Golpeadas", desaparece la Fucam, la Fundación de Cáncer de Mama, y cierra las puertas de 9 mil estancias infantiles que atendían a 350 mil menores, mientras sus madres se ganaban la vida. AMLO también es un desalmado al arruinar el futuro de la niñez por haber destruido la educación pública, y lo es todavía más por provocar la muerte de miles de pequeñitos enfermos de cáncer desde que eliminó el presupuesto destinado a los hospitales infantiles. ¿A "eso" se le llama un presidente humanista? Claro que no: AMLO es cruel, es un feminicida intelectual, inmisericorde e inclemente: ahí está la realidad para quien se atreva a verla…

Por supuesto que el perverso de Lugo Olea dice "no tener problemas de conciencia", porque "México es un país feliz, muy feliz", tan feliz que se ha desplomado la economía un 9%, lo cual no acontecía desde 1932, se han sumado 4 millones de pobres desde la desafortunada instalación de la 4T, 5 millones de niños abandonaron la escuela, más de un millón de negocios cerraron, se perdieron millones de empleos formales y ya suman 73 mil homicidios dolosos en dos años, además de las miles de personas desaparecidas; Pemex y la CFE se encuentran en la ruina, en tanto el presidente endeuda al país más que ninguno de sus predecesores en el cargo. Tan felices somos los mexicanos que ya se cuentan cientos de miles de muertos y millones de contagiados de Covid, sin que se diseñe una estrategia sanitaria y financiera eficiente para erradicarlo y recuperar así la salud física, económica y psicológica de una sociedad desesperada que paradójicamente no protesta ni siquiera cuando la muerte, esa compañera permanente, perversa e invisible, acecha a cada paso armada de su afilada guadaña para arrancar la vida de un solo tajo y al primer intento.

¿México se merece un primer mandatario desalmado desde que es feliz en su inconsciencia y por lo mismo es incapaz de contemplar la realidad y anticiparse a su futuro inmediato? México, en su apatía y, sobre todo, después de los terribles padecimientos registrados en nuestra historia, ¿se merece un castigo tan rudo y despiadado como el que le impone Lugo Olea desde la presidencia? Usted, querido lector, ¿qué opina? ¿Hasta cuándo aguantaremos y qué haremos cuando lleguemos al hartazgo?

Si el PRI instaló la "Dictadura Perfecta", AMLO fundó la "Dictadura Maldita". El 6 de junio la nación en general, y las mujeres en particular, habremos de ejecutar la venganza política y social en las urnas. Las mujeres tienen la palabra al dominar 53% del padrón electoral y ser las dueñas del futuro de México. De llegar a unirse en un frente popular femenino ellas podrían cambiar, para bien, el destino de la patria. Las mujeres al poder. Ya es hora...

¿Y el clero calladito ante el desastre nacional? ¿La piedad también ha sido sustituida por la cobardía? ¿Teme que AMLO le retire sus exenciones fiscales si saliera en defensa de la sociedad?

¿Recuerda el respetable y admirado lector que pasa distraído la vista por estas cuartillas cuando AMLO aseveró en su toma de posesión que sería el mejor presidente de la historia de México y ha resultado ser el más siniestro, cruel y catastrófico mandatario conocido en nuestro reciente y remoto pasado?

Mamarracho, hijo de la gran puta, se dijo el presidente, en tanto se dirigía a una cama posturopédica para estirar la espalda y huir de los dolores que le arrebataban la paz. No llevaría recostado más allá de 15 minutos cuando sonó el teléfono rojo de la red para anunciarle la llegada puntual de su principal asesor en publicidad y propaganda, Eugenio Ibarrola, invitado a comer en esa ocasión a Palacio Nacional. Exhalaba con grandes dificultades; sin embargo, de inmediato se puso de pie para recibirlo. Tenía una deuda impagable con él, no en balde había sido su principal consejero dedicado con notable éxito a la manipulación emocional del pueblo de México. Sí que tenían un tema interminable de conversación. El solo hecho de comparar la eficiente estrategia de comunicación diseñada por el gran Eugenio, las mismas tesis usadas por los nazis para dominar a la culta nación alemana, no irritaba al presidente, ¡qué va!, al contrario, finalmente había descubierto el origen de esa eficaz técnica de difusión que le había permitido a Hitler acceder al poder y mantenerse en él para la desgracia del mundo entero. Imposible ignorar los enormes beneficios políticos que le habían reportado los consejos de Ibarrola durante su campaña y en los más de dos años y medio de ejercicio del cargo.

—¿Leíste la columna de Martinillo? —preguntó AMLO, sin saludar a Ibarrola tan pronto este entró al despacho presidencial.

—Tengo cosas más importantes que hacer, por favor, es un tipejo tóxico.

—Bueno, sí, pero échale un ojito —repuso el presidente todavía de pie—. Me enferma que diga que soy cruel y desalmado —insistió, extendiéndole un resumen de la prensa presidencial.

Al concluir la lectura, Ibarrola preguntó:

—¿Te preocupa?

—Me preocupa que la gente se lo trague y me la cobre en las urnas…

—Pero a ver, ¿cuántas personas crees que van a leer al imbécil este tomando en cuenta que su texto pudiera llegar a viralizarse? Di un número…

—Treinta mil —contestó el presidente.

—Te lo dejo en 50 mil o hasta en 100 mil, que ya es una locura en un país en donde nadie lee —agregó confiado el experto en comunicación—. Lo van a leer las mismas personas del círculo rojo que no nos creyeron desde un principio. Convencer a quienes ya están convencidos es una pérdida de tiempo. Tú aprietas un botón en Twitter y te comunicas al instante, de un solo teclazo, con más de 7 millones de personas, y ya ni hablemos de Facebook.

Mientras AMLO sonreía y asentía con la cabeza, Ibarrola continuó acariciándose las barbas:

—Tú, no lo olvides, tienes el monopolio mediático con las mañaneras, no solo por la audiencia matutina, sino porque la prensa recoge tus comentarios, que son la comidilla política del día en todo el país.

La expresión de orgullo del presidente era inconfundible. Contar con un colaborador como Eugenio constituía un privilegio. Ningún partido de la oposición tenía en su nómina a un experto en comunicación como él, de ahí su éxito económico como productor de telenovelas: entendía como pocos a los mexicanos.

—Además, no pierdas de vista que contamos con miles de cuentas de bots, robots, cuentas balines de internet para inflar tu popularidad, mientras la oposición no tiene idea de cómo utilizar la inteligencia artificial porque ni siquiera tiene la más elemental inteligencia humana ni sabe el *modus operandi* de las redes automatizadas con la misión de posicionar hashtags como #AMLOVE, #2añosdetransformación, #2añosdeesperanza, #amloestamoscontigo, #amlocumple, #laderechayanopuede, #paguenloquedeben, esos poquitos para no cansarte, sin olvidar las bombas en contra de tus críticos, como #FecalElGobiernoDelNarco, #TemporadaDeZopilotes, #OposiciónGolpista; es más, nadie utiliza las granjas de bots como nosotros. Ni caso debes hacerle al sietemesino de Martinillo, nunca nos alcanzará, habrá que explicarle qué es nuestra "tecno-artillería política" o qué es un youtuber, que tanto nos ayudan. Te apuesto que ni le entendería.

—Pues sí, hermano, has sido muy efectivo —confirmó acomodándose en la silla presidencial. Si lo pudiera ver su madre… ¡Cuánto orgullo no sentiría esa adorable y humilde mujer! Por alguna curiosa razón, AMLO, adorador, en apariencia, de Juárez, había preferido usar la silla de Porfirio Díaz, nada menos que la del dictador, a la del ilustre Benemérito, que se encontraba en el Museo Nacional de Historia como una reliquia liberal. ¿Cómo entender a los políticos?

—¿Efectivo? —respondió Eugenio al pensar en un cuantioso préstamo que había solicitado al Banco de Comercio Exterior por 150 millones de pesos y que lo pagaría a 30, 60 y 90 vueltas del cobrador, como él se expresaba en corto, o sea, nunca—. No pierdas de vista, Antonio —continuó el experto en promoción, publicidad y propaganda de la 4T—, el esfuerzo que hicimos para crear *trending topics* con el ánimo de desviar la opinión pública y contrarrestar las críticas que recibiste cuando liberaste al Chapito y, más aún —iba a decir "y peor aún"—, cuando visitaste a su madre a medio monte en Sinaloa —concluyó sin poder quejarse de los embrollos terribles de los que tenía que rescatar al presidente por sus estúpidas decisiones, pero a buena hora iba a encarárselos.

—Estoy en deuda contigo, Eugenio.

El coloso comunicador, cada vez más sonriente, explicaba las formas y mecánicas para fortalecer la indestructibilidad del presidente al deteriorar la imagen de la prensa a través de más hashtags como #PrensaChillona, #PrensaSicaria, #PrensaChayotera, así como el efecto que provocaban los cientos de trolls que operaban a favor de Morea para empobrecer o destruir la conversación en una comunidad online.

—Oye, pero me dicen que 61.1% de mis seguidores en Twitter son bots, eso lastima mi imagen, ¿no? —cuestionó curioso el presidente sin entender bien la terminología.

—No, no, presidente. Quienes votan por nosotros no saben ni les importa qué son los bots, los trolls, los hashtags ni los youtubers, ni entienden nada de inteligencia artificial ni se imaginan lo que es una comunidad online o un blog o un foro o un perfil en redes sociales, ni quién fue Goebbels ni lo que hizo o dejó de hacer. No perderemos ni un voto del populacho aun cuando se difundan nuestras técnicas en las redes. Estate tranquilo. A mí me compete reunir a la mayor cantidad de pendejos posible, más los que podamos comprar a billetazos con la laniza que has conseguido del presupuesto público.

—Me tranquilizas, Eugenio —repuso levantándose para tomar del brazo a su asesor estrella invitándolo a sentarse en una salita contigua, junto al escritorio presidencial.

En ese momento entró un mesero vestido con un saco blanco, corbata de moño negro y pantalones del mismo color. Sobre una charola de metal roja utilizada tal vez para promover algún refresco popular descansaba una botella de mezcal y unos caballitos para servirlo, así como unas rodajas de naranja sazonadas con sal de gusano. Faltaba, según él, una pequeña carpeta tejida a mano por algunas mujeres indígenas del interior de la República. Hubiera sido un detalle maravilloso.

A Ibarrola se le iluminó el rostro. Era su bebida favorita en el momento más oportuno.

Hoy pedí mezcal como aperitivo, querido Eugenio, porque sé que te encanta, pero más te va a gustar esta sal de gusano que me regalaron en mi gira por Oaxaca. Está hecha con gusanos rojos, los famosos chinicuiles de maguey, que se secan al sol para después ser molidos junto con sal de mar y chiles de árbol tostados —exclamó el presidente con satisfacción para halagar a su invitado.

Con el ánimo de devolver la adulación, el experto en propaganda aclaró que si algo se le debería reconocer al gran Toño era el profundo conocimiento que tenía de los usos y costumbres, de la gastronomía y de buena parte del folclor nacional. En esos temas era todo un perito.

—Tus enemigos —agregó Ibarrola, mientras acababa de un trago el primer caballito de mezcal sin sales de gusano ni un mordisco de naranja— te fortalecen con sus críticas y te ayudan sin querer a robustecer tu papel de víctima. Acuérdate de que el pueblo de México se apiadó de Santa Anna por haber perdido una pierna en la Guerra de los Pasteles y le permitió en siete ocasiones volver a ocupar la Presidencia de la República —arguyó satisfecho al exhibir sus conocimientos históricos—. Quienes votan por ti no leen los periódicos, y si los leen no entienden ni una sola palabra, y si leen los diarios y entienden el mensaje, al rato se les olvida, Antonio. Tú sigue quejándote de lo que te hacen los malditos pirrurris, los traidores, enemigos del pueblo de México, continúa con tu papel de víctima —insistió engolosinado—. El *Reforma*, por otro lado, si bien le va, tira, claro que a la basura, algo así como 150 mil ejemplares al día, y somos casi 130 millones de personas en este país.

El par de queridos amigos chocaron por primera vez sus caballitos helados con escarcha.

Satisfecho y sonriente, Ibarrola continuó:

—A los mexicanos se les controla con emociones y no con argumentos, Toño, como lo hemos comentado tantas veces. Solo acuérdate de cómo los trajimos pendejos con tu "fuchi-guácala", jaló poca madre. Todos se fueron con la finta y las redes se inundaron con lo que veían como una tarugada tuya e hicimos lo que se nos dio la gana con ellos.

En ese momento AMLO se negó a confesar el doble filo de su declaración, porque si bien había distraído a la opinión pública, no era menos cierto que, debido al famoso "fuchi", los fifís le habían apodado "el Cacas", y así podría pasar a la historia, solo que no era el momento de enrostrarle a Ibarrola semejante patinada.

—Te pasas si les dices pendejos, Eugenio querido —respondió el presidente Lugo, mientras su interlocutor se apresuró a servirse el segundo gran trago.

—¿Que me paso...? —sonrió abiertamente Eugenio mientras apuraba el segundo caballito con un solo movimiento—. El que se pasó pero con mucho fuiste tú, Toño, ¿o ya se te olvidó cuando dijiste que "la justicia es atender a la gente humilde, a la gente pobre, porque hasta los animalitos tienen sentimientos, porque ni modo que se le diga a una mascota a ver, vete a buscar alimento..."? Ya ni la chingas —agregó al soltar una sonora carcajada que contagió al presidente de la República, quien se sumó de inmediato al ruidoso festejo sirviéndose otro trago de mezcal bien copeteadito—. Yo les digo pendejos, pero tú no los bajas de animalitos. Entonces, a ver, ¿quién se pasó?, ¿mascotas, los pobres? Caray contigo, presidente —aclaró el experto—. Además, no se dan cuenta de que estás jugando con ellos como un gatito con un ovillo. Tus ocurrencias hacen la comidilla de todo el día, una maravilla.

—Calla, calla, nos van a escuchar —solicitó un AMLO risueño, tomando del antebrazo a su querido y alegre asesor.

—Conoces a tu gente al centavito y cada Mañanera es un show, un *reality show*. Has hecho de la política un espectáculo, en donde las masas se divierten con tus ocurrencias, sienten que les haces justicia y que los entiendes requetebién al distinguirlos de los ricachos, como si estos no fueran también mexicanos y tuviéramos que expulsarlos del país. Pinches pirrurris o fifís, ahí sí que te la volaste...

—Nos ha ido bien, ¿verdad, Eugenio querido?

—Bien es poca cosa —dijo Ibarrola al experimentar una exquisita sensación de entusiasmo. El mezcal empezaba a surtir efectos mágicos—: Acuérdate cuando los bueyes de Pemex dejaron de importar gasolina de Estados Unidos a lo tarugo y tuvimos que inventar el quesque combate contra los huachicoleros cuando el país estaba a punto de paralizarse por completo. Te cubriste de gloria cuando declaraste que gracias a esa estrategia se había logrado bajar 90% el robo de combustible, de 80 mil barriles diarios a solo 4 mil, por lo que México se había ahorrado miles y miles de millones de dólares, cuando, aquí *entre nous*, se seguían chingando la gasolina por todos lados. Es lo mismo que sucede cuando un pequeñito llora y tú te pones a aullar como si fueras perro para distraerlo y hacerlo reír. Eso mismo ocurre con los mexicanos: todos son unos menores de edad, les cambias la conversación y se olvidan del tema que les preocupaba. ¡Ah, pero si serán…!

Los dos grandes amigos no dejaron en el tintero el plan trazado para distraer al pueblo cuando el 4 de noviembre brotó la indignación por el asesinato e incineración de seis niños y tres mujeres integrantes de las familias mormonas LeBaron y Langford, en Sonora. Ambos habían acordado manipular a la opinión pública al otorgar sorpresivamente, una semana después, cuando el escándalo se desbordara, asilo político al ex presidente Evo Morales, derrocado en Bolivia. Era más conveniente cambiar el alboroto de la ejecución de los menores por la llegada de un nuevo dictador latinoamericano que despertaría más bullicio y estrépito en los medios y en las redes que soportar la ira de los pirrurris que reclamaban seguridad en el país.

—Sí, lo malo —todavía alcanzó a confesar el primer mandatario— es que el chistecito nos duró poco, porque Trump no quería a Evo en México, y tuvimos que largarlo del país, eso sí, con alguna pena, el mismo día que lo solicitó el departamento de Estado. Ni siquiera me pude despedir de él, ya sabes cómo son los gringos…

Cuántas veces habían festejado el éxito de la estrategia, consistente en bombardear a las masas, mejor dicho a las audiencias, con informaciones y argumentos nuevos, mentiras completas o a medias, a un ritmo tal que cuando el agraviado empezara a defenderse el público ya se encontraría distraído en otro asunto más candente que el anterior. Se trataba de largar, un día sí y el otro también, iniciativas legales, embustes, agresiones tendenciosas a los sectores más odiados y envidiados del país, los exitosos, y abordar un tema distinto y no menos incendiario a gran velocidad para que las respuestas y protestas anteriores se perdieran en la noche de los tiempos, dejando a los agraviados sin la oportunidad de protestar porque las probables refutaciones, fundadas o no, se perderían en el griterío de la política. Joseph Goebbels les hubiera dado un diploma de honor: a uno como el creador de la idea y al otro por su notable capacidad de ejecutar puntualmente las instrucciones.

—Pero no solo eso. No olvidemos —acotó el jefe de la nación empezando a balbucear con esa sonrisa que sus críticos calificaban de estúpida, la de un auténtico cretino con la que irritaba a una parte del público televidente en las conferencias mañaneras, pero Ibarrola no estaba para corregirlo, si se enojaba, era otra manera de distraer a la gente— cuando la Coordinadora bloqueó las vías del ferrocarril durante casi tres semanas y me aconsejaste que el Instituto para Devolver al Pueblo lo Robado rematara 76 aviones y helicópteros, un "tianguis de objetos de lujo de los políticos pirrurris" utilizados por la Mafia del Poder. Esa pichada fue de lujo, ni el "Gordo Valenzuela" la hubiera superado...

Ibarrola sabía que el producto del remate iría a dar a la Guardia Nacional, una decisión lamentable porque les estaba abriendo el apetito a los militares y muy pronto serían insaciables, además de que si algo requería de ayuda financiera eran las escuelas públicas del país, ya que 42% de ellas utilizaban letrinas a falta de baños para los pequeñitos, además de que los funcionarios del Instituto para Devolver al Pueblo lo Robado se robarían lo recaudado. ¡Claro que volvieron a sacar a los líderes enriquecidos de la Coordinadora a billetazos y el asunto se acabó! Él estaba para aconsejar, jamás para criticar...

Ambos empezaban a arrebatarse la palabra entre comentarios jocosos, mientras veían de reojo la botella y le coqueteaban con la mirada.

—Tengo una profunda pregunta que hacerte, querido presidente, es de carácter filosófico —advirtió el connotado publicista.

—Tú dirás, aunque ya sabes que las filosofadas no son lo mío —aclaró Lugo sin ocultar una cierta preocupación.

—Te pregunto ahora que nadie nos escucha. Cuando se dice encarrerado el ratón, ¿quién chinga a su madre, el ratón o el gato...? —cuestionó Ibarrola riendo a carcajadas que se escuchaban en las oficinas de las secretarias de Palacio, quienes, en silencio, entrecruzaban miradas saturadas de picardía.

La respuesta presidencial no se hizo esperar pero antes dio otro señor trago de mezcal. Muy pronto haría falta otra botella. Ni modo que murieran de sed.

—Yo creo, querido amigo, que el gato es el que va a chingar a su madre porque se le escapó el ratón...

—¿Cómo que se le escapó el ratón?

—Sí, el ratón se escondió en su agujero y el gato ya no pudo entrar...

El sonoro festejo saturado de humor presidencial casi se escuchó en las oficinas del secretario de Hacienda, muy apartadas de las del jefe de la nación...

—Esta vertiente de tu personalidad no se conoce, Toño. Debemos divulgarla y explotarla, te hará de más afectos...

Dicho lo anterior, la conversación fue interrumpida por otro mesero, quien invitó a pasar al comedor a ambos personajes.

—¿Te sirvo la caminera? —cuestionó Ibarrola antes de seguir los pasos de su jefe, caballito relleno en mano.

Ibarrola nunca había pisado Palacio Nacional ni se había codeado con las figuras de este o de cualquier otro gabinete, menos con los legisladores de Morea, objetivo alcanzado hasta la feliz llegada de AMLO al máximo poder mexicano. ¡Qué gratificante era sentirse rodeado de lambiscones y de la influencia que él ejercía en el primer mandatario! Nadie podía negarlo. Para AMLO, Ibarrola era un personaje del que jamás querría prescindir porque le reportaba una gran seguridad y, además, le ayudaba a ensayar, sin mayor éxito, las expresiones faciales, el movimiento de manos para seducir a la audiencia con independencia de los dichos populares, para conquistar y adormecer a millones de seguidores adoradores del gran espectáculo mañanero que los reconciliaba con la existencia al sentirse comprendidos por un presidente que finalmente les hacía justicia al ser como ellos.

Lugo Olea e Ibarrola pasaban momentos muy felices y plenos encerrados en el despacho presidencial etiquetando a los reporteros como "fifís", "prensa vendida", "hipócritas", "chayoteros", "el hampa", "fantoches", "sabelotodo" y "doble cara", entre otros calificativos.

—Oye —cuestionó el presidente—, y si en alguna ocasión me acusan en público de haber insultado a los periodistas, ¿qué hago?

—¿Qué haces…? Lo niegas, así de fácil. Lo niegas, y no solo eso, los acusas de dividir al país, de defender la autocracia, de corruptos, de vendidos, de ser aliados de los neoliberales, enemigos del "pueblo bueno", al que confunden. Aquí, entre tú y yo, con cualquier insulto se quedan cortos esos miserables —comentó mientras tomaba asiento en una mesa pequeñita al lado del inmenso comedor de Porfirio Díaz, utilizado en los banquetes servidos por el tirano para deslumbrar a la aristocracia diplomática europea acreditada en México.

—Esos intelectualoides, con todos sus doctorados y jaladas de esas, me llamarán mentiroso y todo lo que te imaginas…

115

—¿Mentiroso? ¿Y qué? A ver, Toñazo mío: El *Washington Post* tenía inventariadas 16 mil mentiras de Trump, y tú, Toñito querido, apenas llevas, si acaso, 35 mil y andas por el 60% de aprobación —agregó con otra sonora carcajada entrecortada al recordar que habían dejado la botella en la sala de al lado. El ejercicio del cinismo le reportaba satisfacciones inconmensurables, sobre todo porque estaba protegido por una impunidad inexpugnable.

—Eres un caradura, no tengo la menor duda, Eugenio…

—Ay, sí, ahora sucede que tú no le tomas el pelo a la gente, ignorante o no, Antonio querido. Además, acuérdate de que toda esa gentuza de la prensa y de la literatura barata está al alcance de tu chequera, ya sea porque se la llenas con billetes o porque los invitas a comer aquí, en Palacio, en busca de consejos que no necesitas o publicas inserciones en sus revistas o periódicos o estaciones de radio; en resumen, a todos los compras y a los necios, porque los hay, pues ya sabemos cómo funciona la herramienta mágica del SAT —Ibarrola sonrió porque tenía comprada la inmunidad tributaria a través del presidente, sin imaginar que un día perdería el poder y sería víctima de las auditorías que él mismo patrocinaba. Menuda falta de visión…

El presidente dejó pasar el comentario a sabiendas de que existían críticos insobornables y fuera del alcance de su voluminosa cartera nutrida con el ahorro de la nación. Solo que no era el momento de discutir con Ibarrola, mejor, mucho mejor, pedir otra botella de mezcal, pero ya sin naranjas ni sal de gusanos, a puro pelo…

Ningún ciudadano de a pie podría imaginar ni suponer siquiera los diálogos ni el intercambio de ideas entre ambos personajes que gobernaban México. La confianza entre los dos era de una gran solidez, incomparable con la existente entre otros subalternos. Ibarrola tenía en la yema de los dedos un gran conocimiento de la idiosincrasia mexicana, había estudiado, a fondo, no solamente el *modus vivendi* de sus compatriotas, sino que se había convertido en un auténtico experto en diversas técnicas de comunicación y sometimiento aprendidas de los grandes dictadores que, en su momento, habían dirigido y controlado al mundo entero. Sabía de memoria los videos de Hitler, de Mussolini, de Stalin, de Franco y de Mao. Conocía su lenguaje visual y sus gesticulaciones para adormecer, estimular y finalmente controlar a las masas.

Ambos amigos continuaron conversando y rescatando pasajes festivos utilizados para distraer la atención de la opinión pública de acuerdo con las enseñanzas de Goebbels, doctor en Investigación por la Universidad de Heidelberg, el ministro para la Ilustración Pública y Propaganda del Tercer Reich, conocido como el "enano cojo", el verdadero maestro de Ibarrola, quien había traído a colación la sentencia más conocida del heredero de Hitler: "Una mentira repetida mil veces se convierte en verdad". Goebbels había hecho creer al pueblo alemán que Hitler dirigía el país envuelto en una aureola de divinidad. "Si Hitler era el Mesías, Goebbels era su profeta", arguyó satisfecho el comunicólogo.

—Y eso, lo del profeta, entiéndelo como quieras, querido presidente.

Goebbels sostenía, según Ibarrola, que se debían cargar al adversario los propios errores o defectos, y que si no podían negar las malas noticias, entonces se tendrían que inventar otras que distrajeran a la gente. Por esa razón había sido una genialidad rifar el avión presidencial que finalmente no se había rifado ni menos se había vendido, pero los medios no dejaban de abordar el tema, en lugar de discutir los problemas sanitarios, económicos o criminales.

—¡Cómo me divertí —continuó Ibarrola gozoso— cuando le exigiste a Felipe VI que se disculpara por las chingaderas que les habían hecho a los aborígenes mexicanos durante la Conquista! Yo ahí te hubiera dado el doctorado en propaganda nazi adaptada a nuestros días —concluyó satisfecho el publicista, aun cuando él sabía que si la Conquista se había logrado era gracias al apoyo de los más de 100 mil tlaxcaltecas, dado que apenas se trataba de casi 800 castellanos, en contra de decenas de miles de mexicas hambrientos.

Al ajustarse la servilleta entre la camisa y el cuello, el mánager ocultó la corbata Hermès, la propia de los empresarios exitosos, casi su uniforme cotidiano. Tomó en sus manos el menú con el águila nacional grabada en oro, encabezando la parte superior de una elegante cartulina blanca:

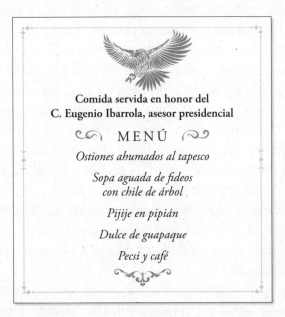

Comida servida en honor del
C. Eugenio Ibarrola, asesor presidencial

ഏ MENÚ ൚

Ostiones ahumados al tapesco

*Sopa aguada de fideos
con chile de árbol*

Pijije en pipián

Dulce de guapaque

Pecsi y café

Le llamó poderosamente la atención la diferencia entre los distintos cubiertos, por ejemplo, el cuchillo era de la marca Christofle, francés de gran lujo, muy antiguo, confeccionado en plata labrada y al lado, en gran desorden y sin observar el menor protocolo, un tenedor liso y llano, absolutamente impropio en las recepciones de los dignatarios extranjeros. La cristalería también se había deteriorado, porque AMLO utilizaba una exquisita copa de Baccarat, en tanto él bebía la Pepsi en un vaso de vinilo decorado con máscaras extrañas, similar a los recipientes en los que servían los refrescos en las fondas pueblerinas, al igual que el mantel de tela decorado con flores tropicales estampadas. En fin, pensaba Ibarrola en silencio, la etiqueta, los formalismos ceremoniosos habían desaparecido de Palacio Nacional. Bastaba con ver las servilletas de papel como para confirmar la llegada de un nuevo mandatario con otra concepción de los estilos internacionales.

AMLO era débil para los halagos, y ese era el camino idóneo para sacarle las tripas en el momento adecuado. Acto seguido, sintió una cierta dificultad para expresarse sin tropezar con las palabras. Lo primero que iba a comentar, pero se mordió la lengua, consistía en la imperativa necesidad de preguntar qué era eso del tapesco, del pijije o del guapaque… ¿A quién chingaos se le habría ocurrido escribir Pecsi, en lugar de Pepsi, y que el presidente de la República no protestara? Ibarrola prefirió guardar un prudente silencio.

—Amo los sabores de Tabasco, tierra de gigantes, Toño. Aquí en Palacio está la mejor fonda del país. Gracias por la invitación —agregó con la esperanza de que el famoso pijije no fuera carne de chango y plátano macho.

No, no era el momento de burlarse del menú, sino de homenajear la cocina tabasqueña. Si algo admiraba Ibarrola de Lugo Olea, pensó en lo que le servían los ostiones ahumados sin hacer el menor aspaviento, tal y como correspondía a un buen jugador de póker, era su tenacidad, su coraje por conquistar una posición que justificaría su existencia, en ello había empeñado su vida misma, aun con el riesgo de haber padecido dos tremendos infartos y estar severamente amenazada su salud. Había puesto su máximo esfuerzo, lo mejor de él mismo, su energía, su patrimonio, su tiempo, su mente y sus más caras ilusiones, con tal de llegar a ser presidente, y no solo presidente, no uno cualquiera, no, sino el mejor presidente de la República de toda la dilatada historia de México. A los ojos del publicista, se trataba de un personaje incansable, perseverante, obsesionado con el poder, fogoso, entusiasta, convencido de su proyecto transformador, sobre el que nadie podía dar a entender, ¡qué va!, ni insinuar ni opinar ni sugerir alguna observación o duda: todos a callar, aquí mando yo, solo yo y nadie más que yo… ¿Está claro, clarísimo? Si el jefe del Estado Mexicano había sido el ingenioso creador de la Cuarta Transformación, nadie mejor que él para ejecutarla en tiempo y forma. Sus colaboradores, cercanos o no, eran simples fichas en su ajedrez político; es más, para él, legisladores, jueces, magistrados y ministros, empresarios y profesionistas, líderes sindicales, periodistas o lo que fuera, los ciudadanos en general no pasaban de ser objetos inanimados que él movía de acuerdo con sus impulsos y deseos. Él, el mejor político que había tenido México, sabía cómo desplazar a su antojo los caballos, los alfiles y las torres sin que nadie, ni siquiera la reina o el rey pudiera protestar, tal como acontecía en realidad en el juego.

Lugo Olea, según Ibarrola, había entendido el arribo de su momento, la coyuntura precisa y más favorable, después del gobierno putrefacto de Pasos Narro, quien lo había finalmente catapultado al poder mediante un pacto de impunidad. De haber sido necesario hubiera llegado a un acuerdo, a un siniestro intercambio, con el mismísimo Satanás, con tal de acceder a Palacio Nacional. ¡Claro que el fin justificaba los medios! ¿Había o no llegado al poder a cualquier costo y con las consecuencias que fueran? Ese era su objetivo y lo había alcanzado con creces. ¡Jamás, que si lo sabía él, encarcelaría a ninguno de los integrantes de la Mafia del Poder y qué, sí, y qué, porque en México no se sancionaba nada, menos el incumplimiento de las promesas de campaña! ¿Quién iba a reclamar nada si quienes podían hacerlo tenían colocada una bomba en las nalgas que se accionaba a través de un enorme tablero colocado sobre el escritorio presidencial, el utilizado por Porfirio Díaz?

En ese momento, cuando servían la sopa aguada de fideos entró una llamada al celular del presidente, algo muy inusual en él porque las secretarias no se cansaban de entrar al despacho con diferentes tarjetas con sus respectivos recados, pero en esa ocasión Lugo Olea sacó el teléfono de su saco, reconoció la identidad del emisor, y mientras se ponía de pie sospechosamente, Ibarrola alcanzó a escuchar:

—¿Estás bien, amor…? Me encanta escuchar tu voz, es como agua refrescante —alcanzó a decir mientras abandonaba el salón comedor—. Come, Eugenio, no me esperes, ahora vuelvo.

El amor, caray, ¿qué haríamos sin el amor?, reflexionó Íbarrola. Un sentimiento que nos reconcilia con la vida. Si cualquier infiel tenía que cuidarse, mucho más el propio presidente de la República, concluyó después de empujarse un caballito completo de mezcal, aun cuando ya había devorado un par de ostiones ahumados y la sopa había pasado sin pena ni gloria.

Claro que él había sacado a Lugo de enormes embrollos como cuando, por razones explicables, pero inexplicables para la opinión pública, se vio obligado a soltar al hijo del Chapo, sí, nada más y nada menos que el hijo del Chapo, y había inventado como pretexto de la liberación la necesidad prioritaria de salvar vidas de militares y de sus familias, aun cuando varios periodistas alegaron que las vidas se salvaban durante la planeación del operativo y jamás durante la ejecución, además de que esa bola de perfumaditos todavía acusaron a los hijos del presidente de tener vínculos con los narcos, de modo que si Lugo no liberaba al capo, aquellos publicarían videos para demostrar que la familia presidencial era cómplice del narcotráfico, solo que sus quejidos de marrano se perdieron al otro día con otra nota escandalosa, recordó mientras se limpiaba la boca con la servilleta de papel. Las bordadas por monjas holandesas, una de las pocas herencias del mandato de Pasos Narro, habían desparecido, las utilizaban como trapos de cocina.

También dijeron esos pinches pirrurris, continuó Íbarrola en sus reflexiones, que la liberación del Chapito iba a despertar la ira de *Trum*, como decía Lugo para irritar a la gente cuando de sobra sabía cómo se pronunciaba el nombre del rey del imperio. Sí, lo que fuera, pero todos acabaron metiéndose la lengua en el culo porque Trump, interesado en su reelección, no quería diferencias con su futuro aliado, pensó sorbiéndose la nariz congestionada en tanto se tragaba los mocos en absoluto silencio.

Desde luego que preocupaba el hecho de que el jefe de la Casa Blanca llegara a equiparar a los narcotraficantes con los terroristas por temor a otra invasión norteamericana con decenas de aviones que dejarían caer a los odiosos marines gringos en los centros de producción de mota y cocaína, sobre todo en Guerrero y en Sinaloa, con el consecuente malestar de las fuerzas armadas mexicanas, pero esta estrategia, de nueva cuenta, estaba reñida con los planes electorales de Donald Trump. Pero ¿por qué Biden no criticaba nada? ¡Caray! ¡Cuántas oportunidades perdidas antes de las elecciones intermedias de junio! Si Biden criticaba a Lugo antes del 6 de junio, este capitalizaría en las urnas el rencor mexicano antiyanqui. No, Biden no era tonto, y sus asesores, menos. Esperarían a ajustar cuentas hasta el 7 de junio.

En esa ocasión, Ibarrola también llevaba sus tarjetas con recordatorios de temas vitales para planteárselos al presidente, quien siempre debería llevar amartillada una respuesta si llegaran a preguntarle las razones del desplome de la economía a menos cero en el primer trimestre, a lo que él debería contestar que los conservadores y los fifís, traidores a la patria, habían sacado todo su dinero de México y habían dejado de invertir para que se hundiera su gobierno; es decir, apuñalaron por la espalda a la nación. Ellos, los sacadólares, solo ellos, serían los culpables de una nueva debacle. Otro anillo al dedo, al fin, los animalitos, la mayoría de los que votaban, no entendían lo que era el PIB y, por el contrario, le creían a ciegas al iluminado de Palacio. Había que maldecir a los empresarios, echarles a todos los pendejos encima a ver si podían con ellos, seguía reflexionando con una sonrisa en el rostro, cuando él se había enriquecido a más no poder en las administraciones pasadas y con las cadenas de televisión privadas dependientes de los gobiernos anteriores. La bandera de los pobres había resultado un magnífico negocio.

Ibarrola mentía, por supuesto que sabía que mentía y, sin embargo, no dejaba de adular al presidente insuflándole embuste tras embuste, con el ánimo de aumentar su cuenta de honorarios y de lucrar con ese gigantesco préstamo concedido por la máxima autoridad de la República. Resultaba imperativo el cuidado del lenguaje para no arruinar la negociación por culpa del mezcal. AMLO le había reconocido, en corto y en múltiples ocasiones, el éxito obtenido durante la campaña electoral como aquello de "Juntos haremos historia" o "La República amorosa", "Amor y paz" y "Rayito de esperanza", "Sembrando vida", "Jóvenes construyendo el futuro…" Imposible olvidar cuando él, Ibarrola, convencido de que el lema de la campaña de AMLO se reducía a una sola palabra: *corrupción*, sugirió entonces el nombre del partido político que llevaría a Lugo Olea a la presidencia: Movimiento de Regeneración Amorosa, mismo que debería culminar con frases como "amor y paz", de reminiscencias religiosas. "Becarios sí; sicarios no." "Ni chavismo, ni trumpismo, sí juarismo, maderismo, cardenismo, mexicanismo." "Abrazos, no balazos." "Una minoría rapaz" tiene "confiscadas las instituciones y secuestrado al gobierno". "Ni Obama tiene una pensión así ni un avión así…" Por supuesto que AMLO sabía las que le debía y por esa razón lo cuidaba tanto…

Mientras hacía memoria de esos lemas que tanta popularidad le habían reportado al presidente y olvidaba los obligados contratiempos, hizo su entrada, sin llamar a la puerta, Brigitte González Mahler, la esposa del primer mandatario.

Cuando Ibarrola se encontró con ella al girar la cabeza, detectó de nueva cuenta su mirada sardónica, la precisa señal esperada para dejar de comer el pijije en pipián que le sabía a caldo de ciguamonte, de Chiapas, ya ni probó el dulce de guapaque ni el café servido en una tasa de peltre, y pensó en retirarse prometiendo llevar a la próxima ocasión lo prometido, lo que fuera…

El presidente regresó muy sonriente y satisfecho. Contempló a su esposa de reojo sin concederle mayor atención y trató de continuar su amena conversación al recordar cómo les había pasado la charola a los riquillos del país para que se cooperaran con la venta del avión presidencial, la jeta de agruras que habían puesto, pero que finalmente se habían caído con la lana que nunca nadie supo a dónde había ido a dar.

Puesto de pie, inquieto, Ibarrola preguntó:

—¿Tú crees que en este país de desmemoriados alguien se acuerde de que el avión sigue en el hangar cueste lo que cueste o que vacunamos sin vacunas y hay más huachicol que nunca, o que nadie de la Mafia del Poder está en el bote? ¿No crees que gobernar un país con gente así "es muy fácil" y "no requiere de mayor ciencia…"?, como lo has dicho muchas veces… ya va casi medio millón de muertos por el Covid y nadie protesta, en tanto se dispara tu popularidad. Los millones de pobres creen religiosamente en ti y votarán por ti porque creen que les entregarás un México mejor. Todo es cuestión de esperanza y eso lo compruebas con las encuestas a tu favor. La gente, a pesar de todo, te adora y hoy, 15 de mayo, tu imagen pública está a punto de la santificación… ¡Cuántos presidentes del mundo te envidiarían al gobernar a un pueblo así como el mexicano, resignado e ignorante! Mientras más les quitas, más te quieren, una chingonería, ¿no?

Faltaba un choque de caballitos de mezcal frío para rematar tan feliz conversación. Ibarrola no podía ignorar el arribo de la no primera dama, más aún después de haber presenciado, tiempo atrás, la discusión de la pareja presidencial, cuando ella se atrevió, sin la autorización de AMLO, a apoyar el movimiento feminista en las redes sociales y fue obligada a desdecirse públicamente. Olía de nueva cuenta a pólvora en el despacho del primer mandatario de México. Había que retirarse a la máxima velocidad posible.

—¿Qué sucede, amor? —cuestionó el presidente cuando Ibarrola cerraba la puerta apresuradamente.

—No, nada. Solo venía a saludarte, a ver cómo estabas. Es todo —respondió con una mirada sospechosa—. ¿Desde cuándo no te cambian las flores que tanto te gustan, cielito? —preguntó Brigitte, decidida a no comentar un programa de radio que acababa de escuchar al constatar el buen humor en el que se encontraba su marido. Era mejor no echarle a perder los pocos momentos de tranquilidad que tenía.

El presidente, incrédulo, la observaba mientras ella revisaba los floreros y retiraba varias gerberas, cuyos pétalos fatigados habían caído sobre la mesa esquinera del comedor. Bien sabía él que su mujer no se distinguía por poner la debida atención en la decoración ni en la distribución de ornamentos ni en el protocolo de Palacio. Extraño, ¿no?

Con unos tallos secos en sus manos, se dirigió a su marido para besarlo en la frente, desearle una buena jornada de trabajo, recordarle la importancia de tomar las medicinas vitales para su corazón, los analgésicos para su espalda y los ansiolíticos para casos de extrema desesperación dado su temperamento violento, en ocasiones imposible de controlar. Dicho lo anterior, se retiró por donde había entrado sin pronunciar una palabra más…

Ernesto Pasos Narro jugaba en el Real Club la Moraleja, uno de los clubes de golf más exclusivos del mundo, ubicado en las afueras de Madrid. Apartado de México y de sus interminables problemas —¡mientras su salud, su inmensa fortuna mal habida y su potencia sexual estuvieran a salvo, todo lo demás le tenía sin cuidado!—. Su principal preocupación radicaba en golpear con fuerza y éxito el *driver* sin que la pelota saliera disparada con un nefasto *slice* a la izquierda hasta perderse a la derecha en el bosque con los consecuentes y no menos dolorosos puntos de castigo. De poco o nada le habían servido las clases impartidas por un maestro escocés, invitado especialmente de Saint Andrews, todo un experto dedicado en tiempo, cuerpo y alma a mejorar su juego, objetivo imposible de cumplir sobre todo cuando Mr. Pasos recurría a los fierros, porque no alcanzaba la distancia deseada y perdía *strokes* con tiros muy elevados, unos odiosos globitos sin mayor distancia, porque si bien la pelota caía en el *fairway*, le resultaba imposible aterrizarla cerca de la bandera para poder cerrar el hoyo, al menos, con un par de campo para ya ni hablar de la tragedia de apuntarse un bogey o un horroroso zopilote, sin que ninguno de sus compañeros, casi todos españoles, se atreviera, por lo pronto, a burlarse. Después de todo se trataba de un ex presidente que tampoco lograba, en modo alguno, manejar correctamente el *putter*, porque los *greens* madrileños eran mucho más correlones que los de la Riviera Nayarita, mismos que ya empezaba a controlar de una manera o de la otra, claro estaba, sin contar honorablemente cada golpe como correspondía a un juego entre supuestos caballeros. Deseaba, en fin, mejorar su juego a como diera lugar, sin voltear en lo posible al otro lado del Atlántico, en donde si algo esperaba era un alud de malas noticias, reclamaciones, insultos de diversa intensidad y sonoridad. En Madrid, por lo pronto, se sentía a salvo por más que hubieran transcurrido más de dos años de difícil asilamiento, rodeado de día y de noche de mil y un fantasmas que se le aparecían en el momento más inesperado, sobre todo al amanecer.

El ex presidente no dejaba de leer temprano en la mañana, tan pronto despertaba, las últimas noticias provenientes de México. Acostado, todavía en la cama, alargaba el brazo para tomar su iPad con el objetivo inconsciente de envenenarse el ánimo por el resto del día. De nada le habían servido las recomendaciones y consejos de médicos y allegados de no leer lo acontecido del otro lado del Atlántico hasta que hiciera algo de ejercicio, hubiera desayunado después de un buen baño para no estar tan indefenso y susceptible al despertar. Ignoraba los consejos afectuosos de los suyos y de algunos antiguos colaboradores, y prefería hundirse los cuchillos en el cuello con los primeros rayos del sol. A ningún ser pensante, y con un mínimo de sensibilidad e inteligencia, le gustaría asistir a la destrucción de su trabajo por un tercero, fuera quien fuera. Con el paso del tiempo, ya no quedaría nada de su obra, proceso que había iniciado cuando criminalmente se canceló el aeropuerto llamado a ser de los más eficientes y modernos del mundo, una fuente mágica de recursos y bienestar para el país, así hasta tratar de desmantelar lo desmantelable... ¿Se arrepentía de haber suscrito el famoso pacto de impunidad con tal de salvar su pellejo y el de Villagaray? Pasos Narro prefirió leer un breve extracto de algunas notas periodísticas, en lugar de seguir atormentándose con tarugadas:

AMLO propondrá a un partidario de la "economía moral" como gobernador del Banco de México. ¿Se trata de mantener el poder adquisitivo de la moneda bajo un esquema de baja inflación y de estabilidad de precios, o la idea es controlar también al Banxico para disponer a su gusto de los remanentes, imprimir a su antojo dinero fresco, deprimir la recaudación fiscal, contraer la economía, ahuyentar a los capitales, saquear los fideicomisos y endeudar irresponsablemente al país? El concepto de una economía moral solo es para consumo de los imbéciles.

¿AMLO cree que puede violar impunemente el T-MEC suscrito con Canadá y Estados Unidos? ¿AMLO piensa que puede manipular a nuestros socios, como si presidiera una reunión en el cabildo de Macuspana? Los proyectos de cambio climático, los de energías limpias, los acuerdos en materia laboral, entre otros más, deben ser acatados al pie de la letra so pena de enfrentar el ridículo mundial, el daño a la marca México, además de las consecuencias pecuniarias.

La inversión extranjera directa no rompió récord: la caída fue de casi 30% y México volvió a quedar fuera del ranking de países más atractivos para invertir. En dos años y medio AMLO endeudó más al país que en los tres sexenios anteriores. ¿Qué quedará de México al final de la 4T?

La Administración Federal de Aviación de Estados Unidos degradó a categoría 2 a la aviación nacional por incumplir con los protocolos de seguridad. La Secretaría de Comunicaciones adujo la carencia de recursos por la "austeridad republicana": ¿cuánto tardará la degradación crediticia?

La inflación en abril de 2021 llegó a 6.5% por el disparo del precio de la gasolina, del gas y de la luz, en parte por culpa del gobierno. El Banco de México hará malabares monetarios para controlar la carestía. La inflación es el peor impuesto para los sectores marginados.

Al terminar de leer el último párrafo, el ex presidente recordó que durante su mandato, el del "terrible neoliberalismo" —sonrió esquivamente—, la economía había crecido al 2.5%, unos 900 mil mexicanos habían salido de la pobreza, otros 2.2 millones habían abandonado la pobreza extrema y 5 millones de personas habían tenido acceso a los servicios de salud. ¿Qué haría si volviera a ser presidente?, se preguntó recostándose con la cabeza colocada entre sus manos entrelazadas en la nuca. No, jamás, se contestó en silencio: "Los mexicanos son resignados impredecibles que te acuchillan por la espalda para saciar venganzas históricas. Yo ya hice lo mío, ahora que se jodan, tanto que me criticaban, ahora a ver cómo se quitan a ese alacrán de encima. Ahí se los dejo, bola de malagradecidos, ¿no que muy pendejo? Lo menos que yo necesitaba era una compensación económica, ahora la tengo y por mí que se vayan a la fruta. Me choca lo que pasa, pero México ha salido de peores…".

Pasos Narro llevaba más de dos años viviendo en la capital de España, disfrutando casi todos los días de ese magnífico campo deportivo; sin embargo, era la triste hora, le costaba confesarlo, en que la suerte no hacía acto de presencia para ayudarlo a recuperar la cadencia, lograr un buen *swing* con un *timing* rítmico.

—*It's like a dance*, míster Pasos, *just move the same way as if you were dancing*—repetía el reconocido profesional escocés sin que el alumno pudiera ejecutar en el *tee* de práctica las lecciones cotidianas ni cumplir a cabalidad las instrucciones vertidas en el inglés de todos los demonios y medio. *God damn it… You bloody Mexican…*

Por supuesto que el ex presidente, incapaz de aprender, ni de entender por qué no entendía que no entendía, obsesionado solo con el golf para no recordar nada, había cambiado una y otra vez de bastones comprados en diferentes tiendas de la Unión Europea, como también había contratado a diversos maestros pagándoles elevados honorarios, sí, pero la verdad sea dicha, había largado, uno a uno, a los diferentes profesores con la debida cortesía, propia de los políticos corruptos de Atlacomulco, una auténtica escuela de delincuentes, después de indemnizarlos generosamente por sus servicios. Harto de tantos fracasos, decidió volver a alquilar un avión privado y, acompañado del instructor escocés y de un traductor, voló a Nueva York, al famoso New York Golf Center, para adquirir unos palos hechos a la medida con varillas *stiff*, las rígidas, en lugar de las regulares, muy consentidoras, por cierto. Esperaba aprovechar los avances tecnológicos y empezar a golpear la bola con más precisión sin padecer los horrores del *out of bounds* ni de los odiosos globitos.

De los cuatro campos de golf de La Moraleja, famosa por sus excentricidades y lujos, Pasos prefería el tercero diseñado para amateurs, corto y estrecho sin ser castigador el recorrido, "Signature Jack Nicklaus", por sus islas de vegetación, ligeros montículos en el terreno y sus lagos con nenúfares. Imposible no dejar constancia del desquiciamiento que sufría el antiguo mandatario cuando la pelota llegaba a caer en una de sus múltiples trampas de las que casi nunca podía salir con un solo golpe. ¡Cuántas veces se le vio patear furioso la arena y aventar al infierno el *pitching wedge*, el único culpable de sus males y maldecir en silencio, porque su buena educación no le permitía semejantes excesos verbales!

"¡Ah, oh, qué contrariedad, he golpeado la bola de nuevo de manera incorrecta!", mascullaba furioso entre dientes su nuevo fracaso sin echar mano del enorme repertorio de epítetos altisonantes de la más pura extracción mexicana.

Si se desplomaba la economía en México, si moría medio millón de mexicanos por la falta de vacunas, si se desperdiciaban los ahorros de la nación en obras públicas absurdas o en la compra de la voluntad de millones de electores, si las calificadoras de riesgos podrían en cualquier momento declarar la incapacidad crediticia de México, parecía tenerlo sin cuidado: su atención, de cara a terceros, se centraba en el uso adecuado del *pitching wedge*, ¡caray!, ¡horror, santísima virgen de Guadalupe, auxíliame, para no topear la pelota, demonio de bastón, de bastones!, porque no se cansaba de repetir que el golf lo había inventado el diablo en una noche de insomnio y nunca lo había jugado…

Pasos se reconciliaba con la existencia cuando llegaba finalmente al hoyo 19, donde lo esperaba no solo una botella de Vega Sicilia, su vino favorito servido a la temperatura ambiente, además de una serie exquisita de tapas preparadas por un chef del país vasco, sino que también se encontraría con Tamara Robirosa, su nueva amante, una rubia espectacular más de 20 años menor que él. Alta, graciosa, la envidia de los hombres, lo reconocieran o no y, por si fuera poco, dulce, optimista, de aliento perfumado, atenta siempre a sus aromas íntimos, dueña de un cuerpo tentador, alegre, cálida, abrazadora en la cama, de senos imponentes, ideales, plenos, invitadores y sugerentes, pechos turgentes, casi intocados, piel cuidada, siempre fresca y lista para recibir al macho en cualquier circunstancia, Neto, Netín, Papasito, sin olvidar sus nalgas, el atributo femenino que había convencido al antiguo jefe de la nación de romper con su pasado amoroso y saturar con una aberrante cantidad de dinero, dólares en impactante abundancia, depositados a su ex esposa, "la Pajarraca", para comprar su silencio en el contexto de un divorcio civilizado y respetuoso apartado del escándalo de los tribunales para finalizarlo, tal y como se había convenido, un par de meses después de la conclusión de su mandato. En 40 generaciones de Pajarracas no agotarían los cuantiosos recursos ahorrados con tanto talento y eficacia por la autora de la gran fortuna. ¿Cuándo iba a suponer el dolorido pueblo de México que sus impuestos, pagados con enormes esfuerzos y escepticismo, sangre y sudores, serían utilizados para garantizar la paz y tranquilidad de quien fuera la primera dama de la República, en lugar de destinarlos a la satisfacción de los servicios públicos exigidos a gritos por la nación?

Cuidadosa del mínimo detalle de su indumentaria, en aquella ocasión vestía una falda corta, elegante, una blusa blanca de lino propia de un día primaveral, aretes discretos, maquillaje imperceptible, breve cinturón de marca a la moda, sandalias color café claro, las necesarias para ir calzada y lucir sus piernas juveniles como si flotara en el ambiente. Nunca utilizaba zapatos de plataforma con tal de no acomplejar a su amante con su espectacular estatura. Pues bien, aquel medio día, cuando ella esperaba a Ernesto Pasos Narro y se disponía a recibirlo con un cálido abrazo y un beso húmedo después de quitarle la gorra con el nombre del club cosido con hilos dorados, Tamara se acercó temerosa y desconfiada a su amante al advertir que llegaba otra vez con la mandíbula desencajada.

—¿Qué sucede, amor, por qué esa cara? Ya vamos a ir a Nueva York a comprar un nuevo equipo, no es para tanto, ¿no? ¿Es otra bronca con Loyola? ¿Ya apareció Villagaray o volviste a perder? ¿Te hicieron trampa?

—Te juro que hoy en la noche haré una gran ceremonia para quemar mis malditos palos de golf con todo y bolsa, amor: no le pude dar ni al pasto, caray…

Tamara aprovechó la oportunidad para desprenderlo de la gorra, besarle el rostro, abrazarlo y sentarse.

—Ese malestar se quita con el primer trago de vino —repuso la sensacional rubia, quien invertía la mayor parte de su tiempo en su arreglo personal, en atender su aspecto físico y en pasear por la calle de Serrano, visitando las boutiques más caras de Madrid y de Europa, para comprar cualquier cantidad de ropa o de joyas con un presupuesto ilimitado—. Por un momento pensé que se trataba de Loyola o de Colado, o de alguna novedad del Cacas —concluyó ella satisfecha.

—Salud —repuso el antiguo jefe del Estado Mexicano chocando de repente su copa contra la de ella sin verla a los ojos y deseoso de cambiar la conversación, porque ella no entendía una palabra de política ni mucho menos de las reglas del golf—. Por mí, Loyola y Colado pueden decir misa, es más, quien sea puede decir la misa que desee y el tiempo que quiera, porque yo tengo al Cacas, como tú dices y disculparás, agarrado por las pelotas. Por poquito que se salga del guion acordado, lo destruyo políticamente hasta atomizarlo. Él lo sabe y más allá del bla, bla, bla, de modo que ni te preocupes, güerejita preciosa, con un apretoncito lo volvemos al redil, para que entiendas, al establo —pensó Pasos Narro en el pacto de impunidad acordado por Villagaray, el titular de la ingeniería política y financiera, que había hecho con todos los amarres necesarios para inmovilizar jurídicamente a AMLO cuando había sido secretario de Hacienda y de Relaciones Exteriores, al tener en su poder expedientes confidenciales con información financiera para maniatarlo y cancelar cualquier persecución en su contra, so pena de difundir datos críticos que destrozarían su figura política. A ninguno le convenía hablar…

—Netín, amor, ¿dónde estabas? ¿A dónde te fuiste? —preguntó Tamara al ver la mirada extraviada de su amado.

—Perdón, perdón, mi vida. Me distraje en tonterías —repuso el ex presidente al saberse descubierto. Loyola sabía demasiado, pero Villagaray contaba con el feliz remedio para olvidar cualquier información delicada viniera de donde viniera.

—¿Qué hay, presidente? —gritó uno de los compañeros del *foursome*, con quienes jugaba eventualmente:

—Hoy este par de tíos, muy majos, me robaron 500 euros en el campo de honor, pero ahora mismo los recupero en el dominó, ¿pero qué se han creído, no?

Pasos Narro devolvió el saludo levantando su copa con vino y una sonrisa congelada. No estaba de humor.

Tamara siempre escrutaba el rostro de Narro porque no podía dejar de pensar en su vida sin el ex presidente. Le intrigaba saber qué seguiría a continuación, sin grandes recursos para vivir, sin reconocimiento social, puesto que para los mochos mexicanos no pasaba de ser una casquivana, una mujer cualquiera interesada en Pasos solo por su dinero. Se contemplaba también sin futuro, salvo que redactara un libro en torno a su relación sentimental, o se dedicara al cine aprovechando su belleza y su fama, con lo que tenía la gran oportunidad de lucrar con su imagen pública. Su gracia y su galanura, bien lo sabía ella, se perdería con el tiempo, de modo que debería explotar la presente coyuntura con la máxima eficiencia y en el menor tiempo posible. Su único móvil, claro estaba, era el dinero, le bastaba con saber la buena suerte de la Pajarraca.

—Al principio, al llegar a Europa, te acordarás —recordó Ernesto mientras mordía una tapa con angulas a la bilbaína—, me visitaba un sinnúmero de colaboradores, de integrantes de mi gabinete y amigos en general —a quienes él había enriquecido a manos llenas durante su gobierno, confesó finalmente Pasos, tal vez con el ánimo de distraer a su mujer con otro tema de conversación—. Todos son unos auténticos malagradecidos, enloquecidos por el hedor de la carroña que tan pronto devoran buscan otro cadáver para saciarse. No pierdas de vista, tú misma lo viviste —insistió con profunda melancolía—, cuando en Los Pinos o en Palacio Nacional o durante los viajes, todos esos malvivientes me besaban las nalgas y ahora ya ni quién me eche un triste lazo.

—Me tienes a mí, siempre contarás conmigo, lo sabes, ¿verdad? —saltó ella a la arena con el deseo de consolar a su amado.

—Sí, sí, lo sé —contestó Narro sin olvidar cómo su deseo sexual por Tamara había venido disminuyendo, en tanto dejaba de ser la gran novedad. ¿Acaso no era mucho más divertido hacer el amor, eso sí, con la puerta cerrada en el despacho presidencial, o durante las giras por el interior del país o bien en el extranjero, al contratar habitaciones conectadas en las suites de los hoteles para evitar sospechas indeseables? Ahora la gran travesura se había venido desgastando y lo que parecía ser una aventura interminable, la rutina estaba acabando con ella, hasta empezar a caer, poco a poco, en un increíble desgano. Por supuesto que el fruto prohibido era el más sabroso, pero su relación con Tamara, solo unida por el sexo, ya no tenía nada de prohibido. La flama de la pasión empezaba a parpadear por el hartazgo. "Me encanta el caviar", pensaba en silencio, "pero al comerlo a diario empiezo a aborrecerlo...".

—Pues entonces vivamos, disfrutemos nuestro feliz momento, viajemos por el mundo y gocémonos como hombre y mujer, mientras podamos y hasta el límite de nuestras fuerzas. Nunca sabremos lo que nos depara el destino —declaró Tamara con el ánimo de ilusionar a su novio con un promisorio futuro de pareja.

—No, no podemos viajar a donde se nos dé la gana porque existen millones de teléfonos celulares, cada uno en manos de un espía que manda fotografías por las redes sociales a sus amigos o parientes hasta que van a dar a las primeras páginas de periódicos y revistas. El propio presidente Lugo Olea ya me mandó a decir que nuestras fotos en restaurantes, bares o tiendas o donde aparezcamos gozando nuestra relación irritan a la sociedad mexicana que se siente agraviada porque piensa equivocadamente que vivimos y viajamos por el mundo entero gracias a que me robé su dinero, sus impuestos, mientras México se hunde en una nueva catástrofe económica que yo, desde luego, no le heredé al tal Cacas. Yo le entregué un país en marcha, con sus problemas, pero marchaba, y él destruyó todo. Ya no queda nada, se lo acabó todo a marrazos.

—Pues ignoremos a Lugo y viajemos...

—No, no puedo provocarlo de esa manera, mi vida. Él prometió encarcelar a la Mafia del Poder y si, según él, claro está, yo la encabezo y me burlo saliendo a todos lados contigo, lo irrito, lo exhibo como hablador y la gente le preguntará por qué estoy libre y no en el bote, qué trato habrá hecho conmigo que me hizo intocable... En fin, mis fotos contigo le complican la vida. Además, no olvidemos

135

—concluyó resignadamente— que si yo tuve poder, él tiene mucho más que yo, y no existe enemigo pequeño. No nos conviene el escándalo. Más nos vale tener discreción en nuestros planes y decisiones. Si acorralas a un animal tarde o temprano te morderá en su desesperación o te lanzará una patada, no le movamos…

Tamara pensó que si su querido amado tenía algo que ocultar había que hacer un trabajo de joyería muy fino para lucrar con esa información confidencial y poder incrementar su patrimonio. Mientras más supiera, más poder tendría, de ahí que con la debida sutileza tendría que tirarle de la lengua para poder conseguir la mayor cantidad de evidencias.

—Tienes toda la razón, vida mía, nunca les des alas a los alacranes, basta con que sean tan peligrosos cuando pican en el piso.

—¿Desean los señores unos pinchitos de tortilla con chorizo o unas rabas a la Cantabria o un chuletón de buey a la plancha? Tengo una merluza maravillosa o un rape inolvidable, ustedes dirán —preguntó Nicanor, uno de los meseros más viejos del club. Llevaba una servilleta colgada del antebrazo, mientras tomaba nota del pedido.

—Traiga de todo un poco —respondió Pasos sin iniciar una conversación. De tiempo atrás ya solo hablaba con el personal del servicio.

—Ahora resulta —continuó Ernesto— que España se está convirtiendo en una cárcel para nosotros cuando no podemos salir a comer a los grandes restaurantes de Madrid porque están llenos de mexicanos y hasta los meseros nos pueden retratar. No, ni siquiera podemos movernos —confesó clavando la mirada en la copa de su Vega Sicilia de aroma delicado, sabor añejo de grosella, especias y cacao, color opaco y de edad madura—, ni hacer nada ni viajar con peluca y cachucha. Acuérdate de nuestro último viaje a Nueva York, no nos acabábamos de sentar y nuestra foto con un martini en la mano ya circulaba en las redes sociales de México —concluyó con notable malestar.

—Bueno, bien, pero esto es un paraíso, corazón mío. Tomemos de la vida lo que nos da y saquémosle jugo —invitó ella a la reconciliación echando mano de sus mejores recursos.

—No, amor, no —el ex presidente de pronto se abrió el pecho ante su amante y reventó en mil pedazos, convirtiéndose de golpe en un impresionante fuego artificial—. Lo único que verdaderamente me gusta en la vida es la política y, por supuesto, no puedo ni podré dedicarme nunca más a ella con todo el dolor del alma. En México soy un auténtico apestado. Si aquí no podemos salir ni a la esquina, imagínate lo que sería en México... Vaya a donde vaya me van a escupir, Tamara. Acuérdate de cuando le ladraban a López Portillo en cada lugar al que llegaba porque todos lo identificaban como el perro, hasta que decidió no volver a salir de su casa, y eso que no existía internet... Casi ninguno de los ex presidentes puede vivir en México.

—¿No estás exagerando, vida mía? Lo estás pintando todo como si viviéramos en el infierno —acotó ella con el ánimo de tranquilizarlo—. Mira nada más la señora casa que tenemos...

—Por supuesto que no es el infierno, pero es algo muy cercano a ello —confesó Pasos sin dejar de pensar en aquello de que aun cuando la jaula sea de oro, no deja de ser prisión...—. Cuando vamos al Museo del Prado o al Reina Sofía, tú lo sabes, me aburro hasta las lágrimas. La pintura no me dice nada ni me llaman la atención los conciertos de música clásica ni el teatro ni la lectura. Ya viste lo que me pasó en la Feria Internacional del Libro en Guadalajara durante mi campaña, cuando no supe contestar cuáles eran mis tres libros favoritos, quedé como un tonto —aclaró negando en silencio con la cabeza con gran frustración—. En el fondo me dan mucha envidia las personas que pueden clavarse a leer horas y horas, solo que yo no adquirí de niño ni de joven esa disciplina y, claro está, ya jamás la adquiriré. Yo mismo, no lo repitas porfa, me pirateé una tesis profesional para poder graduarme —reconoció con palpable amargura— porque de otra suerte nunca lo hubiera logrado. ¿Escribir? ¿Cómo poner junto sujeto, verbo y predicado como nos enseñaron en la escuela? —aclaró con justificado pesar—. Ni modo, así son las cosas: no podemos salir de la casa, por más bonita que sea, ni de este club, porque existen millones de celulares y, por lo tanto, millones de ojos. Estoy harto, sí, muy harto, porque ya casi nadie viene a visitarme, y estoy a la mitad de mi vida, en mis 54 años, y de una vez te lo confieso, ya no sé qué hacer conmigo.

—¿Por esa razón te enojaste tanto cuando subí a las redes una fotografía nuestra que me pareció muy linda? —preguntó Tamara en busca de explicaciones que ya no requerían respuesta. A cualquiera le hubiera quedado clara la posición de Pasos—. Ahora entiendo tu resistencia a difundir esta felicidad con la que nos premió la vida —agregó Tamara sin poner atención a la crisis existencial de Pasos Narro. El exilio lo deprimía.

—Ya era hora, Tamara, mi vida, mi amor —repuso Pasos echando mano hasta del último depósito de su menguada paciencia—. ¿Yo qué tengo que ver con las decisiones de la gente? Acuérdate de que me hicieron pedazos en las redes, como cuando dije que faltaban 10 minutos para aterrizar, no, menos, 20, y me destazaron vivo sin darse cuenta de que al hacerlo fortalecían al mierda de AMLO que surgía como el político perfecto capitalizando mis errores. Los mexicanos no son inocentes, ellos cayeron en el jueguito de Lugo y no solo eso, además de haber votado por él masivamente, todavía le entregaron el Congreso de la Unión y 19 congresos estatales, tú perdonarás, pero ahora yo no soy responsable de que sean tan pendejos, amor. Le entregan el país a un loco y ahora yo soy responsable de sus actos, no, reinita, no, no y no… —todavía alcanzó a ejemplificar su conclusión—: haz de cuenta que truena una pareja y ella se casa con otro güey por despecho, me pregunto, ¿qué culpa va a tener su ex novio si su novia en un exabrupto hizo una tarugada?

138

Tamara hizo una mueca extraña con la boca. Ella deseaba publicar su amor, gritar su triunfo como mujer, exhibir su felicidad, presumir a Narro en todas las revistas del mundo. No le parecían convincentes las razones del ex presidente; sin embargo, buscaría otras alternativas, otras soluciones. Su novio se ahogaba y ella con él…

—Pues haz negocios, amor. Prueba ese camino, igual das con otras posibilidades para ser feliz; además, estamos juntos y nos queremos. No todo está perdido.

—He pensado mucho en los negocios —argumentó Pasos—. Solo que nunca he hecho un negocio y no sé ni por dónde comenzar. Por si fuera poco —agregó pensativo mordiéndose instintivamente el labio—, tengo que confiar en alguien para entregarle mis escasos ahorros, y ese alguien todavía no nace porque no confío absolutamente en nadie —quienquiera que se le acercara, según él, siempre vendría con un antifaz sostenido con la mano izquierda, en tanto con la derecha, lo garantizaba, bien podría esconder un puñal para clavárselo en la espalda a su mejor conveniencia y en el momento más oportuno. Tenía pánico a los chantajes—. Créeme que sería una buena nota para los periódicos si quien me ayudara a manejar mis fondos, por ejemplo, me amenazara con publicar mis estados de cuenta, salvo que yo comprara su silencio. Un chantaje, te preguntarás, pues sí, en efecto, un vil y vulgar chantaje… Ese secreto, por sí mismo, valdría una fortuna. Todos los agentes financieros podrían traicionarme —exclamó recordando a Villagaray, el gran arquitecto de sus finanzas que había sabido ocultar la fortuna de ambos con un talento mágico.

La mujer finalmente entendió que estaba entrando en un callejón sin salida. Fue entonces cuando decidió provocar a su famoso novio para saber si después de lo comentado todavía existía alguna fuente adicional de amargura que estaba acabando con el hombre feliz y satisfecho que había conocido en México en el último año de su gobierno.

—Si eso es todo, Neto, trabajemos juntos para encontrar soluciones felices. El pesimismo impide ver otras opciones para encontrar salidas a las crisis.

Tamara pensó con buena fe que ahí se acababa el manantial de toxinas que estaban envenenando la mente de su querido novio y acabando con su alegría y cortesía naturales. Ella nunca imaginó que su pregunta provocaría una respuesta todavía más airada, pero que finalmente le ayudaría entender la asfixiante realidad del ex presidente. Se sentía útil al facilitar el desahogo de Pasos antes de que la información proveniente de México acabara por emponzoñarlo. Imposible ignorar las escasas respuestas sexuales de su novio, así como el decaimiento de su ánimo que ya había venido advirtiendo con el paso del tiempo. "Bienvenida la repentina confesión", pensó mientras apuraba un gran trago de vino servido en una copa de enorme cáliz.

—No, no solo es eso, Tamara mía —respondió descompuesto Pasos Narro—. Sé que para ti será difícil imaginártelo, pero piensa en alguien, un auténtico criminal, un gran enemigo de México que no solo está destruyendo mi obra, la parte buena que yo construí durante seis años, sino todos los monumentales trabajos que hicimos una generación tras otra de mexicanos para poder contar con un país digno con gratificantes niveles de bienestar con los que hemos soñado desde que la historia es historia. ¿Te parece poco tragar tanta mierda todo el día? No hay un solo whatsapp ni un telegram ni un triste correo portador de una buena noticia. Cada vez que abro mi iPad me infecto con lo que ocurre en México, y todavía hay animales que creen que festejo la destrucción del país. Ningún mexicano podría celebrarlo, y menos yo…

—Tienes razón, ese miserable de Lugo está destruyendo tu obra y al país, pero a pocos o a nadie parece importarles.

—No solo mi obra —repuso Pasos impaciente—, sino la de todos aquellos que me antecedieron en el poder, generaciones de mexicanos trabajadores y honorables que ahora asisten inmóviles al naufragio de México. No puedes suponer la terrible desesperación que esto me produce y, sobre todo, ver con claridad el desastre que viene, que ya está y que ningún compatriota se lo merece, pero eso sí, como bien dices, son corresponsables al permanecer callados como si no aconteciera nada. Se quejan en corto, sí, pero de tomar acciones con valentía, eso sí que no, cobardes, cobardes, todo lo que suceda se lo merecen al ser unos cobardes…

—¿Tan serio ves el panorama?

—Sí, tan serio. ¿Cómo derogar la Reforma Educativa en un país de analfabetos, lo cual equivale a cancelar el futuro de niños y jóvenes y, por si fuera poco, impedir la extracción conjunta de gas y petróleo que fortalecería ya no solo a Pemex, sino al propio gobierno antes de quebrarlo de punta a punta? —agregó el ex mandatario con un temblor involuntario en los labios—. Es una locura clausurar la posibilidad de invertir conjuntamente con las empresas extranjeras petroleras y eléctricas, cuando carecemos de la tecnología y del capital para lograrlo. Es un suicidio, amor, como lo es haber cancelado el aeropuerto, la obra que podría detonar económicamente a México. Este mismo 2021 se podría haber inaugurado al menos la primera parte, demonios. Todo aquello que yo armé con tanto cuidado y éxito, este cavernícola lo está destruyendo para vengarse de mí, sin darse cuenta de que, en su furia irracional, se está vengando del propio pueblo de México. Tam, escúchame bien, la política de AMLO es como meter a un cerdo con el culo enchilado en una vidriería llena de cristalería fina. No se percata este estúpido animal insensato de que al vengarse de mí e imponer una política económica llamada al fracaso está arruinando el futuro de México y el de su propio gobierno. ¿Cómo es posible que alguien sea tan brutalmente estúpido? ¿Cómo, a ver, dime, cómo…?

—¿No crees que quien llegue después podrá darle la vuelta a toda esta locura?

—Va a ser una labor de años, amor mío. Tiró por la borda lo que logramos varias generaciones, si no hubiera pagado anticipadamente a los tenedores de bonos verdes, ni tirado el dinero en sus obras estúpidas, ni acabado con los fideicomisos públicos ni desperdiciado recursos públicos en sus perversos programas asistenciales y hubiera inyectado dinero en pequeñas y medianas empresas y no hubiera ahuyentado los capitales extranjeros y nacionales ni propiciado la fuga de decenas de miles de millones de dólares, si no hubiera destruido la certeza jurídica y existiera paz y seguridad en el país, él tendría una hacienda pública como yo se la heredé, ya verás que seguirá endeudando al país hasta destruirlo, tus bisnietos seguirán pagando la hipoteca contraída por este miserable perverso —exclamó descompuesto, después de todo AMLO había echado por tierra su trabajo de años—; el bienestar se conquista con empleo y no a billetazos para comprar votos...

—Pues que el Banco de México imprima dinero, ¿no? —preguntó candorosa la bella mujer.

Por toda respuesta, Pasos solo contestó con un beso sin hacer el menor comentario al respecto:

—No, va a ser muy difícil si este salvaje malviviente regala 600 mil millones de pesos a la compra camuflada del electorado paupérrimo, tan solo este año, y desperdicia el ahorro público en obras que nacerán quebradas... Quien lo suceda, si es que alguien lo sucede, porque todo pinta para que se eternice en el poder, y pretenda cancelar estas dádivas, se enfrentará a marchas callejeras interminables y será calificado por el populismo como un enemigo de los pobres. No, no será fácil decirles a las escuelas normales que ahora tendrán que pasar un examen de admisión para que los profesores puedan dar clases. Este hijo de perra acostumbró a la gente a recibir dinero sin trabajar y cambiar esa política va a ser muy complejo. Lo verás, amor, pregúntale a Macri si pudo erradicar el populismo peronista en Argentina, y ahora ese país va directo a otro corralito.

Tamara había oído o suponía que su novio había celebrado un pacto secreto con AMLO. Eso estaba más claro que el agua. Una fotografía de Pasos Narro y de Villagaray en la cárcel catapultaría la popularidad de AMLO, pero esa foto no se vería jamás. Si alguien era cómplice de lo ocurrido, era precisamente Ernesto Pasos, su querido amante, solo que, si ella tan solo se atrevía a insinuarlo, en ese preciso instante la pondría de regreso en un avión rumbo a México y acabaría su sueño dorado. No, no era tan bruta como para sacarse los ojos.

Mientras ella se extraviaba en estas reflexiones, su novio insistía en la complejidad de desbaratar las reformas constitucionales, así como las leyes suicidas promulgadas por AMLO, por más que Morea perdiera el control de la Cámara de Diputados en 2021. Si el electorado lograra arrebatarle a ese movimiento siniestro, ¿cuál partido político?, la cámara baja, de cualquier manera, se caería en una parálisis económica, porque el Senado de la República se opondría a cualquier ley o modificación legal opuesta a AMLO, pero ya se vería… ¿Cuánto tiempo se llevaría volver a instalar el Consejo de Promoción Turística o rehabilitar a los consejeros comerciales de México en el mundo entero, entre otras canalladas ejecutadas por AMLO? No, el camino sería arduo, lento y tortuoso, salvo que se produjera una tremenda catástrofe monetaria que convirtiera en astillas la imagen pública del presidente Lugo Olea. Él, Pasos Narro, no había entregado un país quebrado, con las finanzas públicas arruinadas ni con un escandaloso desplome de los índices de empleo. No, no era el caso, pero volver a construir los organismos autónomos, recuperar en el extranjero la confianza en México, nutrir de nueva cuenta los fideicomisos públicos, recuperar el nivel de las Afores, iba a llevar mucho tiempo, sería una tarea muy laboriosa y de largo plazo, porque ya éramos un país confiable con finanzas públicas sanas y ahora este miserable forajido había destruido la democracia, había cumplido su promesa de mandar al diablo a las instituciones y, al lograrlo, había desaparecido la confianza y con ella el desarrollo económico; es decir, había acabado con todo y él, Pasos, tenía que permanecer a fuerza con el hocico bien cerrado.

Cuando Tamara se convenció de la necesidad de cancelar la conversación porque el ex presidente había caído otra vez en un monólogo de sordos tomó ambas copas, le entregó la suya, y con una mirada tierna y provocadora brindó por él.

—Verás, amor, que todo se va a resolver bien, México ha salido de peores crisis, y aun cuando parezca que no hay soluciones de repente el cielo se abrirá y algún día seremos la potencia económica que tú siempre quisiste construir. Acuérdate de que somos guadalupanos antes que nada y la virgen siempre ha velado por nosotros...

—El gran problema, Tamara, es que AMLO está robando a diario la esperanza de la gente, y al entregarle pésimas cuentas como las que ya entrega, corremos el riesgo de un estallido social de pavorosas consecuencias. Créeme, lo veo venir...

—¿Y cómo evitarlo? —preguntó la rubia esplendorosa.

—Veo varias opciones —respondió Pasos Narro sintiéndose comprendido—: una, el hartazgo de la sociedad. Veo muchos videos de las giras de Lugo en donde lo insultan como nunca vi que insultaran a un presidente en funciones, debe sentirse fatal. A donde va le gritan todo tipo de improperios y ni siquiera lo dejan bajarse del coche —comentó a modo de desahogo—. Eso mismo habrá de verse en las urnas, ahí conoceremos el nivel de hastío de nuestra gente, porque estarás de acuerdo conmigo en que el medio millón de muertos por la pandemia, las decenas de miles de homicidios dolosos, el avance de la delincuencia, el monstruoso desempleo, el aberrante estallido de la pobreza y la corrupción que encabeza Lugo habrá de contar de manera muy pesada en las elecciones, y si Morea pierde el control de la Cámara de Diputados, México se habrá salvado a medias porque AMLO jamás va a reconocer su derrota, como siempre lo ha hecho, y ahí vendrá un nuevo conflicto sin precedentes. ¿Cuándo se ha visto que el mismo presidente desconozca el resultado de las elecciones, amenace al INE, cuando este instituto lo llevó al poder? Acuérdate de cuando perdió las elecciones y tomó por cuatro meses el Paseo de la Reforma, o cuando se autonombró presidente legítimo y se cruzó el pecho con la banda presidencial para dar todavía un discurso de toma de posesión que quedaría registrado para siempre en los anales de la historia.

—Bien, Neto, una primera opción, ¿cuál otra? —cuestionó Tam sin mencionar que Ernesto ya sabía todo eso cuando le facilitó a un loco el acceso a la presidencia—. Lo mejor que nos puede pasar es recuperar la Cámara, ¿y luego? —cuestionó ella abriendo las compuertas del desahogo como pocas veces había sucedido entre ambos.

—¿Otra? —Pasos Narro se contuvo antes de hablar, pero sintió la confianza de poder hacerlo y recordó el resentimiento de Biden en su contra y en particular en contra de Lugo—: Yo invité a Trump a México, lo recibí como jefe de Estado en Los Pinos y no invité a Hillary y ni Obama ni Biden me lo perdonaron, he ahí el coraje, pero luego Lugo la regó en serio cuando, a pesar de que Trump insultaba a los mexicanos, se fue de rodillas a Washington y no solo no visitó a Biden en los cuarteles demócratas, es más, ni le llamó por teléfono, como lo establece el protocolo diplomático, sino que lo peor es que ni siquiera lo felicitó cuando ganó las elecciones en noviembre; es más, fue de los últimos mandatarios en hacerlo y, por si fuera poco, viola el T-MEC cuantas veces se le da la gana, como si Biden fuera un enemigo menor… No se cansa de provocar a los gringos…

—Pues agárrate con Biden porque se la estará guardando —repuso ella con la escasa información política con la que contaba y, sobre todo, interesada en no pasar como idiota en la conversación.

—Claro que Biden se la está guardando, pero el muy vivo no dice ni dirá nada hasta después de las elecciones, aun cuando, de hecho, ya empezó a mostrar su malestar desde que se salió de la reunión de mandatarios a la que invitó el propio jefe de la Casa Blanca, justo en el momento en que AMLO iba a hacer uso de la palabra. ¿Te queda clara la descortesía? La vicepresidenta de Estados Unidos visitará a AMLO en México el 8 de junio. En política no hay casualidades, y entonces le van a leer la cartilla a Lugo y no antes para que no empiece con que el imperialismo ataca a México y aproveche el resentimiento norteamericano del pueblo de México en las elecciones. Los gringos no se están chupando el dedo. Una dictadura comunista en México es impensable en Washington, ya les basta con Cuba y Venezuela.

—Uuuufffff, ¿esa es la otra opción?

—Sí. Una es el hartazgo de la nación y la otra Biden. Entre ambas podríamos recuperar México y empezar el proceso de reconstrucción. No le digas a nadie, pero un general del Pentágono le habló al oído a la cabeza de los militares de Bolivia, y le ofrecieron su apoyo para derrocar a Evo Morales; al ratito el presidente ya volaba a México, de donde Trump lo sacó con una simple insinuación… De que los yanquis se la traen, pues sí, se la traen, a ver si no le dicen a Lugo que se enferme por las buenas y rapidito, míster Lugo, moviendo por favor su trasero lo más rápido posible…

—Salud, amor —respondió ella haciéndose de la mayor información posible—. ¿Qué te parece si nos acabamos este gran vino, devoramos un par de tapas más, nos vamos a la casa, nos bañamos desnudos en el jacuzzi con aromas y aceites que tanto te gustan, te doy un masaje, nos damos horas de besos y luego nos tumbamos a ver una gran serie de televisión? ¿Va, cielito?

Por primera vez Pasos Narro sonrió. No se trataba de flagelarse ni de volver a escuchar "Loyola", ese nombre maldito, ni de seguir sufriendo con la destrucción de todo lo que él había logrado durante su mandato. Era la hora de un paréntesis. Bienvenido el paréntesis para olvidar, por lo pronto, que España era una cárcel, que no podía salir a la calle sin ser retratado, ni hacer negocios con nadie ni se torturaría con la idea de que su único interés en su existencia era político al que ya no podría dedicarse jamás. A guardar entonces el látigo. ¿Por qué castigarse más? Finalmente, si los mexicanos habían votado por AMLO, a ellos, y solo a ellos, les correspondía pagar la cuenta si la sangre llegaba otra vez al río y se producía un nuevo estallido social. Al fin y al cabo él estaba perfectamente blindado en el orden político y económico. Sí, sí le dolía y le preocupaba la violencia en México, pero él había sacado oportunamente los dedos de la puerta y se había salvado… Allá ellos…

Acto seguido, los meseros de La Moraleja escanciaron una y otra vez el Vega Sicilia en las copas de gran cáliz, la pareja devoró el resto de las tapas, en especial los montaditos de angulas, chorizo a la sidra y de morcilla de arroz que tanto disfrutaba. Después de dejar una abundante propina, abandonaron el lugar para un nuevo encuentro solo entre ellos.

Cuando tomados de la mano caminaban en dirección al coche, Pasos Narro sintió un pesado desánimo, ¡cuál jacuzzi ni más vino, ni bañarse desnudos…! De repente se acordó de que se había quedado sin pastillas y todo lo que le faltaba era no poder cumplirle como hombre a su musa, la hermosa Tamara y, entonces, una aparición…

Lo último que esperaba el ex presidente al salir del restaurante de La Moraleja era escuchar una voz que le paralizaría el alma, le despertaría hasta el último poro, le dispararía tremendas palpitaciones y le resecaría la boca como aquella pavorosa noche en que la lengua se le pegó al paladar y no pudo articular, en un principio, palabra alguna. Podrían ocurrirle diversas tragedias o sinsabores en su vida, pero eso sí, jamás podría olvidar ese sonido maldito que le revivía el peor momento de pánico padecido en su existencia.

Sin pensarlo y soltándose de la mano de Tamara, encaró pálido de mil muertes al intruso. En esta ocasión ya pudo conocer su rostro. Perturbado y alterado, sabiéndose indefenso en esa indeseable coyuntura, miró desesperado a Alfonso Madariaga, el mismo que se había introducido embozado clandestinamente a su habitación en un hotel de la

Riviera Nayarita, 15 días antes de la entrega de poder, en noviembre de 2018. El financiero había volado para resolver un asunto en Madrid y como buen jugador de golf, un fanático, había ido a jugar a La Moraleja, invitado por unos colegas hispanos con la esperanza de encontrar a Pasos Narro y la buena suerte lo había premiado.

—No sé si ya reconociste mi voz después de tanto tiempo, Ernesto —nada de presidente ni de licenciado ni don Ernesto—. De hecho, esperaba encontrarme contigo aquí, en tu campo favorito. La suerte me ayudó.

—¿Quién es usted? ¿Cómo se atreve? ¿Qué quiere ahora de mí? —expresó aterrorizado Pasos Narro sin poder ocultar su ansiedad.

—No te preocupes, Netito. Hoy solo vine a jugar golf, pero quiero que sepas que te tengo muy bien localizadito y que hoy por hoy no te cobraré la deuda enorme que tienes contraída con el pueblo de México, hermanito querido…

Pasos enmudeció, en tanto Tamara, sin entender lo ocurrido, percibía el tono amenazador del interfecto. Tomó la mano helada de su amante y dirigió la mirada al rostro del audaz entrometido. Antes de que ambos pudieran aducir argumento alguno, Madariaga aclaró mientras se retiraba:

—En esta ocasión, solo por esta, no voy a llegar más lejos, pero prepárate, miserable rata estercolera, ni creas que vas a disfrutar el dinero robado mientras México se convierte en astillas por tu cobardía. En cualquier día me apareceré, en el momento menos esperado, para que volvamos a hablar con todas las ventajas de mi lado. Muy pronto volverás a saber de mí. Dicho lo anterior, giró sobre sus talones y se retiró, en tanto Pasos Narro permanecía clavado en el piso sin pronunciar palabra alguna ni devolver los insultos. Además de todo, era un cobarde. Madariaga no había dado dos pasos cuando al voltear alcanzó a decir:

—Ni preguntes cómo me registré en el club, porque lo hice con un nombre apócrifo y mis amigos pagaron el *Green fee*, porque tampoco son socios del club. Investiga lo que quieras, Ernestito, pero si algo te aseguro es que no te irás de este mundo sin pagar una parte de las que debes...

Dicho lo anterior, Madariaga volvió con sus amigos que lo esperaban en el aparcamiento...

—¿De qué hablabas con tu ex presidente, Alfonso? —cuestionaron curiosos sus compañeros de juego.

—¡Ah!, solo le dije que había pastillas para dormir y palabras para no volver a dormir —dicho lo anterior, sin que entendieran el sentido críptico de las palabras, abordaron el automóvil en dirección al Ten Con Ten, el restaurante favorito del financiero ubicado en el barrio de Salamanca.

De regreso de una de sus visitas al Palacio de Lecumberri, sede del Archivo General de la Nación, en donde Brigitte coordinaba los trabajos para reescribir la historia de México, escuchó un programa de radio que la sacó de la piel, aunque no era la primera vez que le pasaba. En ese momento se olvidó de la misión que llevaba, semana a semana, para limitar a 70 años el acceso a expedientes sensibles, como el de AMLO, así como la clausura de diversos salones para impedir que los investigadores consultaran documentos imprescindibles en sus trabajos.

En un primer impulso, sentada en la parte trasera de su vehículo último modelo, pensó en cambiar de inmediato la estación, de modo que ni el chofer pudiera oír la conversación; es más, estuvo reflexionando en la manera de cancelar la transmisión para que el público no conociera los puntos de vista de un par de psiquiatras, en realidad unos farsantes contratados a saber por quién, para denostar a su marido. Pasó por su mente la idea de contar con un control remoto para cancelar cualquier análisis radiofónico. ¡Claro que tenía el poder para lograrlo! En la emisión matutina de *¿Por qué hace AMLO lo que hace?*, oyó a ese par de doctores que abordaban temas muy serios con absoluta irresponsabilidad:

—Bienvenidos, queridos amigos de nuestra audiencia —saludó el doctor Amadeo Luján, un reconocido psiquiatra y conductor del programa—. Hoy nuestra emisión se viste de gala con la presencia de la doctora en psicología clínica, Rosa María Smith-Jones, miembro de la Asociación de Terapia Sistémica, S.C. Ella nos llevará de la mano, aquí en Radio

Salud, para analizar la personalidad y el comportamiento de nuestro primer mandatario.

—Gracias por la invitación.

—¿Cómo abordar un tema tan delicado, doctora Smith?

Yo creo que Lugo Olea concentra los peores complejos de todos los líderes políticos de la historia de México, empezando con Acamapichtli, el primer Huey Tlatoani mexica, y concluyendo con él mismo, en su deplorable papel de presidente de la República —afirmó Luján mientras se escuchaba *La Mañana*, una de las obras maestras de Peer Gynt.

—De acuerdo, Amadeo —intervino la doctora Smith—. Tus calificativos son duros, pero reales y muy claros. Sí, me parece que Lugo Olea es un líder déspota y, como dicen expertos que han estudiado su vida, era así desde niño. Ahora nosotros somos testigos de ello. Por dar un ejemplo: esos plantones de meses que no le dieron sino le quitaron trabajo a tanto desfavorecido y favorecido. ¿A poco no el caos paraliza de terror? Yo lo veo como una violencia política calculada, una lucha que cae en el círculo vicioso de la dialéctica hegeliana del amo y del esclavo, que él llama "lucha contra la injusticia". ¡Triste humanidad!, porque a muchos convence. Sí, muchos lo consideran la autoridad máxima, el mensajero de Dios, el Mesías, evitándole así tener responsabilidad…

—Déjame interrumpirte: hablando de responsabilidad, ¿no crees que vale la pena analizar las implicaciones ocultas en el lenguaje del presidente?

—¡Claro! Con su lenguaje manipulador, Lugo evade la responsabilidad política y social de sus terribles decisiones, de modo que sea un grupo de terceros sobre quienes recaerá el juicio de la historia, ya que él siempre será inocente, la típica víctima que en el fondo no pasa de una confesión implícita de una cobardía difícilmente camuflada…

—¿Nos das un ejemplo?

—En sus Mañaneras, el presidente dice "se hará, se devolverá, se construirá", ¿no implica la evasión de toda culpa? No dice "yo haré, yo devolveré, yo construiré", no, no se compromete en nada. Rechaza en sus discursos el uso de la primera persona del singular para rehuir de antemano de cualquier consecuencia negativa, por ello se pronuncia por un "haremos, construiremos, decidiremos", pero nunca aceptará a título personal las consecuencias de sus decisiones. Jamás reconocerá culpa alguna, y si algo sale mal, acusará a alguien de su equipo o a terceros en su lenguaje críptico, por cierto, muy revelador. Sin embargo, a pesar de que promete una cuarta transformación utópica, lo que crea es ocio, derroche, un tener sin trabajar... y al querer controlarlo todo me parece que no podrá controlar nada. Esto terminará mal. Para todos. ¡Cuánta hambre de dominio, de poder! ¡Cuánta rabia, cuánto odio hay detrás! ¡Cuánto orgullo desmedido! *Hibris*, lo llamaban los griegos... Nosotros somos distintos, nosotros tenemos planes, nosotros cambiaremos al país, nosotros discrepamos de nuestros enemigos, en fin, con la primera persona del plural responsabiliza a propios y extraños para que nunca nadie lo señale a él...

—Con su lenguaje no solo esquiva cualquier tipo de responsabilidad política. Como dices, y dices bien, quien evade la responsabilidad de su conducta es un cobarde, pero además este inquilino temporal de Palacio Nacional, este caudillo afiebrado, debe aprender a hablar correctamente el castellano y evitar reprobables expresiones. Decir "fuistes, llegastes, entrastes" no es consecuencia de una enfermedad mental, sino de una patética ignorancia que no se cura con tratamiento, con medicinas, ni con la reiterada elevación de nobilísimas y sentidas plegarias, sino con horas de lectura, disciplina que jamás adquirió al carecer de la curiosidad natural y la disciplina académica imprescindibles para la evolución humana. A eso se debe que sus críticos aleguen, con justa razón, que el ciudadano jefe de la nación ha escrito más libros de los que ha leído.

—Con independencia del lenguaje, yo diría, aunque no es mi lugar utilizar diagnósticos psiquiátricos, que Lugo Olea es un individuo con rasgos esquizofrénicos, paranoides y oligofrénicos… —aseveró la doctora Smith—. Esquizofrénico porque no contempla la realidad como la vive cualquier persona normal, sino como él se la imagina, por lo que sus decisiones son absurdas y carentes de un sustento racional, de ahí que, entre otras razones subjetivas y ejemplos, haya instalado en México una parálisis económica porque tiene "otros datos" absolutamente ajenos a lo que acontece, mismos que al utilizarlos en la práctica solo pueden conducir a la ruina de México. Para AMLO basta con negar la existencia de problemas para que estos desaparezcan. Él confunde una cuchara con un Volkswagen…

—Regresemos a su manera de expresarse…

—En eso estaba, Amadeo. AMLO apela a la virtud. He ahí el engaño. ¡Vaya que es un buen comunicador! Lineal, porque no permite réplica… Y lo que asusta es que en gran parte ha alcanzado su meta. Muchos creen en él. Creen que las leyes injustas deben ser desobedecidas, puesto que luchar para obtener "justicia" es moral. Luchar, acabar con todo para volver a empezar. Así parece. Y quizá no busque la destrucción, démosle el beneficio de la duda, pero es lo que provoca. ¿Será, como dicen tantos expertos, que es porque él acapara en su persona los peores traumatismos de los mexicanos, las heridas, las vejaciones sufridas por nuestros ancestros, los innumerables despojos de los que fuimos víctimas, porque él carga con todos los complejos heredados a lo largo de nuestra historia…? En todo caso, la realidad muestra que es un depósito de resentimiento y de rencor de los que no ha podido liberarse ni se liberará.

—Vamos por partes —sugirió el conductor del programa—. ¿Estás de acuerdo, para seguir en nuestro tema, en que Lugo Olea padece una condición conocida como narcisismo y esta lo obnubila?

—Como te dije antes, no me atrevería a clasificarlo. Es cierto que tiene rasgos paranoides, porque él se declara inocente de cualquier cargo, Amadeo. Los culpables son terceros malévolos, son los conservadores, a quienes nunca define.

He ahí otra forma de envenenar el lenguaje, a los neoliberales. ¿Cuáles conservadores, cuáles neoliberales, quiénes son con nombre y apellido? ¿Qué han hecho mal esos eternos enemigos de México, carentes de rostro o de identidad, que lo acusan de intereses inconfesables, por lo que él, en su defensa, ante ataques inexistentes, recurre en público a los insultos, a los vituperios y a los denuestos, en relación con los fantasmas que supuestamente lo atacan o no se rinden a sus extravagantes poderes? Se pelea con agresiones verbales contra fantasmas que solo están en su cabeza. Cualquiera diría que está loco.

—¿Estaba loco cuando dejó de comprar 100 millones de vacunas, como lo hace el presidente Biden, para dejar a salvo la salud de los mexicanos y echar a andar la economía y las escuelas?

—Yo creo, admirado doctor —respondió Rosa María convencida—, que desde que se inventaron los "locos", tú perdonarás las dimensiones de mi lenguaje científico, se acabaron los perversos. Ahora resulta que hoy en día solo hay "locos" y, como tales, se les perdona cualquier barbaridad. Ya no se trata aquí de un síndrome psiquiátrico, sino de maldad pura...

—O sea, ¿en México ya no existen los perversos?

—De acuerdo con el actual concepto de la "locura", todos los perversos se murieron de repente. Hoy, por lo visto, los políticos están privados de sus facultades mentales y por ello se les tolera cuanto hacen y dicen.

—Te pregunto, doctora: ¿Quién está más loco, el propio loco o la gente loca que lo sigue fanáticamente?

—Existe, sin duda alguna, una frontera en donde concluye la responsabilidad de AMLO y empieza la responsabilidad de la sociedad que lo sigue, le aplaude y lo vitorea.

—Pero insisto, ¿quién está más loco, el presidente o el pueblo bueno?

—Yo diría que, si vamos a referirnos a la "locura", entre comillas, puesto que no es un término que los profesionales de la salud mental debamos usar, estamos frente a un fenómeno de culpas compartidas. Hacen falta dos para bailar el tango, y mientras la gente baila al ritmo de AMLO, nos está perjudicando gravemente. Muy pocos protestan y dan voces de alarma para hacer saber que están serruchando la rama del árbol sobre la que todos estamos sentados. La sociedad mexicana, nos guste o no, es corresponsable de todo lo que ocurre, porque no se queja ni ante la muerte de medio millón de personas.

—Bueno, bien, pero hablemos de nuestro personaje favorito y no de la sociedad, doctora —intervino Amadeo—. Yo diría, en grandes líneas, para dibujar con más amplitud el perfil de Lugo Olea, que el presidente se cree el ombligo del mundo; que todo gira alrededor de él…

—Efectivamente —interrumpió Rosa María—: muestra una clara personalidad narcisista. En su narcisismo está convencido de saberlo todo y de ahí su autoritarismo, porque todos los demás están equivocados y, entonces, él debe imponer por la fuerza sus puntos de vista, le guste a quien le guste. No olvidemos también que al ser un paranoide, siente que la mayoría lo persigue o arma complots en su contra, por eso desconfía hasta de su sombra. Invariablemente él será víctima de acciones de terceros mal intencionados, deseosos de perjudicarlo. En conclusión, es el típico paranoide, la eterna víctima de la ignorancia o de la mala fe de terceros.

—De acuerdo, pero ¿qué me dices de su poca curiosidad y de su nulo interés por aprender de los demás o del resto del mundo? Por eso odia a los expertos y ya no se diga a los extranjeros, que sí estudiaron y dominan sus respectivas materias, como los maestros y doctores graduados en el exterior que se prepararon para el futuro, a diferencia de él, un fósil universitario que desprecia el perfeccionismo, y si pudiera los destruiría como también quisieran hacerlo millones en un país de mediocres infectados de rencor, porque, seamos francos, querida Rosa, AMLO no es sueco ni japonés, por lo tanto no podría ser distinto a sus compatriotas, aunque, claro está, como decía Orwell en *1984*, una de sus mejores novelas, todos los animales son iguales, solo que hay unos más iguales que otros.

—Yo diría que, además de todo, Lugo Olea es clasista y racista. Insiste en las glorias de un indigenismo puro, una raza pura con todas sus perversiones como las del nacional-socialismo alemán; observa cómo ataca a los españoles —señaló la doctora—. Al estar anclado en el pasado autoritario, no resiste la crítica ni escucha para imponer sus puntos de vista por temor a lo nuevo, circunstancia que lo instala en el conservadurismo, esa visión antigua del mundo que tanto critica y con la que gobierna, para el mal de México. Nadie en su sano juicio y sin responder a intereses inconfesables puede estar en contra de él.

—Al oírte hablar me imaginé que pudiéramos entrevistar a Cuauhtémoc o a Cuitláhuac cuando al primero le quemaron los pies y después Cortés lo mandó asesinar y el otro murió después de haber contraído viruela. ¿Te imaginas el resentimiento de dichos tlatoanis, Rosa? Pues ese rencor, ese resentimiento, lo heredó AMLO todavía 500 años después; no ha podido cicatrizar esas heridas en su mente y ahora intenta impedir el proceso de sanación del país y que volvamos sangrar por las laceraciones padecidas a cargo de los castellanos.

—Existen muy pocos países que no hayan sido invadidos y traumatizados por la violencia de los conquistadores rapaces y criminales, en su mayor parte. Tienes razón, Amadeo: No puedes cambiar el pasado, pero sí puedes alterar el futuro, como lo han hecho otras naciones que han superado sus crisis históricas. Los alemanes ya superaron, no olvidaron, pero sí superaron los horrores de la Segunda Guerra Mundial, como lo hicieron con creces los coreanos del sur, los chinos después de la invasión japonesa, los polacos cuando padecieron el flagelo terrible de los nazis y solo ven para adelante, entre otras decenas de casos más. México y América del Sur no podían ser la excepción, y ante semejante realidad me felicito por estos programas de radio, algo parecido a llevar a los mexicanos al diván gracias al teléfono abierto con el público. Ya espero con ansias la sesión de preguntas y respuestas.

—El público ya ha mandado comentarios, muchos comentarios, pero mejor continúa y después les damos cabida. ¿Decías?

—Yo recomendaría abordar estos temas en los libros de texto para empezar a superar los dolores de la Conquista. Es vital que las nuevas generaciones no crezcan con las mismas heridas que solo inmovilizan a una sociedad y le impiden prosperar. Sin embargo, todo parece indicar que los nuevos libros de la 4T no tienen como objetivo enseñar sino adoctrinar, acomodando la historia y la realidad de México a las teorías comunistas. Cuidado...

—¡Bingo, Rosa! Lugo maneja el país observando por el espejo retrovisor sin ver para adelante. Tarde o temprano vamos a chocar, con consecuencias impredecibles.

—Pero se dice que es un hombre inteligente... —trató de mediar la psicóloga.

—No, yo discrepo. Es un político astuto. Tiene la astucia del zorro, husmea los sentimientos de sus presas y los explota, pero de inteligencia cero... Sobran los ejemplos para demostrar que es todo lo opuesto a un hombre listo, perspicaz, ágil mentalmente, despabilado, de rápido entendimiento. Solo óyelo hablar y todo te quedará claro, clarísimo.

—Lo malo es que todos vamos en el mismo barco... Un barco guiado, en conclusión, por un hombre narcisista, esquizofrénico, oligofrénico, resentido, mentiroso, autoritario, vengativo y rencoroso... Uy, querido doctor, creo que si seguimos hablando así, al rato nos mandarán a corte comercial.

—Pero para siempre, doctora, como les ha pasado a muchos críticos expulsados de la radio, de la prensa escrita y de la televisión, como no acontecía ni siquiera en los peores años de la Dictadura Perfecta, pero síguele, éntrale: avienta toda la caballería...

—Además de lo anterior —continuó Rosa María—, AMLO padece de paranoia, un claro delirio de grandeza y delirio de persecución, que se demuestra en parte con la idea del complot urdido por los conservadores, una conjura que solo existe en su mente alucinada y cuya existencia resulta imposible comprobar. Los fantasmas se confabularon para impedir su acceso a la presidencia o para no dejarlo instrumentar las políticas de su gobierno. ¿Quiénes son, dónde están? ¿Por qué no delata a quienes supuestamente lo persiguen? ¿Por qué quieren acabar con él? ¿Qué daños le causó el famoso "innombrable"? ¿Por qué no lo toca con todo el poder del gobierno? ¿Qué se lo impide?

—Otra prueba para demostrar sus rasgos paranoides, o quizá sí, su paranoia, es que se considera un "rayito de esperanza", un líder espiritual, o sea, un mesías, el súper mexica, el Quetzalcóatl moderno poseído por un delirante sentimiento de grandiosidad, un mitómano desconectado de la realidad, dotado de un enorme poder de seducción que cree que con sus ideas fijas, anticuadas obsesivas y absurdas, basadas en hechos falsos o infundados, extinguirá la corrupción, erradicará la maldad, impondrá el bien sobre todas las cosas, rescatará de la miseria a los pobres, los educará y será, como lo prometió, el mejor presidente de México —agregó el psiquiatra—. AMLO se siente un iluminado capaz de acabar de un plumazo con el hampa, de someter a los narcos con abrazos y sin balazos, de estructurarnos éticamente a la voz del respeto al derecho ajeno, porque se siente movido por una luz divina con la que nos bendice en las Mañaneras apartándonos del mal y con la que nos perdonará a los pecadores, siempre y cuando mostremos señales de verdadero arrepentimiento. Igual que Dios lo perdonará a él para garantizarle, libre de toda culpa, el acceso al Paraíso, por eso, caray, vamos derechitito al abismo… Querida Rosa María, ¿quisieras agregar algo?

—Que lamentablemente tienes toda la razón: muestra rasgos oligofrénicos, Amadeo, porque sus razonamientos son perezosos, lentos, torpes y alarmantemente pausados. A él lo frustra la realidad y por ello la odia, como desprecia el conocimiento. Los hechos son tercos, conclusión que lo enferma. El loco que se siente Napoleón, realmente se lo cree y no se percata de que está haciendo un gran ridículo. Este personaje, con el poder absoluto y sin contrapesos, es el presidente de la República, horror de horrores, Amadeo. Es un hombre desequilibrado que conduce al abismo a millones de ciegos…

En ese momento, Rosa María y Amadeo se percataron de que la luz roja que se mantiene encendida cuando un programa está al aire se acababa de apagar y, a través de la ventana, uno de los operadores se pasaba el dedo índice por el cuello, como si lo fueran a degollar, para anunciarles que la transmisión había concluido. Ambos especialistas ignoraban que Brigitte se había comunicado con Ofelia, mejor conocida como "el florero de Bucareli", para silenciarlos. Nada de derechos humanos ni de libertad de expresión: aquí mandaba ella y jamás permitiría que se atacara en público a su marido, por más que ella aceptara en su fuero interno que los expertos hablaban con una verdad que se esparcía por todo el país como una mecha encendida dirigida hacia un barril de pólvora, de modo que la gente iba conociendo la auténtica personalidad, vacíos e intenciones de quien dirigía este país.

Brigitte se daba cuenta de que México se convertiría en astillas. Le enfurecía la realidad con tan solo salir a la calle, pero ¿cómo hacérselo saber a su marido sin tener un feroz enfrentamiento? El mayor daño, según ella, era el deprimente sentimiento de frustración y desesperanza de la gente que le había creído a AMLO y ahora se sentía traicionada por haber perdido su empleo, por la pérdida de un ser querido, por la pérdida de su salud personal o por la pérdida de la seguridad doméstica o callejera, pérdida, pérdida, pérdida, ese era precisamente el sentimiento popular. Todo se reducía a esa maldita palabra, de ahí que prefirió escuchar música tropical para distraerse mientras regresaba del archivo. En Lecumberri insistiría en cuidar la imagen histórica de su marido, entre otros objetivos. Ella se ocuparía de la clasificación correcta de los documentos relativos a la 4T y también se encargaría de catalogar la información a su mejor conveniencia. ¿Era cierto todo eso de la felicidad de la inconsciencia a la que se refería el tal Martinillo, que facilitaría la eternización de su marido en el poder? Habría que pensar la respuesta varias veces, la palabra final la tendría el electorado el próximo 6 de junio. Poco viviría quien no llegara a conocer el rostro del México moderno precisamente en ese memorable día...

Un día después, Brigitte y Antonio, disfrutando de unas tazas de chocolate oaxaqueño y unas conchas de vainilla en su habitación de Palacio Nacional, conversaban sobre asuntos familiares, cuando él, de pronto, le hizo saber que había pasado una pésima mañana, durante su conferencia matutina, por la sorpresiva presencia de cuatro mujeres infiltradas, agentes encubiertas de diferentes sectores de la sociedad que se habían acreditado con credenciales falsas y le habían disparado sin piedad a quemarropa. Dichas intrusas, unas tramposas, habían agotado su paciencia, por lo que carecía de resistencia para recibir más insultos y agravios, iba perdiendo fuerza y ánimo para enfrentar a más fanáticos, groseros por definición.

—Pero ¿qué te dijeron esas brujas? No pude verte en la televisión porque estaba organizando un festival de poesía. No sabes cuánto lo lamento, amor...

—No te preocupes —respondió enarcando las cejas—, la balacera llegó por diferentes lugares del auditorio. De pronto me dispararon de los cuatro flancos. Una de las rucas, la más osada, tal vez la de mayor edad, bien vestida y, desde luego, de evidente origen pirrurris, ni creas que se trataba de una prófuga del metate, se levantó sin que nadie le hubiera concedido la palabra para decirme que Manuelita Olea, mi madre, había pertenecido, lo cual era cierto,

160

a la Iglesia Adventista del Séptimo Día, y que gracias a mi instrucción religiosa yo me comparaba con Jesucristo, me sentía un Mesías, un Salvador, desde que ambos habíamos sido perseguidos.

Bien sabía Brigitte que su marido había venido al mundo a cumplir con una misión divina, de otra suerte habría perecido ahogado en la caudalosa cascada El Baño de la Reina, ubicada en Palenque, cuando todavía era un niño, solo que por elemental respeto no convenía interrumpirlo.

—La pinche vieja no se callaba, Bri, por más que mis ayudantes se lo solicitaban —exclamó dando una enorme mordida, esta vez a una dona de chocolate—. Como la mujer no se cansaba, salió con que yo reconociera mis errores en lugar de culpar a mis adversarios políticos, porque ya debería saber yo que al esquivar mi responsabilidad, al no aceptar con humildad mis equivocaciones, me alejaba de Dios, y al distanciarme de Él, lo provocaba, y al provocarlo no solo perdería la iluminación del Espíritu Santo y dejaría de ser el supremo guía moral de nuestro país, sino que podría desatar la furia divina con todas las consecuencias para mí y para México.

Brigitte acariciaba la cabellera canosa de su marido mientras él relataba con grave seriedad y sin pestañear, que según la mujer, él le había puesto Morea al partido solo para ganar votos, que al declararse cristiano no podía creer en la virgen de Guadalupe ni mucho menos ser comunista, que en realidad no pasaba de ser un neohipócrita al llevar en su cartera una estampita de la virgen y al mismo tiempo haberse arrodillado para purificarse inhalando las humaredas de copal en el Zócalo ante el pueblo horrorizado de México.

—Que yo estaba lleno de miedo y por eso apostaba a la protección de todas las fuerzas celestiales, las que fueran... —continuó AMLO—. ¿Cuál adventista o cuál evangelista o cristiano o católico, o cuál juarista defensor del Estado laico y de la separación iglesia y Estado si el PES estaba en mi gobierno? Yo, a su juicio, era un falsario que lucraba cínicamente con cualquier sentimiento religioso de los diferentes creyentes mexicanos.

—Pues sí, pinche vieja, ¿no? —secundó Brigitte buscando la mirada del presidente para expresarle su apoyo.

—Sí, pero la tal por cual estaba informada porque se opuso a que las iglesias pudieran difundir mensajes sagrados, sus homilías o sus misas o lo que fuera por radio y televisión, de la misma manera que impediría que los curas pudieran ser votados…

—¿Y ya? —cuestionó Brigitte haciendo grandes esfuerzos por disimular su impaciencia. Veía su reloj y torcía los labios en una mueca muy particular, el reflejo de su ansiedad.

—No, qué va. Todavía salió otra mujerzuela, ahora del lado izquierdo del público, y me dijo a gritos, sin que yo pudiera interrumpirla, que mi sueño dorado era ser inquisidor, visitador real, arzobispo y virrey como aconteció en la Nueva España en muchas ocasiones. Que yo deseaba ejercer todo el poder político y todo el poder espiritual, todo en el puño de mi mano. Que no se me olvidara que, entre los mexicas, el tlatoani era el máximo soberano y también el máximo sacerdote, al igual que ocurrió durante casi los 300 años del virreinato y que en cada mexicano había un tlatoani, un virrey, un cacique, un caudillo, un jefe máximo y un intérprete de la voluntad popular, todo junto. Claro que yo no solo estaba construyendo una dictadura política, sino también una tiranía espiritual para cancelar cualquier espacio en nuestra democracia y que yo impulsaba un salto invertido de varios siglos para atrás que acabaría en un baño de sangre.

—¿Y tú qué le dijiste a la tipa esa? No me digas que te quedaste callado —se atrevió cuando menos a preguntar la no primera dama.

—Le dije que no me confundiera con los neoliberales, que yo no era un conservador, ni nada parecido, que yo solo quería el bienestar del pueblo, y esa vieja encolerizada me reviró que esas eran respuestas para engañabobos, las propicias para cuando yo no tenía nada que decir ni que contestar, que yo era un traidor a la causa liberal por tratar de regresar a las iglesias a la problemática pública porque deseaba instalar un nuevo gobierno teocrático, que Ofelia Sacristán Borrego era una maga porque había desaparecido la Secretaría de Gobernación y que ella nunca vería por la aplicación de las normas laicas, que yo ya me consideraba una deidad intocable al extremo de que en varios mercados vendían veladoras, porque el Creador me había designado para salvar a México y que el Benemérito ya se estaría revolcando en su tumba y pateando furioso las tablas de su ataúd.

—¿Hasta ahí, no, amor?, claro que cambiaste la conversación —agregó Brigitte como si le estuviera reclamando a su marido su pasividad. ¿Cómo se atrevía la gente a hablarle así al jefe de la nación?

—Pues sí, esa señora ya se calló, pero salió otra más dentro del plan perfectamente orquestado para desquiciarme, otra colada que yo jamás había visto ni siquiera en foto, desenvainó para decirme que 11 mujeres morían asesinadas al día, que el feminicidio sería mi Ayotzinapa, que mi estrategia de "abrazos y no balazos" no servía para nada, que gracias a ella se había expandido el crimen organizado, que yo me oponía al aborto y al matrimonio entre personas del mismo sexo, que me negaba a crear una fiscalía especializada en machismo criminal, que los mexicanos no éramos felices, nada felices, que si Fátima hubiera asistido a una estancia infantil tal vez habría salvado la vida de haber podido quejarse con una maestra, que yo había clausurado los refugios para mujeres golpeadas con pretextos estúpidos, como la corrupción, que ellas eran el futuro y que nos veríamos las caras en las intermedias, porque las muertas de la Cuarta Transformación hablarían desde sus tumbas en las urnas. Al final me gritó macho, macho, macho…

A Brigitte solo se le ocurrió repetir las palabras de Ibarrola cuando decía: "No se preocupen, el pueblo de México se distingue por tener una memoria muy corta".

—Por lo pronto debes descansar, relájate, es hora, tuviste un día muy pesado —exclamó la señora Mahler acariciando la mano de su marido para tratar de consolarlo.

Al otro día, al concluir su conferencia de prensa, Antonio M. Lugo Olea se dirigió a la ventana más importante de Palacio Nacional para observar la marcha de los tiempos en el Zócalo capitalino, tal y como lo había hecho, con grandes esperanzas, desde el primer día de su mandato. Al contemplar esa plaza, la más importante del país, deseaba encontrar soluciones mágicas respecto a la compleja problemática nacional, como las habían buscado, y en algunas ocasiones hallado en términos exitosos, los tlatoanis mexicas varios siglos atrás, al igual que los virreyes, los arzobispos, los emperadores, los presidentes, caudillos, hombres providenciales, así como solemnes integrantes de juntas de notables, los triunviratos, caciques, magnicidas y tiranos a lo largo de la historia.

En algún momento, tarde o temprano, Dios lo iluminaría para conducir a un país de 130 millones de mexicanos a buen puerto; sin embargo, la luz divina no se encendía, no alumbraba, es más, parpadeaba con alarmante insistencia. La inspiración no centelleaba ni hacía acto de aparición en los escenarios políticos y sociales ni médicos ni escolares ni internacionales ni en nada de lo que representaba su quehacer oficial. ¿Dios lo estaría ignorando al proyectarlo a la oscuridad? Él no había mentido ni robado ni traicionado para que no le diera Covid y, sin embargo, le había dado. Intentaba acabar con el INE, y el INE excluía a sus candidatos más queridos a los gobiernos de Guerrero y Michoacán, y no solo eso, el presidente del Tribunal Electoral había perdido el control de dicha institución, ya que pensaba en ganar las elecciones en los tribunales derogando la voluntad política del pueblo de México. Había perdido un aliado político verdaderamente crítico, en la inteligencia de que para él era notoriamente más fácil amenazar, agredir y hasta amordazar a siete magistrados que convencer a millones de electores manipulados a saber por quién o por qué… Si el pueblo bueno votaba en contra de Morea a pesar de los miles de millones de pesos que había gastado para mantener a su partido en el poder, en ese caso todo estaría perdido, ya podría dedicarse a aprender a hacer el tejido de punto en cualquiera de los salones de Palacio…

"Dios mío, ¿por qué hasta me quitaste el control de la Comisión Permanente en el Senado? ¿Ya no soy tu consentido? ¿Qué hice mal, demonios? Perdón, Dios mío, perdón, pero estoy desesperado porque solo tengo de aquí al 6 de junio para promulgar todas las leyes pendientes, y tal vez, si el diablo me arrebata, Tú disculparás, la Cámara de Diputados, ya nunca podré hacerlo, salvo que gobierne como Chávez por decreto, por encima del Congreso de la Unión, y me juegue el todo por el todo". Acostumbraba a elevar dichas plegarias a diferentes horas de la jornada de trabajo.

"Apiádate de mí, Señor —continuó el presidente hundido en sus reflexiones—, soy indestructible, lo he demostrado, no me quites ese poder, te lo suplico, —le dijo a Jesús mirando al infinito—. Yo no tengo bienes, salvo mi rancho en Tabasco, una chulada, es más, no tengo ni cuenta de cheques, todo se lo di a los pobres, y por esa razón ya tengo asegurado un tesoro en el cielo, lo sé, pero Señor mío, el tesoro lo quiero disfrutar hoy, hoy, hoy, aquí en la tierra y a su máxima expresión. Solo te pido —pensó en arrodillarse como cuando en público tomó posesión del cargo— que me dejes acabar, te lo suplico, con todos los organismos autónomos, apropiándome del Poder Legislativo, del Poder Judicial y que también me obsequies, con Tu divina gracia, la mayoría en los congresos locales. ¿Qué más te da a Ti, que todo lo puedes? Dame chance, ¿no? A cambio te ofrezco que mis hijos ya no vayan a esquiar a Aspen ni contraten una suite en un hotel muy caro ni viajen con chef: Te juro que al menos lo intentaré… ¿Estás o no de acuerdo conmigo en que el Poder Judicial está podrido de punta a punta y que los jueces, ministros y magistrados están al servicio de grupos de intereses creados y que tienen una mentalidad ultraconservadora? Contéstame, ¿no…?"

Harto de no escuchar respuestas, Lugo Olea se apartó de la ventana, se llevó ambos brazos a la espalda, entrecruzó los dedos y empezó a caminar con gran nerviosismo en su despacho con la cabeza clavada en el parqué de madera de encino americano y tzalam que había mandado colocar recientemente. No entendía las razones de la Divinidad, si él había acogido a los pobres como hermanos, no se lavaba las manos con alcohol ni se las desinfectaba después de tocarlos en las giras, predicaba como podía el evangelio en las conferencias mañaneras y, por si fuera poco, cumplía al pie de la letra con todos los mandamientos y había honrado a su padre y a su madre, no tanto a Brigitte, pero para eso estaba la misericordia de Dios. ¿Acaso no había visto por el bienestar de niños, mujeres y ancianos, no los había rescatado de la miseria? ¡A diario veía por su salvación!, aclaró sin precisar si se trataba de su salvación personal o la de terceros... "Explícame, ¡oh, Señor divino!, entonces, ¿por qué me castigas y me impides continuar con mis planes en beneficio de mi gente que tanto me quiere y me respeta si ni soy egoísta y menos avaro? Soy como san Juan: no amo de palabra ni de lengua, sino de hecho y en verdad, y en relación con la riqueza acumulada de mis hijos ni me preguntes porque Tú, con Tu santa voluntad, la hiciste posible, y, por lo mismo, no voy a caer en provocaciones, menos, mucho menos, Contigo, Tú disculparás..."

Mientras se encontraba confundido en esas cavilaciones, volvió a la ventana para poder contemplar a su máxima expresión ese espectacular espacio al que tantas veces había ocurrido el pueblo bueno a su llamado patriótico, dispuesto a aplaudirle repleto de esperanzas, a quien había llegado a rescatarlo de su terrible condición, de su alarmante marginación y de su traumática ignorancia. ¡Cuántos recuerdos fluían a su mente, momentos felices, sin duda, que le habían facilitado el acceso al poder, sí, pero la realidad inocultable volvía a surgir radical e intolerante para negar cualquier éxito o para encararle un sinnúmero de fracasos, salvo que quisiera continuar engañándonos del desplome en un 40% de su popularidad, al caer del más de 80% a menos de 50%, datos irrefutables que anticipaban la destrucción irreparable de su imagen pública y el naufragio anticipado de su gobierno, y con él con el hundimiento de la 4T, la salvación de México…!

"Dios mío", —se dijo en su interior, en tanto sentía precipitarse en el vacío sin que nadie escuchara su voz ni sus súplicas—: "Vine, Señor mío, a cumplir la misión divina que Tú me encomendaste. Soy tu hijo devoto, no me abandones en este momento cuando más requiero de Tu misericordiosa compañía y de Tu sacratísima comprensión. Mis decisiones, ¡ay, Dios mío!, se están convirtiendo en un castigo ya no solo para mí, sino para quienes poblamos este valle de lágrimas. Padre mío, no me abandones cuando vengo a rescatar a mi pueblo del hambre, de la miseria y de la pobreza. Soy el Mesías de los desamparados, Tú mismo me indicaste este camino y me nombraste Tu representante aquí en la tierra, en México, para ayudar a mi gente. Sé que me amas y no vivo fuera de Tu voluntad ni cometo pecados, y cuando los he cometido me has perdonado al igual como yo he perdonado hasta a los peores delincuentes existentes en mi país, como el hijo del Chapo, incluidos los secuestradores, los descuartizadores, los masacradores, los violadores y los pederastas, para ya ni hablar de los delincuentes de cuello blanco, unos lactantes al lado de la mafia organizada. No Te he fallado, he adorado a Jesucristo, Tu hijo, es más, mi hijo mortal también se llama Jesús. Sé, lo sé, que la paga del pecado es la muerte y estoy dispuesto a enfrentarla siempre y cuando me hagan un hemiciclo igual al de Juárez, porque Tú conoces mis penas y mis alegrías mejor que nadie, por eso Te pido, concédeme lo que tanto Te he pedido, el bienestar de mi gente. Sé que haces justicia, porque ya me permitiste ser presidente de los mexicanos y gracias a Ti soy también su líder espiritual, por todo ello, insisto, concédeme lo que tanto anhelo y anhelan los mexicanos: la paz y la prosperidad. Solo que estos no entienden, mi Rey del Universo, les he dicho que se porten bien o hablaré con sus mamases y ni así entienden, Dios mío, bendícenos, Señor, Tú conoces mi situación en este momento y lo que más necesito, por eso confío en Ti, porque eres bueno y me amas y amas, según me dijiste, a los mexicanos, Padre mío, es tu protección, bendice nuestros sueños y planes. Te amo, bien lo sabes, pero eso sí, me encargaste una misión muy canija, mis compatriotas son muy difíciles de pelar, créeme, verdá de Dios, bueno, verdá Tuya. Gracias, Señor, por las noches que convertiste en mañanas, los amigos que volviste familia y los sueños que hiciste realidad, pero sobre todo gracias por cuidar de mí y de los míos cada día, solo que no me abandones con este pueblo bueno y noble.

"Tómame de la mano" —se dijo al final de sus diarias plegarias, contemplando la inmensidad del infinito del Anáhuac—, "tal y como lo hiciste cuando me salvaste de perecer ahogado en el Baño de la Reina cuando yo era apenas un chiquillo, precisamente para poder venir a orientar y a conducir por la senda del bien y de la prosperidad a los míos, que tanto me necesitan. No me desampares, Señor, Te lo pido, confírmame con una señal divina que sigo siendo Tu hijo consentido y que vine a este mundo a cumplir tus sagradas instrucciones sin condición alguna. Ayúdame, por lo que más quieras, a construir mi dictadura, carajo, ¿qué te costaría...? Si este año llevamos al menos 40 masacres, que dejaron 293 víctimas en 16 entidades, pues tal vez así se doma el pueblo, este pueblo que viene de la piedra de los sacrificios y luego de la pira, acostumbrado al dolor y al salvajismo..."

Después de unos instantes, mientras buscaba el consuelo divino contemplando las torres de la Catedral, sonó de golpe la odiosa red para volver a meterle la cabeza en el doloroso presente. La cotidiana pérdida de energía era proporcional al agotamiento de su paciencia en sus intervenciones matutinas y durante sus diarias obligaciones. Los fines de semana, como él se lo confesaba solo a Brigitte, empezaban a pesarle más que la losa del Pípila.

Una voz le anunció la llegada de Juan Alcalá Armenta a su audiencia de las trece horas, el querido "Juanito", de las escasas personas con las que podía distraerse y huir, aunque fuera por instantes, del aplastante peso de su enorme responsabilidad. Claro que gobernar no era fácil y menos a un país de mexicanos bebedores de tequila, consumidores de chile, feroces gobernados, amantes de las explosiones de cuetes, de los estallidos multicolores de los fuegos artificiales, de los resignados hasta que dejaban de serlo, de los hombres y mujeres titulares de hirientes e insoportables sarcasmos, compatriotas poseídos de un sentido del humor más negro que el hocico de un lobo y de un apetito de venganza insaciable. ¿Cómo entender a esa bola de cabrones…?

Cuando Juanito abrió la puerta de la oficina más importante de la nación se encontró al presidente de pie, firme, como si lo hubieran clavado en el piso, serio, muy serio. Ambos brazos caían a los lados de su cuerpo, el rostro impertérrito, la mirada severa clavada en el rostro del abogado, en tanto mantenía los pies juntos y observaba la figura del joven abogado como si este fuera un catcher de las grandes ligas mandándole instrucciones secretas al pitcher con los dedos escondidos atrás de la manopla, ordenándole lanzar, tal vez, una bola de nudillos o una curva para desconcertar al bateador. El joven abogado conocía de sobra estas actitudes del presidente, un fanático seguidor del beisbol. ¡Qué lejos se encontraba AMLO de suponer las razones que habían conducido esa mañana al buen Juanillo a Palacio Nacional, después de haber pasado una semana completa recluido en un santuario dedicado a la meditación para encontrar remedios a sus crisis existenciales!

—Querido Juan —dijo el presidente llevándose ambas manos al pecho—, cada vez que vienes haces mi día, es un paréntesis feliz en mis jornadas de trabajo. ¿Qué tal el último juego de los Diablos Rojos? Voltearon los cartones en la última entrada, son unos gigantes…

—¡Señor! —exclamó el joven abogado con la debida y sorprendente gravedad—, lamento decirle que en esta ocasión mis convicciones políticas y mis emociones no me permiten abordar uno de sus temas favoritos. Vengo —respiró profundamente— a presentarle mi renuncia al cargo con el que usted me distinguió hace poco más de un año —disparó el señor licenciado Juan Alcalá Armenta, nada de Juanito, con la voz entrecortada en lo que adquiría valor.

El presidente se quedó paralizado. Abandonó de inmediato todo intento de seguir jugando como lo hacían ambos en forma recurrente y divertida.

—Pero si yo ordené que a ti no te redujeran el sueldo, y creo que estás muy bien remunerado por tus servicios, querido compañero de equipo. ¿Quieres acaso un incremento?

—No, no es un problema de dinero, señor. Es un problema de congruencia personal, de un severo conflicto ético —le explicó, entregándole la carta de renuncia.

—¿Pero qué dices? Yo a ti no te he perdido la confianza, querido amigo.

—Disculpe usted, señor —en ese momento crucial, el abogado llenó sus pulmones para hacer fuego sin titubeos—, pero yo sí ya se la perdí a usted —precisó el abogado para aclarar su posición y el objetivo de su visita. Lo más conveniente era abrirse el pecho de inmediato y revelar las razones que lo habían llevado a Palacio. En ese momento detonó una bomba en el corazón del despacho presidencial.

—Si esto es una broma, me parece de pésimo gusto, Juan, no se vale jugar con los sentimientos de las personas. De sobra sabes el afecto que guardo por ti y las críticas que he recibido por haberte contratado tan joven e inexperto, para que me agredas de esta manera —exclamó el presidente arrugando la frente sin ocultar su malestar. ¿Quién era ese mozalbete para dirigirse así al presidente de la República? ¿Cómo se atrevía? Eso calentaba.

—No estoy jugando de ninguna manera, señor. Como le dije, no es un problema de dinero y de sobra sé lo que usted me ha defendido de los enemigos con los que cuento en el gabinete.

—¿Y entonces qué es lo que sucede? ¿Me puedes decir por qué me perdiste la confianza? —arguyó agotando su escasa paciencia—. Pinche mocoso rapaz —espetó AMLO abandonando cualquier posición beisbolística. El momento para jugar había pasado.

En ese momento el leguleyo se echó la carabina al hombro, y sin leer una sola palabra del texto de su carta de renuncia le vació sin reparo alguno la cartuchera completa en la cara al jefe de la nación.

—Usted se ha cansado de declarar que acabaría con la corrupción, que perseguiría a todos los rateros del erario, que crearía una fiscalía federal autónoma, que jamás perdonaría a la Mafia del Poder, que en su gobierno no habría justicia selectiva, que gobernaría de acuerdo con la ley y no sus estados de ánimo, que no tenía derecho alguno de perdonar ni de olvidar que administraba bienes ajenos, los de la nación, y ¿cuál fue el resultado?

AMLO, impávido, inexplicablemente guardó silencio. Se encontraba clavado en el piso sin creer lo que escuchaba. El abogado no estaba dispuesto a contener su catilinaria aprendida de memoria desde su reclusión en el santuario. El presidente no estaba acostumbrado a las confrontaciones, él siempre dominaba en los escenarios sin que nadie se atreviera a refutar sus afirmaciones ni sus posiciones políticas.

A sabiendas de que contaba con poco tiempo para escupir sus innumerables quejas y frustraciones, el abogado disparó a mansalva:

—La corrupción hoy está peor que nunca, las compras de su gobierno se hacen ilegalmente a través de asignaciones; aplica una justicia selectiva de acuerdo con afanes vengativos personales; no ha creado ni creará una fiscalía federal autónoma, como la del Perú, que ya lleva cuatro ex presidentes encarcelados.

Juan no estaba dispuesto a ceder y sabía a la perfección que en cualquier momento lo largarían a patadas. Tenía que apresurar la marcha. Bien sabía que jamás volvería a ver al presidente. Era la hora precisa de desahogarse y de vomitar los venenos retenidos durante los últimos dos años. Él no sería cómplice ni culpable del desastre ni le impresionaba ver a un maniquí con la banda tricolor cruzada sobre el pecho ni la cantidad de banderas mexicanas guardadas en lujosas vitrinas distribuidas en las esquinas ni el hecho de estar en una oficina en la que tantas veces se había escrito la historia de México.

AMLO, con los brazos en jarras, le lanzó una mirada de fuego, y sin pronunciar palabra alguna se dirigió apresuradamente a su escritorio para apretar un botón rojo colocado encima de la credenza. ¿Para qué contradecir a ese estúpido imberbe malagradecido? Que lo echaran a patadas de su despacho...

A partir de ese instante sabía que tenía los segundos contados, por lo que ahora ya no soltaría el gatillo. Entendía el silencio del tal Lugo como una prueba de cobardía, ya que se sentía muy valiente al atacar a quien fuera desde su diaria tribuna pública, parapetado en su inmenso poder abusando de la indefensión de sus víctimas:

—Usted derogó la Reforma Educativa en un país de reprobados —disparó al centro de la frente del jefe de la nación—. No, señor, no —alcanzó a decir, cuando dos enormes sujetos de muy pocos amigos y pésimos modales, tan pronto lo vieron, se dirigieron a él mientras que Lugo Olea ordenaba:

—Llévenselo y aviéntenlo a la calle —ordenó furioso—. Saquen a este hijo de la chingada y no hagan caso de nada de lo que diga, está loco...

Mientras los guardaespaldas lo tomaban de los brazos, el abogado se dejó caer al piso para poder seguir hablando. Tiempo, necesitaba más tiempo.

—Regala usted miles y miles de millones de pesos, tal vez 500 mil millones de pesos o más a los ninis y estudiantes haraganes, en lugar de crear empleos.

—¿Están sordos o le tienen miedo al chamaquito?: ¡he dicho que lo avienten a la calle, pero ya!, ¡ya es ya!, ¡carajo!, par de pendejos —gritó el presidente con el rostro congestionado por la furia—. ¿Para qué están aquí? ¿Son carmelitas descalzos? ¡Que lo saquen, chingao…!

En tanto tomaban a Juanito de una pierna, de un brazo y lo jalaban del cabello, todavía alcanzó a decir cuando lo arrastraban a la puerta:

—Usted, ciudadano presidente, llegó solo para joder a México —continuó desafiante el abogado con un color aceituno en el rostro, el de un muerto—. Usted ha creado más pobres que nunca en la historia de México; desprecia la ley porque, según usted, es un instrumento de la burguesía; desprecia a las mujeres, desprecia a la sociedad, a las instituciones, desprecia a la democracia, y desprecia todo lo que hemos creado los mexicanos —volvió a gritar cuando uno de los golpeadores le pisó los dedos de la mano con los que se sujetaba escasamente de una de las patas de una silla, mientras que otro de los sujetos le tiraba con fuerza de la cabellera.

Si AMLO hubiera tenido un bat, sin duda lo hubiera estallado en la cabeza de ese cabroncete malnacido.

—A usted le valen madre los miles de asesinados, el medio millón de muertos por la pandemia, la muerte de los niños por cáncer, los feminicidios, los 4 millones adicionales de pobres que usted, solo usted ha creado, con sus putas políticas suicidas, el terrible daño a nuestra economía, a la marca México —fue lo último que acabó de escuchar el presidente cuando la puerta de su despacho se cerró; sin embargo, los gritos furiosos se escuchaban en el área de las secretarias, desde donde se oyó la voz chillante, aguda, del primer mandatario.

—Largo de aquí, putete neoliberal. ¿Quién te dio el dinero para insultarme? ¿A quién le rindes cuentas?, maldito ingrato. Gracias a mí comiste caliente por primera vez en tu miserable existencia, cabrón. Rómpanle el hocico, ya no quiero oírlo…

—Renuncien, señoras, huyan de aquí, este lugar está embrujado —increpó Juanito a las secretarias que lo contemplaban con estupor, tirado en el piso, en tanto lo jaloneaban los de seguridad—. Desde este lugar envenenado están destruyendo a la patria, huyan, no sean cómplices de este maldito —dejó escapar una última advertencia cuando ya lo arrastraban por los pasillos de Palacio como un animal salvaje rumbo al matadero—: He de volver a Palacio cuando Lugo ya no les robe el aire a los vivos, y espero que sea pronto. Yo reconstruiré todos los daños...

Puesto de pie, ya en la calle, expulsado por la puerta de Corregidora, Juanito se acercó a la ventana del primer piso, en donde se encontraba la oficina presidencial, y ahí mismo, a voz en cuello, se puso a gritar sin importarle el rostro de sorpresa de los transeúntes.

—Escucha bien, Primer Mandatario, el pueblo bueno tiene razón, usted, señor, es una mezcla entre Echeverría, Fidel Castro, Chávez, Simón Bolívar y Paquita la del Barrio —gritó a pulmón abierto, de modo que todos pudieran escucharlo, mientras se limpiaba la sangre de la boca, tal vez originada por una patada cuando se aferraba a una de las patas de la silla. El dolor en los dedos de su mano era insoportable.

Ante los ojos del público que no entendía la escena, Juanito se despidió con esta sonora amenaza mientras se llevaba las manos a la boca para hacer un pequeño cono para que su voz y advertencia se escuchara a lo largo y ancho del Zócalo capitalino:

—No se te olvide, primer jefe, que no existe enemigo pequeño, no lo pierdas nunca de vista. Un día habré de sentarme en esa silla que tú deshonras —concluyó arreglándose el saco mientras se dirigía a la estación del metro ubicada frente a la puerta mariana de Palacio Nacional.

Una mañana soleada en Nueva York, cuando la Urbe de Hierro había sido rescatada de la pandemia gracias a las eficientes políticas sanitarias del presidente Biden, quien había logrado la proeza de vacunar a 100 millones de sus compatriotas en un mes, y, de esta suerte, también echar a andar su maltrecha economía, Alfonso Madariaga abandonó su oficina a las 12:30 del día en punto. Después se dirigió a Le Bernardin, en donde disfrutó una abundante ración de Golden Imperial Caviar, acompañado de vodka Stolichnaya Elite, helado, un suculento Dover Sole, digno de un maridaje con el Chassagne Montrachet y una alcachofa caliente con emulsión de trufas, para rematar con un pastel de chocolate con higos caramelizados, sin faltar un café Verona expreso y una copa globera de coñac Hennessy Paradis extra: todo un banquete para quien, como él, tenía muy desarrolladas las papilas gustativas y estaba a punto de tomar una decisión histórica. ¡Claro que se jugaba la vida —un error podía ser muy costoso—, pero a los grandes hombres, como él decía, se les conoce por las dimensiones de las decisiones que toman! Si la vida es riesgo, pues a correrlo... Al degustar esos suculentos platillos experimentó la misma curiosa sensación de los condenados a muerte cuando en la noche anterior les sirven una cena, la última, su comida favorita, antes de despedirse del mundanal ruido...

Saliendo del restaurante, movido por un justificado entusiasmo, entró a una juguetería para comprar un par de drones, la gran diversión de los adolescentes. Tenía que aprender a manipularlos a la perfección; esos "juguetes" le servirían para alcanzar sus objetivos. Como la justicia mexicana había sido tan inútil como corrupta, él, el justiciero, impondría la ley a su manera. Si en el siglo XX, durante los años interminables de la Dictadura Perfecta, ningún político o muy pocos, tan pocos que no recordaba ni un solo nombre, habían pisado siquiera la cárcel acusados de corrupción, de enriquecimiento ilícito y gozaban, sin remordimiento alguno, de los ahorros robados a una nación empobrecida, él, Madariaga, sería el gran verdugo de los defraudadores. Con esa guillotina moderna impediría que los bribones y sus familias continuaran disfrutando los recursos propiedad del miserable pueblo de México.

Tal y como lo había pensado, primero les haría llegar, de manera anónima, sus balances financieros con el detalle de sus bienes muebles e inmuebles ubicados en diversas partes del mundo. Enseguida les concedería un tiempo prudente para que devolvieran el dinero robado a instituciones de caridad; de lo contrario publicaría en los diarios de mayor circulación la totalidad de la riqueza mal habida, apercibidos de nueva cuenta, ahora públicamente, que de no devolver los recursos pagarían las consecuencias... Los bandidos y los suyos, cómplices desde que compartían el botín a sabiendas de que el jefe de familia jamás había tenido una empresa o un despacho ni se había, siquiera, ganado la lotería, pagarían las consecuencias.

Alfonso Madariaga estaba dispuesto a destruirlos, pero no en los tribunales, ¡qué va!, igual de putrefactos, sino en las calles, en los banquetes, en sus oficinas, en los restaurantes, en los cines, en sus clubes de lujo, en sus yates o en sus aviones privados, o en sus "condos" de Estados Unidos o Europa. Los atacaría en el momento más inesperado y en el lugar más inoportuno.

La sociedad mexicana se vería obligada a reaccionar, ya que la sacudiría por las solapas. Los ladrones se tendrían que aterrorizar cuando aparecieran las fotografías del primer difunto multimillonario, muerto en condiciones sospechosas, sobre todo después de haber sido advertido públicamente por un vengador anónimo. No, no era una broma, de ahí que los autores de monstruosos peculados, incluidos ex presidentes, ex secretarios de Estado, gobernadores, jueces, magistrados, ministros retirados o en funciones, cualquier funcionario público de gran estatura política, empezarían a cruzar miradas y a pensar hasta qué punto habían ocultado bien su fortuna y quiénes, de los que conocían manejos inconfesables, cómplices y prestanombres, tal vez habían quedado resentidos. El pánico empezaría a cundir entre ellos. ¿Cómo habrá surgido semejante verdugo popular? ¿Quién será? ¿De quién recibiría instrucciones? ¿Cómo se habría hecho de la información estrictamente confidencial? ¿Era cierto o se trataba de una pesadilla?

Madariaga había urdido su plan a la perfección, similar a la estrategia diseñada para ingresar a la suite de Pasos Narro en la Riviera Nayarita, el propio presidente de la República, 15 días antes de concluir su mandato, solo para hablar con él y comunicarle lo que los mexicanos pensaban de su gestión, como cabeza de una camarilla de rufianes. Pasos Narro jamás había vivido un miedo similar; su mirada lo había delatado.

Solo que el tiempo transcurría y nada acontecía en materia de impartición de justicia. Lugo Olea era otro bandolero más, dotado de una extraordinaria capacidad para estafar a los confiados y a los ignorantes. La corrupción había alcanzado niveles inadmisibles, mientras casi 4 millones de mexicanos se habían incorporado a las filas de la pobreza en los últimos dos años de putrefacción e ineficiencia de la 4T… ¿No que AMLO llenaría las cárceles con mafiosos? ¡Ni uno solo purgaba una pena en prisión, salvo personajes irrelevantes, y ello debido a venganzas personales! AMLO no era sino el capitán, titular de una nueva pandilla de asaltantes, que había venido a robarle la esperanza a la gente cuando era lo último que le quedaba.

Esa misma tarde, con los drones en sendas bolsas que portaban el logotipo de la famosa juguetería, sin olvidar el buqué del Hennessy, Madariaga se dirigió a su rancho para aprender a operarlos. Cierto, estos eran para adolescentes, pero volaban con los mismos principios aeronáuticos que los drones asesinos. Y acerca de estos aparatos ya había estudiado en un buen número de publicaciones especializadas.

Entre otras muchas cosas, el financiero aprendió que los chinos vendían drones autónomos a Medio Oriente, que podían ejecutar ataques teledirigidos, mientras se preparaba para exportar drones sigilosos de última generación. De hecho, 130 organizaciones no gubernamentales, apoyadas por decenas de países, habían elevado hasta la ONU una petición de Human Rights Watch y de Amnistía Internacional, para que se negociara un tratado que prohibiera la fabricación de dichos aparatos. Imposible olvidar el asesinato del general Qasem Soleimani, el más destacado militar iraní, cuando desde una nave no tripulada lanzaron un poderoso misil que acabó con su vida.

Otros textos, encontrados en internet, que lo dejaron tan sorprendido como aterrorizado, explicaban lo siguiente:

Hoy en día se sabe que China cuenta con varios tipos de drones submarinos. Algunos pueden estar ya en marcha en los océanos. De hecho, han batido récords de duración a profundidad. De ahí a espiar, o a ejecutar alguna orden militar, hay muy poca distancia... Estados Unidos también trabaja en los suyos. El verano pasado estrenó, oficialmente, el primer escuadrón de drones submarinos. Rusia no anda a la zaga, por supuesto. Todos saben que el control de los océanos puede ser clave en caso de conflicto.

En un auditorio repleto, un minúsculo dron dotado de inteligencia artificial (IA) que cabe en la palma de la mano es capaz de seleccionar su objetivo para dispararle al cerebro una carga de tres gramos de explosivos. No es posible abatir al aparato, pues sus reacciones son cien veces más rápidas que las de un ser humano, y no es factible escapar ni esconderse de él. Cuando vuelan en enjambre pueden superar cualquier obstáculo. No existe, hasta ahora, manera de detenerlos.

Si las negociaciones diplomáticas y militares actuales fallan, se puede anticipar que estos drones proliferen rápidamente en manos de Estados amenazantes y grupos no estatales, incluyendo terroristas. Ninguna prohibición alcanzará a suprimir el riesgo, sobre todo porque gran parte de las tecnologías implicadas son de desarrollo civil y están disponibles comercialmente con otros fines, a diferencia de las armas nucleares.

Se espera que los Estados y la colaboración internacional puedan atajar el desarrollo y contrabando de estos sistemas y sus componentes. Se han logrado progresos, como la oposición de China a las armas autónomas. La conciencia del problema ha calado lo suficiente como para que se firmen acuerdos destinados a prevenir una nueva era de asesinatos a golpe de botón.

Sí, solo que Madariaga utilizaría los drones asesinos, si acaso, en un par de ocasiones diferidas en el tiempo, porque de otra suerte los políticos maleantes se encerrarían en cajas fuertes o en lugares inaccesibles y cualquier intento de acabar con ellos sería inútil. Existían por supuesto otras alternativas: todo se reducía a un problema de imaginación.

Ni tardo ni perezoso, cada día, al terminar sus labores bursátiles y crediticias, invirtió lo mejor de su tiempo en su capacitación personal, con el auxilio de un par de expertos, para proseguir con sus planes. Muy pronto aprendió a operar los drones a largo control remoto con sus respectivos repetidores de señales.

Una vez que dominó los "juguetes" se puso en contacto con los proveedores chinos para importar minidrones militares a México a través de la aduana de Mazatlán, dado que en Estados Unidos corría el peligro de ser descubierto. Por supuesto que utilizó un nombre falso, con una tarjeta de débito falsa, con una dirección de correo falsa, para poder recoger el pedido en el domicilio respectivo con una credencial de elector, por supuesto, también falsa. En México todo se podía.

Esta vez utilizó el campo sinaloense para practicar con los aparatos profesionales. En el campo abierto podría ensayar hasta dominarlos, disparando contra figuras de cera con rostro humano. Todo estaba listo. Le haría llegar al poblano una carta anónima con el detalle de sus más diversas pertenencias mobiliarias e inmobiliarias en México y en el extranjero.

Madariaga siempre se había distinguido por su notable incapacidad para privar de la vida hasta a un insignificante díptero; sin embargo, ahora estaba dispuesto a convertirse en un asesino pero, eso sí, movido por un fin superior: rescatar el dinero robado a por lo menos 60 millones de mexicanos indefensos, sepultados en la pobreza. Si los bribones no temían a la ley ni a la justicia ni a la ira de Dios, por más que colgaran de sus cuellos escapularios y medallas de vírgenes y cruces de oro y asistieran los domingos a misa y se confesaran, si tampoco les preocupaba el juicio final ni el de la historia, él se encargaría de que, por lo pronto, empezaran a temer a los drones. Esos sí que impartirían justicia expedita e inmediata. A la mierda con los tribunales, los abogados, los jueces, magistrados y ministros: nada servía. Solo los drones.

Cuál no sería su sorpresa, unos días después, cuando al revisar la prensa mexicana se encontró con el anuncio de la boda de una de las hijas del primer bandido, el tal don Cirilo, su primera víctima fatal, en uno de los hoteles más caros y exclusivos de la ciudad de Puebla, sin tomar en cuenta los peligros de la pandemia. La ceremonia "tendría verificativo", un lenguaje ampuloso propio de los políticos mexicanos, en la Catedral Basílica de Nuestra Señora de la Inmaculada Concepción, de la misma ciudad. La bendición nupcial la impartiría el arzobispo Roberto Arroyo, acusado de pederastia tanto en México como en Estados Unidos. Menuda combinación: el sacramento del matrimonio lo otorgaría un cura degenerado a la hija de un ratero profesional, cómplice, para todo efecto, del peculado de su padre. Y Dios ¿tan tranquilo…? ¿A dónde se dirigía México sin leyes, sin Estado de derecho, sin impartición de justicia, gobernado por cínicos carentes de la menor estructura ética y dirigidos espiritualmente por algunos sujetos desalmados capaces de atentar contra la vida equilibrada y sana de los menores de edad? ¿Cómo serían esos chamacos en el futuro? ¿Quién y cuándo daría el golpe de timón para imponer la Constitución y la legalidad, antes de que los mexicanos tuvieran que volver a resolver sus diferencias con las manos? Él, Alfonso Madariaga, cumpliría con su parte. No sería cómplice, por lo tanto, tampoco sería culpable. El financiero jamás había aceptado manejar los fondos de terceros que no hubieran demostrado el origen legítimo de su fortuna.

Al contar con los datos necesarios, y una vez obtenida en el SAT la dirección del poblano de marras, voló a Guadalajara para hacerle llegar a su futura víctima el inventario de sus bienes. Eligió al azar esa ciudad mexicana, para confundir con la dirección del remitente. Sería imposible dar con él. Depositó la información en diversos sobres, en varias oficinas de correos, para garantizarse la recepción de sus alarmantes mensajes. Al abandonar la última oficina en Zapopan recordó la expresión de los capitanes de submarinos en la Segunda Guerra Mundial, cuando le disparaban a un barco enemigo: "Torpedo en el agua".

Tenía tiempo de sobra, antes del matrimonio religioso, para conocer la posición del truhán. Regresó entonces a su oficina en el piso 42, en el corazón de Manhattan, para volver a deleitarse con una vista espectacular del Hudson. Se sentía de nuevo en casa. Ahora… a esperar alguna respuesta. El inculpado, por más absurdo que fuera, tendría que publicar sus donativos en los diarios de mayor circulación, realizados a instituciones de caridad. Quedaría como un ilustre filántropo preocupado por la buena suerte de la sociedad.

Pero ¿cómo creer a ciegas y obsequiar su fortuna sin una precisión? ¿Y si entregar su patrimonio resultaba insuficiente y el chantaje continuaba? Seguramente la duda subsistiría: ¿quién y cómo conocía con delirante precisión los detalles de su patrimonio? ¿Qué hacer? No podía ser una broma. De inmediato convocaría a sus abogados mexicanos y extranjeros para tratar de descubrir el origen de la filtración de una información financiera tan delicada. Solo que ni banqueros ni funcionarios fiduciarios ni fedatarios ni consejeros bursátiles podrían ser acusados de delación ni de faltas de respeto en torno a la confidencialidad de los datos. ¿A quién culpar? Todos eran inocentes. Su angustia se desbordaría al escuchar la voz desesperada de un cliente, con depósitos de ocho dígitos o más, que buscaba explicaciones que ellos no podían proporcionar. ¡Imposible perderlo…! ¿Qué hacer?

Seguramente el poblano gritaría: "¡Por lo que más quieran, tráiganme de los huevos al chantajista de mierda!" Sin embargo, no habría forma alguna de comunicarse con el autor de la maniobra. Cero posibilidades de negociación, ¡cero! La única opción era pagar, y pagar ¡ya! ¿A ciegas? ¡A ciegas! Como fuera, pero a pagar…

Madariaga solo saboreaba las noches de insomnio del bandido: las terribles acusaciones a sus operadores financieros en el mundo, los cargos e insultos a notarios y fedatarios en busca de alguna explicación, los gritos a sus abogados y financieros mexicanos y extranjeros. ¿Quién lo habría delatado? ¿Quién? Alguien estaba muy cerca de su dinero, tan cerca que contaba con información privilegiada. ¿De qué le serviría cambiar de cuentas, de bancos y de asesores? ¡De nada! El siniestro personaje lo sabía todo. Si pudiera tenerlo en sus manos le sacaría los ojos con los pulgares, le extraería la lengua a jalones, le cortaría los dedos. Las sonoras maldiciones se podrían escuchar en el mundo entero. De negar los hechos se exponía a que el fatídico y no menos ominoso espía publicara escrituras y estados de cuenta en los diarios. ¿Cómo escapar? Estaba contra la pared. Él, que se sentía tranquilo y feliz, dispuesto a disfrutar sus bienes en paz y con los suyos hasta el final de sus días, de repente se encontraba en una pavorosa encrucijada que mancharía su apellido, supuestamente impoluto, para siempre. El peso de la vergüenza acabaría con él, lo aplastaría. ¡Horror!

De inmediato revisaría su testamento en aras de cualquier eventualidad. Como la información era genuina, ¿cómo no abrigar dudas de que realmente pudieran matarlo? Tenía que pensar en los suyos, de la misma manera en que su esposa doña Chonita, también preocupada por la gravedad de la amenaza, le consultaría a su marido en los siguientes términos.

—Oye, gordito, ¿no crees que valdría la pena posponer la boda de los muchachos? Siento que el diablo está rondando en esta casa. Desde que empezó todo esto voy diario a misa y comulgo y me confieso con el señor arzobispo Arroyo, quien me llena de bendiciones. Dejo harto dinero en las urnas y ni así se me quita un terrible presentimiento; ya sabes que las mujeres tenemos un sexto sentido y de que nos late, pues nos late… ¡Cuidado, gordito, cuidado…!

—No, hombre, no te preocupes, vieja. Estas cosas pasan en la política. No me puedo acobardar ni darle gusto a ese malhechor, vamos con todo. La boda va porque va. Además, contamos con un equipo de seguridad que no lo tiene ni Obama. No les metas miedo a los muchachos, todo va a salir muy bien, mi ruquita querida —repuso el bandido ocultando su ansiedad lo mejor que podía.

—¿Te puedo hacer una pregunta y no te enojas conmigo, corazoncito? —cuestionó a punto de gimotear doña Encarnación, una mujer invariablemente vestida de negro, como si esperara una tragedia en cualquier coyuntura, de ahí su fanatismo religioso—: ¿No crees que éramos más felices cuando éramos pobres? ¿Te acuerdas del Fordcito usado que compramos a los años de casarnos? Nunca, ningún coche nos dio más felicidad, ni estos europeos tan complicados que compras a cada rato; ya solo les falta que hablen.

—Sin dinero no hubiéramos podido educar a nuestros hijos, ni viajar, ni tendríamos esta señora residencia en Puebla ni el depa en Nueva York —respondió Cirilo echando mano de su paciencia ante un tema tan recurrente de su esposa—. ¿Acaso preferirías que yo continuara de subjefe en la oficina de recaudación de rentas en San Martín Texmelucan, como cuando comencé a chambear?

—No, no, ni lo digas. Me gusta la regadera caliente y la comida, papacito, pero yo no hablo inglés, acuérdate, ni me entienden por allá, ni puedo salir de compras ni ver la tele; es más, ni siquiera hay manera de comer una sopita de fideos con sus menudencias —todavía agregó doña Chonita.

—No voy a discutir el tema, Encarnación, y menos, mucho menos en estos momentos. Ahí la dejamos —agregó dando por cancelada la conversación, al tiempo que pedía por el interfono los periódicos del día, que leía con gran angustia por si aparecía en los diarios una conminación en su contra.

La fecha fatal se cumplió en absoluto silencio. Ante la falta de respuesta, apareció a plana completa, en diversos diarios de la República, el inventario de bienes y depósitos del imputado, claro está, con nombre, apellido y hasta una fotografía para despejar cualquier género de dudas respecto a su identidad. El responsable de las publicaciones había acreditado su personalidad con una credencial de elector, la misma utilizada para recoger los drones en Mazatlán, o sea, falsa. El clamor social fue similar al estallido de una bomba de millones de kilotones en el corrupto mundillo político. ¿Quién? Pero ¿por qué? ¿Una venganza? ¿Era cierto? ¿Se trataba de un chantaje? La inserción equivalía a recibir un tiro en la sien. ¿De qué tamaño era el enemigo? ¿Qué ocurría? ¿Sería una estrategia de la CIA? Y lo peor, lo verdaderamente terrible, unas palabras estremecedoras como advertencia al final del texto: "Cuenta usted con 15 días para 'devolver al pueblo lo robado', o será usted privado de la vida en un lapso similar, en el momento y condiciones que usted no puede siquiera imaginar. (Firma) Los desheredados…".

Al día siguiente, y como era su inveterada costumbre, AMLO se declaró inocente de cualquier cargo, y en este asunto en particular sí que lo era, pero el punto fino consistía en el hecho de que la opinión pública lo consideraba un mentiroso profesional, mucho más embustero que el propio Trump, un hombre carente del menor crédito público. Sobre AMLO estaban recayendo las sospechas y le sería imposible salir airoso, en especial si el poblano un día, nada remoto por lo visto, aparecía muerto. ¿Se trataba de una nueva engañifa del presidente? ¿A dónde conducía todo esto? ¡Claro que lo culparían a él en una primera instancia...! En el gabinete de Lugo Olea se cruzaban miradas escrutadoras, cargadas de escepticismo e impotencia. ¿Y si ellos aparecían en los próximos días en una publicación de semejante naturaleza?

Las consecuencias de la noticia no se hicieron esperar: decenas de políticos corruptos, a la voz de cuando veas las barbas de tu vecino cortar, pon las tuyas a remojar, volaron sobre todo a Estados Unidos a mudarse de instituciones, a registrarse en otros *trusts*, a sacar el dinero, a cambiar de nombre sus propiedades, a protegerse. Nadie estaba para bromas. Con el dinero no se juega. Todos tomaron sus debidas providencias sin imaginar que varios de ellos, los más conspicuos, ya habían sido investigados por Madariaga. Los recursos y el patrimonio habían quedado inventariados y cualquier alteración sería detectada y se agregaría como una prueba adicional de la responsabilidad penal, ante "el pueblo...". Cualquier intento de ocultamiento sería inútil. No existía ya punto de retorno.

Como era de esperarse, el político poblano se aferró a su patrimonio, explicó a la opinión pública, morbosa y satisfecha, que se trataba de un engaño, de una estafa de un antiguo enemigo, pero el pánico se apoderó de él. ¿Sería AMLO y la FGR que aventaban la pelota y escondían la mano? ¡Menuda maniobra! ¿Sería otra estrategia para atacar a la Mafia del Poder? ¿Quién estaba detrás de esto, con cien mil carajos y un cuarto? Hizo saber que presentaría una denuncia de hechos, que finalmente se sabría la verdad y se castigaría al culpable que intentaba lastimar su honor y su dignidad. Por supuesto que podría comprobar peso por peso el origen de su patrimonio. El intruso, por llamarle de alguna manera, había cumplido con sus amenazas y había publicado en gran detalle sus haberes personales, y el autor de la inmensa fortuna sabía que el miserable entrometido no faltaba a la verdad, quien quiera que fuera conocía a la perfección cada uno de sus activos. Si tan solo hubieran podido negociar para compartir el hurto. Estaba conforme en someterse al chantaje. Pero ¿con quién? Sí, ¿con quién, dónde…? ¿O regresas lo robado o te mueres? ¡Caray!

El poblano sabía que jamás volvería a vivir con tranquilidad, sentimiento que no compartían algunos miembros de la familia que deseaban enterrarlo, entrar a saco en la herencia, disfrutarla a más no poder, eso sí, sin poder agradecerle al inspector o detective privado contratado a saber por quién su afortunada y desinteresada intervención…

El político decidió protegerse y no salir de su domicilio, pero evidentemente asistiría a la boda de su hija con la debida protección de su sistema de seguridad, sin saber que, para ese momento, Madariaga ya tenía un plan perfectamente orquestado. Para empezar, había descartado llevar a cabo el asesinato en el hotel donde se serviría el ostentoso banquete. Después de haber estudiado diversas opciones, a partir de una inspección *in situ*, decidió que la mejor alternativa era ejecutar su estrategia criminal instalado en la terraza de un lujoso restaurante ubicado en el segundo piso, frente a la Catedral. En el atrio encontró la oportunidad y el momento ideal para lanzar sus minidrones, cuando la familia saliera de la iglesia.

El día señalado Madariaga, sentado en una mesa desde la que tenía una perfecta vista de la Catedral, ordenó una botella muy fría de champaña Taittinger Rosé, y esperó pacientemente al desarrollo de los eventos. De pronto vio a la novia atravesando el portón del recinto sagrado, del brazo de su ahora marido. La lluvia de arroz no se hizo esperar y los flashes de las cámaras de la prensa iluminaban a la feliz pareja. En ese instante el destacado financiero extrajo de una pequeña maleta de piel los cuatro minidrones. Una vez más comprobó la carga de las baterías para evitar cualquier margen de error. Todo funcionaba a la perfección. Esperaba el siguiente momento, el crítico, el que justificaba toda esta experiencia terrorífica: la aparición de don Cirilo, feliz y orgulloso, acompañado de su mujer. Cuando ya todos se acomodaban para la fotografía familiar de rigor, el ex político, ajeno a su suerte, tomó su lugar al lado de su hija. A continuación el ilustre ratero, receptor de innumerables reconocimientos y distinciones, abrazó a los suyos y empezó a dirigirse a su automóvil. Este era el instante esperado por Madariaga para activar los drones, mismos que salieron disparados, vía control remoto, hacia su víctima. Bastaron unos cuantos segundos para que lo identificaran y dispararan a quemarropa sus cargas mortíferas, sin que nadie pudiera hacer algo para impedirlo. El presupuestívoro cayó fulminado con diversos disparos que le destruyeron el cráneo en unos segundos. Dos integrantes de su equipo de seguridad resultaron gravemente heridos. Los drones, una vez cumplido su cometido, huyeron, en tanto los familiares e invitados se arremolinaban en torno al cuerpo. Lo que antes era una gran ceremonia, en la que la alegría se derramaba por todos los confines, ahora se convertía en un acto luctuoso mancillado por el horror. Los gritos de los presentes, al igual que las maldiciones y los juramentos de venganza envueltos en llanto, no se hicieron esperar. Todo resultaba inútil. La justicia a la mexicana se había cumplido. Alfonso Madariaga, al ver el escándalo, levantó su flauta de champaña, como si brindara con el caído, y de un trago apuró, sonriente y satisfecho, el resto de las últimas burbujas.

Sobra aclarar que la soberbia cena de gala preparada por un chef francés para celebrar el matrimonio se desperdició, así como los vinos de excelencia y la exquisita decoración del gran suceso social. A saber cuántos millones de pesos robados hubieran estado presentes en la histórica reunión si se sumaban los patrimonios de los invitados. Sobrarían recursos para vacunar mil veces por lo menos a las decenas de millones de desposeídos, para ya ni pensar en las obras de interés colectivo que se hubieran podido realizar con dichas fortunas sustraídas al erario.

Apenas habían transcurrido cuatro horas del asesinato cuando el ex presidente Pasos Narro, desde su ostentosa residencia del Club de Golf La Moraleja, llamaba por teléfono, a las siete de la mañana, hora de Madrid, la una de la madrugada, hora de Boston, a Lorenzo Villagaray, su gran amigo. El hombre dormía acostado de lado junto a una rubia espectacular, a la que abrazaba desnudo, cubierto por unas sábanas de satén negras. El repiquetear del teléfono celular proveniente de ultratumba fue ignorado en un principio por el ex todopoderoso ex funcionario mexicano, pero ante la insistencia decidió contestar por si se trataba de algún problema familiar. Algo serio debería haber sucedido para llamarlo a esa hora. Cuál no sería su sorpresa cuando escuchó la voz desquiciada de Pasos Narro, quien escasamente podía contener la respiración.

—Lorenzo, Lorenzo, ¿ya supiste que siempre sí mataron al gran Cirilo? Lo acaban de asesinar. ¡Y tú que me decías no te preocupes, es una broma!

—Claro que lo sé. ¡Carajo! —dijo Villagaray saliendo del sopor del sueño. Enseguida se sentó en la cama sin temer despertar a su amante.

—*What happened, dear Loren...?*

—*Go to sleep* —ordenó el ex secretario de Hacienda, con la mirada vidriosa, al tiempo que afirmaba—: Pero nos vale madres su muerte, ¿no?

—Lo que me aterra es que este asesino haya podido tener acceso a mis cuentas, como le sucedió al amigo Cirilo, y ahora me ataque a mí. Como entenderás, nuestra preocupación era el mierda de AMLO, pero nunca contamos con una barbaridad como esta…

—Tranquilo, Neto, tranquilo, tus finanzas están perfectamente blindadas a prueba del hacker más chingón. Tus estados de cuenta están súper encriptados con múltiples códigos secretos que no conocen ni los mismos banqueros ni los directivos de los *trusts*. No te alarmes, por favor —concluyó recurriendo a un ya de por sí escaso depósito de paciencia, porque le había explicado a su ex jefe una y mil veces las mecánicas más complejas de precaución y cuidado.

—Sí, lo que tú digas, pero no hay crimen perfecto. Un error y me matan a dronazos, y entonces ¿para qué sirvió todo este pinche rollo? —contestó fuera de sí…

—Ya, carajo, ya —repuso el también ex secretario de Relaciones Exteriores—. Si te pones como loco no vas a ganar nada. Recuerda cómo le amarramos las manitas al tal Amlito y no le ha quedado más remedio que respetar nuestro pacto de impunidad, ¿o no? También me vale madres cómo quieran verlo los envidiosos. Lo tenemos agarrado de los huevos o rajamos con toda la información que tenemos de él y lo hacemos pomada, ¿okey?

—Okey —se escuchó una voz más tranquila del otro lado del Atlántico.

—¿Okey…?

—Sí, sí, okey…

—Entonces tírate a tu güerita y toma champaña con tortilla a la española. Nos hacen los mandados, Ernesto, te juro que nos los hacen, lo que te llegue a pasar a ti, me pasará a mí…

—No, eso sí que no, tú no fuiste presidente, la presa más apetitosa sería yo. ¿Me crees, no…?

—Sin duda, tú fuiste el jefe de la nación y yo no, pero por esa misma razón cuadrupliqué los cuidados para no exponerte a ningún tipo de vulnerabilidad. ¿Te fallé con el pacto para que ese pendejo llegara a la presidencia y nos dejara en paz por más ganas que nos tenga?

—No, no fallaste, no…

—Entonces tranquilo, pórtate como presidente, ten huevos y paz y tírate a la güerita, como te dije, toma champaña, báñate con harto jabón y te vas a practicar con tus nuevas maderas. Si nunca en tu presidencia te fallé, ni siquiera cuando invitamos a Trump, pues la jugada nos salió de lujo porque él llegó a la Blanca, entonces tampoco te fallaré ahora. Por lo pronto haz lo que te digo y déjame dormir un rato más, querido jefe. Buenas noches, buenos días para ti…

—Buenas noches —repuso la voz tímida y minimizada del ex presidente—. Buenas noches, querido Lorenzo, gracias por devolverme la paz.

—Buenas noches, jefe de jefes…

Al recostarse de nueva cuenta, la imponente rubia, que aprendía rápidamente el español, preguntó.

—*Dear Loren*, ¿qué querer decir "pendejo"? ¿Quién haber llegado a la presidencia? —preguntó la hermosa mujer que se revolcaba como gata de angora.

—Ay, amor, mañana te explico. No es fácil.

Villagaray hizo girar a la gringa para abrazarla por la espalda, su posición favorita, y tratar de volver a enhebrar el sueño. Sin embargo, varias dudas le impidieron dormir: ¿quién sería el asesino? ¿Hasta qué punto sus cuentas personales y las de Pasos estaban bien blindadas? ¿Y si el criminal ahora lo buscaba a él, a Lorenzo, con cualquier otro pretexto, aparte del dinero? ¿Y si le exigía las pruebas que él tenía para utilizarlas en contra de AMLO y destruir su imagen pública, al final de su gobierno, por si este se salía de la raya y trataba de desconocer los acuerdos de respeto recíproco? Si aportaba la información celosamente resguardada con tal de salvar su vida, el escándalo en México sería mayúsculo y entonces Lugo Olea, con su crédito público devastado, escupido hasta por sus más fieles seguidores, procedería ferozmente contra él y Pasos, se encontraran donde se encontraran, aunque fuera lo último que hiciera en su vida, para saciar un justificado apetito de venganza por haber roto el pacto, un pacto de impunidad suscrito entre auténticos caballeros...

Villagaray presentía que el asesino anónimo era un profesional de mucho cuidado, pues tenía información privilegiada y sabía aventar la piedra y esconder la mano, es decir, ejecutar sus planes a la perfección, pensó mientras imaginaba la terrible alternativa que se le podría presentar en su vida, sin duda la peor de su existencia: con los ojos firmemente cerrados y el rostro severo, pasó por su mente la posibilidad de que el verdugo pudiera pensar en él obligándolo a devolver su patrimonio mal habido a cambio también de su vida, con seguridad una tragedia, pero de repente entendió que su muerte sería un mal menor, ya que, al igual que el poblano, tampoco regresaría ni un nickel de lo robado, su herencia quedaría en manos de sus herederos con la esperanza que no los chantajearan como a él. Sin embargo, volver a pensar en esa opción realmente catastrófica lo paralizó en la cama: Y si a este miserable extorsionador se le ocurriera, mejor ni pensarlo, en lugar de exigirle a él y a Pasos Narro la devolución del dinero robado, demandarles la entrega de la información ultrasecreta recabada durante años acerca del patrimonio oculto de Lugo Olea y de su familia, ¿también los asesinaría si no se la entregaban? La tenencia de dichos registros en manos del ex presidente y del ex secretario impedía cualquier acción de AMLO en su contra. De llegar a divulgarse dicha información secreta, secretísima, estallaría una guerra política de imprevisibles consecuencias. Una vez en poder del público las evidencias irrefutables e incontestables contra Lugo Olea, este ya no tendría nada que perder y, en su apetito de venganza, los daños podrían ser incalculables para todas las partes. Mejor, mucho mejor ni pensar en el tema con la esperanza de que al ya famoso justiciero jamás se le ocurriera un chantaje similar.

Un grupo creciente de fantasmas nocturnos atacó al ex secretario quien, enervado, víctima de su propia imaginación calenturienta, solo alcanzaba a visualizar, al cerrar los ojos, la carátula de una ficha roja emitida por la Interpol, una orden de aprehensión, una acción judicial internacional tramitada por AMLO para localizarlo y detenerlo en cualquier parte del mundo. De no entregar en tiempo y forma la información patrimonial de Lugo Olea y los suyos al justiciero, este podría ejecutarlo en cualquier momento y en la forma menos esperada. La suerte de Pasos Narro le tenía sin cuidado, al carajo con él, su tiempo había pasado... A escoger entonces. La preciosa info o la muerte... Y todavía tenía que comportarse como un caballero con la rubia en turno...

La noticia, la terrible noticia del asesinato del poblano consternó a la sociedad, sacudió al mundo político y lo estremeció al colocarlo en un espejo en donde nadie quería verse reflejado. El pavoroso horror a la vergüenza... ¿Qué tal que este vengador anónimo incluyera el nombre de cualquiera de ellos en sus planes, en la inteligencia de que la muerte del poblano estaba mucho más que justificada porque de buen tiempo atrás se conocía su enorme riqueza mal habida, acumulada través de los años, muchos años? Era un perfecto malhechor al que la sociedad cómplice lo recibía en sus residencias con todos los honores.

Era *vox populi* su enriquecimiento inexplicable, además de su enorme influencia con distintos gobiernos de la Dictadura Perfecta. Quien había escogido a este individuo como su primera víctima desde luego había dado en el clavo. Se consideraba intocable por sus sólidas relaciones con los diferentes grupos del poder. Nadie pensó que alguien pudiera finalmente hacer justicia, y la justicia finalmente se había impuesto, pero no por los tribunales mexicanos ni por los ministros entogados y embirretados de la Corte, claro que no, ni por las fiscalías ni por las unidades de inteligencia financiera ni por el SAT, sino por un individuo desconocido, harto de la corrupción y de la putrefacción política y social, que desde ultratumba o de quién sabe dónde venía a imponer el orden. El pánico se apoderó de los ladrones sin poder adivinar quién sería el siguiente y en qué términos sería llevado a la horca, al paredón de fusilamiento, sería víctima de un accidente imprevisible, de un envenenamiento casual o simplemente de una muerte inexplicable. La gente se moría, ¿no?

¿El pavor a la exposición pública y a la muerte serían suficientes para que los bribones devolvieran el dinero robado al pueblo de México? Todo parecía indicar que preferían morir antes que regresar su fortuna y, en ese entendido, Madariaga tendría que dar el siguiente paso: escogería a la próxima víctima. Por lo visto en México el único valor era el dinero, aunque no lo disfrutaran en el más allá, y si de eso se trataba, entonces se le facilitaba su gestión. Para privarlos de su fortuna habría que matar y seguir matando para que de esta forma todos los corruptos entendieran que robarle al pueblo de México tendría un costo, y ese costo él se encargaría de cobrarlo a como diera lugar, al contado y con IVA; sin descuento alguno y con el más evidente desinterés personal.

Sin esperar mucho tiempo, le haría llegar al elegido, esta vez un chilango, una notificación secreta en la que le avisaba que publicaría un inventario de sus bienes y de su fortuna, en el entendido de que si no la donaba a instituciones filantrópicas correría la misma suerte que su ex colega defraudador. A ver hasta dónde resistían los bandidos con tal de salvar su patrimonio. Ellos decidirían. Por lo pronto, seguiría matando, en la inteligencia de que ante cualquier error, él sería la siguiente víctima. Solo que su muerte no estaba en la escala de sus preocupaciones.

Una madrugada, caminando en Central Park, cuando Madariaga bajaba el ritmo después de hacer ejercicio y enfriarse, de golpe recibió un impacto en la cabeza, acompañado de un sonido estruendoso, como si fuera un relámpago: ¿Y si utilizaba los mismos drones para matar a Lugo Olea? Después de todo, ¿él no era cómplice de la muerte de cientos de miles de mexicanos que hubieran podido salvar la vida de haber comprado a tiempo vacunas y largado a patadas a López Gatiel, el famoso doctor muerte, el encargado de combatir el Covid? ¿Por qué no compró ventiladores imprescindibles para intubar a enfermos moribundos? ¿Por qué le vendieron a China los cubrebocas cuando los necesitábamos con desesperación para evitar los contagios? ¿Por qué declaró aquello de "la pandemia nos cayó como anillo al dedo para afianzar el propósito de la transformación" cuando era una de las más graves amenazas en la historia de la nación y de la humanidad? ¿Verdad que para el presidente era más importante continuar con su proyecto político que la salud de la sociedad? ¿La miseria facilitará la transformación? ¿El coronavirus le cayó como anillo al dedo porque así enfermarían decenas de miles de mexicanos y morirían miles o decenas de miles o centenas de miles, sobre todo de pobres incapaces de defenderse de la peste? ¿Le cayó como anillo al dedo porque la peste congelaría la economía y cundiría el desempleo y se dispararía la pobreza? ¡Cuánto daño de difícil y larga reparación que comprometería el futuro de millones de mexicanos! ¿Y si acababa con él de una buena vez y para siempre? ¡No!, detuvo la marcha: ¡No!, de ninguna manera, solo un enemigo irracional de México, no de Lugo Olea, podría atentar contra su existencia. Un magnicidio desquiciaría al país. ¿Él, Alfonso Madariaga, iba a ser tan imbécil como para crear un mártir que fuera adorado por diversas generaciones como un genial ejemplo a seguir? ¿Él iba a crear una bandera política, demagógica, para acarrear muchedumbres al suicidio? ¡No! Lugo Olea tenía que terminar su carrera derrotado en las urnas, obligado a cargar a cuestas el peso de su desprestigio y de su catástrofe hasta el último de sus días. Un verdadero patriota jamás conduciría al patíbulo al pueblo de México ni se sumaría a la idea de colocar en los altares la imagen del monstruo, la figura de un ser maligno, el destructor del México moderno, un vil y vulgar ladrón de esperanzas. Aclarado lo anterior y en plena paz, volvió a iniciar la carrera hacia su penthouse...

Mientras tanto, en México el terror se apoderaba de los ex políticos, de los políticos, de los jueces, magistrados y ministros, de los diputados y senadores, alcaldes y hasta regidores municipales, de los funcionarios de jerarquía en los tres poderes de la Unión y de las entidades federativas. Se analizaban y se discutían los hechos en el seno de la sociedad mexicana, la prensa se apresuraba a publicar diversas versiones de lo acontecido y se iniciaba una cacería de brujas en dirección a Lugo Olea. ¿Hasta dónde llegaría este vengador anónimo?

La noticia del asesinato del famoso político poblano ya había corrido como reguero de pólvora. La convulsión era total. Amenazas cumplidas. ¿Quién sería el siguiente? Hasta que alguien se atrevía a hacer respetar el ahorro público de todos los mexicanos a falta de voluntad política para hacer valer la ley en un país devorado por la corrupción. Habría que levantar un monumento en el Paseo de la Reforma para honrar a este héroe singular, un patriota sin igual, opinaban algunos. Otros, quienes tenían guardado un cadáver en el clóset o intentaban esconder una cola larga, denostaban, insultaban, alegaban que para imponer el orden en el país nuestros ancestros habían redactado una Constitución a la que todos deberían someterse. Resultaba un atentado grotesco intentar arreglar las diferencias con las manos como si fuéramos trogloditas. Imposible dar un salto al pasado; para esas instancias existía el Poder Judicial. ¿El qué…?

Una mañana de mayo de 2021 Gerardo González Gálvez dictaba una conferencia en el hotel St Regis, en el centro de la Ciudad de México. Antes de finalizar expuso un apretado resumen de la catastrófica gestión de AMLO, de cara a las próximas elecciones de junio. La catarata de argumentos fue realmente incontenible, apoyado por la proyección, en el recinto, de un documento preparado con PowerPoint, en donde se hacía un comparativo entre las promesas de campaña de Lugo Olea y la realidad de su gobierno. Con cifras proporcionadas por los organismos autónomos del gobierno federal, el conferencista concluyó en un tono reflexivo, carente de sus acostumbradas exaltaciones, los siguientes argumentos que había venido sosteniendo y defendiendo contra viento y marea. Cada sentencia equivalía a sonoros martillazos, a evidencias que no requerían prueba alguna:

Antes en México había medicinas en las farmacias, contábamos con un seguro popular, con guarderías, estancias infantiles, refugios para mujeres, comedores comunitarios, se combatía al narcotráfico, se destruían plantíos de enervantes y se confiscaban las drogas; se respetaba a diversas instituciones autónomas e independientes, contábamos con una oposición política en las cámaras, existía libertad de expresión y libertad para exigir resultados sin peligro de ir a la cárcel acusados por el SAT. Antes México era un país unido con el gobierno corrupto, y hoy es un país dividido con un gobierno corrupto. México era respetado en el exterior, participábamos en foros mundiales, competíamos en ciencia, tecnología y deportes. Contábamos con un instituto para emprendedores y crecíamos moderadamente reduciendo los márgenes de pobreza de la sociedad. Si Morea vuelve a tener mayoría en la Cámara dentro de uno o dos años más, no va a haber ni Trife ni Corte ni prensa y sin ellos no rescataremos a México el próximo 6 de junio y lo habremos perdido por muchas generaciones más. ¿Les parece que hagamos un resumen del resumen?

En ese momento, con el objetivo de controlar su frustración, el periodista instintivamente se ajustó su corbata de moño, como si se estuviera asfixiando. Acto seguido, giró hacia el atril para tomar un poco de agua, se detuvo unos instantes para invitar a la reflexión a una audiencia sorprendida, mientras golpeaba con las cuartillas al acomodarlas en el atril, como quien carga un fusil. Estaba claro que de AMLO no quedarían ni las mismísimas astillas. Estaba decidido, a su estilo, a no dejar ni una sola bala alojada en la recámara. Menudo balance del ¿gobierno?, ¿de la administración?, ¿de la gestión de Lugo Olea o de lo que fuera como se deseara calificarla?:

¿Creó millones de empleos? ¡No! ¿Mejoró la educación? ¡No! ¿Apoyó a la cultura? ¡No! ¿Alivió los problemas de salud? ¡No! ¿Mejoró la seguridad? ¡No! ¿Disminuyeron los homicidios dolosos? ¡No! ¿Ama la verdad por encima de todas las cosas? ¡No! ¿Mentir 82 veces al día puede lastimar su imagen pública? ¡No! ¿Erradicó la corrupción? ¡No! ¿Auxilió a la pequeña y mediana empresa? ¡No! ¿Redujo la pobreza? ¡No! ¿Bajó la inflación? ¡No! ¿Descendió el precio de la gasolina y del gas? ¡No! ¿Sacó al ejército de las calles? ¡No! ¿Ahorró los 500 mil millones de pesos prometidos por la corrupción? ¡No! ¿Utiliza las energías limpias y baratas en beneficio de la población? ¡No! ¿Invirtió en obras de infraestructura?

¡No! ¿Aumentó la red de carreteras? ¡No! ¿Creó certidumbre económica? ¡No! ¿Fortaleció la marca México en el mundo? ¡No! ¿Unió a los mexicanos? ¡No! ¿Encarceló a la Mafia del Poder? ¡No! ¿El gabinete está integrado por funcionarios capacitados? ¡No! ¿Pemex y la CFE ya son rentables? ¡No! ¿Las mujeres viven más seguras? ¡No! ¿Ha impedido la toma de las casetas de peaje? ¡No! ¿Impidió el bloqueo de vías del ferrocarril? ¡No! ¿Canceló los cobros de piso de los narcos? ¡No! ¿Disminuyó la migración mexicana a Estados Unidos? ¡No! ¿Terminó el secuestro de camiones de carga y de pipas de combustible? ¡No! ¿Tenemos un mejor país y vivimos en paz? ¡No! ¿Hay esperanzas para el futuro? ¡No! ¿Redujo la importación de alimentos? ¡No! ¿Respeta la Constitución, la separación de poderes y construye una sólida democracia? ¡No! ¿El fiscal general de República es autónomo? ¡No! ¿Disminuyó la pobreza laboral? ¡No! ¿Los ingresos de 40% de las familias mexicanas alcanzan para comprar la canasta básica? ¡No! Será el mejor presidente de la historia? ¡No! ¡No! y ¡no…! ¿Condena la venta de niñas? ¡No! ¿Propone erradicar el matrimonio infantil? ¡No! ¿La Guardia Nacional protege a los candidatos de la oposición? ¡No! ¿Cumple con la Constitución y se abstiene de intervenir en las elecciones? ¡No! ¿Cuida el patrimonio de los mexicanos y lo incrementa? ¡No! ¿Utiliza las tecnologías modernas para que México sea más competitivo en el mundo? ¡No! ¿Hay claros culpables en la tragedia de la línea 12 del metro? ¡No! ¿Funciona la impartición de justicia en México? ¡No! ¿Apoya a las instituciones privadas mexicanas que luchan contra la corrupción? ¡No! ¿Cumple con el T-MEC y con los inversionistas extranjeros? ¡No! ¿Tenemos una buena relación con nuestro socio comercial? ¡No! ¿La mayoría de los mexicanos viven hoy mejor que ayer? ¡No! ¿Se ha apiadado de alguien? ¡No! ¿Le duelen los niños muertos de cáncer por falta de quimioterapias? ¡No! ¿Ya pidió perdón por la muerte de 600 mil mexicanos víctimas de Covid que, en buena parte, no hubieran fallecido con tan solo haberse obligado a usar cubrebocas? ¡No! ¿Teme ser juzgado como genocida por los tribunales internacionales? ¡No! ¿Pensó que era bueno suspender la construcción del Tren Maya para comprar vacunas? ¡No! ¿Le produce insomnio la muerte de esos 600 mil mexicanos por la pandemia? ¡No! ¿Guarda y hace guardar la Constitución? ¡No! ¿La patria se va a atrever a demandarlo? ¿Qué…? ¡No, claro que no! ¿México cuenta todavía con los 300 mil millones de pesos del Fondo de Estabilización de los Ingresos Presupuestarios, entre otros fideicomisos públicos heredados de los "malvados" neoliberales? ¡No! ¿Dijo la verdad en relación con el costo de cancelación del aeropuerto? ¡No! ¿Le perturbó la pérdida de miles de millones de dólares que, hoy en día, ayudarían a la Tesorería Federal? ¡No! ¿Castigará a los integrantes de su gabinete que ostentan una riqueza inexplicable? ¡No! ¿Rechazó al Partido Verde Ecologista de México al ser un negocio privado integrado por mercenarios de la política, traidores a la patria? ¡No! ¿Le preocupa la creciente inflación? ¡No! ¿Le preocupa el desabasto de medicamentos? ¡No! ¿Acepta su responsabilidad? ¡No!

¡No, no y no! Y ¿qué…? ¡Sí!, ¿a ver, qué…?, parece decir en su bravuconería el presidente al saberse intocable por la ley. ¿Quién se atreve a detenerlo, a confrontarlo? ¿Quién osa, en un cara a cara, criticar al nuevo tlatoani del siglo XXI, cuando en el siglo XVI eran sometidos a severos castigos los mexicas que miraban a los ojos a Moctezuma Xocoyotzin? Todo parece indicar que en cinco siglos seguimos siendo los mismos cobardes, timoratos, asustadizos sometidos a una autoridad caprichosa sin límite alguno. Cambiemos a partir de hoy o preparémonos para arribar a un México del que nadie querrá acordarse.

Vamos a bordo de un tobogán dirigido por un ciego, rumbo al abismo. Lo malo no es el afortunado derrumbe de la Cuarta Transformación, sino que todos pereceremos aplastados por ella. Quienes votaron por AMLO fueron incapaces de descubrir el rostro de los embusteros y de aprender de la historia que se repetirá en medio de un nuevo cataclismo político y social.

Después de escuchar un sonoro y prolongado aplauso y de haber concluido la sesión de preguntas y respuestas, una vez autografiado un buen número de ejemplares de su más reciente novela, acompañado por sus anfitriones, se dirigió a los elevadores, en donde recordó uno de los episodios más emocionantes y estremecedores de su vida. ¡Cuánta razón tenía la sabiduría popular contenida en un sabio refrán!: matrimonio y mortaja del cielo baja. Unos meses atrás, en ese mismo edificio, mientras descendía angustiado por el elevador, pues tenía un compromiso en el periódico, de pronto el maldito aparato se detuvo abruptamente en el piso 30.

La impaciencia desapareció como por arte de magia cuando ingresó una mujer de aproximadamente 35 años, de estatura media, enfundada en un vestido gris corto, muy corto, tejido a mano con un estambre grueso, elástico, que se ajustaba a su cuerpo destacando sus majestuosas formas femeninas. La deidad surgió del infinito con unas medias guindas y una larga mascada del mismo color anudada perversamente alrededor del cuello. Su delicada cintura enmarcada por un cinturón negro, rematado por una figura dorada, fue la última visión que tuvo el autor antes de que se cerrara la puerta del ascensor. Si en ese instante Martinillo admiraba sin el menor recato a la máxima creación de la naturaleza, cuando inhaló el magnético perfume que invadió la cabina ya solo deseaba contemplar el rostro de la ninfa cubierto por un delicado tapabocas decorado con tibios motivos florales.

Al empezar a descender, a ella le resultó imposible ignorar la mirada con la que el escritor la contemplaba hechizado. ¿Cómo escapar del acoso? Ante la mirada descarada de su compañero en su efímero viaje a la recepción, intentó disimular su nerviosismo al tratar de leer algunos mensajes en su celular, mientras él advertía la presencia de un moño negro que recogía su pelo azabache para destacar la belleza de su semblante. Hasta sus zapatos negros de tacón bajo, decorados con una hebilla también dorada, hacían juego con la indumentaria de aquella mujer decidida a gustar, a impresionar a propios y extraños con su gracia, su garbo y su irrefutable seguridad en sí misma.

A sabiendas de la exquisita intimidad que ambos disfrutarían durante el breve trayecto a la salida, Martinillo comentó sin pérdida de tiempo con una breve sonrisa:

—Los celulares no funcionan en los elevadores...

—Ah, gracias —respondió ella al guardar el teléfono en su bolsa y tratar de huir del intruso al ver el tablero y constatar en qué piso se encontraban todavía.

—¿Te puedo hacer una pregunta? —inquirió él con la mirada traviesa y expresándose en la segunda persona del singular.

—Sí —repuso mientras golpeaba inquieta con su zapato el piso del ascensor como si estuviera a punto de perder la paciencia.

—¿Eres una aparición o crees real, de carne y hueso? Disculpa la pregunta, te la formulo con todo respeto, porque nunca había conocido a una mujer tan hermosa y tan absolutamente mujer como tú...

La tensión se desvaneció por completo cuando ella recogió su manga derecha y extendió su antebrazo desnudo para demostrar su existencia carnal.

Por toda respuesta, Martinillo aprovechó la ocasión no solo para ver esa magnífica extremidad, sino para tocarla brevemente al acariciarla con toda la palma de su mano y sentir a plenitud el contacto con esa piel mágica.

Al dar por concluida la demostración de la existencia terrenal, ella tomó la iniciativa para aseverar:

—Tú debes ser el escritor, tu cabellera blanca, desordenada y alborotada, es inconfundible…

—Caray, sí, soy yo. No creí que con el cubrebocas y las gafas me reconocerías. ¿Te pido un favor? —agregó sin permitir la respuesta de su contraparte—. ¿Podrías quitarte la mascarilla un momentito para ver todo tu rostro? Di que sí, te lo suplico…

La mujer accedió de inmediato cuando el elevador se detuvo y ambos salieron a la planta baja. Con el ánimo de no interrumpir la conversación, y no sin antes insistir en su belleza, el periodista preguntó, para impedir una despedida prematura y hacerse de la máxima información posible:

—¿De dónde vienes? ¿Eres mexicana? ¿A qué te dedicas?

Ella era fotógrafa, vivía en la Ciudad de México, amaba su profesión: retrataba al hombre, a la mujer, a los niños, sus sonrisas, sus adversidades, la felicidad del ser humano y sus tragedias, las costumbres, los paisajes, la comida, la bebida; en fin, la vida misma Era muy afortunada en hacer todo aquello que la hacía feliz. Si adoras tu profesión, sonreía satisfecha, jamás envejecerás. En el vestíbulo del hotel se detuvieron para intercambiar diversos puntos de vista sobre los grandes móviles de la existencia, entre otros temas, hasta que el autor, acercándose el mediodía, la invitó a comer para continuar la conversación. Ella se resistió alegando otro compromiso. Él también tenía una cita en el periódico, pero deseaba cancelarla de inmediato si podían pasar unos instantes más juntos. Ante su insistencia, ella se retiró unos momentos para hacer un par de llamadas y regresó sonriente para aceptar la invitación.

La comida transcurrió muy bien, bañada con un whisky tras otro y remojada con una botella de vino blanco de la Borgoña que bebieron brindis tras brindis, chocando una y otra vez las copas, entre sonrisas y comentarios festivos.

Sentada ella a la izquierda en una mesa para cuatro personas, ambos pidieron otros tragos de whisky, sin hielo, pero eso sí con un par de chasers para que esa extraordinaria bebida no se convirtiera en consomé. Entre tópicos y cuestiones, la fotógrafa confesó que los "Arrebatos amorosos", una trilogía escrita por Gerardo, le habían despertado innumerables fantasías, sueños y deseos. Los personajes históricos estaban vivos, eran de carne y hueso, y hablaban y se expresaban de tú a tú... ¿De dónde sacaba Martinillo tantas vivencias? ¿Cómo se le había ocurrido eso de estar debajo de la cama, en donde Porfirio Díaz y Carmelita Romero Rubio habían pasado la primera noche de bodas? Pues sí que tenía imaginación el novelista...

Recordaron diversos pasajes de esa obra. Risueños y encantados disfrutaron una intensa picardía existente entre ambos. El entusiasmo empezó a desbordarse cuando los meseros retiraban un vaso Manhattan tras otro, hasta que Martinillo, en un impulso espontáneo e inesperado, le preguntó a Sofía, Sofía Mercado, ese era su nombre y apellido, si nunca le habían dado un beso de whisky.

Sofía respondió con una mirada escéptica y una sonrisa juguetona:

—No, nunca me han dado un beso de whisky.

En ese momento Gerardo tomó su vaso, se acercó con una mirada seductora, bebió un gran sorbo de ese elixir precioso para besarla abriendo sus labios con los suyos con el ánimo de insuflarle lentamente a Sofía ese líquido mágico, en tanto ella permanecía dócil y encantada con los ojos cerrados.

Al recibir en la boca los efluvios vitales se echó para atrás, negando con la cabeza la feliz ocurrencia, la gran travesura, mientras protestaba feliz y sonriente golpeando cariñosamente a Gerardo llamándolo embustero, tramposo, manipulador y todos los adjetivos que llegaban a su mente.

—Acércate otra vez —susurró tomándola por el antebrazo derecho—: muero de ganas de darte otro beso de whisky —exclamó gustoso al saberla casi suya. Así pasaron momentos juguetones, inolvidables y verdaderamente felices, de eso se trataba la existencia, de disfrutar esos instantes, de apreciar esas perlas que les regalaba la vida. Al reunir muchas perlas ya se podría hacer un collar, que con el paso del tiempo tal vez tendría el tamaño suficiente para rodear varias veces el cuello. Sofía pidió entonces su turno y, a su vez, dio un pequeño trago a su whisky, empezó a besar a Gerardo hasta estallar en carcajadas. ¡Cuánta diversión! ¿Quién dijo que hombres y mujeres éramos iguales?

En ese momento, sin soltar el antebrazo de Sofía, Sofi, ya, claro que Sofi, Gerardo preguntó si era una mujer valiente.

—Sí, sí lo soy. He sido valiente toda mi vida y por eso he tenido tanto éxito en mi profesión. La audacia es lo mío…

—Si eres tan valiente como dices —comentó el autor—, entonces acerca tus senos al dorso de mi mano.

Sin más, ella, al no verse observada por terceros, accedió a la petición, mientras sus miradas lo decían todo, no había nada más que agregar. Después de rozar sus pechos plenos, sin poder acariciarlos en su máxima expresión, tomaron más whisky hasta que Gerardo preguntó candoroso e ilusionado:

—Sofi, ¿por qué no tenemos tú y yo un arrebato carnal?

Ella se quedó impávida.

—Tú y yo, ¿cuándo…? No se te olvide, como te dije, que soy una mujer casada.

—Y yo también soy casado, ese no es un argumento válido…

—Pero ¿cómo vamos a tener un arrebato carnal tú y yo?

—Pues teniéndolo. Un arrebato es un arrebato, un impulso que no se debe detener, natural, espontáneo e irreflexivo.

Al hacer ese comentario, sin consultarle a Sofía la razón por la cual se apartaba de la mesa, simplemente se puso de pie, la tomó de la mano para decirle:

—Ahora vengo, voy a pedir una habitación en este preciso momento.

—No, detente, por favor, no. Es muy apresurado, vamos muy de prisa.

—Los arrebatos —contestó el autor—, por naturaleza son apresurados, brutales, emocionantes, dejando salir el alma del cuerpo, sin reflexión alguna.

Al comprobar que ella enmudecía, él continuó su marcha hacia la recepción sin hacer caso de sus llamados. Con la llave de la habitación en la mano, le envió un mensaje, diciéndole que la esperaba en la habitación 1608.

Encerrado en la suite, atento a cualquier señal, el tiempo transcurría con desesperante lentitud, mientras las manecillas del reloj marcaban las 6:15, las 6:30 y las 6:45… A las siete de la noche Gerardo decidió dar por concluida la espera y liquidar el importe del hospedaje. Todo se puede tener en la vida, pero nada más, se repetía en silencio, mientras se encaminaba cabizbajo hacia las cajas recaudadoras.

Mientras esperaba su turno para pagar, decepcionado por el silencio de Sofía, de repente escuchó su voz. Al momento giró para verla de nueva cuenta enfundada en su traje gris confeccionado con estambre grueso, sus medias guindas y su enorme bufanda del mismo color.

Eres una mujer de una belleza impactante —confesó una vez más con gran alegría y sin resentimiento alguno acercándose a ella.

—Entiende que soy casada, por favor. Entiende que nunca he tenido una aventura como esta, entiende la delicadeza femenina, entiende que las mujeres necesitamos ciertos ritmos, tiempos y más conocimiento para entregarnos. Lo lamento mucho, pero no puedo precipitarme así en esta ocasión. Toma en cuenta que nos conocimos apenas hace cinco horas, muchachito…

—No te preocupes, Sofi querida: los arrebatos no se discuten; los impulsos son eso, impulsos, en donde no caben las razones. Si yo para hacerte el amor tengo que convencerte, entonces todo se habrá desvirtuado. Al tratar de convencerte se habrá perdido casi toda la emoción, la pasión. Tómate el tiempo que quieras, piénsalo, razónalo, medítalo y ya me dirás o no, pero por favor no te preocupes.

—Pero igual te van a cobrar la noche, me siento muy apenada…

—Ay, por favor, no vamos a reducir esto a un problema de pesos y centavos. Todo lo que se pueda arreglar con dinero es barato, muy barato. Por favor olvídalo, olvídalo, Sofi, por favor no te preocupes, ya nos veremos en otra ocasión —dicho esto, Gerardo se dio la vuelta y se dirigió a la caja para liquidar su cuenta.

—Gerardo, por favor, regresa a la habitación. Hazme caso —respondió ella en un arrebato inesperado—. ¿Por qué no?

—¿Qué? ¡De verdad! Claro que regresaré a la habitación —repuso sorprendido—, pero por favor no me hagas esperar otra hora. Créeme que entiendo tu postura como mujer y lo abrupto de mi propuesta. Entiendo que estoy rompiendo con los procesos, con los protocolos, con la tradición, pero no puedo dejar de exponerte lo que siento, así, con esta brutalidad y con esta gran emoción.

Sofía lo tomó del antebrazo solo para insistir:

—Por favor, regresa a la habitación.

Martinillo se retiró disciplinadamente. Se desplomó en el mismo sillón esperando con ansias el momento feliz en que ella finalmente tocaría a la puerta. Si en el elevador había pescado su brazo delicadamente para constatar que no era una aparición, ahora le costaba todavía más trabajo creer lo que estaba ocurriendo y en tan corto plazo. Los hechos muy pronto le demostrarían que estaba con una mujer tan impulsiva como él. ¿De verdad llegaría a poseerla?, se preguntaba cuando escuchó unos tímidos golpecitos en la puerta de la habitación. De inmediato la hizo pasar. Mientras descendía los tres escalones de la pequeña suite, Sofía tomó una cadena dorada que sostenía su bolsa y la hizo girar y girar sobre su dedo índice hasta que la soltó para irse a estrellar contra la pared y caer en el piso, como si fuera la última decisión que tomaría antes de entregarse.

En ese momento se abrazaron, se besaron, se tocaron, se enredaron, vibraron como si hubieran sido amantes en las últimas cinco vidas, por lo menos. Si Gerardo se fascinó al verla, más se fascinó al besarla arrebatadamente. Se retiró unos instantes para deshacerle la mascada anudada y contemplar las dimensiones de su escote ocultado aviesamente con la bufanda. Sí que era hermosa. Sí que sabía abrir su juego carta por carta, hasta mostrar toda la baraja a su debido tiempo.

Si al verla Martinillo se encantó, al palparla por encima del vestido sintió la proximidad del delirio, para ya ni hablar cuando finalmente la desnudó entre besos y abrazos. En ese momento se apartó de ella para contemplarla brevemente a la distancia y entre arrumacos, besos húmedos, abrazos intensos se estrecharon con una pasión desbordada hasta caer sobre el lecho sin contemplar la posibilidad de deshacer la cama para introducirse entre las sábanas. ¿Quién tenía tiempo para eso? El amor no podía esperar ya, sobre las colchas, perfectamente planchadas, se extraviaron en los arrebatos carnales que habían justificado la existencia de los principales protagonistas de la historia de México. Pobre de aquel que a lo largo de su existencia nunca había disfrutado el inmenso placer de un arrebato carnal, así, sin detener el impulso, irracional, incontenible, irrefrenable, tal y como corresponde a una pasión explosiva.

Cuando los dos cayeron extasiados, una al lado del otro, ella, repentinamente, se quedó dormida, en tanto Martinillo resolvió tomar una breve ducha. Al volver al lecho amoroso Sofía continuaba dormida, mientras él contemplaba su cuerpo desnudo, su rostro juvenil, su piel perfectamente cuidada con verdadero esmero. Cuando pensó en acariciar su cabellera azabache, de pronto despertó la fotógrafa.

Salida de un profundo sueño, vio a su alrededor con asombro y sorpresa. ¿Dónde estaba? ¿Quién era ese hombre?

¿Qué hacía ella ahí, y sobre todo desnuda? Permaneció callada por unos instantes hasta levantarse desesperada para dirigirse al baño sin pronunciar una sola palabra. Si Gerardo no entendía su actitud, mucho menos comprendió cuando Sofía salió para vestirse apresuradamente y, sin explicar su conducta, abrió la puerta de la habitación y al salir la azotó con el ánimo de que nunca nadie, ni siquiera ella misma, volviera a saber de su persona. Gerardo no entendía nada de lo ocurrido. Ya era de noche. ¿En qué se había equivocado? Repasó uno a uno cada momento. ¿Cuál había sido el error para justificar semejante respuesta de Sofía? ¿Qué había dicho inconveniente? ¿Acaso se merecía semejante desprecio? ¿Qué había sucedido, en qué la habría ofendido? ¿Por qué oscura razón se había ido sin despedirse y con tanta violencia? El portazo era la conclusión. De esa aventura producto de un arrebato había resultado otro arrebato para jamás volver a recordar lo sucedido. Ya veríamos…

El lunes 31 de mayo, el último día hábil del mes, a prácticamente una semana de las elecciones intermedias del 6 de junio, Martinillo llegó como siempre al estudio de radio, la única estación que todavía le permitía externar sus ideas. En esa ocasión abordaría un tema realmente sorprendente entre los mexicanos: Una sociedad anestesiada. He aquí el breve prólogo que el autor leyó al aire a modo de introducción para su programa.

Los mexicanos, sin distinción de sexo, religión, profesión o posición social, estamos obligados a guardar un escrupuloso silencio cuando se habla de derechos humanos. ¡Nadie, por elemental vergüenza, puede atreverse a tomar la palabra en ese sentido! Nos corresponde sonrojarnos, bajar la mirada y callar, callar, sí, sí, callar desde que han muerto miles de pequeñitos enfermos de cáncer, asesinan impunemente a hombres y mujeres, simplemente desaparecen miles de personas, o mueren por incapacidad sanitaria, escasean los medicamentos, los hospitales públicos no cuentan con equipo ni recursos para curar a los pacientes, en tanto el presidente desperdicia el ahorro público en obras suicidas, en lugar de comprar vacunas y medicinas y la sociedad anestesiada no sale a la calle ni protesta ni se organiza para combatir el mal. ¿Por qué no se produce una escandalosa protesta en toda la nación? ¿La nación…? ¿Dónde está la nación? ¿Ese fantasma que nunca ha existido, salvo cuando ha sido menester arreglar nuestras diferencias a tiros…?

¿Dónde están los representantes de la prensa nacional, los diputados y senadores, empresarios, amas de casa, estudiantes, jueces, líderes religiosos de todas las iglesias y templos, maestros, obreros, campesinos, escritores, artistas, investigadores de cualquier materia, profesionales, técnicos y expertos de todas las áreas del saber humano? ¿Dónde está el pueblo agraviado, el pueblo bueno, pero pasivo e indolente? Se trata de la vida, solo de la vida y, sin embargo, no reacciona… ¿Por qué…?

Los mexicanos sabemos de la destrucción de la selva chiapaneca, de los bosques en Chihuahua y de la muerte de nuestros ríos y no salimos a protestar por la devastación ecológica. Sabemos de las atroces corruptelas de la actual administración y las marchas callejeras tampoco se producen. Del hartazgo popular no existen mayores evidencias, salvo lo que se puede leer en las redes sociales y en algunos medios de difusión masiva. A los mexicanos solo nos preocupa lo que acontece de la puerta del zaguán para adentro…

¿La sociedad mexicana es la gran inocente del acontecer nacional? ¿Dónde está la sociedad mexicana? ¡Se busca a la sociedad mexicana! ¿Hablará y protestará el 6 de junio? Nos escuchamos la próxima semana en esta misma estación, el mismo día a la misma hora. Sean felices.

El programa se desarrolló con la debida normalidad con el micrófono abierto para intercambiar puntos de vista con el público. Los insultos, como siempre, no se hicieron esperar, así como los argumentos sesudos. Hablaba la gente, el pueblo, con consignas o sin ellas. Los fanáticos quedaban expuestos al pronunciar las primeras palabras. Su ignorancia era patética, de ahí surgían los improperios y las blasfemias propias de su indefensión. La ausencia de información y de capacidad de análisis degradaban la conversación y destruían el diálogo; sin embargo, el conductor distribuía los tiempos y las voces de modo que el público disfrutara la libertad de expresión en sus debidos turnos.

Al despedirse, como siempre satisfecho por haberle concedido el derecho de hablar al aire por espacio de una hora a los más diversos sectores de la población, reunió sus documentos y apuntes y los guardó en su portafolios. Al salir de la cabina, tal y como lo había hecho en los últimos años, fue interceptado por el jefe de producción, quien le hizo saber que Javier Alcérreca, el director general de un enorme grupo de estaciones radiofónicas, de televisión y de internet lo esperaba en su despacho. El humilde empleado ignoraba que sus palabras significaban dardos envenenados disparados arteramente a la cara y a la garganta de Gerardo. Este, sin sorprenderse porque ese tipo de invitaciones se habían dado a lo largo del tiempo, subió por la escalera al octavo piso, en donde lo esperaba el amo y señor de la cadena con el rostro contrito.

Al ingresar en su despacho y tomar asiento sin dejar de experimentar una terrible premonición, el aire podía cortarse con la mano, Alcérreca disparó sin cortesías ni preámbulo alguno, como aquel que debe expulsar los venenos en cualquier condición, y mientras más pronto, mejor.

—Querido Gerardo: ya no podrás salir al aire…

—¿Pero qué dices? Si eres conocido por valiente —agregó Martinillo a sabiendas de que la represión venía del gobierno, tal y como había ocurrido con otros comunicadores y periodistas de reconocido prestigio.

—Muero de la pena, hermano del alma, pero el gobierno condiciona la publicidad oficial a tu estancia en mi estación, no me lo dicen derecho, ya sabes, solo te lo insinúan para no comprometerse, pero entre líneas entiendes el mensaje —concluyó sin ocultar su pesar.

—Son unos hijos de puta, Javier. Tú perdonarás mi francés, pero en mi programa opina gente de casi todos los sectores de la sociedad y al hablarnos nos explicamos y aprendemos los unos de los otros, además de que tengo un rating bárbaro y estamos llenos de anunciantes privados. Canallas, son unos canallas —gritó furioso el autor mientras contemplaba una pequeña bandera tricolor colocada encima de una credenza antigua.

—Espera, espera, Martinillo querido. No solo eso —continuó Javier con gran pesar—. Los anunciantes a quienes te refieres han venido cancelando con el paso del tiempo la publicidad en tu programa, porque la mayoría ha empezado a recibir auditorías del SAT o visitas de la Unidad Financiera, la tal UIF, o infiltrado la información requerida por la FGR, siempre sobre la base de que tu nombre invariablemente sale a relucir, y para el buen entendedor, pocas palabras...

—O sea, ¿no solo te quitan la publicidad, sino que a nuestros patrocinadores los amenazan con la pérdida de sus bienes y hasta de su libertad personal si se siguen anunciando en mi programa? ¿Eso es?

—Más claro ni el agua, *Gerry*, así es. Si sigues al aire no solo dañarías mi patrimonio, sino que podrían quitarme la concesión y hasta acusarme de que yo asesiné a balazos a Moctezuma Xocoyotzin y a su abuelita, y con esos cargos, ante la ausencia de un Estado de derecho, me encerrarían en cualquier cárcel federal.

—¿Entonces...?

—Entonces abre un canal de televisión o una estación de radio en internet, ahí no podrán hacer nada, los tendrás inmovilizados.

—Sí, pero sin anunciantes moriré de hambre…

—No si recibes donativos y vendes suscripciones como cualquier periódico. No podrían sancionar a miles de suscriptores, además, te paso el tip, muchos de los ricotes de México ya sacaron su dinero del país antes de perderlo todo por culpa de este sujeto que tenemos de presidente, y si es así, entonces crea un *trust* en Estados Unidos para que ahí depositen sus patrocinios en dólares, que llegarán a tu estación de internet proveniente de una fuente extranjera inalcanzable para cualquier autoridad fiscal mexicana, ¿ok?

—No, no, permíteme corregirte, mi muy querido amigo. No se trata de un loco. En este país todo está concesionado y ahí radica en buena parte el poder del gobierno: el sistema bancario está concesionado, las estaciones de radio están concesionadas, las estaciones de televisión están concesionadas, los bancos están concesionados, las compañías mineras están concesionadas, las compañías de aviación están concesionadas, las carreteras están concesionadas, el agua y ciertas actividades pesqueras y boscosas, están igualmente concesionadas, de modo que casi todo está condicionado a los caprichos del presidente, sin que los ciudadanos contemos con la mínima posibilidad de defendernos, salvo que creas todavía en las garantías individuales que este gobierno se pasa por el culo —replicó fuera de sí—. A quien no le quitan la concesión, lo privan de sus derechos, como acontece en las dictaduras comunistas como esta, que AMLO quiere imponer en México. ¿A dónde vamos sin un Estado de derecho, sin justicia, sin inversiones y sin libertad de expresión? —continuó cuestionándose en voz alta—. Yo te lo digo —repuso antes de que Alcérreca pudiera contestar—: vamos a la mierda con 130 millones de pasajeros a bordo… Algo sí te digo, el próximo 6 de junio sabremos de qué estamos hechos los mexicanos.

Lo único que se le ocurrió decir al director general, previendo la respuesta y la posición de su conductor consentido, fue una frase trillada para animar al periodista: "Estamos perdiendo una batalla, pero no la guerra".

—Escúchame bien, querido Javier —contestó un Martinillo descompuesto, sin hacer alusión a las palabras consoladoras del director—: Hemos trabajado mucho tiempo juntos, has defendido como un tigre la libertad de expresión en este país, y ahora igual que muchos estamos amenazados con la pérdida de nuestro patrimonio, con la pérdida de nuestra libertad y hasta con la pérdida de nuestra propia vida. Estamos a una semana de las elecciones y el narco ha asesinado a muchos candidatos y amenazado a otros tantos para hacerse del máximo poder posible en este país. El narco y el gobierno han hecho una pinza en contra de los ciudadanos —agregó—: matan a periodistas, matan a candidatos y el presidente no hace nada, y no solo no hace nada, sino que libera al Chapito, felicita a la madre del narco más buscado en el mundo el día de su cumpleaños, no confisca narcóticos ni aprehende a los traficantes, por lo que parece ser su cómplice. Su conducta así lo delata, una conducta que escruta la CIA con lupa, hermano. Ahora mismo, el próximo fin de semana, irá otra vez a Badiraguato a entrevistarse en secreto con los peores enemigos de México. ¿De qué se trata?

—Son cargos muy severos que puedes verter aquí, en corto, pero no al aire, querido *Gerry*.

—Tienes razón, no en este fatídico contexto político, pero eso sí, quiero que sepas que yo no me voy a callar, me voy de tu estación porque entiendo el peligro que corren tú y tus accionistas, pero yo abriré mi página, mi estación de radio y de televisión en internet, iniciaré un podcast, seguiré publicando mis columnas y mis puntos de vista en los diarios que me acepten, aun cuando ya me echaron a patadas de la inmensa mayoría, cada uno con sus debidos pretextos.

Alcérreca dejó pasar la acusación como si él no estuviera involucrado ni tuviera responsabilidad alguna.

—Los toros bravos, Javierón, se crecen al castigo, y créeme, yo no soy una pinche vaca lechera. De que me pueden inventar mil y un cargos, no tengo la menor duda. Ya nos veremos. Por lo pronto este será un breve adiós en lo que se acaba y enterramos en el panteón de los fracasos a esta malvada 4T, esta organización perniciosa que vino a acabar con nuestro país lucrando con la esperanza de los pobres, con el rencor de muchos y con la ignorancia de la mayoría —incontenible, el autor concluyó—: Muy pronto se les va a caer la venda de los ojos. Yo seguiré ayudando para quitárselas.

En ese momento Martinillo se puso de pie y caminó alrededor del escritorio de Alcérreca, le dio un abrazo y se despidió sonriente a sabiendas de que, a partir de ese momento, todo dependería de él. Solo pensaba en llegar a casa lo más rápido posible para contarle a Roberta lo sucedido y para escuchar sus argumentos invariablemente críticos y sacados de la nevera, en donde las emociones no tenían cabida…

—El tiempo atropella, los días parecen más cortos que nunca, los plazos se suceden los unos a los otros a una velocidad inusitada, los términos se cumplen con el rigor del golpe del mallete asestado con la mano de un juez implacable, los periodos de paciencia parecen agotarse, una nueva época sombría surge en el horizonte nacional, tal y como se contempla a la distancia la presencia amenazadora de un poderoso temporal, según se acercan precipitadamente las elecciones intermedias del 6 de junio, fecha fatal e inamovible en que los mexicanos decidiremos el destino de nuestro país —comentó Martinillo en Las Marraneras Vespertinas, su recién inaugurado programa de radio digital, transmitido en internet, apenas un par de días después de la terrible censura de la que fue víctima. Alcérreca, después de todo, tenía razón: había llegado la hora de su independencia profesional, y en esa coyuntura de su existencia tenía todo para lograrlo.

Manos a la obra: podía crear una estación de radio en cuestión de minutos y lo logró. ¡Claro que el movimiento se demuestra andando! Cuando hacía un par de días el periodista se sentía aplastado y asfixiado por el peso de un edificio, ahora se encontraba más libre que un pájaro con el horizonte promisorio a su disposición. Se trataba de dar versiones distintas en relación con el acontecer de México. Él también tenía sus propios datos, solo que estos provenían del gobierno federal, así como de los organismos autónomos que el jefe de la nación insistía en destruir, a pesar de ser garantes de nuestra incipiente democracia. ¿Cómo contradecir al periodista si sus fuentes eran irrefutables, válidas y de muy sencilla comprobación para cualquier curioso o investigador? ¡El Banco de México! ¡El IFT! ¡El INE! ¡El Coneval! ¡El INEGI! ¡El INAI!, y ¡hasta la mismísima Secretaría de Hacienda!

Si por alguna razón el programa había tenido una enorme aceptación en muy poco tiempo no solo se debía a que el autor reunía una poderosa información, sino al hecho de difundirla con un gran sentido del humor, sí, pero humor negro, más negro que el hocico de un lobo, una de las principales fortalezas del mexicano. El solo título resultaba muy atractivo. ¿Quién no deseaba conocer otro punto de vista con datos sólidos, veraces y confiables, vertidos con alegría y sarcasmo, para exhibir los impúdicos argumentos del tal AMLO, sus cotidianos embustes obscenos, sus mentiras desfachatadas e insolentes, sus actitudes cínicas y desvergonzadas ante el electorado? ¿Que nada menos que el ciudadano presidente de la República minimizara, tergiversara, mintiera y engañara con verdades a medias o embustes completos a la ciudadanía, una absoluta pérdida de respeto a su alta investidura, tenía como una de las consecuencias directas despertar la tentación de los comunicadores para ayudarlo a rematar su imagen pública. Si el propio jefe del Estado se perdía el respeto, ¿entonces por qué ciertos opinadores y politólogos iban a dispensarle la menor consideración y deferencia?

—Años atrás —agregaba socarrón el periodista—, cuando un empresario deseaba adquirir una estación de radio, requería de una inversión mayúscula, tanto en instalaciones y equipo como en una enorme torre para lograr la difusión deseada entre el mayor número de oyentes. Además de lo anterior, resultaba imposible ejecutar ese proyecto sin contar antes con una concesión expedida por el gobierno federal, el obstáculo idóneo para controlar los medios de difusión masiva a la voz de "o te portas bien, chamaquito, y transmites solo lo que se me dé mi gana y con el locutor de mis preferencias, o te saco del aire en menos de lo que tardo en dar un chasquido de dedos…" ¡Viva México, cabrones!, ¿no? —recurría a ese lenguaje vernáculo para incrementar su audiencia de modo que no parecieran emisiones dirigidas a los pirrurris. Sin embargo, en el siglo XXI, gracias a la tecnología, cualquiera podía tener su propia estación sin contar con un aparato receptor de radio ni llevar a cabo cuantiosas inversiones ni someterse al pavoroso laberinto de la burocracia para poder salir al aire ni mucho menos padecer la agonía de la censura. Ahora ya nadie ni nada podría detenerlo, en su carácter de radiodifusor, él gritaría su verdad hasta perder la voz a quien quisiera escucharla.

En la actual coyuntura bastaba con tener una computadora o un celular a la mano para mandar una señal no solamente a los mexicanos, sino al mundo entero y a un costo verdaderamente irrisorio. En semejante entorno favorable, el periodista armó su programación en el interior de su estudio sin socios ni productores ni equipos sofisticados ni una nómina incosteable. Una vez concretada la temática, empezó a anunciar en las redes sociales su presencia, su existencia periodística entre cientos de miles de internautas, sus seguidores de tiempo atrás. No arrancaría de cero… El público que se desplazaba en sus automóviles podía bajar la señal por medio de su teléfono celular aprovechando el Bluetooth para poder escuchar el programa, como cualquier estación de radio. Si los pasajeros a bordo de un vehículo podían oír su música favorita a través de las bocinas de su auto utilizando el Spotify, ¿por qué entonces, en lugar de escuchar melodías, él no podía atrapar al público con un programa informativo, distinto a los demás? Esta posibilidad no solo le daba al autor una gran independencia de cara a los concesionarios, sino que con el paso del tiempo empezaría a recibir publicidad gracias a su creciente audiencia, y así lograr una nueva fuente de ingresos superior a su sueldo como comentarista en la estación de radio.

En una de las ediciones anteriores a las elecciones intermedias Martinillo expresó al aire dos enormes dudas acerca del resultado de los próximos sufragios. El primer cuestionamiento consistió en poder prever la identidad de los partidos que resultarían triunfadores en la contienda, partiendo del supuesto de que AMLO había defraudado a la nación disponiendo ilegalmente del ahorro público para comprar votos, con el pretexto bochornoso de que en realidad se trataba de programas asistenciales enfrascados en los sectores de escasos recursos del país. Una mentira del tamaño de las torres de la Catedral metropolitana. Los impuestos se recaudaban para financiar los servicios públicos y no para sobornar a la nación lucrando con sus pavorosas carencias materiales. Una auténtica canallada, una ruindad que también permanecería impune.

¿Cuántos mexicanos ignorantes, necesitados o cínicos, como los ninis, votarían a favor de Morea apercibidos de que de no hacerlo AMLO perdería el control de la Cámara de Diputados, una derrota política que significaría para ellos la cancelación de las ayudas mensuales que les entregaba "generosamente" el gobierno? El chantaje y la manipulación indecente e inmoral a su máxima expresión. ¿Por qué premiar a quien no estudia ni trabaja ni hace nada por la sociedad? ¿Por qué premiar a los parásitos? ¡Ah, para que voten por Morea o les quitarían su subsidio para el "chupe"!

Como el decadente jefe de la nación desconfiaba justificadamente de que su partido lograra hacerse de la mayoría calificada en la Cámara de Diputados para reformar a su gusto la Constitución o promulgar una nueva, se alió con la debida antelación con partidos políticos "marca patito", de modo que si ciertos seguidores, en el número que fuera,

217

llegaban a decepcionarse de Morea, votaran por el PT, por el PES, o por el RSP o por el Partido Verde, engañando a los electores deseosos de castigar al partido del presidente, al sentirse decepcionados de su gestión, sin saber que dichos institutos eran epítomes que comían de la mano de Lugo Olea. Como todo ex priista que se respetara, el presidente violó en repetidas ocasiones, en realidad incontables ocasiones, impunes y descaradas, la Carta Magna, que prohibía a las autoridades políticas intervenir en el proceso electoral, en razón de las vedas establecidas en las disposiciones respectivas. A ver, sí, parecía decir con su actitud dictatorial, ¿quién se me pone enfrente? ¿Dónde está el machito…?

¿El INE se iba a atrever a sancionar al jefe de la nación porque había violado una norma constitucional? ¿Sí…? ¿Acaso los magistrados del Tribunal Federal Electoral le iban a notificar una infracción o un delito en Palacio Nacional? ¿Quién? AMLO se sabía inaccesible a la ley y al poder de las instituciones y también deseaba saberse invencible en las urnas…

Recordó entonces, en un tono encendido, que a raíz de los actos vandálicos acontecidos en Washington, cuando una turba fanática tomó el Capitolio, la sede del Poder Legislativo Federal en los Estados Unidos, Nancy Pelosi, la presidente de la Cámara de Representantes, invocó entonces la Enmienda 25 de la Constitución para destituir a Trump, porque, a su juicio, "la persona que se encuentra al frente del Ejecutivo es un presidente trastornado, peligroso y fuera de control".

"¿Qué tal? —afirmó levantando los brazos, eufórico, como si México hubiera metido un gol en la Copa Mundial de futbol—. En nuestra Carta Magna no existe un proceso legal para destituir al primer mandatario, sea quien sea y haga lo que haga. El artículo 86 establece lo siguiente: "El cargo de presidente de la República solo es renunciable por causa grave, que calificará el Congreso de la Unión, ante el que se presentará la renuncia". ¿Cómo que renunciable…?

A AMLO hay que correrlo a patadas —arguyó furioso—. Ningún dispositivo constitucional mexicano —agregó— contiene la posibilidad de una destitución, una justificada exigencia republicana que los mexicanos debemos hacer valer para este caso, en que llegó al máximo poder un presidente "trastornado, peligroso y fuera de control" decidido a instalar una dictadura decimonónica...

Se escuchó entonces un breve silencio. Acto seguido, continuó:

"Después de los terribles asesinatos de Madero y Pino Suárez en 1913, el constituyente de 1917 desapareció la figura del vicepresidente. En 108 años, legislaturas van y legislaturas vienen, y no hemos sido capaces de instrumentar un proceso legal para destituir al jefe máximo, al supremo intérprete de la voluntad nacional, al infalible titular del Poder Ejecutivo, un sujeto cruel y perverso, de absoluta mala fe, deseoso de destruir nuestra democracia, nuestra economía, nuestra salud física y social, al estar roto por dentro, víctima, tal vez, de un resentimiento infantil, cuyo daño habremos de pagar todos los mexicanos, y sin embargo, carecemos de recursos jurídicos para impedir la destrucción de nuestro país. ¿Un hombre roto por dentro solo podría convertir a México en un México roto, absolutamente roto, destruido por dentro?

"¿Nos quedaremos cruzados de brazos? La Constitución debe reformarse para establecer la destitución, por lo que me pregunto —cuestionó soltando una carajada—: los legisladores de Morea, supuestamente 'liberales' de izquierda, que todavía cuentan desgraciadamente con mayoría legislativa, ¿van a proponer una iniciativa constitucional, una 'enmienda a la mexicana' para poder destituir en el futuro cercano al jefe del Ejecutivo y salvar así al país de una nueva debacle? No, no basta la revocación del mandato a la mitad de cierta administración, es un cuento de extracción chavista para distraer la atención del electorado, la destitución se debe imponer en todo momento.

"¡Claro que dichos legisladores nunca propondrán una reforma de esa naturaleza, porque junto con AMLO inmovilizan a la víctima, a México, para continuar apuñalándolo por la espalda! No tenemos remedio…

"En sus conferencias matutinas, a sabiendas de que había jurado guardar y hacer guardar la Constitución y las leyes que de ella emanaran y bla, bla y otro bla —decía en su conocido sarcasmo—, violó una y otra vez cualquier disposición, la que fuera, con tal de conseguir la mayoría en la Cámara de Diputados y garantizarse un inmenso poder político, tan grande como para ser el hombre que guiara el destino de México sin contrapesos ni limitaciones al vacío.

"¿Más?, sí, ¡claro que más! —agregó negando con la cabeza como si cualquier daño fuera insuficiente—: AMLO se comunica con 7 millones de seguidores con tan solo apretar el botón del Twitter, tiene granjas de robots, de bots, cuentas falsas de internet para inflar su popularidad, además de promover su imagen y sus ideas en sus viajes por el interior del país, cuando en realidad lleva a cabo actos de proselitismo prohibidos por la ley en época de veda. ¿Un pillo electoral? —se preguntó con el ceño fruncido—. ¡Por supuesto que sí: todo un pillo electoral!, que se burla con su sonrisa estúpida de quien lo critica.

"AMLO hurga en las vidas de sus adversarios para encontrar 'debilidades morales y éticas' hasta encontrar hechos constitutivos de delito, los necesarios para descarrilar sus carreras políticas y perdonarlos de inmediato, siempre y cuando se sometieran sin condiciones 'ni chantajes posteriores' a sus caprichos. La encarnación de Satanás había llegado al Palacio Nacional.

"Sí, sin duda alguna —avisó a los radioescuchas cuando el tiempo se le había venido encima—: todos los cochupos, fraudes, apropiaciones indebidas, suplantación de personalidades, malos manejos, estafas, falsificaciones, desviaciones de recursos, mordidas, desfalcos, malversaciones de fondos, hurtos y peculados cometidos en contra del dolorido pueblo de

México serían perdonados siempre y cuando los culpables de 'semejantes canalladas' se declararan, en su momento, amlovers y acataran sin chistar todos y cada uno de sus deseos, salvo que desearan pasar muchos años en la sombra... Después de todo, eran muy buenos chicos... ¡Cuánta podredumbre entre unos y otros...!

"La otra gran duda —concluyó cuando el reloj de Catedral anunció las siete de la noche— era saber cuál sería la intervención del narco en el proceso electoral, ¿cómo intervendría, abierto o encubierto, cuáles plazas dominarían y cómo? Esa evaluación solo se podría llevar a cabo después del 6 de junio.

"Nos escuchamos mañana en Las Marraneras Vespertinas y desde luego, el 6 de junio... México está en grave riesgo...".

Gerardo González Gálvez, Martinillo, regresó a casa antes de lo acostumbrado. Arrojó su portafolios al asiento de un sillón y se dirigió a una pequeña barra que hacía las veces de bar con el ánimo de servirse un whisky. Esta vez probaría el Monkey Shoulder, obsequiado por un colega para ayudarlo a paliar los horrores de la 4T. A continuación, ya debidamente armado, encontró, como siempre, a Roberta sentada frente a la computadora colocada sobre su escritorio. Volteó al escuchar su voz, le mandó un beso llevándose los dedos de la mano izquierda a la boca y continuó tecleando compulsivamente, a su estilo, como si dirigiera el último movimiento de cualquiera de las sinfonías de Beethoven.

—Rober, amor, te quería contar lo que ocurrió hoy —exclamó Martinillo deseoso de ser escuchado.

—No estoy, amor. Me fui, déjame concluir la idea y te escucho, no tardaré más que un par de meses...

Conociendo el sentido del humor negro, muy negro por cierto, el periodista prefirió retirarse un momento al antecomedor para reunir sobre la mesa las propuestas de anuncios espectaculares que él hubiera deseado colocar en varias plazas de la República, objetivo imposible de lograr porque los empresarios que iban a financiar la impresión y el diseño se negaron a hacerlo alegando diversos pretextos ingrávidos. Insistió en el efecto multiplicador de la idea, porque los periódicos podrían fotografiar y publicar los letreros ubicados en lugares estratégicos de gran tráfico urbano, mismos que a su vez serían viralizados en las redes sociales. Publicidad barata y efectiva; sin embargo, el miedo paralizó el proyecto.

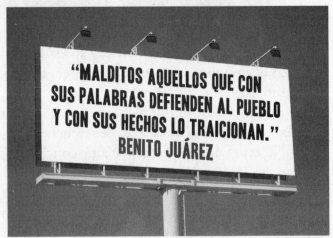

> **Si usted vive de su trabajo vaya y vote**
> Porque los que viven de los impuestos que usted paga van a ir todos a votar.
> COPIA Y PEGA HASTA QUE LLEGUE AL ÚLTIMO MEXICANO.

> **Soy uno de los 90 millones**
> **QUE NO ESTÁ CON AMLO**

> Nos unimos a la pena
> que embarga a
> **miles de familias mexicanas**
> por el sensible fallecimiento de más de
>
> # 700 mil
> # MEXICANOS
>
> víctimas de la irresponsabilidad y mentalidad
> criminal de Lugo Olea y sus cómplices, todos
> ellos muertos por Covid-19, crímenes violentos,
> feminicidios, violaciones, asaltos,
> por la falta de medicinas y por el colapso
> del metro de la CDMX.
>
> Pedimos por su eterno descanso y para
> que millones de mexicanos abran los
> ojos y su corazón, y voten para acabar
> con la tragedia que estamos viviendo.
>
> **El 6 de junio**
> **#VotaParaBotarlos**

Cuando terminaba de ver las fotografías de los anuncios espectaculares, otro proyecto propagandístico frustrado por la cobardía de algunos representantes de la iniciativa privada, mismos que se negaron a financiar una serie de cómic como el *Libro vaquero*, que se distribuiría masivamente en las estaciones del metro, así como en los lugares de donde surgía el voto duro de Morea, diseñados para explicar con dibujos, palabras simples y ejemplos accesibles a los votantes de escasos recursos, sobre el desastre generalizado de la 4T, todavía se escuchaban los certeros y repetidos teclazos de Roberta, quien, por lo visto, no había concluido su ensayo. Imposible olvidar las interminables reuniones de Martinillo con organizaciones empresariales, en donde se había cansado de sugerir la creación de un whatsapp por cada compañía, de modo que se estableciera una comunicación permanente con la plantilla de trabajadores para comunicarse con todos ellos al apretar un botón, con el objetivo de informarles del dramático acontecer nacional, enviándoles las primeras páginas de los periódicos y los puntos de vista de los más destacados columnistas. Si AMLO contaba con el monopolio mediático, los empresarios unidos podrían contrarrestar ese inmenso poder al reunir a 43 millones de sus empleados aprovechando la tecnología moderna. ¿Resultado? Otra inmensa desilusión: nada de whatsapp, nada de acciones ni de reacciones de defensa de sus intereses y, por ende, de los del país. De ahí que escribiera su columna "Todos somos culpables". ¿Qué hacer ante tanta indolencia y pusilanimidad? En ese momento guardó los proyectos, limpió la mesa y se sirvió otro fabuloso *scotch* al ver llegar a Roberta con unas cuartillas en la mano, sin duda para "rebotar ideas", según llamaba ella a las conversaciones álgidas y profundas con su marido.

Lo que le ocurría al autor podía esperar, claro que sí, lo importante consistía en discutir con él algunos aspectos de la anatomía social del mexicano, textos filosóficos, psicológicos y sociales en los que ella había venido trabajando para

225

presentar una ponencia en la universidad. ¿Cómo eran en realidad los mexicanos? Tarea muy compleja, sin duda alguna.

Al tomar asiento a un lado, coqueteando con el whisky, ella disparó a quemarropa.

—¿Tú crees que todos los mexicanos son unos hijos de la chingada porque provienen de la mujer violada, ultrajada, abusada por los españoles? ¿Tú, el famoso Martinillo —adujo soltando una carcajada—, eres "el engendro de la violación", e insistes cinco siglos después en vengarte de quien sea y a como dé lugar de tu origen espurio, porque eres un simple bastardo y jamás dejarás de serlo? Distingamos: una cosa es ser un hijo de la chingada, como tú y tus paisanos, y otra muy distinta ser un hijo de puta, porque en el primer caso se trata de una violación perpetrada en contra de la doncella, y en el otro, de la transacción de un cuerpo con la voluntad de ella. ¿Tú qué eres, amor? ¿Cómo te etiquetamos?

—¿Te crees la muy muy porque eres colombiana? Si prefieres podemos hablar de tus paisanitos, amor mío, de los narcoterroristas, de Escobar, del cártel de Cali, que envenenaron a medio mundo. Pa hijos de la chingada esos, pa comenzar —exclamó sonriente.

—Hablemos en serio, corazoncito —respondió animada por el hecho de haber dado con conclusiones trascendentes en torno al comportamiento de los mexicanos—. ¿Si la mujer indígena fue chingada por los españoles, eso hace de ustedes unos hijos de la chingada? ¿Así es, amor? ¿Están tocados de por vida?

A continuación leyó algunos párrafos de su ensayo con la debida premeditación, alevosía y ventaja. Le tenía sin cuidado si Gerardo la estaba o no escuchando, como ella creía merecerse:

Los mexicanos "padecen un sentimiento de vergüenza, de ilegitimidad y de inferioridad por su origen mestizo". Su complejo de inferioridad responde a la condición de "raza" vencida que esconden desde hace 500 años sin haber cambiado en nada en los últimos cinco siglos. Para recuperar el poder perdido "recurren a la agresión y al engaño para afirmarse ante quien sea necesario". La "expresión enigmática y confusa, impasible, insensible y apática, propia de los indígenas", su tenacidad "mal enfocada conduce al suicidio colectivo cuando se trata de un líder político". He ahí el caso de Moctezuma Xocoyotzin, el Huey Tlatoani, cuya terquedad autodestructiva la pagó el Imperio Mexica. Reaccionó cuando ya era muy tarde. La Noche Triste, o alegre para los mexicas, se podría haber dado con gran anticipación y con resultados adversos para los invasores. Imposible olvidar el sentimiento de desposesión, "su desprendimiento y la poca importancia que le da al hecho de desaparecer". Si el mexicano confiara en el gobierno y en la ley, si se impartiera justicia, si existiera un Estado de derecho para sancionar los atropellos y los despojos, en lugar de la desesperante impunidad y la exclusión, cambiaría radicalmente el carácter del mexicano y lo motivaría para construir con más celeridad una auténtica y próspera democracia.

Antes de continuar, Roberta escrutó la mirada de su marido. Estaba atento, no lo percibió extraviado, divagando en la nada distraído con cualquier tema o fantasía. Siguió leyendo, observándolo de reojo:

El mexicano es el producto de dos episodios macabros padecidos en su infancia como nación: proviene de la piedra de los sacrificios, de la pira y de los sótanos de tortura de la Santa Inquisición. He ahí el origen emocional, caliginoso, tenebroso del mexicano. He ahí su concepción fatalista de la existencia y de su resignación ante la adversidad que nunca ha podido superar desde que la historia es historia. He ahí el origen de su marrullería y de su agresividad. ¿En quién confiar? ¿A quién creerle? ¿Al cura, al maestro de escuela, al padre, a la

227

madre, a los políticos, a los comunicadores de radio y televisión, a los columnistas, a los catedráticos, a los líderes sindicales, a los sacerdotes de diversas sectas? ¿En quién confiar? Sí, ¿a quién entregarse sin reservas? ¿A la virgen, que escasamente escucha los rezos y las súplicas y cada vez rescata a menos de sus adoradores?

¿Qué cambió para los desamparados después de la Independencia y de la Revolución? Los criollos heredaron el papel de los españoles, sus padres y sus abuelos. Ni con la muerte de cientos de miles de mexicanos ni con la destrucción del país se logra construir el México con el que se sueña, salvo que la mitad de la población hundida en la pobreza signifique la construcción "del México anhelado..." Hoy en día 1% de la población acapara casi 60% de la riqueza nacional, más aún, seis mexicanos ostentan más fortuna que 50% de la población, tal y como ocurría en el virreinato o tal vez peor en el siglo XIX, en el XX y en el XXI. He ahí el origen del malestar del mexicano, la pobreza, la miseria real, junto con la ausencia en materia de impartición de justicia. Por supuesto que para el mexicano la vida no es una "posibilidad de chingar, es decir de humillar, castigar, ofender o destruir" ni que los hijos de la chingada de la madre violada, burlada a la fuerza, deseen vengarse a como dé lugar. No, el mexicano no quiere ser y continuar con las vidas frustradas de sus abuelos y padres, y que igual padecerán ellos y sus hijos, nietos y bisnietos, y por ello pelea con cualquier arma en la mano su sentido de la existencia. Los narcotraficantes buscan el camino fácil a la riqueza a sabiendas de que la disfrutarán por corto tiempo, pero finalmente la disfrutarán...

Martinillo no protestaba ni alegaba. Escuchaba con mediana atención sin dejar de pensar que Sofía le había cancelado un viaje a Nueva York, en donde se entrevistaría con un grupo de periodistas especializados en finanzas, entre quienes se encontraba Alfonso Madariaga, toda una personalidad en la Urbe de Acero, otro experto en finanzas que había conocido telefónicamente un breve tiempo atrás.

¿Es acaso un hijo de la chingada quien ha vivido de generación en generación con la cabeza metida en una letrina junto con los suyos y desea liberarse a como dé lugar de semejante tortura en un país en donde prima la ley de la selva, aquello de sálvese quien pueda? Si no se defienden de la injusticia social son resignados, y si protestan con las armas en la mano, cualesquiera que estas sean, entonces son delincuentes. ¿Qué hacer? ¿Qué opción les queda cuando el tiempo implacable erosiona el mínimo depósito de paciencia y la demagogia, y la venta cínica y temeraria de esperanzas "mutila la evolución al ocultar la realidad"? La reconciliación es más difícil aun cuando los mexicanos son "extraordinariamente susceptibles a la crítica y no conocen la autocrítica", tal y como lo comprueba el presidente de la República, quien, en el actuar cotidiano, jamás ha reconocido la comisión de errores y los rechaza airadamente cuando se le señalan. ¿Cómo evolucionar así? ¿Cuánto más pueden atentar en contra de ellos mismos? ¡Claro que pueden surgir y surgirán 40 subcomandantes Marcos en las inmensas áreas, "en donde la histórica reclamación social, jurídica y política ha caído invariablemente en el vacío"!

Tarde o temprano tendría que llegar un AMLO al máximo poder de México, solo para dañarlo aún más…

—Nunca acabaríamos de discutir tus puntos de vista, amor. Me parecen vitales para los académicos, pero es importante filtrarlos a nivel popular —agregó Martinillo tomando un buen sorbo del Monkey Shoulder—. Te diría que múltiples intelectuales mexicanos, sobre todo los de la primera mitad del siglo XX, empeñaron sus mejores esfuerzos en

229

denigrarnos sin aportar soluciones eficientes para salir de la confusión, o si quieres, hasta de la maldición. En buena parte aciertan en el diagnóstico, pero callan cuando se trata de encontrar salidas válidas y plausibles en relación con el supuesto daño, en realidad un fantasma con el que vivimos y que consume estúpidamente la energía nacional, desperdiciamos talento e imaginación por los traumatismos padecidos que yacen en el subconsciente colectivo. La búsqueda nos agota y mina nuestras posibilidades de ser todavía más exitosos en el futuro. Urge un cambio de narrativa social…

—Yo he vivido los últimos 30 años en México —confesó Roberta—, y no creo que ustedes sean unos hijos de la chingada, pero me interesa que me expliques el grito de ¡Viva México, cabrones!, o el ¡Viva México, hijos de la chingada! ¿Es una expresión salida del alma que me imagino no tiene un significado distinto a "seremos lo que sea, venimos del inframundo, sí, pero triunfamos"? ¿Es reconocer que ustedes no son nada, pero que pueden superarse hasta alcanzar un éxito reservado para otras personas a las que envidian, porque esa voz proviene del fondo de un pozo del que nunca iban a salir?

—Si te fijas, amor, en el grito arrebatado que mencionas es muy fácil identificar la feliz conquista de algo: alcanzaste lo que sea, pero alcanzaste lo que tú sentías distante, lejano, inaccesible para ti y ahora es tuyo. Sí, señor, es tuyo y es un ejemplo para los demás de que sí que se puede, claro que se puede… Los cabrones por definición podrían ser hijos de la chingada, en efecto, pero también podemos ser triunfadores, otro ángulo de la personalidad nacional en la que debemos trabajar, salvo que se aduzca en términos perversos que al ser todos unos hijos de la chingada estamos condenados al fracaso eterno. ¡Menuda canallada! Escucha, amor —exclamó el periodista para hacer una pausa—, mientras más éxitos tengamos, más rápido nos despojaremos de los complejos y de los traumas. El ¡Viva México, cabrones!, en el fondo encierra entusiasmo, felicidad, dicha; el grito implica la reconciliación que se nos había negado al estar inmersos en un proceso de autodenigración iniciado por intelectuales masoquistas que tanto daño nos han hecho. En concreto, les compramos el látigo para azotarnos.

—¿Qué es para ti un hijo de la chingada?

—¡Qué pregunta, mi Rober adorada, mil gracias! —repuso Martinillo fascinado. Lo peor que le podía pasar a un hombre era casarse con una mujer idiota, carente de la menor curiosidad intelectual y sin el deseo de superarse, una pareja que va por el mundo como una maleta sin saber siquiera ni importarle qué puertos toca—. ¿Ahora sucede que solo en México hay hijos de la chingada, cualquiera que sea su origen, sin vincularlos a la madre ultrajada? —preguntó Martinillo llevándose el rifle de alto poder al hombro—. La madre de Hitler no fue violada, hasta donde se sabe, ¿pero esa salvedad ya no lo hace un hijo de la chingada, amor mío? Es la imagen del perfecto malvado. A ver, di. ¿Y qué tal Judas? Judas Iscariote se etiquetó como maldito por los cristianos porque vendió a su amigo, a Jesús, por dinero. Pero hay más —agregó Martinillo mientras sostenía con firmeza el vaso con whisky—. Calígula, emperador de Roma, asesinó a parientes, persiguió a senadores y encabezó una verdadera cacería humana, ejecutó a varios hacendados para confiscar sus propiedades y en su locura, si se le puede llamar así, nombró cónsul de Roma a Incitatus, su caballo favorito, como si hoy nombraran a cualquier militante de la 4T como candidato a la presidencia para que dirigiera este país. ¿Eso hace de los romanos o de los alemanes seres malignos? Bien, Cortés se cogió a la Malinche y sus huestes hicieron lo mismo con múltiples indígenas, ¿ese hecho hace de los mexicanos hijos de la chingada, o sea de la Malinche? ¡Vamos, hombre, seamos serios! —concluyó al negar en silencio con la cabeza.

Roberta lo veía embelesada. Si se había entregado a él para pasar la vida a su lado, era porque estaba lleno de atributos, de conocimientos, de concepciones, válidas o no, pero susceptibles de analizar y de discutir con la máxima apertura y simpatía, sin que la pasión arruinara el diálogo. ¿Acaso una mujer tan completa como Roberta, hermosa, dueña de sí misma y consciente de sus atributos iba a desperdiciar su vida al lado de un imbécil que no reconociera sus valores y con el que no pudiera crecer, juntos, dedicados a la conquista de un mejor futuro saturado de entendimiento y de explicaciones? Gerardo la entendía, claro que la entendía, y reían cuando ella lo llamaba "pendejo", su palabra favorita, o cuando, en el fondo, lo admiraba sin reserva alguna.

Un Gerardo incontenible agregaba.

—Nerón, amor mío, era emperador también de Roma, el satánico fruto de una familia degenerada, asesino de su madre y de su hermana, entre otras maravillas... Ahí está el papa Alejandro VI, el más perverso de los pontífices, un auténtico ejemplo del despotismo que hizo del Vaticano un famoso burdel —Gerardo estaba incontenible, dotado de una carga emocional brutal. Describió el caso de Felipe II, rey de España, el demonio encarnado, la personificación del mal, y ello hacía demonios perversos a los mexicanos de la Colonia; o sea, ¿las decisiones del rey los hace hijos de la chingada?—. Piensa —continúo rebasado por la situación— en Leopoldo II de Bélgica, en Benito Mussolini, en Mao Tse Tung, en Francisco Franco, en Idi Amin Dadá, en Nicolae Ceausescu, Alfredo Stroessner, Anastasio Somoza, Augusto Pinochet, o en Slobodan Milosevic, auténticos hijos de puta, que no por ellos sus compatriotas son hijos de la chingada, amorcito.

—Bueno, ya, pero ¿cómo te sacudes esa carga racista, esas culpas que castran, que mutilan, que consumen la energía nacional sin dejarte prosperar al tener zapatos de plomo que te inmovilizan, te detienen y te dicen al oído: eres una mierda, no te mereces evolucionar, eres un paria, un indeseable, apestoso e inútil, solo sirves para someterte a mis órdenes, eres un animalito al que se debe alimentar o perecerás de hambre, como dice tu AMLO? —Roberta todavía agregó—: La inmensa mayoría de los países ha sufrido por diferentes conceptos y pocos, muy pocos, no han padecido la invasión de alguna potencia, si no pregúntales a los polacos, invadidos por Alemania y luego por Rusia en la Segunda Guerra Mundial o a los chinos invadidos brutalmente por los japoneses, África invadida y dominada desde Egipto hasta Sudáfrica, sin que se nos olvide que Francia dominó el norte de África, Alemania a Ruanda y Camerún, Italia a Libia y Etiopía, España al Sahara Occidental y Bélgica el Congo, y eso en los tiempos modernos. ¿Razas puras? ¿Países puros? ¿Quién pretende defender la idea de un indigenismo puro, toda una perversión racial?

Antes de continuar, Martinillo guardó silencio mientras masticaba la idea del indigenismo puro... Acto seguido agregó:

—De alguna manera comparo a esos países con las personas, como es el caso de un hijo, cuyo padre era un borracho y golpeador. Llegará el momento en que tenga que decidir dónde termina la culpa del autor de sus días y comenzará su responsabilidad personal para reparar los daños de la infancia y vivir su propia existencia a plenitud, sin lastres y sin culpar a nadie de sus males. ¿Verdad que debe haber una línea fronteriza de culpas familiares o políticas? ¿Hasta qué edad el hijo seguirá culpando a su padre de los malos tratos para poder iniciar su vida productiva? De la misma manera me pregunto: ¿Hasta cuándo los mexicanos de hoy seguiremos responsabilizando a los españoles, que no pasaban de mil, de lo ocurrido hace 500 años, cuando los tlaxcaltecas, contados por decenas de miles, además, fueron los verdaderos conquistadores, junto con la viruela?

—De la misma manera —interrumpió Roberta— que los mexicanos deben superar los traumatismos del siglo XVI y del XIX, después de la Conquista y de la guerra contra Estados Unidos, los sudafricanos también deben ver para adelante trabajando en el sistema de segregación racial, el terrible Apartheid, para poder evolucionar. Pero ¿cómo lo superarán emocionalmente?, ¿cómo se curarán, insisto, de semejante tragedia racial que duró casi medio siglo? ¿Cómo seguir viviendo después de la castración? ¿Cómo funcionas cuando ya careces de los testículos? —concluyó formulando una de sus posiciones radicales que tanto disfrutaba al poner a Martinillo contra las cuerdas.

—Falso, falso, amor, es absolutamente falso tu argumento —repuso entusiasmado y lleno de razones—. Los hombres y las mujeres ahí están, si bien con heridas de fondo, pero ahí están, completos fisiológicamente. Las personas y las sociedades hemos padecido daños y a todos nos corresponde curarnos psicológicamente, sociológicamente, filosóficamente. Tenemos que emplearnos a fondo para salvarnos —agregó como catedrático universitario—. Las víctimas del horrendo Apartheid tendrán que superar el traumatismo igual que nosotros, por medio de la escuela, echando mano de los medios de difusión, de la lectura, de la inducción de los padres hacia los hijos y nietos, pero se debe romper el círculo infernal, el vicioso, mediante el cual los ancestros heredan los traumas de generación en generación, sin haberlos trabajado ni menos superado. O sea, ¿ningún país se recupera después de la brutalidad? —encaró a su mujer—. Pero no, ni lo pienses, ve las fotografías de Hiroshima y Nagasaki después del estallido de las bombas atómicas y compáralas con imágenes de hoy. ¿Los japoneses quedaron castrados para siempre después de esa pavorosa devastación? ¡Claro que no, a los hechos! A eso llamo reparación del daño…

Roberta permaneció pensativa antes de responder.

—¿Entonces cómo hacer que México evolucione? Los aztecas fueron vencidos por los castellanos y por los tlaxcaltecas, los gringos les robaron medio país, ¿y ya nada tiene remedio? ¿Permanecerán jodidos para siempre? ¿Quién trabaja en la reparación de los daños que dices?

Martinillo reaccionó como si le hubieran dado un martillazo en los dedos.

—Ya basta de ningunearnos, no somos ratones verdes, ni indios bárbaros ni salvajes ni somos inferiores. No, no lo somos. Es hora de archivar la mitología antimexicana y sustituirla por otra mitología muy poderosa, vencedora y capaz. La intelectualidad mexicana debe aportar soluciones creativas para cambiar nuestra autoimagen, modificar nuestra autoestima. Acabemos con la difamación, con los agravios infundados o hasta fundados y con los denuestos, si no vas a hablar bien, a callar… A los intelectuales ocupados en denigrarnos debemos olvidarlos para iniciar una nueva página de nuestra historia ubicándonos en otro espejo, un espejo moderno, desde dónde reflejarnos con otras luces y otro criterio, otra imagen actual, sin desmoralizarnos para que otros, gobierno, políticos o empresarios o intelectuales, vengan a dominarnos y a lucrar con nuestras debilidades y nuestros complejos sin poder sacar la cabeza del basurero. Muchos colegas escritores que criticaron a los mexicanos sin ser sociólogos deberían haber escrito, en lugar de sesudos ensayos denigrantes, algo de literatura de ficción, novelas o hasta breves cuentos o fábulas, sin atreverse a hacer afirmaciones radicales sin sustento científico con las que acomplejaron a la sociedad en su momento, y cuyo daño trasciende hasta nuestros días. No, amor, no somos inferiores, ni machos, ni flojos, ni irresponsables, ni improductivos, ni haraganes, ni bravucones, ni conformistas, ni deshonestos. La mayoría de esos calificativos se dan en casi todos los países, salvo que nosotros seamos la excepción mundial y solo nosotros fuéramos embusteros y tramposos, cuando, en realidad, comparados con los gringos, no pasamos de ser unos meros lactantes, por ejemplo.

—Yo, como extranjera, advierto en los mexicanos un infinito placer en deformarse, en sacar el látigo para golpearse, en anularse, en flagelarse, y esta percepción la tengo desde que observo de cerca cuando pierden en los campeonatos de futbol, en los deportes, ya no saben cómo hacerse más daño, como si la derrota no hubiera sido suficiente y se burlaran con chiflidos y mentadas porque odian la inferioridad y se revive el sentimiento de los eternos jodidos que no sirven para nada.

—Tomo tu ejemplo, Rober —continuó confiado al bajar de nivel la conversación—. Si el futbol es un gran espejo en donde la mayoría de la gente, sobre todo los millones de la clase media baja, se ven reflejados, ¿entonces por qué un presidente de la República no contrata al mejor entrenador del mundo, cueste lo que cueste, para tener un equipo triunfador que dispare al infinito la moral nacional? Un poderoso reforzamiento anímico sería la mejor inversión del mundo, en donde no contaría el color de la piel, ni si somos pendejos en relación con los gringos o los europeos, o más o menos ignorantes o si estamos o no tocados por alguna tara física cerebral? El hecho de ser campeones hará desaparecer todos los complejos. Ahí tienes un reforzamiento positivo a la escala que desees, una herramienta para empezar a reparar el daño, superar los complejos de inferioridad para continuar con aleccionamientos en las aulas, en las pantallas de cine, en la radio, en las salas de televisión, en los comedores familiares para cambiar la narrativa catastrofista y depresiva, amor. Ese es el camino… Además de un enorme presupuesto para la ciencia, de modo que no se vayan nuestros cerebros al extranjero.

Martinillo todavía agregó que "lo hecho en México estaba bien hecho", poderoso eslogan de reforzamiento productivo. Que México era el país en el que las personas dedicaban más tiempo de su vida a su trabajo, la cifra más alta de las economías que integran la OCDE. Que el "ahí se va" había venido desapareciendo cuando a través de la asociación con América del Norte por medio el TLC habíamos logrado un nivel de transacciones de más de mil millones de dólares al día. México era la decimocuarta potencia económica del mundo, los mexicanos trabajaban 2 255 horas anualmente, 982 horas más que las de Alemania y Noruega y más que Japón con todo y que su economía era mayor a la de Alemania, Francia e Inglaterra juntas. ¿Dónde había quedado la imagen del mexicano sentado en el suelo, envuelto en un sarape y cubierto con un sombrero de grandes alas al lado de un enorme maguey perdiendo miserablemente el tiempo?

236

Era maravilloso asistir a un encuentro entre dos pensadores incapaces de dejarse vencer por los argumentos del otro. De ahí que abordaran el tema religioso y criticaran que la virgen de Guadalupe era el refugio de los desamparados, el "consuelo de los pobres, el escudo de los débiles, el amparo de los oprimidos, la madre de los huérfanos…" La resignación a la espera de tiempos mejores, la creencia en una eternidad maravillosa libre del menor malestar, eran invitaciones a la inacción, a la indolencia y hasta a la flojera, actitudes improductivas que solo conducen a la miseria y al atraso. ¡Pobre de aquel que espera que la Divinidad resuelva sus problemas! Cualquiera que vaya y se confiese, se arrodille ante la virgen y le pida perdón por sus pecados, al sentirse reconfortado y libre de cualquier carga o reclamación, vuelve a sus rutinas ancestrales, las mismas que hundieron en el subdesarrollo y en la infamia a sus padres y abuelos que jamás dieron un paso al frente. ¿Esos son unos hijos de la chingada? No, menudo reduccionismo suicida. Hay otros aspectos que se deben trabajar para estimular a los mexicanos que no son suficientemente analizados por los intelectuales derrotistas.

Cansado del tema y después de felicitar a su mujer por el esfuerzo académico, para discutir de alguna u otra forma la anatomía del mexicano, se sirvió otra abundante ración de whisky con el ánimo de invitar a Roberta a Nueva York. Le pareció sumamente sencillo sustituir a Sofía en el viaje sin imaginar ni suponer ni sospechar el predicamento terrible al que sometería a su matrimonio. Martinillo siempre sostenía que la vida podía cambiar al abrir una puerta, pues bien, la presente coyuntura podría alterar los siguientes días, años y hasta, tal vez, su existencia.

—Amor —dijo el periodista sin imaginar que entraba en un laberinto. Mientras más caminara, más se perdería, pero por otro lado, la inmovilidad le sería del todo inconveniente. ¡Menuda paradoja!—, debo estar en Nueva York, ¿te acuerdas? —continuó con el ceño fruncido sin esperar respuesta—, y me encantaría que nos escapáramos, que hiciéramos un paréntesis, vida mía, para pasar unos días juntos disfrutando otra vez los museos, la ópera, los conciertos, los bares, los restoranes, los paseos a pie por Central Park, las noches de jazz, en fin, vámonos para volver a vivir —invitó con un donaire de conquistador—. Hace rato que no nos escapamos, ¿va? *Ti piace?* —se expresó en italiano haciéndose el gracioso.

La mueca de malestar de Roberta fue inequívoca. En principio, guardó un prudente silencio antes de responder. Masticaba lentamente la contestación. ¿Del 1 al 15 de julio…?

—Sí, ¿por qué? —preguntó con cierta timidez el galán inquieto—. ¿Tienes la agenda a tope? ¿Qué te pasa, por qué esa cara? ¿Qué sucede? Creí que te iba dar mucho gusto y que aplaudirías hasta con los zapatos, mi Rober.

Roberta, la colombiana, siempre leal y solidaria, de repente abrió la baraja sobre el paño verde, en donde se jugaba al póker, para que su marido comprendiera su situación sin ambages ni circunloquios. Ya era hora.

—Llevas mucho tiempo haciendo viajes extraños, Gerardo, pichoncito mío… Te ausentas con diversos pretextos, unos más ingrávidos e insustanciales que otros. Nunca te reclamé nada ni te enrostré los continuos sinsabores, pero intuía que te ibas con otras mujeres. En realidad lo sabía, me quedaba claro, pero por comodidad decidí dejarte hacer tu vida, ya que ese tipo de aventuras y de experiencias te producían una enorme satisfacción que a su vez beneficiaba nuestro matrimonio, porque no regresabas a la casa recorriendo con el dedo índice los muebles para comprobar si encontrabas polvo, en realidad un pretexto, para provocarme como ama de casa —aclaró sin externar malestar alguno, por lo visto el tema lo tenía muy digerido de tiempo atrás—. Nunca reclamabas nada, siempre llegabas sonriente y hasta cariñoso conmigo, y hasta me traías algún anillo, un collar o alguna prenda cara, la última de la moda, con la que pensabas hacerme feliz.

—¿A dónde vas con todo eso, Rober? Por favor, dime de qué se trata, no entiendo. ¿Cuáles mujeres? Solo salía por temas de trabajo…

—¡Ay, por favor, amor, seamos honestos, como yo lo seré contigo! —exclamó ella con una severidad pocas veces vista—. Ahora mismo te explico —concluyó sin sonreír—. Tienes que saber, lo confieso, yo sí lo confieso, que yo también decidí seguir tu ejemplo.

—¿Cómo que seguir mi ejemplo? ¿Qué quieres decir?

—Debes saber que desde el año pasado, cuando tú te desaparecías, yo hacía lo mismo con un galán que recibía a vistas, como en las tiendas, cuando te mandan un objeto por si te gusta —arguyó con una sonrisa pícara—. Un varón con quien me escapaba durante tus reiteradas ausencias.

—¿Qué…? ¿Quieres decir que me engañabas? Nunca lo imaginé de ti… Pero entonces, ¿quién eres? —preguntó el autor crispado sin ocultar su nerviosismo ni saber cómo reaccionar.

—¡Ay, pichoncito mío, por lo que más quieras en tu santa vida, no me salgas ahora con cursilerías ni embustes como si fueras un niño de brazos! —espetó dueña de sí misma—. Reacciona con madurez, como el hombre que eres, maduro y experimentado; un luchador por la verdad, según has afirmado en tu obra, enfrenta la realidad, no te ocultes, no te escurras, no me decepciones. ¡Éntrale, ya, sin rodeos!

El escritor se sintió acorralado, guardó silencio, un silencio temeroso, hostil. ¿Qué tanto sabría ella de Sofía? ¿Lo habría espiado o seguido? En realidad no sabía cómo responder ni qué hacer ante un enfrentamiento impensable, inimaginable de semejante naturaleza. ¿Cómo tener una conversación así con su esposa? ¿Estaría soñando?

—Sí, mi vida —aclaró finalmente Roberta—. De una buena vez te lo digo —disparó al entrecejo de su marido—: Te agradezco la invitación, pero no puedo acompañarte a Nueva York porque tú te ibas el 1 de julio y yo salía dos días después a las Bermudas, en donde íbamos, digo, vamos

—precisó de inmediato— a pasar unos días fascinantes. Yo estaría antes que tú de regreso, para recibirte a tu estilo, con muchos besos y muchos abrazos, pero eso sí, ya absolutamente satisfecha —concluyó gozosa—. Debo confesar —adujo llevándose la mano derecha al corazón— que tu escuela realmente me ha fascinado. Yo también veré la manera de traerte un recuerdito de las tierras a las que vaya el mes entrante —exclamó sin la menor expresión de rencor, resentimiento o coraje.

—Carajo, Roberta. Siento como si me hubieran tronado 15 porros juntos. ¿Qué me estás diciendo? ¿Es una declaración de guerra? ¿Estoy despierto?

—No, ¿cuál guerra? Por supuesto que estás despierto, vivito y coleando. Todo lo que quiero es tener una relación abierta contigo, claro está, con la debida discreción para no lastimarnos entre los dos ni tampoco exhibirnos socialmente —arguyó ufana—. Si hemos podido vivir 30 años así, disimuladamente, ahora creo que podemos vivir los siguientes 30 con una apertura legítima, sin hipocresías, con respeto, con comprensión, porque el hecho de que nosotros tengamos otras vidas no quiere decir, de ninguna manera, que no podamos seguir viviendo juntos, disfrutándonos en todo lo que nos gusta y buscando un complemento por otro lado, lo cual nos hará aún más felices y más satisfechos y seremos auténticamente cómplices, pero no dentro de un romance estúpido, sino realmente cómplices, lo que es ser un cómplice —señaló sin dejar de analizar las expresiones del rostro de su marido—. Yo no quiero saber de tus novias y tú tampoco querrás saber de mis novios. De eso se trata, de vivir con apertura, que puedas ir a donde tú quieras, a sabiendas de que no te voy a seguir, no te voy a espiar, no hurgaré en tu teléfono celular, que, por cierto, te aterroriza cuando lo tomo entre mis manos, y que puedas disfrutar tu vida ampliamente, felizmente, sin agobios, sin ansiedad, sin angustia, de la misma manera que quiero hacerlo yo, con todo el respeto y el amor que me mereces.

Martinillo estaba consternado, inmóvil, paralizado, con los puños apretados. ¿Qué hacer? ¿Levantarse violentamente? ¿Salir de la casa? ¿Abandonar a esa mujer a la que adoraba? ¿Perder lo que habían construido durante tantos años o simplemente abrir también su juego y aceptar las reglas de ella para vivir una convivencia distinta, moderna, aceptando su posición como mujer? ¿Por qué solo él podía disfrutar intensamente del sexo opuesto y gozar simultáneamente su matrimonio, cuando ella tenía el mismo derecho de hacerlo y, claro estaba, divertirse y ser feliz también con su pareja?

¿Por qué no? ¿Ahora Gerardo se iba a convertir en el macho mexicano que negaba la sexualidad de su mujer, los últimos años de exquisito erotismo que ella podría disfrutar también sin poner en riesgo su matrimonio o poniéndolo si cualquiera de los dos llegaba a enamorarse? Jugarían con fuego como si ambos fueran dueños absolutos de sus emociones… Gerardo entendía que él era el esencial en su relación con Roberta y que el novio, quien fuera, sería, tal vez, un complemento muy importante. Se trataba de no confundir lo esencial con lo complementario. Sin embargo, ¿qué hacer…? Roberta había enmudecido, esperaba atenta una respuesta. A saber desde cuándo ella había decidido plantear esa situación, enfrentarla con valentía y demostrar finalmente de qué estaba hecho su marido, ¿era hombre o un payaso modernizado, de aquellos que creían que las mujeres como las escopetas deberían estar en un rincón y cargadas? Claro que el ejemplo era excesivo, pero ¿por qué negarle a Roberta su derecho a vivir, su derecho a ser y a gozar del sexo, tal y como él lo hacía con los riesgos del caso?

Gerardo asimilaba el golpe. Pasaba la lengua por delante de sus dientes como si sintiera incompleta la dentadura. No, no se trataba de una broma de mal gusto, imposible darle cabida a una actitud de esa naturaleza.

—¿Entonces, amor?

—Me dejas perplejo, no sé qué decir…

—No tienes nada que decir. Solo debes aceptar una evidente igualdad de derechos en pleno siglo XXI. Existen millones de parejas atenazadas por la hipocresía que no solo desearían tener una conversación como la nuestra, sino disfrutar una relación abierta y genuina como la que te propongo.

De repente, como si le saliera una voz de lo más profundo de su ser, Gerardo preguntó:

—¿Y qué tal que tu galán te contagia una enfermedad venérea mortal y no solamente acaba con él, sino contigo y también conmigo? Una carambola trágica.

Roberta golpeó furiosa la mesa:

—Ese argumento, Gerardo, es una canallada, porque yo podría decirte que tú también has jugado con mi vida con tanta mujer con la que te has acostado. O sea, ¿te importo un carajo porque solo te preocupa que yo no te vaya a contagiar con una enfermedad que te pueda costar la vida? Es una canallada, Gerardo, no me decepciones, retira lo dicho o vete a la mierda.

¿Cómo imaginar que después de una discusión tan intensa en torno a la anatomía psicológica del mexicano Martinillo se iba a encontrar con una terrible encrucijada que pondría en riesgo su matrimonio después de tantos años de convivencia feliz, muy a pesar de los desencuentros? El autor no sabía si continuar sentado, levantar la voz, darse un manotazo sobre la rodilla, o tomar de la mano a Roberta y aceptar el trato, un trato que estaba absolutamente reñido con su virilidad y con su autoimagen. Rechazar la oferta de su mujer equivalía a perderla, y aceptarla constituía una agresión tal vez irreparable en contra de su sentido del honor y de su masculinidad. Ella no cedería nunca, según la contemplaba, decidida a llegar hasta el final. Si se oponía, ella se iría el 2 de julio, de cualquier manera, a las Bermudas. Cuando volviera de su periplo tal vez ya no regresaría a casa. Con su actitud intolerante solo lograría poner a su mujer en brazos del galán o precipitar su instalación en un departamento, desde donde lo más seguro es que continuaría la demanda de divorcio, o sea, el rompimiento definitivo. Resumen: O se sometía a las condiciones impuestas por ella o su relación con Roberta llegaría a su fin cuando él pensaba que acabaría sus días a su lado.

Levantar la voz, gritar, amenazar, insultar, solo complicaría la situación. Si algo no era aconsejable en esta pavorosa coyuntura eran las expresiones de machismo. De sobra conocía él la defensa de género que Roberta siempre había sostenido, emprendido y ejecutado desde su llegada a México. Defendería con todo sus legítimos derechos de mujer.

—¿Me dejas pensarlo, Roberta, lo puedo meditar? —respondió un Gerardo intimidado y confundido, como un perro con la cola ente las patas.

—Sí, claro, medita lo que quieras, tómate el tiempo necesario, pero recuerda, Gerardo, que no voy a ir contigo a Nueva York, te haya cancelado o no tu novia o te hayas disgustado con ella, a saber, no es mi asunto; lo que sí, insisto, el 2 me voy a las Bermudas porque ya compramos los boletos, tenemos el hotel y daremos un paseo para inaugurar su yate en las aguas cristalinas azul turquesa de esas islas. Es un hombre muy rico que solo tiene dinero, pero lo importante es tener una baraja completa que entre todas las cartas te haga feliz, una sola no resuelve la vida, amor mío...

En ese momento Martinillo se levantó sin verla a la cara ni pronunciar una sola palabra. A continuación se dirigió cabizbajo a su habitación. ¿Cómo compartir la cama con ella cuando ya tan solo era una mitad para él tal vez una cuarta parte o ya no era nada? ¿Qué seguía? ¿Qué hacer? Solamente había una recámara en el departamento, de modo que si él la ocupaba, ella lo acompañaría porque no estaría dispuesta a dormir en la biblioteca como si fuera víctima de alguna culpa. Ese lecho que tanto habían disfrutado ahora se había convertido en una plancha de tortura.

Gerardo desapareció como un robot en dirección a la nada...

Juan Alcalá Armenta, alias "Juanito", llegó a Estados Unidos semanas antes de las elecciones intermedias de México, en mayo. No importaba. El propósito de su viaje se consolidaría en el largo plazo. Roma no había sido construida en un día.

Las remesas desdibujaban la realidad, impedían la presencia de agudos problemas domésticos. Resultaba absolutamente inconveniente solicitar la cancelación de dichos auxilios, no solo de cara a los receptores, sino también en lo que hacía al daño producido en las finanzas públicas nacionales, ya que el presente y el futuro de México se verían severamente comprometidos sin la captación de dichas divisas que significan 3.5% del PIB… Solo que si a los donadores de semejante fortuna se les proporcionaba la debida información política para convencerlos de que AMLO había llegado al poder por medio de una democracia y que la estaba destruyendo para construir una dictadura de impensables consecuencias sociales que tarde o temprano, por diferentes motivos, también afectaría a los suyos radicados en México, entonces cambiarían los escenarios radicalmente a favor de sus propios familiares, de la libertad y del progreso de la nación. De saber comunicar argumentos verdaderamente sólidos, y de ejecutar una eficiente campaña de difusión en Estados Unidos entre quienes transferían esas enormes cantidades de dinero con el ánimo de que las condicionaran a que los felices receptores ya no votaran por Morea, o sea que no se sumaran a la destrucción de México, entonces, de alcanzar esa meta, millones de compatriotas integrantes del voto duro de Lugo Olea no aprobarían en las urnas sus decisiones autocráticas y suicidas y ayudarían a desmantelar una enorme parte de su voto duro. ¿Una tarea faraónica? ¡Sí!, sin embargo, habría que intentarlo y así salvar a México de una nueva debacle. Cualquier frente era útil para salvar a la patria. Los grandes retos son para los grandes hombres, se dijo en silencio.

Tan pronto Juanito fue echado de la oficina más importante de México, jaloneado por los enormes guardaespaldas de AMLO, una vez en la calle, gritó desaforado lanzando todo género de epítetos altisonantes en la esquina del Zócalo y Corregidora, en contra del primer mandatario. Ese breve episodio de su vida en la administración pública había terminado en una dolorosa decepción, frustración que compartían, día con día, millones de mexicanos.

Si los ojos los tenía en la frente, era para ver para adelante y no para atrás, de otra suerte los tendría en la nuca, se repetía a sí mismo, entre sonrisas, en voz apenas audible, en momentos de crisis. Se encaminó a su departamento sin dejar de pensar en Benito Juárez cuando fue excarcelado de la pequeña intendencia de Palacio, en enero de 1858, y así, solo y su alma, había encabezado la guerra de Reforma en contra del clero católico para resultar vencedor después de tres años de devastación bélica debida a la intolerancia de la Iglesia de someterse a la Constitución de 1857. A saber por qué razón había llegado a su mente la figura del Benemérito en esa difícil coyuntura de su existencia, pero si el famoso indígena zapoteca de Oaxaca había comenzado sin ayuda alguna esa contienda civil para salvar a la República, él, con las debidas proporciones guardadas, podría iniciar, desde su humilde trinchera, el proceso del rescate de México y de su futuro, también con las manos vacías. "El movimiento se demuestra andando", murmuró cuando abordó el metro para enfrentar su destino.

Al regresar a casa echó mano de su bitácora de viaje: ¿Visa americana? ¡Ok! ¿Pasaporte vigente? ¡Ok! ¿Tarjeta de crédito? ¡Ok! ¿Medicamento para la tiroides? ¡Ok! ¿Algo de dinero en efectivo? ¡Ok! ¿Despedirse de los más cercanos sin pensar en Yanira? ¡Ok! Vendería al mejor postor algunos de sus bienes personales. ¡Ok! Renunciaría a su trabajo en la Facultad de Derecho en la UNAM. ¡Ok! Todo a cambio de una ilusión. ¿Domicilios de las casas de México, en donde estaban registrados millones de mexicanos, de los 37 millones que vivían en Estados Unidos? ¡Ok! Casa del Estado de México, Casa Oaxaca, Casa Chiapas o Michoacán o Durango, entre otra decena de domicilios más. ¡Ok! La mayoría de sus connacionales radicaba en ciudades como Los Ángeles, San Francisco, San Bernardino, Phoenix, Dallas, San Antonio, Nueva York y Chicago. Así organizaría la ruta, en el orden de la concentración demográfica chicana. Comenzaría su labor en Los Ángeles y abarcaría la mayor cantidad de poblados de California, en el entendido de que 30% de la migración mexicana trabajaba en la agricultura, 20% en la construcción, 15% en hoteles y restaurantes y el resto en minería y en servicios generales, estos últimos a los que no les dedicaría la menor atención. Ante la frontera cerrada por el Covid, volaría en el avión nocturno, el famoso "Tecolote", más barato que los vuelos matutinos. ¿Propósito de su viaje? Intercambio cultural. Ya estaba vacunado por medio de ciertas influencias en una de las alcaldías…

Al llegar a San Francisco arribó dos horas después, en camión a Napa y Sonoma, dos poderosas regiones productoras de vino famosas en todo el mundo. Deseaba conversar con los pizcadores mexicanos de uva. Un lugar insuperable para comenzar su tarea. Los primeros días se hospedaría en una casa de huéspedes, luego buscaría una opción más barata, ya por recomendaciones, para alquilar un cuarto o hasta llegar a ser invitado por algún paisano que tuviera un espacio libre en su domicilio. Su simpatía le abriría muchas puertas. Su mirada transmitía un sentimiento muy particular de nobleza y de autenticidad, un genuino factor de poder escaso en nuestros días. De estatura baja, piel un tanto oscura, ojos negros, penetrantes, de buen verbo, excelente labia, gran sentido del humor, rápido en respuestas y más veloz aún a la hora del tequila, gozaba de un notable poder de convencimiento.

Imposible resumir en este breve espacio lo acontecido durante los primeros días de estancia en Napa Valley. Juanito se acercó al Napkins Bar and Grill, al The Saint, al Tarla Mediterranean Bar + Grill, pero los precios y la concurrencia estaban fuera de la óptica de su búsqueda. Ni hablar. El chofer de un camión de basura del condado le recomendó ir al Toro Güero, una cantina de mala muerte a la que concurría la *paisaniza*... Si algo le llamó la atención al abogado fue el letrero escrito en la parte trasera del vehículo. *Waste Management: The waste we colect helps power over one million homes...* ¿Cómo explicarle a AMLO, al secretario federal de Ecología de México o a la jefa de Gobierno de la ciudad el aprovechamiento de los desechos urbanos? No lo entenderían, y si llegaran a comprenderlo, simplemente lo ignorarían como parte de un recurso de extracción neoliberal o conservador, lo que fuera. ¡Pobre país!

En el Toro Güero encontró a las personalidades necesarias para echar a andar su ambicioso proyecto. En la tarde-noche, antes de la cena, empezó a conversar con pizcadores, empleados de las vinaterías y trabajadores de la construcción. Para su enorme sorpresa, descubrió que quienes enviaban las remesas, al igual que sus receptores, no estaban informados de lo que acontecía en México. Unos escogieron otra mesa, hartos de la politiquería, otros cambiaron la conversación, pero la mayoría escuchó con el debido sospechosismo mexicano sus puntos de vista, sin entender cabalmente las razones del discurso, por más improvisado que fuera. ¿Quién era el sujeto este? ¿De dónde había salido? ¿Por qué un repentino discurso político? Los pocos que prestaban atención a su conversación desconocían que con su dinero estuvieran colaborando en la destrucción de México. No tenían ni idea, o la tenían confusa, de la realidad del gobierno encabezado por Lugo

Olea ni de los objetivos perversos de la 4T. Alegaban algunos, más o menos conscientes de lo que acontecía en la patria, que desde finales del gobierno de Zedillo, un cuarto de siglo atrás, había existido equilibrio financiero sin grandes catástrofes devaluatorias, salvo un par de duros episodios durante el mandato de Pasos Narro, pero luego había llegado la paz a los hogares de los suyos y los ahorros habían rendido espectacularmente en más de dos décadas. En México se hablaba del importe de las remesas, pero se ignoraba el tremendo trabajo para ganarse los dólares y compartirlos con sus familiares, y no estaban dispuestos a permitir que, de nueva cuenta, su agotador esfuerzo en los campos, en las minas, en las obras o en las cocinas, ese inmenso sacrificio diario lo desperdiciara un gobierno fallido, caótico y caduco: si de eso se trataba, que ya no contaran con ellos.

—Vergüenza debería darnos a los mexicanos que vivimos en el país —confesó Juanito—, que ustedes, queridos paisanos que huyeron de México en busca de un bienestar del que carecían en su propia tierra, y que cruzaron la frontera jugándose la vida o la libertad, en buena parte descalzos corriendo grandes riesgos por los malditos polleros, o la atravesaron a nado, hoy en día mantengan al país. Las remesas —agregó con el rostro contrito— son la segunda fuente de divisas, es decir, de dinero proveniente del exterior, más importante de México, después de las exportaciones automotrices. Lo que ustedes envían a México, y por esa razón nos mantienen, nunca lo olviden, apréndanlo de memoria, son ingresos superiores a la captación de dólares provenientes de la exportación de petróleo o del turismo juntos —concluyó turbado y ofuscado con un cierto aire dramático para impresionar a sus interlocutores.

Encarrerado, entre tequila y tequila, mezclado con refresco de toronja, aclaró que de lo que se trataba era de no cooperar, sin saberlo, a la consolidación de una tiranía absolutamente indeseable, entre otros daños no menores, porque la última dictadura padecida por México, a principios del siglo pasado, había concluido en una pavorosa revolución con un catastrófico saldo de más de un millón de mexicanos muertos y con la destrucción de la economía y, por ende, del país. Era inaplazable detener a tiempo a AMLO porque estaba desmantelando las instituciones republicanas a pasos agigantados, y si se lograba minar su base electoral que dependía de las remesas, tal vez se podría ganar todavía la batalla, una batalla por el rescate oportuno de México.

Se trataba de estimular el crecimiento de las remesas, de tal manera que cada día más familias mexicanas se vieran beneficiadas con 500 o más dólares al mes, siempre y cuando los receptores de las mismas se abstuvieran de votar por Morea y por sus partidos políticos satélites, diseñados para confundir al electorado. Votar por el PT o por el PES o por RSP o por el Partido Verde equivalía a hacerlo por Morea. Que nadie se dejara engañar. Resultaba imperativo que la mayor cantidad posible de connacionales entendiera la importancia de politizar sus generosos envíos, de modo que no contribuyeran a construir una dictadura llamada a acrecentar los millones de pobres con la pérdida de las garantías individuales y de todo tipo de derechos. El 6 de junio debían votar los mexicanos, en la inteligencia de que si Morea retenía el control de la Cámara de Diputados, tal vez sería la última vez que el electorado concurriría a las urnas para externar su voluntad política.

Entre sus discursos más notables en las mesas de los bares y loncherías, explicó el pésimo manejo de la pandemia y sus cientos de miles muertos, la parálisis económica por culpa del gobierno opuesto a ayudar financieramente a las pequeñas y medianas empresas, la pavorosa expansión del crimen, la escandalosa pérdida de empleos, la catástrofe educativa que comprometía el futuro de México, el criminal desabasto de medicinas, además de la desaparición de los poderes federales y de los organismos autónomos para volver al gobierno de un solo hombre que dirigiría al país de acuerdo con sus estados de ánimo, la negación misma de cualquier democracia.

Con el paso del tiempo obtuvo direcciones de las casas de México en diferentes ciudades y pueblos de California. Le recomendaron pedir ayuda discretamente al cónsul de México en San Francisco. El cónsul siempre había tratado de unir a la gran familia mexicana de uno y otro lado de la frontera. Según se identificaban, Juanito empezó a contar con recomendaciones y contactos, sobre todo de colegas y amigos en Los Ángeles y en Orange County. Todos entendieron que no se trataba de impedir la transferencia de remesas, sino de condicionar el envío de los recursos a que los receptores, sus familiares, no votaran por Morea, porque hacerlo equivalía a sacarse un ojo y a garantizar el arribo de condiciones de pobreza que se creían ya superadas. Los datos eran incontrovertibles, sobre todo que provenían del propio gobierno y ellos mismos podían comprobarlo. ¿Le creerían?

Sí, lo que fuera, pero ya solo faltaba un par de semanas para las elecciones intermedias del 6 de junio. Imposible armar nada en un término tan perentorio. Ansioso, a sabiendas de que su esfuerzo sería inútil porque muchos mexicanos, además, ya habrían votado por correo, compró una brocha gruesa y un par de latas con pintura negra, y ya muy entrada la noche pintó a toda prisa, en los lugares más concurridos por los paisanos, el siguiente texto, con la esperanza de que entendieran su significado: Votar por Morea es votar contra México.

Día tras día empezó un largo proceso de convencimiento entre los paisanos siempre escépticos de los propósitos ocultos de otro mexicano. El objetivo consistía en rentar anuncios espectaculares en lugares estratégicos y en el campo, para difundir en tres palabras lo que acontecía en México, de modo que los chicanos, en su ignorancia, no se convirtieran en cómplices de la destrucción del país. Para Juanito se trataba de una obligación patriótica; para sus interlocutores, de una fuente de discordia. ¿Qué se traerá entre manos este sujeto? En sus rostros incrédulos se adivinaba una pregunta inconfesable: ¿Qué esconderá este aparecido en sus propuestas?

¿Dónde estará la verdad oculta? ¿Qué lo mueve en realidad? ¿Cuáles podrían ser las consecuencias de confiar en él?

El abogado, solo, absolutamente solo, pero como si se tratara de un ejército en marcha, obtuvo pequeñas ayudas de diversas agrupaciones de chicanos para alquilar los espacios, además del costo de impresión de los letreros para colocarlos en los centros de recolección de uvas, así como en los lugares más visitados por los chilangos, como iglesias, mercados, bares y parques de diversiones. Empezaría tan solo con unos cuantos a saber cómo evolucionaría el proyecto un par de meses después. ¿Cómo filtrar la información para convencer a la máxima velocidad posible? ¿Qué datos, qué fuentes, en qué medios o personas confiaban? Entre su catálogo de textos escogió el que consideró más impactante:

Y también tenía, en sus notas, otras propuestas:

- MOREA: NOS TRAICIONASTE, NOS ROBASTE LA ESPERANZA

- La única transformación de Morea es de políticos pobres a políticos ricos

- PERDÓN, MÉXICO, YO VOTÉ POR MOREA

Yo mando dólares a mi familia con la condición de que no voten por Morea

Morea: mientes y robas, todos son iguales

Morea: primero los pobres, pero pa' empinarlos

La lealtad ciega te hace zombi, ¿ME ESTÁS OYENDO, INÚTIL?

No le demos nuestros ahorros a quien destruye México y empobrece a nuestras familias

Estemos listos para mandar a ya saben quién, a ya saben dónde

LA CALLE HABLA, NO MIENTE

Entre algunos mexicanos siempre existía un padrino, un compadre, un amigo, un cuñado o un conocido con las debidas relaciones, conexiones, para lograr entrevistas de radio con el objetivo de hacerse escuchar por la comunidad chicana con datos comprobables, no opiniones, con argumentos y no con emociones. En la radio comenzaría un círculo virtuoso. De ahí seguirían sus comentarios en los periódicos y en televisión. Él sería nota, sus declaraciones constituirían la gran novedad. Los chicanos y sus remesas, sin saberlo, evitaban una confrontación social. ¿Qué haría AMLO sin 800 mil millones de pesos al año? ¿Qué? El gobierno se vería en un severísimo predicamento financiero y, sin embargo, los 38 millones de mexicanos radicados en Estados Unidos estaban olvidados…

En su primera entrevista radiofónica en Los Ángeles, el abogado resumió en una cuartilla el propósito de su visita a los Estados Unidos. Palabras más, palabras menos, he aquí el resumen de su primera intervención ante la comunidad chicana angelina, sin duda alguna la más grande del mundo.

Explicó la perversidad de las tesis populistas sin que se entendiera su significado. Comparó la catástrofe mexicana con la venezolana y con la cubana, con lo que logró atrapar mucho más la atención del público hispanoparlante. México necesitaba un gobernante genuinamente democrático, tal vez un nuevo partido político. Hizo constar los peligros de una figura autoritaria, como AMLO, quien mandaba iniciativas de ley al Congreso con la condición de que "no se le cambiara ni una coma". Ahí estaba el dictador. Se requería una alianza mexicana con familias binacionales, una coalición democrática en Norteamérica para defender lo que se había conquistado en los últimos 30 años, un hecho sin precedentes en la historia moderna de México. Se trataba de un proyecto de la sociedad civil para construir una nueva mayoría legislativa para evitar el retroceso que sufre el país con el apoyo de los millones de mexicanos residentes en Estados Unidos.

Los mexicanos residentes en el extranjero tenían que estar informados para poder ejercer sus derechos, al igual que quienes habitaban en territorio nacional, porque aquellos representaban una fuerza potencial determinante en la transformación de México, no solo por su cantidad, 37 millones considerando a la migración ilegal, sino por su impacto social, cultural y económico, a través de las remesas que enviaban cíclicamente. El 40% de los mexicanos vivía en Estados Unidos y su fortaleza e influencia se desperdiciaban.

La familia binacional realizaba anualmente 67 millones de transacciones financieras hacia México. Las plataformas activas electrónicas confirmaban que, al informar a un migrante en Estados Unidos, él podía influir en cinco de sus familiares radicados en México. ¿Cómo desperdiciar esa fuerza cuando a través de internet y de las redes sociales se podían unir sólidamente los mexicanos a ambos lados de la frontera, pues se contaba con bases impresionantes de datos para acercarlos y comunicarlos entre sí? ¡Claro que podía empoderar el voto con el apoyo de la familia binacional para cambiar el destino de México! Nunca se había hecho, pero ya era hora de lograrlo con apoyo de la tecnología. Si hoy en día, gracias a las redes sociales, el mundo se había convertido en una vecindad, coordinar a todos los mexicanos, donde se encontraran, requería de un gran esfuerzo, pero sus frutos podían llegar a ser determinantes al sur de la frontera.

La población mexicana residente en Estados Unidos, incluyendo mexicanos indocumentados, se eleva a 38 millones, y si se estimaba que por cada migrante existen por lo menos cinco electores en México dentro de su círculo de familiares y amigos que mantienen una comunicación directa entre sí, con esta fortaleza de las redes sociales el éxito estaba garantizado. Era el momento político ideal para utilizarlo, para activar un puente electrónico hoy abandonado que se debería aprovechar para llevar a cabo una campaña de millones de anuncios de publicidad digital, de modo que los mexicanos, donde se encontraran, se pudieran tomar de la mano en beneficio de una patria común que requería del apoyo de todos sus hijos:

—Nos llamaremos, entre nosotros, de ambos lados de la frontera: Votantes Binacionales Unidos. Imposible desperdiciar esa fortaleza económica y electoral.

Los Votantes Binacionales Unidos trabaremos una alianza para destruir la dictadura que AMLO desea imponer en México para desmantelar la República y con ello disparar los índices de pobreza y así y solo así, desperdiciar miles de millones de pesos que nuestros queridos compatriotas envían con tanto trabajo y esfuerzo. Imposible permitir que una sola persona acabe con los sueños de prosperidad familiar en México. La familia binacional puede cambiar y cambiará el futuro de México. Tomémonos de la mano en defensa de la patria común.

"Queridos radioescuchas, a ver, les pregunto —comenzó Martinillo su ya conocido programa Las Marraneras Vespertinas, un día antes de las elecciones intermedias del 6 de junio—: ¿De verdad están listos para mañana decidir el nuevo rumbo de México? ¿Son conscientes —insistió— de que mañana los mexicanos nos jugaremos el todo por el todo en la contienda electoral más importante de la historia de México, después de la de 1910, anterior al estallido de la Revolución? ¿Con qué información acumulada cuentan para votar por uno u otro candidato o partido? ¿Tienen algún registro de datos para evaluar a quienes más convengan respecto al futuro de México, un país por demás desmemoriado que ya olvidó las miserias del populismo de los gobiernos de Echeverría y de López Portillo? ¿Qué saben o, todavía mejor dicho, qué recuerdan de las decisiones de Morea y de la gestión de Lugo Olea? —cuestionó antes de conceder un espacio a la reflexión y al silencio.

"Antes que nada vayamos a la historia reciente para recordar que Lugo Olea canceló el NAICM; Morea avaló la decisión y con ello anuló la conectividad aérea del país, dejamos de percibir por lo menos 100 mil millones de dólares al año provenientes de la derrama turística y comercial derivada de la carga, destruyó la confianza en los inversionistas domésticos y foráneos, dañó severamente la marca México, se perdieron más de 500 mil empleos en el país y la expropiación camuflada nos costó a los mexicanos 330 mil millones de pesos. Imposible no traer a colación en este bravo espacio noticioso la publicación del *Financial Times* de Inglaterra cuando aseveró: 'La decisión va a ser recordada como una de las peores estupideces de un presidente en la historia de la economía'. Por supuesto que Clinton le hubiera dado la razón a este diario cuando él, a su vez, declaró en su campaña presidencial de 1992: 'Es la economía, estúpido…'.

"México también dejó de captar millones y más millones de divisas cuando AMLO canceló el Consejo de Promoción Turística, cuando canceló las Oficinas de Representación Comercial en el mundo, cuando canceló los contratos de energía eólica, la limpia y barata, para utilizar la antigua, la tóxica y más costosa, cuando canceló las rondas para subastar pozos petroleros, en la inteligencia de que un Pemex quebrado no cuenta con la capacidad financiera para explotarlos ni con la tecnología de vanguardia requerida. AMLO canceló el crecimiento económico, la generación de riqueza, la creación de empleos y perjudicó gravemente a los pobres, desde que se negó a apoyar financieramente a las pequeñas y medianas empresas. AMLO canceló el abasto de medicinas a la sociedad por una supuesta corrupción que jamás se localizó ni mucho menos se sancionó, pero eso sí, dejó desamparadas a millones de familias sin medicamentos propiciando un desastre sanitario. ¿Votarás por Morea después de esta tragedia? AMLO canceló las esperanzas de 4 millones de mexicanos de alcanzar el bienestar material al sepultarlos en la pobreza con sus políticas suicidas."

La música de fondo era la *Lacrimosa*, del Réquiem de Mozart.

"Pero ustedes, queridos internautas, ¿creen que a AMLO le quita el sueño el creciente número de pobres o el desplome en la captación de dólares destinados a la inversión productiva, o la destrucción masiva de fuentes de riqueza o las demandas por incumplimiento de tratados internacionales, o los cientos de miles de muertos por la pandemia o los niños fallecidos por falta de quimioterapias? ¡Claro que no! Su proyecto consiste en generar la mayor cantidad posible de pobres porque estos no reclaman ni protestan y se resignan a su suerte ávidos de esperanzas, porque para el propio Lugo Olea son como animalitos a quienes hay que acercarles el alimento o fallecen. ¿Esa legión de hombres va a protestar por la desaparición del INE o porque faltan tortillas en las mesas? ¡Díganme! Pues ese es el mercado electoral de este mexicano roto por dentro llegado a la presidencia…

"¡Tengan en cuenta lo anterior antes de cruzar la boleta electoral para evitar el suicidio colectivo!

"A la hora de votar —continuó el escritor en un precipitado resumen— ¿no valdría la pena pensar en que AMLO perdonó a la Mafia del Poder, perdonó a narcos al proponerles 'abrazos y no balazos', perdonó a los políticos corruptos de su propio gobierno, perdonó a huachicoleros, ladrones de las gasolinas propiedad de la nación, perdonó a la CNTE y a los ladrones de trenes y de camiones de carga y a quien bloqueara carreteras y robara los peajes de las casetas de paga, perdonó las corruptelas de la oposición a cambio de que se sumara a su proyecto destructivo, con lo cual prostituyó aún más el objetivo de erradicar la corrupción. ¡Los mexicanos no necesitamos consuelo ni perdones espirituales, sino un poderoso Estado de derecho —afirmó harto del tema y del inmovilismo social.

"¿También pedirá perdón al final de su mandato? —se preguntó Gerardo en abierto tono burlón y sarcástico—. ¿La nación lo perdonará? ¿Los pobres lo perdonarán? ¿Los muertos por el Covid o los asesinados por el hampa lo perdonarán? Los jóvenes egresados de las universidades que se encuentran sin empleo, ¿lo van a perdonar cuando él bien pudo evitar la quiebra de más de un millón de empresas? ¿Lo van a perdonar las madres que se quedaron sin estancias infantiles? ¿Las futuras generaciones le van a perdonar aquello de 'no quedará ni una coma de la Reforma Educativa' en un país de reprobados?".

El periodista no estaba dispuesto por nada a soltar el gatillo de la ametralladora. Disparaba sin detenerse.

"¿El electorado le va a perdonar a AMLO y a Morea que en la primera evaluación internacional sobre corrupción de la 4T México se encuentre empatado con Mali, Laos y Togo y que 80% de las compras federales se lleven a cabo sin las licitaciones de ley? ¿Las mujeres van a perdonar a AMLO en las urnas y votarán por Morea cuando se producen 11 feminicidios cada día y se cancelaron los refugios para mujeres golpeadas, para ya ni hablar de la venta de niñas en esos estados del país? ¿El pueblo de México le perdonará mañana la clausura de los comedores comunitarios? ¿Van a perdonar a un presidente embustero que ya lleva contabilizadas más de 60 mil mentiras en apenas dos años y medio de gobierno?

"El día de mañana conoceremos el verdadero rostro de México —concluyó con la voz agitada y con la respiración desacompasada…

"AMLO —continuó ansioso— no teme el poder de los mercados ni a las calificadoras ni a la degradación crediticia ni a la parálisis económica ni al desempleo masivo ni al malestar social, porque él tiene sus propios datos. No tiene empacho en violar la Constitución y las leyes nacionales, ni las reglas del T-MEC. Para AMLO, que quede claro: la ley es un mero instrumento de la burguesía que debe ser ignorado a cambio de escuchar la voz del pueblo, la misma que él solo interpreta a su saber, entender y conveniencia política. AMLO es un enemigo de la división de poderes, los va acumulando en el puño de su mano, mientras sostiene que los organismos autónomos como el INE, la CNDH y el INAI, entre muchos más etcéteras, se hicieron para robar, cuando a él lo condujeron al poder y son garantes de nuestra democracia. Además de todo es un malagradecido y entonces a cuidarnos de los malagradecidos…

"Solo un análisis adicional antes de concluir el día de hoy nuestra emisión de Las Marraneras Vespertinas —afirmó tajante—: AMLO desperdicia los escasos ahorros de la nación en inversiones proyectadas de antemano al fracaso, en lugar de importar vacunas y de inyectar cientos de miles de millones de pesos a las empresas para evitar otra catástrofe económica y social.

"Una pregunta final para que la mastiquen antes de ir a votar mañana: ¿saben que una enfermera en Caracas gana cinco dólares al mes, o sea, 100 pesos mensuales y no hay comida ni trabajo ni ninguna clase de libertades?

"Bueno, estimados internautas, si sabían todo lo anterior, bienvenidos al futuro próspero de México, ya sabrán en contra de quién votar; ahora bien, si no tenían ni una idea peregrina de lo dicho hasta aquí y, sin embargo, votarán por Morea y por AMLO, con su ignorancia, fanatismo e indolencia y sus esperanzas frustradas se convertirán en cómplices de la destrucción de la patria...

"Hasta mañana: si la alianza mexicana pierde las elecciones tardaremos muchos años, muchos, a saber cuántos, en volver a votar... ¡Arriba la República, arriba la democracia! Mañana sabremos de qué está finalmente hecho México..."

Antonio M. Lugo Olea no alcanzaba a imaginar el insomnio que padecería la noche del 1 de junio, día próximo a que anunciara a los medios de difusión masiva que la señora Kamala Harris, vicepresidenta de los Estados Unidos, visitaría México el 8 de junio, dos días después de celebradas las elecciones intermedias en la República. En los corrillos políticos se comentaba que el silencio del presidente Biden, en relación con las políticas de su homólogo mexicano, se originaba en la decisión de la Casa Blanca de impedir que este último lucrara electoralmente durante la campaña con el histórico resentimiento antiyanqui y acrecentara su patrimonio político. Cero declaraciones. Cero quejas ni protestas. Nada. A partir del 8 de junio la segunda más alta funcionaria del gobierno estadounidense se presentaría en México no solo para precisar las políticas migratorias, sino supuestamente para poner en orden un sistema de protección a favor de las empresas norteamericanas radicadas en México y, tal vez, también para aclarar las posturas dictatoriales del tal Lugo Olea. México no es Venezuela, se decía. Se respetaría el T-MEC, en relación con las multibillonarias inversiones en la industria eléctrica y en la petrolera, entre otros rubros económicos. La señora Harris, se suponía, visitaría México en esa fecha tan estratégica para amenazar y advertir, porque no se trataba de un viaje para refrendar las relaciones del buen vecino, no, claro que no, por supuesto que no: Estados Unidos era un formidable contrapeso político y económico y ella vendría supuestamente a hacerlos valer…

Esa misma noche, insisto, la del 1 de junio, AMLO practicó sus diarias rutinas cristianas antes de acostarse en su habitación de Palacio Nacional, decorada con óleos espectaculares, en donde aparecía el Benemérito de las Américas durante los años de la restauración de la República.

Bendito padre celestial,
gracias te doy por un día más de vida
por el aire que respiro, por la paz que Tú me das
por estar siempre a mi lado, mi guía y mi escudo protector
¡ruego Tu salvación!

En ese momento Lugo Olea sonrió esquivamente al recordar que con todo y su amuleto del "escudo protector" se había contagiado de Covid, cuando había invitado a la tranquilidad y a la confianza a la ciudadanía a seguir su ejemplo para no contraer la enfermedad.

Gracias, Señor, por la tranquilidad para razonar en los momentos turbulentos y la serenidad para tomar decisiones sabias. Gracias por la paz que me das al final de cada día, y por la fe de que mañana será otro día de prosperidad.

Él sabía que estaba tomando decisiones sabias inspiradas precisamente en el Señor, su Guía infalible, y por esa razón, al ser un iniciado, despreciaba a los críticos de su gobierno que no estaban debidamente iluminados por la divinidad. Perdónalos, Señor, de verdá, no saben lo que hacen…

Gracias, Dios, por haberme permitido disfrutar de este día que termina. Gracias por los besos, los momentos lindos y las ilusiones. Gracias por las personas que me permitiste conocer…

En esta parte de sus oraciones no sabía si dar gracias por los besos, porque tal vez uno de ellos había sido el vehículo de contagio para contraer el Covid, pero de la misma forma ignoraba si agradecer a las personas que el Señor le había permitido conocer, porque esa misma mañana durante su conferencia mañanera, perdido en el público, había identificado a Gerardo González Gálvez, el malvado Martinillo, soberano hijo de la chingada, "Tú perdonarás, Dios mío, pero ese grandísimo cabrón se me atora en el puritito gañote…".

Una vez concluidas sus oraciones y para terminar sus rituales religiosos nocturnos, antes de entregarse a un sueño reparador, recordó el tema del perdón, el camino para la cura y la reconciliación en sus relaciones humanas. Dios, imposible olvidarlo, perdonaba sus pecados arrojándolos al fondo del mar, por lo que él debería asumir esa misma actitud antes de juzgar, condenar o tomar represalias cuando alguien lo hería intencionalmente, o no.

Pero él no era tan sabio ni tan generoso como el Señor, por lo que sí juzgaba, sí condenaba y sí tomaba represalias cuando alguien lo hería intencionalmente, o no. Imposible compararse con Dios, ¿no…? ¿O sí…? Alguna debilidad, propia de los mortales, debería tener…

Se calzó su pijama de manga y pantalón corto, decorada con dibujos infantiles de los siete enanos, del famoso cuento de Walt Disney. Por alguna razón, tirado e inquieto en la cama, todavía despierto, al lado de Brigitte, llegó a su mente la posibilidad de que Winfield Scott, general en jefe del ejército invasor norteamericano en 1847, hubiera podido dormir en esa misma recámara, una vez ganada esa guerra artera declarada a México con pretextos absurdos. Scott había dormido en Palacio Nacional desde septiembre de 1847 hasta junio de 1848, fecha en que había sido descendida la maldita bandera de las barras y las estrellas del asta ubicada arriba del balcón central del edificio más importante de la patria. ¿Dónde habría dormido el maldito Scott, en la habitación donde falleció Benito Juárez a un lado de la calle de Moneda? ¿Dónde, con un demonio...?

Días antes, curiosamente, había estado leyendo un libro relativo a las intervenciones norteamericanas en América Latina en los siglos XIX y XX, y tal vez por esa razón había recordado ese pasaje ingrato de Winfield Scott en Palacio, cuando lo más importante era descansar por las abrumadoras jornadas de trabajo antes del amanecer.

Las intervenciones militares gringas siempre le habían llamado particularmente la atención al presidente Lugo Olea, según recordaba las de Cuba en 1906, 1907 y 1916; las de la República Dominicana en 1907 y 1916; las de Panamá en 1908, 1918 y 1925; las de Nicaragua en 1910, 1912, 1926 y 1927; además de la de Veracruz, México, en 1914, y la de Haití en 1915, entre otras muchas más...

Solo que la ejecutada en Panamá, en 1989, conocida como la "Operación Causa Justa", le produjo verdadero escozor, porque 26 mil marines, claro, yanquis, habían invadido la capital de esa República el 20 de diciembre de 1989, hasta llegar al Palacio de las Garzas, para arrestar a Manuel Antonio Noriega, el dictador, con el objetivo de trasladarlo, esposado, a los Estados Unidos con el propósito de juzgarlo, acusado de narcotráfico, terrorismo, contrabando de armas de alto poder y lavado de dinero, entre otros cargos más. A continuación pasaría la vida encarcelado hasta el último de sus días.

La marina norteamericana bombardeó zonas densamente pobladas de la capital con el objetivo de dar con el tirano y privarlo de su libertad, causando un enorme número de bajas civiles, hasta hoy incuantificables.

Noriega, entrenado en Estados Unidos, militar de confianza de George Bush, siempre al servicio de la CIA, al saber de la invasión huyó del Palacio de las Garzas para refugiarse en la Nunciatura del Vaticano, en donde el 3 de enero de 1990 se rindió y se entregó por presiones del nuncio. Después de purgar 20 años de cárcel en Estados Unidos y una breve estancia en otra prisión en Francia, volvió a Panamá en 2011, en donde después de pasar más años preso en su país falleció en 2017, víctima de diferentes enfermedades.

Con el ánimo de olvidar las intervenciones militares, las invasiones, los arrestos arbitrarios y las deposiciones violentas de diferentes presidentes latinoamericanos, AMLO decidió recostarse cómodamente sobre la almohada sin cubrirse con las sábanas ni con las mantas por tratarse de uno de esos días calientes de finales de primavera. Intentaría olvidar lo leído para entregarse en cuerpo y alma a un merecido descanso, objetivo que logró solo en las primeras horas de la noche, hasta que, durante el sueño profundo, cuando es muy difícil despertar, fue víctima de un pavoroso terror nocturno, una pesadilla verdaderamente horripilante que padecería en muchas ocasiones más, al extremo de resistirse a dormir para no volver a soñar nada, nunca...

Todo había comenzado con la repentina presencia del general Scott, elegantemente uniformado de gala, quien lo sacudía por los hombros y le exigía largarse de su cama, porque él también necesitaba dormir. Con extraños movimientos de cabeza se sacudió por unos momentos la agresiva llegada del invasor, sin embargo, acto seguido ya no sintió el contacto de una persona, sino de varias que lo tiraban de brazos y piernas hasta ponerlo de pie entre gritos y órdenes inentendibles pronunciadas otra vez en inglés.

En ese momento, ya no se trataba del general Scott, sino de marinos norteamericanos que venían a arrestarlo, acusado de protección a los narcotraficantes mexicanos que estaban contaminando con sus terribles enervantes a la juventud y a la sociedad estadounidense sin que él tratara de detenerlos en ningún caso. En un inglés balbuceante e incomprensible, Lugo Olea, en su somnolencia, les explicaba a las tropas norteamericanas que habían penetrado violentamente a Palacio que la solución de ninguna manera era la violencia y que él a las malas personas, aun cuando traficaran con narcóticos y mataran, las debía convencer sin rudeza, con "abrazos y no balazos". De golpe, sin escuchar respuesta alguna, sintió que lo ponían de espaldas a la pared para colocarle unas esposas en las manos y unas cadenas en los pies.

Le llamaba poderosamente la atención que ninguno de sus ayudantes ni de su equipo de seguridad hubiera hecho algo para contener a los invasores y defenderlo ante un evidente secuestro, al igual que lo habían hecho con el presidente Noriega, de Panamá. ¿Se lo llevarían preso a los Estados Unidos sin que nadie hiciera el menor intento por impedirlo? Sí que los mexicanos eran unos hijos de la chingada. ¡Miren a su presidente...! ¿No que tanto lo querían? ¿No que darían la vida por él? ¿No que era el Mesías que venía a salvarlos? Todos los mexicanos no eran más que una bola de cabrones, malagradecidos, malnacidos y despreciables. Lástima que no había tenido más tiempo para vengarse de todos ellos. Bien sabía, en su devaneo, en su delirio, que al igual que el Chapo, él jamás saldría vivo de una prisión norteamericana y menos, mucho menos a su edad.

Balbuceaba, emitía sonidos extraños guturales, gemía, intentaba gritar, pero no le salía la voz, hasta que empezó a dar de manotazos en la cama y a soltar patadas a diestra y siniestra, hasta que, con una de ellas, logró golpear sin querer, claro está, a su esposa que llevaba largo tiempo viéndolo sufrir sin despertarlo, preguntándose el motivo de su malestar.

Apiadándose de él, le dijo al oído:

—Despierta, amor, llevas mucho tiempo con una pesadilla, ya hasta empapaste la cama.

En ese momento el presidente de la República despertó bañado en sudor. Las sábanas estaban empapadas, los dientes le castañeteaban, sentía la boca seca, las manos heladas y húmedas cuando finalmente Brigitte prendió la luz. Al volver a la realidad y percatarse de que todo había sido un sueño, se levantó, se alisó los cabellos y empezó a caminar agitadamente de un lado al otro de la habitación sin ocultar su desesperación. Tomó un vaso de agua. Otro. Otro más, hasta empezar a serenarse, momento que aprovechó, sin dejar de tartamudear, para poder contestar las preguntas de su esposa.

—Soñaba que los miserables gringos me arrestaban y me llevaban a una cárcel de alta seguridad en los Estados Unidos, en donde todo lo que podíamos lograr era vernos a través de un acrílico transparente comunicándonos por teléfono. Un horror. Jamás volveré a leer nada de historia, porque me contamina, me quita el sueño, amor mío.

—¿Quieres un trago de whisky o de tequila o más agua o te doy un somnífero para que logres descansar? Acuérdate que tu corazón no está para bromas, y ese tipo de sustos te disparan la prisión, digo —corrigió de inmediato el lapsus—, presión, perdón, y las descargas de adrenalina aumentan tus latidos. Porfa, cálmate, gordito, descansa, vida mía. Ven, recuéstate a mi lado y poco a poco podrás recuperar la paz. Es imposible que los gringos invadan México para arrestarte, ya pasaron esos tiempos, son otros los presidentes, otro el contexto internacional, otro el respeto a la soberanía, todo es diferente. Descansa, amor mío, descansa. Mañana haré que te preparen tu fruta con totoposte, tu chaya con huevo y chorizo, tus buenos tamales de chipilín, tu agua de matalí y café bien cargado…

Mientras se recostaba repetía mecánicamente:

—Estoy solo, absolutamente solo. Nunca nadie me defenderá, salvo que quieran algo de mí, luego me iré solo con mi sombra, a mi rancho, salvo que me acompañes al menos tú, mi vida…

—Conmigo siempre cuentas y contarás, amor. Ahora cierra tu boquita y trata de dormir, yo les cerraré la puerta a los putos yanquis, cariño, así no volverán a entrar, te lo aseguro —concluyó con su lenguaje ríspido…

Segunda parte

El peor enemigo de un gobierno corrupto
es un pueblo culto.

SABIDURÍA POPULAR

El peor castigo que se le puede imponer
a un mexicano es que se autogobierne.

MIGUEL ANTONIO BATALLER ROS

La verdad nunca penetra en una mente
no dispuesta.

JORGE LUIS BORGES

Ninguna cantidad de evidencia logrará
convencer a un idiota.

MARK TWAIN

Los malos gobernantes son electos por los
buenos ciudadanos que no votan...

GEORGE JEAN NATHAN

La visita de la señora Kamala Harris, vicepresidenta de los Estados Unidos, se llevó a cabo con la debida puntualidad de acuerdo con lo pactado entre ambas naciones. En el contexto diplomático, el arribo de la segunda figura política más importante del mundo mostraba diferentes connotaciones dignas de rescatarse. Hubiera sido deseable, antes que nada, un encuentro gratificante y promisorio entre el presidente Biden y AMLO, con el ánimo de continuar con la histórica política del buen vecino. A pesar de que a Lugo Olea no le gusta viajar y desprecia, por lo tanto, cualquier conocimiento o experiencia proveniente del mundo exterior, Biden podría haber invitado a su homólogo mexicano a una visita de Estado acompañada por una conferencia magna en el Capitolio, ante ambas cámaras legislativas en Washington, todo un honor concedido a otros mandatarios mexicanos. ¡Opción desechada! ¿Otra? Cabía la posibilidad de organizar una sesión de trabajo en el Despacho Oval de la Casa Blanca con la presencia de algunos integrantes de los gabinetes de ambos gobiernos. ¡Opción desechada! ¿Otra? ¡Sí, cómo no!: Arreglar una entrevista en cualquier punto fronterizo con intercambio de regalos y sonrisas. ¡Opción también desechada!

Biden decidió mandar a Kamala a un encuentro en la Ciudad de México, en Palacio Nacional, una vez realizadas las elecciones intermedias sin concederle a AMLO la dorada oportunidad de explotar el sentimiento de nacionalismo antiamericano antes del 6 de junio.

Biden no oculta en sus conversaciones, en corto, con personajes de su confianza, su desprecio por México, al considerarnos un país podrido por la corrupción. Él fue de los últimos senadores en firmar el TLC en diciembre de 1992. Su aversión creció cuando Pasos Narro invitó a Trump a Los Pinos e ignoró a Hillary y, peor aún, cuando AMLO fue a Washington en plena campaña electoral para apoyar a Trump, sin visitar al candidato demócrata ni felicitarlo oportunamente, después de haber ganado las elecciones. Imposible olvidar que Biden se levantó sin escuchar el discurso de AMLO en la Cumbre del Día de la Tierra...

A falta de suficientes contrapesos políticos en México, se pensaba que Harris venía a recordarle a AMLO que nuestro país, a diferencia de Venezuela, es socio de Estados Unidos, y que un desplome de casi un 9% del PIB en México se traduciría en pobreza, en migración y en una incapacidad mexicana para importar productos de su país. ¿Kamala venía a advertirle a AMLO que Biden podría calificar de terroristas a los narcotraficantes mexicanos, y de acuerdo con sus leyes patrióticas, podría invadir los centros productores de narcóticos y químicos y arrestar a los narcos en aras de su seguridad nacional? ¿Qué diría el ejército mexicano?

¿Más? ¡Sí...! ¡La vicepresidenta venía a amenazar a AMLO con una guerra arancelaria o a imponer un gravamen a las gasolinas y al gas que México importa de Estados Unidos al tenor de 80% o llegaba a anunciar que las fuerzas armadas de México podrían tomar el control del gobierno federal sin necesidad de un golpe militar, debido al peso que estas ya ejercen dentro y fuera del ámbito de seguridad doméstica? ¿Sería necesario recordarle la destitución de Evo Morales, diseñada en el Pentágono para echar a patadas al tirano boliviano? ¿Harris llegaría a exigir la existencia de una frontera segura, porque 40% del territorio nacional se encuentra en manos del crimen organizado? ¿Harris se presentaría para recomendarle a AMLO el respeto de los resultados electorales sin judicializarlos, para que la democracia en México no la determinaran los magistrados, sino el electorado, o bien le advertiría a Lugo Olea la importancia de reactivar la economía en beneficio común o solo se trataba de proponer proyectos para abatir los índices migratorios mediante la creación de empleos, porque 4 millones de mexicanos ya habían caído en la pobreza durante el gobierno de AMLO y cabría la posibilidad de que emigraran? Si la 4T quebraba, los mexicanos no huirían a Guatemala ni a Belice, como casi 7 millones de venezolanos "prófugos" de la Revolución Bolivariana habían huido desesperados a sus países vecinos.

El presidente mexicano, necesitado de crear distractores en todo momento, procedió a insultar a su ilustre invitada "a la fuerza", llamándola Kabala en lugar de Kamala, presidenta, en lugar de vicepresidenta, colocó al revés las banderas de los Estados Unidos en el Patio Central de Palacio Nacional, se manchó con polvo los pantalones como si hubiera estado trabajando de rodillas, se ensució los zapatos y, por si fuera poco, se abstuvo de portar un cubrebocas por elemental respeto a cualquier semejante, ya no se diga a la investidura de la señora Harris. Sobra decir que la fotografía de la desaseada recepción recorrió el mundo entero exhibiéndonos como un país de ínfima categoría, ignorante de los protocolos diplomáticos más rudimentarios.

El tema prioritario abordado por la señora vicepresidenta se limitó a la migración sin tocar a fondo rubros conflictivos como la Reforma Energética, la militarización, los derechos humanos, la corrupción y el estancamiento económico con la permanente amenaza del desempleo y sus nocivas consecuencias. ¿Razones? Trump y los republicanos se han propuesto arrebatarle a Biden en 2022, en las elecciones intermedias, el control del Congreso Federal por el manejo de la migración, un tópico que produce gran irritación entre el electorado estadounidense. El jefe de la Casa Blanca dejará de lado, por lo pronto, cualquier otra cuestión, puesto que de ganar los republicanos la mayoría legislativa en el Capitolio no solo sería el final de su gobierno, sino que pavimentaría el retorno de Trump al Despacho Oval, un objetivo inadmisible, de ahí que se intente encarcelarlo a la brevedad.

¿Conclusión? Nada de contrapesos esperados como consecuencia de la anhelada visita: AMLO podrá continuar, por lo pronto, con sus políticas suicidas mientras sea eficiente la construcción de un muro en el Suchiate. Hasta ahí las relaciones bilaterales. Claro que esa misma noche, una vez que Kamala voló de regreso a Washington, Lugo Olea se limpió las uñas, mandó bolear sus zapatos y limpiar sus pantalones, y se preparó feliz y gustoso a leer los improperios y denuestos que aparecerían en las redes sociales por sus inadmisibles e intencionales descortesías, que festejaría a rabiar el pueblo bueno y sabio, movido por un sentimiento antiyanqui, ávido de represalias contra los gringos que ama y odia, pero donde el presidente es incapaz de medir las consecuencias de los agravios. Por lo demás, el desaseo también le sirvió como un poderoso distractor para que la prensa, las redes y la opinión pública no se ocuparan del desastre en su gobierno.

¿Una exégesis, un epítome, un digesto, a modo de resumen de lo ocurrido al final de la visita de la señora Harris, Malala o Kabala o Kamala o como se llame…?

"Mira, gringuita preciosa: yo me ocupo de taponear la frontera sur y la norte de México para tratar de que no se acerque ni un triste mojado a Gringolandia, y tú convences al cara pálida de tu jefecito que me permita continuar con mi 4T hasta el final, o de lo contrario me declaro en huelga de brazos caídos, abro las fronteras, retiro a mi Guardia Nacional con un chiflido y te inundo con prietitos inútiles de los que tanto le gustan a Trump y a los suyos. Es más, si me complicas la vida hasta te lleno de marielitos cubanos… Trabajemos en paz, ¿ok?, o perderás tu congresito el año entrante. Pa que veas que los *mecsicanitous* también tenemos con qué quererlos. Su futuro político, el éxito de los demócratas, depende de mí, del querido Amlito, reina, porque a más migración a Estados Unidos proveniente de México y de Centroamérica, más posibilidades tienen de perder la mayoría y adiós, Nicanor… Si insisten en el muro, *remember* el Chapo, somos topos y haremos mil túneles… No sé cómo decirte, pero la neta, aquí mando yo, dicho sea sin tanto rollo diplomático… ¿Ya vas, Barrabás…?"

Días después de las elecciones intermedias, tan pronto se asentó la polvareda política y empezó a aflorar la verdad de lo ocurrido y se habló de la civilidad y del éxito operativo del INE en las elecciones más importantes de la historia de México, María R. Maasberg dejó constancia de sus puntos de vista en su columna publicada en la revista *Realidad*:

Trampas y Drogas
María R. Maasberg

Sí, en efecto, las elecciones se llevaron a cabo en el marco del respeto ciudadano en una jornada "supuestamente" ejemplar. Bravo. A partir de hoy habría hasta siete mujeres gobernando diversas entidades federativas, incluida la capital de la República. Bienvenidas al poder.

Vayamos brevemente a los números. A pesar de la catástrofe económica, educativa, sanitaria, cultural y de seguridad, es decir, de la inseguridad, del desempleo y los atentados en contra de la salud, a pesar de que el país entraba en un tobogán, uno de los peores de su historia reciente, y se desintegraba nuestra democracia, 52% de los mexicanos salió a votar, a decidir el futuro de la patria, pero 48% del padrón de 93 millones de compatriotas permaneció inmóvil, por la razón que sea, y no participó en el rescate de México, tal vez por apatía o desgana al aceptar en un silencio resignado la inutilidad de concurrir a las urnas al suponer que nada cambiaría y que quien cuenta los votos gana las elecciones al estilo porfirista, o bien, porque preferían ver un partido de futbol en lugar de defender los intereses de la patria. ¿Se les olvidó aquello tan cierto de que AMLO es un peligro para México? Finalmente, todos somos responsables por comisión u omisión. Tenía razón George Jean Nathan cuando sostenía que "los malos gobernantes son elegidos por los buenos ciudadanos que no votan…"

Hay quien sostiene que la alianza PRI-PAN-PRD fue derrotada escandalosamente y que Morea ganó solo la mayoría absoluta, pero a billetazos y amenazas del SAT o de la UIF para "convencer" a los legisladores de la oposición de la importancia de sumarse a las mociones de Lugo Olea, salvo que prefieran padecer todo tipo de consecuencias penales. ¿La voluntad del electorado no cuenta: o se adhieren a Morea o se van desaforados a la cárcel o a casa llenos de dinero? ¡Falso! ¡Falso! Si Morea y sus partidos satélites "ganaron", así, escrito con enormes comillas, la mayoría absoluta, no fue, en modo alguno en razón de la voluntad popular, sino que el muy cantado triunfo inexistente en las urnas se debió a la cadena de asesinatos y de amenazas de muerte perpetradas por el crimen organizado. Asesinaron a mansalva a decenas de candidatos de la oposición y excluyeron de la contienda a otros tantos con advertencias de muerte para ellos y sus familiares si continuaban en la campaña. Por si fuera insuficiente, los hampones se robaron las boletas, las actas y las urnas de incontables distritos electorales… Que quede claro, muy claro: Morea no ganó la mayoría absoluta en la Cámara de Diputados, los verdaderos triunfadores fueron los narcotraficantes. Ellos y solo ellos constituyen el auténtico peligro de cara a las elecciones presidenciales de 2024. Los mexicanos contamos con tan solo tres años para evitarlo…

Si de 15 gubernaturas ganó 11, el panorama no puede ser más sombrío. ¿Morea tiene vía libre para arrasar en 2024 y llevarse la presidencia? En 2018 el PAN-PRI-PRD-PVEM obtuvieron 28 millones de los votos, 50% de los 55.9 millones de votos emitidos; mientras que en 2021 dicha alianza, ahora ya solo tripartita, logró 22 millones de votos, 46.7% de las preferencias electorales.

Morea y sus aliados seguirán aprobando el presupuesto, disponiendo a su antojo de los ahorros públicos, votando a su favor las iniciativas y cambios legales que se les ocurra, ya que, tal vez, podrían contar con legisladores del PRI o MC de moral flácida para alcanzar sus fines. ¿A dónde vamos con una oposición así? ¿Todos son cómplices de la destrucción de nuestra democracia?

Morea, por sí sola, no contará con los 251 votos para aprobar leyes en la Cámara de Diputados, así está de desprestigiado ese movimiento político, por lo que requerirá del Verde y del PT para contar con la mayoría de votos que antes disfrutaba como partido único mayoritario. El Verde y el PT, dos partidos de mercenarios políticos, venderán muy caro su apoyo o su amor a AMLO para continuar disponiendo del presupuesto público a su antojo, entre otras reformas legales orientadas a "desposibilitar" a México (ustedes perdonarán el barbarismo pero es explícito). Mientras más se acerque el 2024, más concesiones gansteriles le exigirán al jefe de la nación. Lo veremos.

¿Datos importantes? Morea perdió apoyo de quienes tienen estudios universitarios y aumentó su respaldo entre las personas con menos estudios, o sea, a más conocimientos, menos clientela electoral para AMLO, y a más ignorancia, más soporte para el destructor. De ahí que su proyecto de gobierno consista en crear la mayor cantidad de pobres posibles, ellos lo sostendrán en el poder. Una prueba de ello se dio en la Ciudad de México, en donde Morea perdió 9 de 16 alcaldías, ganadas por una clase media que no depende de las dádivas presidenciales ni se deja engañar con su discurso populista y verborreico.

Ahora bien, si en las elecciones presidenciales de 2018 AMLO obtuvo 30 millones de votos y en 2021 Morea, su partido, solo conquistó 17 millones de sufragios en las urnas, y entendemos la última contienda electoral como un referéndum en relación con su catastrófica gestión, entonces es claro que el gran perdedor de cara a 2024 es Lugo Olea, pues perdió 13 millones de electores. ¿Está claro? He aquí una razón para un optimismo razonable de cara a 2021. ¿Otra más? La catastrófica derrota de Morea en la Ciudad de México, el gran bastión de AMLO, en donde la jefa de Gobierno, primera candidata presidencial, gobernará con mayoría de alcaldías de oposición, una prueba irrefutable del desprecio capitalino por Lugo Olea y los suyos, lo cual no es un problema menor para él, de cara a la sucesión presidencial…

Pero para concluir en un apretado resumen: ¿Quién ganó finalmente las elecciones?

AMLO sabía que si en las elecciones del 6 de junio no llegaba a contar por lo menos con la mayoría simple, incluyendo a sus partidos satélites con los que también timó al electorado al pensar que estaban desvinculados de Morea, entonces la 4T quedaría enterrada a la mitad de su mandato.

AMLO luchará, a futuro, con todas las armas a su alcance, por las buenas o por las malas, para contar con la mayoría calificada, o sea, 66% de los diputados. Para lograrlo, comprará voluntades electorales, contratará, con recursos públicos, a cientos de miles de servidores de la nación que regalen dinero o canastas o bienes a cambio del voto, violará las vedas establecidas en la Constitución, utilizará las granjas de bots y las redes sociales, investigará a gobernadores salientes y entrantes, a candidatos a diputados, y a todos los amenazará con la UIF, el SAT y la FGR para someterlos a sus designios. Pero habrá otro agente perturbador, no solo AMLO, en la contienda electoral: el narco. Serán notables los casos de candidatos y sus familias amenazadas por el hampa si no abortarán sus candidaturas. Además de lo anterior, severamente grave por desconocer la voluntad del electorado, se tendrá conocimiento de múltiples eventos, en donde los traficantes de enervantes, necesitados de establecer más dominios territoriales, llegarán a las casillas electorales y se llevarán las urnas, las boletas y las actas. ¡Por supuesto que ningún abogado se atreverá a demandar la nulidad de las elecciones! ¿Quién se la va a jugar…? El narco mexicano se apropiará de la cuenca del Pacífico. ¡Cuidado! Por lo que se podrá decir que el gran ganador de las elecciones será el narco con todos los peligros que conllevará para México…

Si AMLO no hubiera intervenido en sus conferencias mañaneras ni en sus giras amañadas por la República durante la veda electoral ni hubiera recurrido a la UIF, al SAT y a la FGR y, por el otro lado, el hampa no hubiera participado amenazando a los candidatos ni robándose las urnas, ¿quién hubiera ganado? ¿Con cuántos votos libres y legítimos se hubiera quedado Morea? Nunca sabremos quién ganó, pero sí sabemos que perdió la democracia mexicana…

Alfonso Madariaga había llegado a México a jugar con sus amigos su propio torneo de golf conocido como el Tee de Oro, un evento deportivo que disfrutaban de buen tiempo atrás, cuando el magnate financiero todavía vivía en el país. En la mañana, instalado en el hotel, al leer el periódico, supo de una conferencia dictada por Gerardo Gálvez González, el tal Martinillo, en una librería-cafetería de la colonia Roma.

Se habían conocido telefónicamente en mayo del año anterior y habían tenido conversaciones vía Zoom en un par de ocasiones en los últimos tiempos. La identificación entre ambos se había venido consolidando, de modo que, al encontrarse, seguramente quedaría sellada una relación de largo plazo. Al haber leído con frecuencia sus libros y columnas, visto sus videos y repasado su podcast, el financiero mexicano radicado en Nueva York no podía perderse el tema a analizar esa noche: "El futuro de la 4T a la luz del resultado electoral del pasado 6 de junio".

Tan pronto Madariaga llegó a la librería, invirtió una buena parte de su tiempo en la búsqueda de libros sobre economía, recién publicados, entre otros temas más. Acto seguido decidió sentarse en las últimas filas, extraviado en el anonimato.

El expositor, después de un breve saludo y de recibir un entusiasta aplauso, hizo uso de la palabra para dar a conocer, entre otros objetivos, los peligros que enfrentaría la sociedad mexicana, desde que Lugo Olea había decidido desconocer una vez más la voluntad popular, al no haber logrado obtener la mayoría calificada en la Cámara de Diputados.

Si el pueblo no le había otorgado esa facultad, pues entonces él se haría de ella por medio del chantaje y de la intimidación de sus oponentes. Él era el pueblo, la voz del pueblo. Nunca nadie podía oponerse a sus deseos ni colocarse a la mitad de su camino. El primer mandatario, desbocado, ¿desbridado?, obsesionado en sus ideales tiránicos, buscaría la manera de dominar también el Congreso de la Unión con dinero, con amenazas, o con lo que fuera. Él sabría cómo someter, sobre todo, a los legisladores del PRI y a los de Movimiento Ciudadano para reformar la Constitución o redactar una nueva a su antojo. Si la nación no le había concedido la mayoría calificada en las urnas, el presidente de la República se las arreglaría para desconocer el mandato popular e imponer su ley, sí, su ley, la única válida y aplicable, investigando y extorsionando a los nuevos diputados por medio del SAT y la UIF.

En los próximos días llegaría un nuevo secretario a dirigir la hacienda pública, y al sentarse en su escritorio se dedicaría de inmediato a buscar las fórmulas idóneas para financiar el presupuesto sin aumentar impuestos en el contexto de una economía paralizada y de contribuyentes exangües. El anterior, un hombre con sobrados conocimientos para dirigirla, había resultado un funcionario insignificante y cobarde que no había logrado imponer su criterio en la institución, sobre todo cuando desfalcaron los fideicomisos públicos y AMLO dispuso a su antojo del presupuesto federal sin que el encargado de las finanzas públicas renunciara ante semejantes atentados, entre otros más, al extremo de que el verdadero operador hacendario había sido el propio Lugo Olea, el mismo que había presidido las otras dependencias del gobierno federal sin que sus responsables pudieran siquiera opinar en relación con la marcha y el destino de sus respectivos despachos. AMLO era canciller, general secretario de la Defensa, de Obras Públicas, de Turismo, de Salud, de Comercio, de Gobernación, de Energía y de Ecología, en fin, Fiscal general, presidente de Derechos Humanos, el hombre orquesta, y por ello el país estaba arruinado, en buena parte por un gabinete cómplice de los graves daños masivos y profundos que padecía la nación. ¿Cuántas mentiras iba a decir este político-orquesta el próximo 1 de septiembre, día del informe presidencial, en su carácter de director de una fábrica de pobres? ¿Cómo creer en sus argumentos cuando se podía constatar la realidad con tan solo salir a la calle?

¿Qué tal si todos los integrantes del gabinete de Lugo Olea hubieran renunciado, con la debida y obligatoria dignidad, como lo hizo en su momento Carlos Ugalde, el primer secretario de Hacienda de la 4T? ¿Qué hubiera hecho AMLO ante una dimisión en pleno de su gabinete, en clara protesta en torno a sus políticas suicidas, orientadas a la cancelación del futuro de México y el de 130 millones de compatriotas? ¿Lugo Olea hubiera nombrado otros colaboradores y más tarde otros y otros más solo para precipitar su debacle? ¿No les había parecido suficientemente grave la caída de la creación del empleo formal en 88% en mayo de 2020? ¿Y el desastre económico y el sanitario y el de seguridad y el de las relaciones exteriores y el energético y el educativo y el cultural y el comercial y el de la ciencia y la tecnología y el ferrocarrilero y el petrolero y el aeronáutico, y el que fuera y como fuera…?

¿Nunca les quedó claro que estaban ayudando a construir un Estado fallido, en el que el primer mandatario intentaba e intenta controlar a los tres poderes de la Unión en el puño de su mano y aún así permanecieron en sus cargos? Era evidente que si ya había sido el peor presidente electo de la historia, también lo sería ya en funciones, según lo demuestra su catastrófica gestión a la mitad de su gobierno, por llamarlo de alguna manera. Claro que AMLO era y es un "peligro para México", porque en la práctica está mandando "al diablo las instituciones", arraigando un nuevo autoritarismo, desmantelando los organismos autónomos, disparando los índices de corrupción y de pobreza, poniendo al país temerariamente en manos de los militares y de los narcos, y sin embargo, muy a pesar de haberle arrancado las costras a las heridas de la nación y de insistir en dividirla peligrosamente, nadie renuncia por miedo o egolatría o comodidad mientras México se hunde. El gabinete es entonces cómplice y encubridor del naufragio de México.

El gabinete, en su afrentoso silencio, coincidió con la cancelación del aeropuerto, una gigantesca fuente de prosperidad, apoyó la supresión de las estancias infantiles, de los comedores comunitarios, la cruel escasez de medicamentos, la tragedia de los servicios públicos médicos, 80% de las compras del gobierno por asignaciones directas, sin licitaciones, las matanzas entre mexicanos, los homicidios dolosos, las desapariciones y la expansión de la miseria, entre otros daños incalculables más...

Cómplices también son varios jueces, magistrados y ministros del Poder Judicial, además de legisladores de todos los partidos políticos. Cómplices son los periodistas indignos que asisten a las Mañaneras y que forman parte de la comparsa presidencial, de la misma manera que son cómplices los empresarios y sus organizaciones que financian con sus impuestos la destrucción de sus propias empresas y del país en general. Cómplices son algunos encuestadores que mienten por consigna, así como millones de electores que votan sin informarse de las consecuencias de sus decisiones. Finalmente, afirmó Martinillo, "todos somos culpables por omisión o por comisión, pero aquí nadie se salva".

Al terminar la conferencia, cuando se servía el vino de honor, el financiero se acercó al periodista para intercambiar algunos puntos de vista. Al no sentirse asediados por el público en busca de autógrafos, Madariaga le hizo saber a Martinillo que volvería muy pronto a los Estados Unidos y que valdría la pena analizar algunos aspectos novedosos de la agenda bilateral desde el punto de vista de los norteamericanos. ¿Podrían reunirse esa misma noche a conversar en privado?

Ambos acordaron que al concluir la firma de libros y las entrevistas irían a cenar, una reunión que se anticipaba placentera, dada la simpatía mutua. La conversación se agilizaría cuando ambos chocaran sus vasos para tomar el primer trago de vino.

Una vez seleccionado un restaurante italiano cercano a la librería, escogieron una mesa apartada y decidieron ordenar salmón ahumado y fetuccini carbonara para compartir o "cazarían leones en lugar de dormir", según agregó un Madariaga risueño. Con amabilidad, les hicieron saber que, a esas altas horas de la noche, la cocina cerraría en cualquier momento.

—¿Te acuerdas —tomó Gerardo la palabra— de nuestra primera plática telefónica cuando respondí solo porque provenía de Estados Unidos y me preguntaste a quemarropa?: "¿Eres Gerardo González Gálvez?" "El mismo que habla y calza", contesté lleno de curiosidad ante la llamada de un desconocido.

—Sí, me acuerdo de la conversación: "Yo soy Alfonso Madariaga", repuse de inmediato. "Tú no me conoces, por supuesto, pero ya habrá tiempo para ello, pero me adelanto a confesarte que te escogí entre muchos periodistas porque eres muy chingón, aunque me choca tu apodito ese de Martinillo, porque disminuye el poder de tu personalidad…"

—Yo ya te iba a colgar por criticarme a las primeras de cambio, ¿quién se siente el cuate este?, pensé, pero luego me dijiste que 15 días antes de terminar el gobierno de Pasos Narro te habías metido en la noche a su habitación en un hotel en la Riviera Nayarita y para convencerme me pusiste en el altavoz el diálogo que sostuvieron. ¡Qué pantalones tienes! ¿Quién te la iba a creer?

Madariaga escuchaba la versión de su interlocutor con una contagiosa expresión de satisfacción. Honrar su audacia y determinación constituía el mejor alimento para su ego, mucho más que ganar un millón de dólares.

—Al principio dudé y llegué a pensar que la voz era de un doble, un impostor, pero al escuchar los temas que abordaban el ex presidente y tú me fui convenciendo, aun cuando lo que me dejaste escuchar solo eran pedazos de la discusión. No podía creer que alguien se jugara la vida de esa manera. Hasta te dije que podía ser tema de un cuento o de una novela, más aún cuando me contaste cómo lo habías logrado, ¡qué bárbaro!

—Pero no solo eso —interrumpió Madariaga—. En aquella ocasión, acuérdate, hablamos del origen del coronavirus, si lo habían creado en la empresa Pirbright Institute en 2014 o había comenzado en el laboratorio del Instituto de Virología de Wuhan como parte de un programa de investigación viral chino. No, no se trataba de un murciélago comido en un "mercado húmedo" de animales de Wuhan, no, y también discutimos si era de creerse que Xi Jinping habría autorizado o no la expansión del virus como represalia ante la guerra arancelaria declarada por Trump...

—Cierto, pero después de un año y medio de la pandemia, ¿fue intencional o no? ¿Xi Jinping es responsable, según tú? Ya conocemos a los chinos...

Madariaga precisó que el presidente Biden había iniciado una investigación a fondo para conocer la verdad, y de ser cierto que los chinos habían producido intencionalmente el virus que ya había matado a más de 4 millones de personas y destruido economías, las consecuencias de este nuevo genocidio serían impensables...

—Y si resulta que los chinos inventaron el coronavirus a propósito, ¿estallará una guerra bacteriológica? ¿Qué hará Biden? Menudo problema...

—No, una guerra bacteriológica sería el final de la humanidad, Gerardo, lo que sí puede comenzar es una guerra comercial, en la que el mundo entero aislaría a China dejando de adquirir sus productos hasta romperles el espinazo. Si no pueden exportar nada y su mercado interior no puede absorber esas mercancías, la descomposición social puede llegar a extremos tremendos.

—Espero que se haya tratado de un error, un descuido, porque otra depresión mundial como la del 29 sería de horror, todos perderíamos si se desintegra el gigante asiático. El tsunami económico sería catastrófico. No me puedo ni imaginar los daños planetarios si China resultara culpable, Alfonso… Pero entrando en materia —abrió fuego el periodista retomando la conversación iniciada en la librería—: Tú que vives en Estados Unidos, ¿crees que Biden podría llegar a ser un contrapeso para limitar las políticas de Lugo Olea? —cuestionó Martinillo.

—¿Qué? No, hombre, no…. —repuso Madariaga enfático negando al mismo tiempo con la cabeza—. Nada, olvídalo, por ahí no es, amigo. La atención de Biden la acaparan los chinos no solo por el comercio, sino por la investigación para saber si el Covid lo crearon intencionalmente en Wuhan, sin olvidar los enormes conflictos con los rusos, con el tipejo de Putin, además de la salud de sus nacionales y la economía. Aunque una de las preocupaciones del gringo, te lo concedo, es el conflicto migratorio y sí, claro, no deja de alarmarle también la amenaza del narcotráfico que Lugo Olea no ha sabido manejar o ya está completamente dedicado a construir un narcoestado. Biden, que quede claro, no se va a complicar la vida con México, salvo que un asunto verdaderamente grave lo obligue a intervenir.

—¿Entonces no crees que vuelva a equiparar a los narcotraficantes mexicanos con terroristas, como lo hizo Trump y, en ese evento, llevar a cabo una invasión, de acuerdo con las leyes patrióticas, para desmantelar los centros de producción de enervantes y de anfetaminas que tantas muertes han causado en Estados Unidos?

—Ni de broma, no, olvídalo. No sé cómo piensan esas cosas en México —Gerardo resintió la respuesta con una marcada seriedad—. De verdad, no. Biden nunca va a invadir México, al menos en este momento, porque en 2022 serán las elecciones intermedias en Estados Unidos y los republicanos aprovecharán cualquier coyuntura para arrebatarle el control del Congreso y preparar el regreso de Trump. Créeme —adujo en plan fraternal—, él no se la va jugar, pero, ahora bien, si llegara a reelegirse en 2024, objetivo muy poco probable por su edad, entonces, en el primer año de gobierno con el Congreso a su favor, Biden podría mostrarle otra cara a Lugo Olea.

—Yo tengo mis dudas, Alfonso —intervino el periodista negando con la cabeza—. Los gringos no se están chupando el dedo ni son neófitos en el arte desestabilizador de un país. Aquí en México, para no ir tan lejos, fueron especialistas a la hora de esparcir rumores en el sentido de que vendría una devaluación catastrófica y hasta el personal del servicio doméstico llegaba a los bancos cambiar un billete de 100 pesos enrollado en sus manos a cambio de los dólares que pudieran darle. La Casa Blanca supo aventar la piedra y esconder la mano. El daño fue de horror y, claro está, la devaluación se produjo en el gobierno de López Portillo con gravísimas consecuencias para el país. Hoy en día, tienes razón, invadir sería suicida, pero los norteamericanos cuentan con un arsenal de armas para destruir un país sin comprometerse en nada.

—No veo una agresión encubierta como esa, Gerardo, porque una devaluación restringiría la importación de bienes y servicios yanquis que perjudicaría también a la economía de Estados Unidos en la proporción que quieras. No es lo mismo importar bicicletas a 20 pesos por dólar que a 30 o 40 pesos por dólar. El mercado se deprimiría —exclamó el financiero.

—No tengo duda, pero eso no significa que agentes externos al gobierno gringo que cobran como cabilderos no estén presionando a Moody's o a Standard and Poor's para que declaren bonos basura a los bonos mexicanos, no solo los de Pemex, y entonces sí veremos la fuga de capitales de los fondos mundiales invertidos en México —concluyó el autor—. Lo que sí te puedo decir es que esto puede tronar en cualquier momento sin que se le pueda culpar de nada a la Casa Blanca. Son mañosos, muy mañosos y muy hábiles en las operaciones encubiertas.

—No lo creo, querido amigo, por lo pronto no habrá ningún tipo de guerra, lo verás —repuso contundente Madariaga—. Los conozco como la palma de mi mano…

Sin incomodarse por la contundencia con la que se expresaba su interlocutor, González Gálvez continuó la animada conversación:

—Las elecciones presidenciales en Estados Unidos serán en 2024, al igual que aquí en México, a saber qué pasará aquí en tres años más, salvo que Biden por lo menos retenga o aumente su control en el Congreso el año entrante, por lo que en 2023 todavía tendría la oportunidad de exigir respeto al T-MEC, la inversión norteamericana en México, antes de recurrir a tribunales internacionales. Claro que Biden podría aumentar los aranceles a las importaciones mexicanas, o gravar la exportación de gasolinas o el envío de remesas. ¡Nos tiene agarrados de las pelotas! México nunca había dependido más de Estados Unidos como ahora, basta ver las importaciones de alimentos y de granos, las importaciones de lo que quieras…

—Puede ser que tengas razón, sobre todo si la política migratoria de Biden es exitosa, al igual que lo es la económica y la diplomática para retener el control del Congreso, pero de cualquier manera este año y el siguiente no cuentes con Biden para nada en los asuntos de México. Si pierde en las intermedias le pavimentará a Trump el camino a la Casa Blanca, de ahí que tenga que encarcelarlo lo más rápido posible por evasión fiscal. Ahora bien —agregó Madariaga, mientras se servía el aceite de oliva, alcaparras, cebolla picada, algo de perejil y exprimía limón para aderezar su salmón—, no creas tampoco que a los gringos les urge acabar con el narcotráfico en su propio país, porque es un mercado negro extraordinariamente lucrativo que puede valer 400 mil millones de dólares; un intercambio comercial muy importante para su economía.

—Entonces la opción de la invasión es puro cuento porque finalmente todo es negocio, como sin duda lo es también la venta de armas a México y por esa razón tampoco la cancelan ni la detienen —adujo Martinillo en un tono sarcástico—. No cabe duda de que los puntos de vista prácticos constituyen una información definitiva para la toma de decisiones. Desde afuera las cosas se ven de maravilla. Los gringos no se matan entre sí en las calles ni extorsionan a la sociedad ni nada parece molestarles; sin embargo, Estados Unidos es el principal mercado de enervantes del mundo, Alfonso.

—Sí, claro, los yanquis son prácticos y reaccionan de acuerdo con sus conveniencias. Acuérdate de que John Foster Dulles —continuó devorando su salmón— siempre decía que Estados Unidos tenía intereses, pero no amigos, y esa es la puritita realidad. Ellos tienen una ingeniería financiera de lujo, porque saben dónde tienen sus inversiones los gánsteres —exclamó pensativo—, qué inmuebles son de su propiedad en Estados Unidos y en el mundo, en qué fondos tienen invertido su dinero y cómo se benefician, de ahí que los hampones pueden hacer los negocios que deseen, siempre y cuando no se metan con la sociedad ni la esquilmen ni la coaccionen ni mucho menos la exploten, de otra suerte, simple y sencillamente les quitan las canicas, que es todo lo que mueve a estos miserables. Secuestras a un civil —advirtió moviendo el dedo índice— y te quito la lana, se agarran a balazos en la Quinta Avenida en un pleito por ganar territorios y a los culpables se les expropian sus bienes, ¿ves? El mercado vale una fortuna, pero respetas las reglas o te quedas sin recursos, nada de mandar a patrullar las calles con la Guardia Nacional o que existen 85 mil homicidios dolosos como aquí: o te sometes a las reglas o te vas a la miseria…

—Pues sí, es muy sencillo y fácil de entender: ¿Para qué recurrir a la violencia si lo único que les interesa a estos bribones es el dinero? Entonces se les debe amenazar con confiscárselos para arruinarles la fiesta. Ahora bien, lo importante es saber dónde esconden su patrimonio, y en este sentido, México está en pañales. Imagínate, el animal del presidente pretende controlarlos con abrazos, eso es vivir en la inopia mental, si se puede decir… Pero bueno, en otro orden de ideas —incursionó en un tema distinto—: ¿Aquello de que 8 millones de norteamericanos se dedican a surtir los pedidos mexicanos también es puro cuento, porque si México, como su principal cliente, deja de comprar tampoco les generará un problema crítico? O sea, ¿nada les duele…?

—Es cierto, les vale, desde luego que sí. La norteamericana es una economía tan grande y tan dinámica que rápidamente buscará y hallará clientes nuevos en otra parte del mundo, por más que, claro está, no les gustaría una nueva catástrofe monetaria mexicana, ya no tanto por el comercio en sí, sino porque una nueva devaluación y una parálisis económica más acentuada se podría traducir en más migración, y ahí sí Biden ya no jugaría y tal vez podría tomar otras medidas. He ahí el tema más sensible para el jefe de la Casa Blanca en el próximo año y medio.

Mientras escanciaba el mesero un vino blanco de Borgoña en las copas de los amigos y estos disfrutaban la cena con un intercambio de miradas curiosas, la conversación continuó con una gran agilidad, según avanzaba el proceso de reconocimiento recíproco, como ocurre en los primeros rounds entre boxeadores.

—Si el tema de la migración es sensible para Biden, también lo es para el monstruito, Alfonso —atajó Gerardo el comentario con oportunidad—. Tal y como apunté en mi charla, mientras AMLO sea eficiente en la construcción de un muro militar en el Suchiate no habrá problema con la Casa Blanca, pero piensa por un segundo que el presidente no logre taponear la frontera sur y, por lo tanto, tampoco la norte de México. La estrategia de ambos se derrumbaría como un castillo de naipes, y te lo digo —agregó apresuradamente— porque Lugo Olea se ha caracterizado por rechazar sospechosamente cualquier género de violencia, por lo que me pregunto, si Chiapas está siendo invadida por haitianos y centroamericanos porque cruzan la frontera de Guatemala como les es posible o llegan como pueden hasta Tijuana y los volúmenes de gente desesperada son de horror, ¿cómo detenerlos, cómo impedirles su marcha hacia el norte? ¿A balazos? ¿Vas a crear campos de concentración en México? ¿Cómo alimentarlos y curarlos de diversas enfermedades? Estas crisis migratorias no solo amenazan al gobierno de AMLO, sino a las relaciones bilaterales. Mientras más ilegales lleguen a Chiapas o al resto del país, sin olvidar a los cientos de miles de deportados por Biden, no habrá manera de evitar ni la catástrofe sanitaria ni una crisis bilateral de proporciones inimaginables, y peor aún, cuando la famosa 4T carece de una estrategia racional para enfrentar un problema tan agudo, es más, ni siquiera uno verdaderamente fácil de resolver...

—Caray, Gerardo, ahí tienes un punto. México está siendo invadido por ilegales y no hay manera de contenerlos pacíficamente ni de convencerlos de que regresen al infierno de sus respectivos países, y AMLO se resiste al uso de la violencia, que, justo es decirlo, si la usara pasaría a la historia como genocida, ya no solo por el pésimo manejo de la pandemia, sino por masacrar a los extranjeros que buscan la prosperidad, y la verdad, es cierto, no saben ni cómo hacerle ni para dónde jalar para que no se acerquen los mojados a la frontera norte. Caray, caray, caray...

—Así es, y ante la imposibilidad de resolver la problemática, ¿vas a permitir que los rangers gringos o agentes de la maldita migra lleguen al Suchiate por la incapacidad del gobierno mexicano? ¿Verdad que es impensable?

—Bueno, imposible. Esto va a reventar, querido amigo. No hay manera de improvisar fuentes de empleo y prosperidad en el Caribe ni en Centroamérica en el corto plazo. Caray: vamos sin control alguno, con una inercia suicida a un conflicto terrible que comenzará en México, lamentablemente... Pues ya veremos, será el peor problema que enfrente AMLO y es un inútil para resolverlo, al tiempo; me late que es un barril de pólvora y la mecha ya está encendida, y en cualquier momento explotará... lo veremos...

Ambos guardaron un repentino silencio que aprovecharon para chocar sus copas y brindar por haberse conocido. Menuda coyuntura política...

—Recuerdo una anécdota de Napoleón, cuando le presentaron a un candidato para mariscal de campo, y después de que el emperador escuchó su trayectoria, le preguntó si tenía buena suerte, ¿qué te parece? —preguntó el financiero con una sonrisa esquiva—. Te lo comento porque al tal AMLO le tocó la pandemia, él no la escogió y está fracasando, y de nueva cuenta ahora le toca la escandalosa migración que tampoco escogió y no sabe cómo manejarla. Por si fuera poco, todavía lo azota una crisis económica mundial que él no eligió, pero que tampoco ha sabido administrar, al extremo que se cayó el PIB a casi 9% y, de remate, llega el sargazo a las playas del Caribe, la principal fuente de ingresos turísticos del país...

—Pues este hijo de su pelona debe hacerse una limpia con uñas de gavilán calvo, ¿no crees? —acotó Martinillo con humor negro—. Mal y de malas... Imagínate, además cancela el Seguro Popular, que funcionaba relativamente bien, para crear el Insabi, un desmadre por la improvisación, y de golpe, en el caos operativo, se le viene la pandemia encima... Te digo, le hace falta una limpia con los changos de Catemaco...

Después de unas sonoras carcajadas, y de más choques de copas y vasos, Madariaga arrebató la palabra:

—Aunque acabo de escuchar tu conferencia y conozco tus puntos de vista en tus escritos, ¿a qué crees que se debe que Lugo Olea siga teniendo tanta popularidad, si nada funciona en su maldito gobierno, Gerardo? —preguntó Madariaga como si hubiera llegado su turno de las preguntas—. Dime, a ver —cuestionó en plan irónico—, dime una sola cosa que funcione bien... AMLO dice que México es feliz, feliz, feliz, y yo creo que sí es feliz en su pavorosa inconsciencia, porque aun cuando enfrenta una terrible realidad sanitaria, económica y sangrienta, no se producen marchas callejeras ni protestas masivas y hasta los empresarios están acobardados, por lo que todos son culpables de este desmadre; como decías, ¿qué sucede, según tú? ¿Cómo te lo explicas, Gerardo?

—Mira, este país, el nuestro, el tuyo, nunca ha sabido protestar, y cuando finalmente lo ha hecho, como aconteció durante la Revolución, la brutalidad se impuso como nunca antes habíamos visto en nuestra historia. Algo sí te digo con la mano en el corazón —advirtió el periodista frunciendo el ceño—, cuidado con despertar al México bronco, porque nadie se imagina las consecuencias ni el tamaño del desastre. Pocos saben las dimensiones del resentimiento que nuestros paisanos han guardado en el alma durante siglos y a la hora de desahogarlo podría ser terrible, insospechado, inimaginable, te lo aseguro —acotó subiendo los labios en una clara señal de pesimismo—. No se puede jugar con la violencia entre nosotros, los mexicas.

El periodista hizo una breve pausa, mientras el mesero servía más vino, de modo que no escuchara la conversación. Ambos entendieron el silencio como elemental discreción.

—Ahora bien, tratando de contestar tu pregunta, te diría que hay muchos millones de personas que todavía tienen esperanza en la impartición de justicia económica en nuestro país, y piensan en sus fantasías que el bienestar llegará a sus casas como por obra del Espíritu Santo. Pero es una esperanza vacua, hueca, porque no hay ninguna posibilidad de que esto suceda dado que la economía está prácticamente tronada y comprometida, y AMLO no hace nada por recuperarla ni trata siquiera de gobernar de acuerdo con la ley, dirige al país en términos de sus estados de ánimo. Haz de cuenta que los mexicanos esperamos la llegada de un salvador, y lo que necesitamos es reactivar la inversión nacional y extranjera, extender la certeza jurídica que hoy parece una superficie jabonosa, cuando además el presidente está en contra de cualquier tipo de empresario porque los considera extorsionadores, avaros, ladrones y explotadores, y lo peor es que millones coinciden con estos calificativos —concluyó afirmando con la cabeza—. La imagen de los empresarios, de cara al pueblo, no creas que saldría bien librada, y eso lo sabe muy bien Lugo Olea, y de ahí que lucre con el coraje de los desposeídos.

—Pero habrá más, me imagino que mucho más —interrumpió Madariaga…

—Sí, claro, hay más. Por ejemplo, hay muchas familias mexicanas que se salvan del hambre y de los dramas materiales porque los chicanos envían miles de millones de pesos a los suyos cada año. ¿Está claro? —hizo un paréntesis para captar la atención de su interlocutor—. Entonces imagínate si estos compatriotas, radicados en el territorio nacional, reciben esas cantidades de dinero exentas de impuestos, y además el presidente regala aproximadamente otros 600 mil millones de pesos al año, entonces vivimos en el país de la fantasía porque en el fondo todo se sostiene en una gran mentira. La realidad es artificial, y la terrible verdad puede surgir en cualquier momento.

—Las remesas no se pueden caer, siempre las enviarán quienes algún día fueron mojados. La solidaridad entre los mexicanos es ejemplar, Gerardo.

—Sí, de acuerdo, pero tan pronto los chicanos entiendan que con su dinero están apoyando la destrucción de México, la construcción de una dictadura que dejará más pobres a quienes desean ayudar, seguro que influirán para que los suyos no voten por Morea.

Madariaga no había explorado esa veta política y electoral. Su aprovechamiento, pensó en silencio, podría reportar resultados maravillosos en las próximas elecciones mexicanas.

—A propósito —arguyó Gerardo satisfecho al traer a colación un importante tema de conversación—, el otro día me llegó un video grabado en una estación de radio de Los Ángeles, por un tal Juan Alcalá Armenta, recuerdo perfecto el nombre, en el que describe sus esfuerzos para informar a la comunidad chicana de lo que ocurre en México, en la 4T, en el gobierno de Lugo Olea, con la idea de que quienes envíen las remesas se registren ante el INE vía internet y que desde

Estados Unidos no voten por Morea en las próximas elecciones y que se sumen a la revocación de mandato en marzo de 2022. Es un joven abogado mexicano, brillante y valiente, y si lo ayudamos a que fructifique su trabajo, le haremos un enorme bien a nuestro país, además de que sería un dolor de cabeza para Lugo Olea y sus huestes.

Vivamente interesado, Madariaga pidió ver el video. Gerardo lo rescató de su cuenta de YouTube para enviárselo de inmediato, entre otros más del propio Alcalá Armenta, al celular del financiero.

—De regreso a Nueva York lo buscaré, querido Gerardo. Hay personajes dedicados a una tarea vital en la que debemos participar; no los podemos abandonar a su suerte. En el mundo financiero tenemos contacto con todo tipo de mercados y actividades, las que quieras, por lo que no me será difícil dar con la estación ni mucho menos obtener el contacto del abogado que dices, lo verás, te lo aseguro...

En ese momento les retiraron los platos para servirles el fetuccini acompañado de un vino tinto italiano, ni hablar... La charla aumentaría en sonoridad hasta el arribo de los postres. Luego ya veríamos... Tan pronto el sommelier descorchó la botella, Madariaga escuchó el típico sonido que anticipaba la antesala de la alegría. Pero al oler el corcho, el financiero se dio cuenta de que era un vino mediocre. Los italianos, decía Madariaga, podían ser genios universales, nacer con un lápiz en la boca, ser grandes diseñadores, poetas, escultores, pintores, músicos, cantantes de ópera, pero sus viñedos jamás tendrían la calidad de los franceses. Los enólogos de Burdeos se burlaban de los vinos del Chianti, porque decían que no los hacían con uvas, sino con productos químicos.

—Los registros que yo tengo —acotó Madariaga— reflejan la monstruosa fuga de capitales de México. Hoy en día, te lo puedo comprobar, los mexicanos tienen ahorrados más de 102 mil millones de dólares, solo en Estados Unidos, insisto, solo en Estados Unidos. Empresarios y extranjeros —continuó— han sacado su dinero del país y, por otro lado, muchos inversionistas foráneos se han abstenido de ejecutar proyectos precisamente por miedo e incertidumbre. En este momento el único sector de la economía que está funcionando es el externo, jalado por la fogosa recuperación de los Estados Unidos, pero el mercado interno mexicano es un desastre; sin embargo, nadie se queja. Tampoco se quejaron cuando Lugo Olea fue el único presidente del mundo que se negó a ayudar a las pequeñas y medianas empresas para evitar la quiebra masiva y el surgimiento del desempleo, con la consecuente caída del consumo. ¿Cómo entender a los empresarios mexicanos, les dan en la madre y se quedan calladitos, quietecitos…? ¿Y la academia? —se preguntó hundido en sus reflexiones—, te cuento —repuso de inmediato—, la mayor parte de la academia, los faros de la nación se apagaron y tampoco cumplieron con su función social ni dieron la voz de alarma.

—Te podría decir que los empresarios son unos cobardes, igual que lo fueron los venezolanos o los cubanos, que siempre invitaban a la calma porque creían que Chávez iba a cambiar. Chávez cambió… pero para mal, y nacionalizó sus compañías. Te digo que esperan a que alguien venga a salvarlos en el último momento, un mesías empresarial que desde luego nunca llegará…

—He visto muchos estallidos en instalaciones de Pemex, pozos que estallan, apagones en ciudades por ineficiencia de la CFE, refinerías que explotan, estaciones del metro que se colapsan o trenes que chocan o que se precipitan en el vacío llenos de pasajeros, como la línea 12, y jamás hay culpables de nada, salvo que culpen a un empleado menor y lo responsabilicen por el austericidio de AMLO —aseveró Madariaga en busca de una explicación.

—Insisto —exclamó Gerardo—: no existe un Estado de derecho, la ley se aplica según los intereses y deseos de AMLO y por esa razón es entendible el caos. Las leyes son letra muerta, querido amigo. Pero ya que hablas de explosiones, lo que nadie se imagina ni piensa es un estallido en la planta nuclear de Laguna Verde, porque has de saber que enfrenta la saturación de sus depósitos de residuos nucleares y uranio usado, y ya cayó en grave estado de riesgo en septiembre pasado. Como verás, el terrible accidente de la línea 12 del metro sería incomparable con el daño que produciría un Chernóbil mexicano.

—Caray, ahí podríamos hablar de millones de muertos…

—Pues sí, pero ni los habitantes cercanos ni el gobierno local ni el federal ni siquiera Greenpeace, parecen estar alarmados —sostuvo, inquieto, el periodista—. ¿Qué tiene que pasar para que los mexicanos nos volvamos responsables…?

—Mientras esto sucede, AMLO propone una consulta estúpida para juzgar a ex presidentes y a otros funcionarios más, que costará 500 millones de pesos, con lo cual se podrían comprar 75 mil quimioterapias para los niños: Es estúpida, innecesaria, populista, diseñada para engañabobos para distraer otra vez a la opinión pública con una propaganda tramposa y ridícula. ¿Cómo vas a preguntar si juzgas a los presuntos responsables de desfalco o de desvíos, cuando la ley establece el procedimiento a seguir? Es mejor vacunar a la mayor cantidad posible de mexicanos o equipos desinfectantes para las escuelas, que tirar el dinero de esa forma tan absurda.

A la hora de los cafés rebotaron temas como si estuvieran en un torneo de ping-pong. Su mesero comenzaba a mostrarse inquieto, pues ya era muy tarde. Sin embargo, ellos continuaron criticando la compra de la refinería de Deer Park, en Estados Unidos, que había reportado cuantiosas pérdidas en los últimos años. La operación había costado casi 600 millones de dólares, más una deuda de 900. La empresa procesaba 340 mil barriles de crudo y producía 110 mil barriles de gasolina al día, cuando Dos Bocas, en Tabasco, procesaría los mismos 340 mil barriles de crudo maya y produciría 170 mil barriles de gasolina, con la gran diferencia de que Dos Bocas costará, si acaso, 12 mil millones de dólares, un suicidio, cuando la industria automotriz en el corto plazo solo fabricará autos eléctricos. Era evidente, coincidieron, que si Lugo Olea fuera director de una empresa privada, la asamblea de accionistas ya lo hubiera corrido a patadas…

Como la temática era tan amplia y ya solo quedaba su mesero en el restaurante y habían apagado casi todas las luces del local para presionar, Gerardo, echando mano de su cartera y después de pedir la cuenta, criticó al presidente por haber agredido a la clase media por ser aspiracionista y ambiciosa, y todo porque había perdido escandalosamente las elecciones en la Ciudad de México. La clase media era la que sostenía al país y Lugo Olea la despreciaba porque no podía comprarla con sus supuestos planes asistenciales, de ahí que deseara la expansión de los pobres, porque a ellos sí podía sobornarlos y votarían siempre por él. ¿Cómo escupir en la cara a quien deseaba con su esfuerzo y sus conocimientos ser alguien en la vida?

Madariaga recordó cuando AMLO había dicho que los narcos se habían portado muy bien, a pesar de que se habían apropiado por las malas de toda la cuenca del Pacífico, de Chiapas a Sonora y las Californias, además de haber amenazado y asesinado a candidatos. ¿El presidente era un narco más? Las sospechas eran válidas si se tomaba en cuenta el escaso número de capos arrestados y las insignificantes confiscaciones de estupefacientes logradas durante la 4T, y se comparaban con los logros de sexenios anteriores.

¿Qué haría falta para reconstruir el país? Ambos coincidieron en retomar los trabajos de la construcción del NAIM de Texcoco, cancelar las obras faraónicas que nacerán quebradas, cerrar los bancos del bienestar, volver a crear los fideicomisos públicos, promover las energías limpias, invertir en obras de infraestructura carretera, volver al Seguro Popular, insistir en la consolidación de Estado de derecho y la legalidad, recuperar la confianza en México, extender condiciones incomparables para invertir en México, lucrar con las diferencias entre China y Estados Unidos, comentaban después de haber pagado entre ambos la cuenta después de una amistosa discusión, pero sobre todo un candidato que entienda el papel de las empresas en México en el mundo.

—¿Crees que el canciller Everhard tiene patas para gallo? —pregunto el financiero.

—Del grupo de Morea sin duda es el mejor, Poncho, pero Lugo sabe o intuye que él no continuará su obra. Everhard es el pirrurris del movimiento y está peleado a muerte con la consentida del presidente, una inútil que le entregó la Ciudad de México a la oposición después de haberla dominado durante más de 20 años. El presidente se quedó sin gallos y eso explica, en parte, su desesperación. Alguna fregadera van a inventar para anular el trabajo de los nuevos alcaldes de la oposición, ya lo verás. Lugo está peleado con todo mundo, yo creo que en las mañanas se ve en el espejo y se pregunta: ¿qué me ves, cabrón?

—¿Entonces? —inquirió un Madariaga sonriente y satisfecho con la conversación… en Estados Unidos carecía de interlocutores….

—Se van a sacar los ojos entre los candidatos, se van a destruir entre ellos mismos en el momento adecuado, sin olvidar que Morea va a apestar en 2024, será un cadáver insepulto y quien provenga de ese estercolero difícilmente llegará a la grande, pero falta mucho tiempo y todavía habrá de pasar mucha agua bajo el puente. De repente nos puede salir un candidato de lujo —adujo el periodista.

Sin pensarlo dos veces, el financiero, como el mago que saca un conejo de la chistera, agregó: —¿Y tú, por qué no te avientas tú? Conoces la historia y la política y a los mexicanos al derecho y al revés…

El novelista guardó silencio antes de responder:

—Ya tengo cumplidos 58 años, Alfonso, ya pasó mi oportunidad.

—¿Qué? No salgas con ese pretexto. Eres un jovenazo que entiende a este país como pocos —aclaró airado Madariaga—. Éntrale…

—Gracias, Poncho, la verdad lo he estado meditando y tal vez me lanzaría como candidato independiente, no les creo ni confío en los partidos políticos —confesó apesadumbrado el autor.

—Tú ya eres mi candidato, Gerardo. Sé que la tarea es enorme, pero por algo se debe comenzar. Yo puedo juntarte buen billete para tu campaña. Vale la pena. Nadie mejor que tú.

—Necesito meditarlo bien, porque lastimaría muchos intereses creados, como los de los políticos corruptos, que no son poca cosa, además de los narcos, una monstruosidad, por lo demás que me dejen solo, querido Poncho.

—Tienes razón en ese punto, pero se puede diseñar una estrategia con los gringos. Ellos sí le saben, y le saben bien. Siempre habrá obstáculos, te lo garantizo —concluyó satisfecho al comprobar la posición combativa del autor—. Dicen los franceses que todo se puede hacer, sabiéndolo hacer y todo se puede decir, sabiéndolo decir...

—Me animas, te prometo seguir masticando el tema...

—Piénsalo, pero tienes tres años para armar el proyecto y adquirir una señora ventaja con quienes arranquen tarde por indecisos. La lana la conseguimos, el talento, la información y la valentía, las cualidades las reúnes tú, de modo que vamos con todo, amigo escritor, pero empieza ya, ahora es ya...

Con un apretón de manos quedó suscrito el proyecto.

Al salir a la calle, cuando ya habían llegado sus respectivos automóviles, Martinillo hizo la última observación que le dio a Madariaga en el centro del alma:

—Lo que trae absolutamente loco al mundillo político es el asesinato de un político muy destacado, conocido por haber sido una rata letrinera.

—Sí, supe que lo mataron —arguyó Madariaga, con movimientos extraños de cabeza.

—Pero no sé si supiste —cuestionó Martinillo tomando del antebrazo al financiero, para atrapar aún más su atención— que lo mataron después de exigirle públicamente que devolviera lo robado al erario o a la beneficencia pública, o sería ejecutado. Carajo, qué maravilla, ¿no?

—Obviamente no devolvió lo robado y por eso se lo echaron... —afirmó Alfonso fingiendo cierto escepticismo.

—¡Qué va a devolver! Tal vez pensaba que seguiría disfrutando de su fortuna en el más allá, porque había comprado también el favor de Dios, este miserable hijo del diablo...

—Leí que se lo echaron con drones. Se ve que el asesino es un chingón. Por cierto, ¿se sabe quién es?

—Ni idea, es un vengador anónimo de los que necesitamos unos 40 en México, por lo menos... Lo mejor es que ya amenazó a otro perro rabioso, otro estafador profesional; se ve que los escoge con lupa. Yo me dejaría cortar una mano con tal de entrevistarlo, te lo juro. Qué tipazo —comentó el periodista.

—Ya me imagino cómo estará el siguiente candidato, muerto del miedo, ¿no? —continuó Madariaga la conversación sin que se le moviera un solo músculo de la cara.

—Claro que muerto del miedo, igual que todos aquellos que se han dedicado a robar. Hasta donde yo sé ya se han presentado un buen número de declaraciones fiscales complementarias y muchas fundaciones han recibido donativos multimillonarios para ayudar a financiar sus causas filantrópicas. ¿Cómo no apoyar con todo a una persona así, cuando el gobierno de la 4T prometió encarcelar a la Mafia del Poder y no ha encarcelado ni a un triste policía de crucero? Este príncipe de la justicia está dejando en ridículo a Lugo Olea y a su despreciable equipo encargado de administrar la justicia. ¡Qué bárbaro!

—Nuestra sociedad necesita una señora purga, y por lo visto llegó quien la va a administrar, porque en este país todo está podrido y corrompido. Ya era hora, las instituciones son una mierda. Si logras entrevistarlo, querido Gerardo, me avisas y vuelo para acompañarte.

Dicho lo anterior, se dieron un abrazo y desaparecieron en la noche oscura y lluviosa de la Ciudad de México...

Alfonso Madariaga no era un asesino. Después de haber acabado con la vida del poblano, cayó en una aguda depresión. ¿Quién habitaba finalmente en su interior al extremo de matar a una persona, por la razón que fuera? Caminó horas y horas en la madrugada y en el anochecer, los fines de semana, en su rancho de Nueva Jersey o en su lujoso departamento en Soho, meditando al respecto. ¿Cómo sacudirse ese peso? ¿Era un animal o era peor, acaso, que los propios ladrones? No podía resistir los cargos de conciencia. Lo más difícil era matar la primera vez, según había leído textos relativos a los asesinos en serie, pero sus pruritos morales y éticos lo estaban derrotando, no podía más. Imposible invocar a Dios porque no creía en Él. Se había cansado de dar muestras de su inexistencia. Matar la segunda ocasión sería mucho más sencillo, y así sucesivamente… Lo que fuera, pero no resistía el terrible peso de la culpa, el insomnio y la angustia atentaban en contra de su estabilidad personal con tan solo contemplarse en el espejo al amanecer. Bien sabía que a diario se la jugaba por los riesgos propios de su vida en los deportes más extremos, para ya ni hablar de su incursión en la política mexicana.

De acuerdo, pero por otro lado, le resultaba inadmisible que una cáfila de bandidos se apropiara, desde que la historia era historia, de los ahorros del pueblo de México, del patrimonio de los jodidos, de los escasos bienes de los desesperados, de los muertos de hambre, de quienes carecían de alimentos, de medicamentos, para ya ni hablar de la imposibilidad de tener acceso a la educación por más deficiente que esta fuera. Jamás saldrían ni escaparían a su condición. En sus viajes por el interior de México el coraje lo abrumaba al ver cantidades de chozas en donde las personas vivían hacinadas, sin agua potable, privadas de los más elementales satisfactores y en muchas ocasiones ubicados en el lecho de un río muerto, sin suponer que, al temporal mayúsculo, acompañado de una lluvia intensa más allá de toda proporción, el agua buscaría su salida natural y arrasaría con las viviendas humildes y con la vida de esas personas. ¿Cómo romper este círculo infernal? ¿El camino era matar? En sus sueños dorados anhelaba que todo ese dinero robado regresara a las arcas de la nación para ayudar a esos seres humanos indefensos. Solo que al madurar sus impulsos asesinos y descifrarlos psicológicamente con mucha más tranquilidad, empezó a analizar la segunda parte de la trama. Una vez, supuestamente recaudados los recursos, sobre la base de que esto fuera factible, ¿qué destino tendría el ahorro público engrosado en función de su participación? Lugo Olea se lo gastaría en obras estúpidas como el Tren Maya, o como el aeropuerto de Santa Lucía, o como Dos Bocas, o simplemente lo regalaría con fines electorales, disfrazado de asistencia familiar, sin ayudar realmente a la gente por medio de la generación de empleos y de riqueza.

¿Continuar asesinando a los ladrones de México tendría algún sentido? Su esfuerzo y sus consecuentes riesgos se desperdiciarían al no aprovecharse eficientemente los bienes recuperados. No, no solo se trataba de recuperar el patrimonio sustraído a las arcas nacionales, sino, de la misma manera, resultaba vital que se invirtiera en obras de gran rentabilidad social, y esto no ocurría, y no solo no ocurría, sino que tampoco ocurriría, porque el populismo y la verborrea política erosionarían cualquier objetivo de su parte. ¿Qué hacer, cómo dar por cancelada su tarea de alguna manera filantrópica que estaba acabando con su equilibrio emocional? Él no estaba hecho para matar a un ser humano. ¿Cuántas veces se había pronunciado en contra de la pena muerte y a favor de la cadena perpetua…?

Para la buena fortuna de Madariaga, empezaban a aparecer notas de agradecimiento en los periódicos firmados por diversos representantes de instituciones de caridad que públicamente reconocían los generosos donativos provenientes de personas y empresas desconocidas. Bien sabía Madariaga el origen de estos beneficios a favor, sobre todo, de los niños quemados, los niños con cáncer, los albergues improvisados para mujeres golpeadas y algunos comedores comunitarios, entre otras instituciones de caridad. Esa satisfacción ya no se la quitaba nadie. Le encantaba leer desplegados publicados en los diarios con los siguientes textos: "A quien corresponda, muchas gracias por su donativo. Que Dios, nuestro Señor, le dé más, mucho más, y lo premie con una vida larga y sana". Otras veces afirmaban: "Gracias por pensar en el sector más importante y delicado de México como son nuestros pequeñitos. Ante la imposibilidad de darle las gracias directamente, quienes trabajamos en esta organización le agradecemos a este generoso promotor del bien de la patria". ¡Cómo no reconciliarse con la vida al recibir y entender dichos mensajes! ¿Pero por qué razón a él, sí, a él, le tocaba cumplir con ese apostolado en lugar de gastar su dinero bien habido con mujeres hermosas y en yates de lujo? Menuda paradoja…

Si bien asesinar a los rateros le reportaba satisfacción por haber ayudado a los desvalidos, por otro lado lo destrozaba, sin perder de vista que en el caso de llegar a recaudar algo, ese algo se tiraría a un barril sin fondo. ¿Era noble su causa? ¿Entonces qué sentido tenía lo que hacía? En esas reflexiones se encontraba cuando los periódicos mexicanos anunciaron otro gigantesco desfalco que, por supuesto, quedará impune, como todos los delitos en México, otro factor de desprecio por el gobierno de AMLO que había traicionado, de nueva cuenta, la confianza popular. Solo se trataba de un nuevo ladrón de esperanzas, en un país en donde la paciencia se agotaba y podría estallar por los aires. Curiosamente, Madariaga ya había investigado de punta a punta los dos nombres que aparecieron en los diarios de la República. Ambos figuraban en sus listas personales como los 10 más destacados bribones de México.

Una vez vencidas sus resistencias morales, decidió ejecutar a esos últimos dos asquerosos mandriles, tal y como se refería a ellos entre sus amistades. Ya buscaría después otras alternativas para ayudar a los desvalidos. La violencia, al fin y al cabo, no sería la gran solución. Sin embargo, de presionar a estos dos rufianes para que devolvieran al menos una parte de lo robado, sin que lo depositaran en la Tesorería Federal, sino en instituciones de caridad de reconocido prestigio, al menos ahí su esfuerzo estaría garantizado.

Investigados ambos rufianes que habían comenzado su carrera política con un solo traje y un par de zapatos y ahora ostentaban un gigantesco patrimonio, les hizo llegar, al igual que al poblano, sus inventarios de bienes muebles e inmuebles, así como los números y claves de sus estados de cuenta de fondos, financieras y bancos, para que procedieran a hacer los donativos correspondientes, antes de que él publicara sus balances patrimoniales en los diarios de mayor circulación del país, con la advertencia de que si no devolvían los bienes sustraídos al pueblo de México serían ejecutados. La seriedad de sus amenazas, para cualquier duda, ya obraba en poder de la opinión pública.

Madariaga sabía el revuelo ocasionado en el mundo político cuando publicó el enorme listado de bienes del poblano, así como de su posterior ejecución a falta de cumplimiento de lo solicitado con la debida anticipación y nobleza. Quien advierte no es traidor. Los dos nuevos hampones señalados sabían de lo que él hablaba y también sabían que cumplía su palabra y que no estaba jugando ni amenazando sin causa justificada. Llegaría a los hechos, y estos hechos aterrorizaban a los delincuentes de cuello blanco, riquísimos propietarios de un inmenso patrimonio inexplicable. El tiempo lo atropellaba. Madariaga ya había avanzado en el tema, había mandado la comunicación personal, no la pública, y sin embargo no había visto publicados en los diarios ni en sus cuentas de Twitter o Facebook los agradecimientos de diversas organizaciones filantrópicas por haber recibido depósitos extraordinarios. Por esa razón decidió proceder por última vez a la ejecución de sus planes, en la inteligencia de que jamás volvería a hacerlo. Al acabar con ese par de pillos y darles una lección se retiraría por completo del escenario criminal sin intentar castigar nunca jamás a la cleptocracia mexicana. Los bandoleros suponían que una vez ejecutados esos dos colegas de la pandilla, algunos de ellos podían aparecer en sus listas secretas como candidatos al cadalso, por lo que varios de los saqueadores empezaron a adelantarse y a devolver algo de lo robado, a saber si ellos serían las siguientes víctimas del extraño vengador anónimo. Dejaba a la casualidad esta suerte de inercia benefactora sin saber cuándo se agotaría. Por lo pronto, pondría manos a la obra. En esta ocasión, por supuesto y desde luego, no recurriría a los drones, porque requería del factor sorpresa, una estrategia que no hubiera pasado por la cabeza de los famosos delincuentes.

El magnate financiero se había dedicado a investigar los cuatro elementos básicos para fabricar el gas sarín. Los compraría con una tarjeta de crédito con un nombre falso, y usaría hojas membretadas con escudos y firmas apócrifas para comprar los productos en el Reino Unido. Descubrió que el gas sarín era un agente nervioso que mataba en menos de un minuto al ser inhalado una sola vez. Encontró que en el metro de Tokio habían sido abandonadas unas bolsas perforadas con sarín líquido por la secta budista japonesa Aum Shinrikyo, Verdad Suprema, durante un ataque terrorista en marzo de 1995, y habían muerto 13 personas quedando heridas otras 5 mil. El gobierno de Siria también había utilizado el mismo gas en los ataques en las afueras de Damasco en 2013, al igual que el gobierno iraquí lo había empleado para matar a 5 mil kurdos en Halabja en 1988. La eficiencia era irrefutable.

Descubrió que en Inglaterra no existían leyes que restringieran la venta de los productos químicos para elaborar dicho gas, si bien existía un control estricto para importarlos o exportarlos. El camino estaba abierto. El gas sarín, investigó, era mucho más venenoso que el cianuro, porque una cantidad tan pequeña como para caber en la cabeza de un alfiler podía ser fatal en menos de dos minutos. El mismo daño se podía ocasionar si se inhalaba o se aplicaba en la piel en forma líquida. Se presentarían convulsiones y fallos respiratorios hasta producirse la muerte. El gas sarín había sido inventado en Alemania en la década de 1930. No había sido utilizado en combate durante la Segunda Guerra Mundial.

Madariaga tenía diseñada la estrategia idónea para acabar con la vida de esos dos bribones. Había estudiado sus rutinas al derecho y al revés. Uno de ellos, el mayor, se reunía con su amante en un hotel en Polanco, en la suite presidencial, los miércoles, cada 15 días, a las doce de la mañana, ni un minuto antes ni un minuto después. Se trataba de un auténtico apasionado de la puntualidad y no aceptaba de ninguna manera cambios en sus actividades ni en sus compromisos. Su intolerancia la manifestaba en dichas actitudes. De acuerdo con lo anterior, se reunía con su amante en entrevistas amorosas que concluían a las 16:45 de la tarde, hora en la que salía de dicho recinto para llegar a una junta en sus empresas a las 16:58 de la tarde.

Investigado a la distancia, el financiero supo que el día de su entrevista amorosa el defraudador del tesoro público manejaba él mismo su automóvil europeo con el máximo blindaje posible hasta llegar al estacionamiento del hotel. Ahí lo esperaba otro equipo de guardaespaldas, además del que lo había venido protegiendo durante el camino. Al arribar a su cita, como era costumbre, era escoltado cuando menos por cinco ayudantes a su habitación, en donde hacían guardia varios de ellos para impedir siquiera el acceso de las recamareras o de cualquier otro servicio de las habitaciones.

Lo importante del caso es que su personal de seguridad custodiaba a la perfección al interfecto, pero dejaba desprotegido el automóvil en que se había transportado. Era el momento preciso en que el propio Madariaga, oculto en un automóvil viejo, abriría la puerta del vehículo del asaltante con un mecanismo electrónico colocado en su teléfono celular, a falta de una llave en poder del propietario. En Nueva York, en la calle 47, había obtenido los mecanismos necesarios para abrir cualquier automóvil moderno sin tocar la cerradura. Una vez dentro del vehículo, protegido él con una mascarilla y guantes especiales, rodearía el volante con una buena cantidad de líquido y regresaría a su carcacha a las 16:30 para esperar la aparición del asqueroso mandril que subiría en su automóvil europeo, su "consentido", uno que solo él conducía para gozarlo en su intimidad a más no poder, eso sí, sin prescindir de su escolta a bordo de otros dos vehículos que invariablemente lo acompañaban cuando se dirigía al hotel. En ese momento el tal chilango pagaría todas las que debía.

En otro orden de ideas, también tenía investigado al otro gigantesco defraudador, quien era conocido por su debilidad por las revistas para caballeros, como la *Playboy*, entre otras tantas más. Los datos de su personalidad fueron revelados por su peluquero, el más caro de México, que le cortaba el pelo en sus oficinas y a quien tuvo acceso el propio Madariaga para que le rasurara la barba, supuestamente para una boda. En el primer interrogatorio amistoso el estilista le hizo saber, a modo de chisme y sin saber con quién hablaba, que su cliente favorito, por las propinas que pagaba, ojeaba con gran placer dichas publicaciones mojándose los dedos con saliva, un vicio adquirido muchos años atrás.

Por lo visto, al leer libros, si es que los leía, o los contratos o lo que fuera, tenía la manía de pasar las hojas chupándose los dedos. La información resultó vital para Madariaga, porque de inmediato compró e importó por mensajería las revistas más audaces publicadas en el mundo entero, las grandes novedades pornográficas, a las cuales pondría en cada hoja, tanto en la parte superior como en la inferior, una cantidad importante de sarín, sin dejar mancha ni olor alguno. Era claro que, al terminar la lectura, si así se le puede llamar a lo que iba a hacer al contemplar las fotografías de mujeres hermosas, a medio corte de pelo, el interfecto perdería el sentido sin que nadie supiera lo ocurrido. En lo que lo trasladaban a un hospital, perdería la vida, mientras se le practicaban diversas pruebas y análisis para descubrir el origen de sus males. Esos eran, al menos, sus planes...

Cuando ya había mandado Madariaga en una primera instancia sus cartas personales con la debida información patrimonial de cada uno y estaba listo para publicarlas en los diarios de mayor circulación del país, en esos días, para su sorpresa, una inmensa sorpresa por cierto, empezó a ver múltiples inserciones de varias, casi incontables instituciones de caridad que agradecían los generosos depósitos de personas desconocidas por las cuales profesaban una gran admiración y agradecían, sobre todo, por la salud y la vida de muchos menores de edad. El número de publicaciones con agradecimientos por los donativos recibidos superaba al número de esquelas de muertos por el Covid. Los diarios estaban fascinados, un beneficio colateral con el que no contaba Madariaga. La satisfacción del financiero no podía ser más intensa y justificada. Nunca creyó que eso pudiera ocurrir. Las organizaciones de beneficencia más afortunadas eran aquellas por las cuales él, en lo personal, sentía una gran debilidad.

Las cantidades donadas superaban con mucho lo esperado por el financiero y garantizaban por muchos años más la supervivencia de esas instituciones a punto de quebrar, porque Lugo Olea había cancelado la posibilidad de deducir los donativos de las empresas que intentaban ayudar en los objetivos caritativos y humanitarios de las organizaciones de beneficencia. La crueldad del presidente era infinita, solo que Madariaga había logrado que el dinero llegara para beneficiar a miles y miles de desvalidos. Ahí estaban instituciones mexicanas muy respetables, como: Centro de Apoyo para Niños con Cáncer, A. C., Casa para la Ayuda de Adultos Mayores, A. C., De Mi Mano a Tu Vida, A. C., Niños, Niños, Niños, A. C., Cuidado Infantil, A. C., Casa para las Ancianas, A. C., Amigos de los Niños Hoy y Siempre, A. C., Instituto para la Atención de la Ceguera, A. C., En Busca de las Sonrisas, A. C., Ayudemos a la Infancia, A. C., Mujeres que Sufren, A. C., Fundación Los Ojos, A. C., Fundación Cuidemos a Nuestros Niños, A. C.

Madariaga sintió entonces satisfechos sus objetivos. Él mismo hizo enormes donativos y animó a sus colegas mexicanos y extranjeros a que hicieran lo propio. Por supuesto que dio por cancelados sus planes asesinos. Ya no le interesaba saber cuánto dinero o bienes habían donado sus dos candidatos al cadalso o si otros defraudadores del tesoro público, a sabiendas que él los buscaría, se habían adelantado a devolver lo robado para salvar sus propias vidas y proteger, a la fuerza, a los sectores más nobles de la población. Las amenazas y la muerte del primer bandido habían producido resultados mágicos, pues continuaban las publicaciones en los diarios expresando sinceros motivos de agradecimiento, sin embargo, el precio personal a pagar por el hecho de haberse convertido en asesino era demasiado elevado, por lo que decidió cancelar sus planes de matar a nadie más. No, ese no era el camino, por supuesto que no lo era, y por supuesto que jamás seguiría esos pasos, y por supuesto que nunca nadie sabría que él había asesinado al poblano con drones. Una paz importante se apoderó de él, una paz que creía haber perdido para siempre.

Desistió de su proyecto de privar de la vida a otros dos famosos ladrones, pues también podrían morir envenenadas las personas que tocaran el volante del lujoso automóvil europeo o las páginas de las revistas para caballeros. La inspiración criminal había desaparecido. No tenía interés ni ilusión ni el deseo de invertir más tiempo en un plan macabro que a la larga acabaría también con él. Pensaría en otras opciones para alcanzar los mismos resultados. Ya vería qué estrategia diseñar llegado el caso de que Martinillo se lanzara por la presidencia.

La cara que hubiera puesto Martinillo si el autor hubiera sabido que había cenado con el asesino del poblano...

No solo se habían llevado a cabo las elecciones del 6 de junio, sino que julio empezaba a agonizar con una creciente desesperación del presidente de la República, fácilmente observable a través de su lenguaje, de sus carajos intempestivos, de sus ataques a diestra y siniestra a particulares, a políticos de la oposición, a los medios de difusión masiva, a los empresarios, a los intelectuales, a los periodistas, a quienes desean prosperar y evolucionar y a cualquier tercero concebido en su mente alucinada. Era evidente que su gobierno no podía acabar bien al tener tantos frentes abiertos y estar enfrentado a poderosos enemigos. Como bien lo apuntaba Gerardo en sus columnas, Hitler, válgase la comparación, le había declarado la guerra al Reino Unido, a la Unión Soviética, a Estados Unidos, Francia, a Polonia, a Checoslovaquia, a Noruega, a los Países Bajos, a Bélgica, a Luxemburgo, a la resistencia italiana, al Imperio etíope, a Grecia, a Yugoslavia, a Filipinas, a Corea, a China, a Canadá, a Australia, a Nueva Zelanda, a México, a Brasil, a Sudáfrica, a Transjordania, a Malasia Británica, a Birmania Británica, a Rodesia del Sur, a Egipto, y hasta a Mongolia… Bastaba con ver las fotografías, pruebas irrefutables de la afortunada derrota alemana con sus ciudades convertidas en polvo, al igual que su economía, sus millones de muertos, incluidos los fallecimientos propiciados por la demencia nazi.

Por supuesto, pero Lugo Olea tampoco podrá terminar bien si a los pobres los llama animalitos, desprecia a quienes desean superarse en la vida, critica a quien ha obtenido títulos académicos en el extranjero, a los técnicos y expertos en sus respectivas profesiones, a quien posee más de un par de zapatos, desdeña a los empresarios, quienes podrían ayudarlo a alcanzar el bienestar de la nación, acaba con las fuentes generadoras de riqueza y de empleo, se distancia de los socios del Tratado de América del Norte, se acerca y defiende a los odiados dictadores latinoamericanos y declara su interés por reanudar relaciones con Corea del Norte, encabezada por un tirano que constituye una amenaza nuclear para el mundo entero. No, no podrá ser: el presidente de la República no solo ha colocado una mecha que conduce a un enorme barril de pólvora, sino que la ha encendido irresponsablemente como si esta decisión no fuera a devastar a su gobierno, daño menor en todo caso, si no se pierde de vista el terrible perjuicio que le ocasionará a todo el país. ¿Cómo acabará este terrible entuerto? A saber, pero bien seguro que no, de ninguna manera. Están firmemente asentadas las bases del fracaso que afectará a propios y extraños.

Juan Alcalá Armenta, por su parte, seguía viviendo en los Estados Unidos con grandes carencias, eso sí, pero también con ayudas económicas inesperadas. Paso a paso, de condado en condado, de estación de radio en estación de radio, empezaba a adquirir cierto nombre, sobre todo en diferentes círculos mexicanos en California, en donde vivían millones de mexicanos. Aunque sus colegas y amigos le habían señalado, todavía en México, la inutilidad de su causa, de cualquier manera intentaría vivir la experiencia y convencerse por sí mismo de la imposibilidad de reunir a la mayor cantidad de compatriotas, chicanos, para convencerlos de la importancia de defender sus derechos en los Estados Unidos y también de registrarse en las representaciones consulares por medio de internet para influir en términos decisivos en las elecciones de 2024.

¿Una tarea ardua? Sí, sin duda alguna lo era: muy ardua, compleja, desesperante, en efecto, pero al mismo tiempo promisoria. Él siempre decía, ante los grandes retos, que lo que más trabajo le costaba en los últimos tiempos eran los milagros, porque los imposibles los hacía con la zurda. No, no había manera de hacerlo desistir de su proyecto. Estaba dispuesto a padecer las dificultades propias de una enorme adversidad, ya que comenzaba el trabajo cuesta arriba, sin apoyos, con su sola fe en su proyecto, pero el ánimo no decaía.

Descubrió que cada vez existían menos periódicos en español en los Estados Unidos y que aumentaba el consumo de información de dudosa procedencia y poca veracidad a través de las redes sociales. Confirmó que los chicanos, en general, se desinteresaban de lo que ocurría en México conforme su estancia se prolongaba. Su prioridad consistía, antes que nada, en obtener un trabajo lícito, en encontrar una vivienda, en contar con suficiente presupuesto para la educación de sus hijos, que no los arrestara la pavorosa migra en cualquier calle sin documentos para dejar abandonados a los suyos, entre otras enormes preocupaciones en las que el destino de la patria no parecía ser, en modo alguno, la suerte de la política mexicana. En las elecciones de 2018 habían votado 180 mil chicanos; en las presidenciales del 2024, el objetivo era de 7 millones. La tarea era inmensa.

Mientras más mexicanos entrevistaba en California, más comprobaba su bondad, su capacidad de trabajo, su seriedad, la importancia de salir adelante en su aventura norteamericana, pero también descubría su patética ignorancia en torno a sus derechos civiles necesarios de ejercer en ambos lados de la frontera. Había que crear conciencia del poder chicano como lo había logrado César Chávez, el fundador de la Asociación Nacional de Campesinos en 1962, un fogoso migrante que había conseguido unir a los trabajadores del campo para elevarlos en la misma calidad ciudadana y económica de los propios norteamericanos. Que el éxito no fue total, era cierto, pero el esfuerzo llevado a cabo había resultado mucho más que justificado y había empezado mucho menos que de la nada, aun cuando faltaba mucha tarea por hacer en la actualidad. Chávez tenía su monumento, ¿por qué Juanito no tendría el suyo?

Supo que los mexicanos no se registraban para votar porque las campañas para el registro de votantes solo servían para que los funcionarios del INE llegaran a Estados Unidos de paseo, de compras y a perder miserablemente el tiempo. Los partidos políticos escasamente intentaban lograrlo o por apatía o por miedo a que la creación de conciencia político-electoral pudiera revertírseles beneficiando a sus opositores. Toda una mezquindad. Por otro lado, se decía que el proceso para tramitar la credencial de elector era complejo y burocrático, aun cuando en la realidad se habían facilitado los trámites para que pudieran votar desde los Estados Unidos, pero se ignoraba dicha realidad. Al gobierno mexicano, del color que fuera, se decía, no le interesaba el voto de quienes vivían en el exterior. Los chicanos desconocían que, si votaban masivamente en las elecciones presidenciales, serían un factor determinante, sin duda alguna, en el resultado, de la misma manera en que ya lo eran en la economía de México. Ni el PRI ni el PAN ni el PRD ni Morea ni ningún partido político tenía el menor interés en abrir un nuevo frente difícil de controlar y caro de mantener, muy caro.

Entre la comunidad mexicana existía la convicción de que ganara quien ganara, del partido que fuera, México nunca cambiaría, y no solo eso, sino que empeoraría, tal y como estaba ocurriendo en ese momento, según empezaba a escucharse. De ahí el creciente desinterés de la gente por participar en el proceso electoral mexicano. El escepticismo y la desinformación rebasaban ambas fronteras.

Los mexicanos no eran derrotistas, porque de otra suerte jamás hubieran emigrado a los Estados Unidos en busca de una vida mejor. Por supuesto que eran aspiracionistas, a los que tanto odiaba Lugo Olea, y deseaban superarse para poder ofrecer a sus familias los beneficios materiales que jamás hubieran podido obtener en México. A pesar de todo, era muy sencillo reconocer los barrios donde habitaban los mexicanos por el desorden y la pobreza.

¿Pobre de México, tan lejos de Dios y tan cerca de los Estados Unidos? Si en este caso no disfrutáramos esa vecindad con el coloso del Norte, ¿los mexicanos hubiéramos emigrado a Bolivia, a Ecuador o a Colombia, en el hemisferio sur? La vecindad nos estaba salvando la vida con esa abundante catarata de miles y más millones de dólares, sin los cuales la 4T hubiera reventado por las costuras de buen tiempo atrás. ¿Qué haría AMLO sin esos 40 mil millones de dólares, al año entrante tal vez 45 mil millones de dólares, o sea 900 mil millones de pesos cada año?

Los migrantes trabajaban de sol a sol para hacerse de dólares con un enorme esfuerzo, y todavía tenían la generosidad de mandar dinero a México con tal de ayudar a sus familias sin imponer condición alguna. ¿Seguirían mandando dinero para que los pequeñitos recibieran una pésima educación o los jóvenes compraran drogas en cualquier esquina o abandonaran la escuela para descarrilar su futuro y tal vez caer en manos del crimen organizado para ganarse la vida rápidamente con mucho dinero y enormes riesgos? ¿Enviar sus ahorros a un narcoestado fallido?

Si los suyos habían votado por AMLO porque tenían esperanza en una existencia mejor, era conveniente que los chicanos supieran los terribles errores de su gobierno. Si impusieran condiciones para mandar su dinero, todo cambiaría…

A Juanito lo entrevistaban en estaciones de radio con programación solo en español, de la misma manera en que se presentaba en televisión para influir en la comunidad mexicana. Ya había hecho contacto con *influencers* para operar también desde las redes sociales. Poco a poco iba construyendo sus redes de poder. Empezaba a recibir pequeños apoyos económicos, políticos, tecnológicos y radiofónicos, según avanzaba en su proyecto. Los mexicanos no lo abandonaban a su suerte; para su gran sorpresa, lo escuchaban.

¿Qué le faltaba a Juanito? ¡Una Yanira! El amor… En una ocasión, cuando entró en Santa Mónica a desayunar lo que fuera en una cafetería, se fascinó con la mesera que atendía la barra para los clientes que requerían un servicio inmediato. Helen, una joven hermosa, rubia, de ojos verdes, de escasos 20 años, estatura media, delgada, atlética, estudiante de música en el conservatorio de Los Ángeles, estaba a punto de terminar su carrera y por esos días interpretaba las obras de Paganini con todas las dificultades técnicas del caso. Juanito la contemplaba con verdadero asombro. Conversaron un día tras otro porque el abogado buscaba el menor pretexto para el *lunch* con tal de verla. A la semana de conocerse Helen lo invitó a tomar un trago en su departamento ubicado en Orange County.

Cuál no sería la sorpresa del abogado mexicano al concluir la conversación remojada con vino blanco de Napa, cuando de pronto empezó el intercambio de besos que concluyó en una rica relación amorosa. Al terminar, la genial artista se levantó por su violín para dedicarle a su nuevo amante una de las cuatro estaciones de Vivaldi, "El invierno", una obra maestra que interpretó completamente desnuda delante de él. Al terminar feliz y gozosa le preguntó al abogado, mientras guardaba su instrumento con gran cuidado en su estuche:

—¿Cómo dices que te llamas? Ya se me olvidó, *darling*.

Dicha experiencia lo marcó para entender la mentalidad de algunas mujeres norteamericanas. Claro que siguió saliendo con ella porque disfrutaba de una alegría interior en la que la música jugaba un papel definitivo. Se alineaban los astros. Él continuaría su tarea por más que ella ni le entendía ni le importaba, pero al fin y al cabo disfrutaba de la compañía del mexicano, su *mexican boy*, que aplaudía a rabiar las interpretaciones en el violín como su mejor público. ¿En qué acabaría su carísimo proyecto de unir a los mexicanos en los Estados Unidos? ¿Qué destino le esperaba? ¿Se naturalizaría como estadounidense si se presentaba la oportunidad? Tenía

314

que arreglar sus papeles para que las autoridades migratorias no lo sorprendieran en cualquier momento y lo deportaran a México. ¿Qué razón esgrimiría para justificar su estancia en los Estados Unidos? Buscaría a un patrón mexicano que le diera empleo y seguridad para poder continuar con sus planes. No perdería la paciencia, al fin y al cabo ya tenía diversas ofertas de paisanos generosos, y lo más importante, también contaba con el amor de una mujer hermosa. Helen, Helen, *oh, dear* Helen, Helen…

Con lo que no contaba Juanito era con la aparición de un ángel benefactor que llegó a su vida en el momento más oportuno. Mientras devoraba en la cafetería de Helen unos espléndidos hot cakes cubiertos por una buena ración de miel y acompañados por varias rebanadas de tocino tostado, zarzamoras y una pequeña bola de mantequilla, entró en su celular una llamada que cambiaría su estancia en Estados Unidos y lo llenaría de esperanza:

—¿Juan…?

—¿Sí…?

—Soy Alfonso Madariaga, tú no me conoces, pero yo a ti sí —se presentó el financiero de la misma forma en que lo había hecho con Gerardo González Gálvez. La voz, expresada en perfecto castellano, le dio confianza al abogado.

—¿En qué puedo servirle, don Alfonso? ¿Para qué soy bueno? —repuso Juan Alcalá abandonando por un momento su desayuno.

—Te molesto, estimado paisano, porque he estado viendo diversos videos tuyos y me encanta el papel que estás asumiendo en California para convencer a la comunidad chicana para que continúe enviando sus remesas a los suyos en México, siempre y cuando las familias beneficiadas no voten por Morea en las elecciones presidenciales de 2024. Es una maravilla de idea…

—Así es, don Alfonso, eso mismo me propongo. Ha sido muy difícil, tengo poco tiempo dedicado a esto, pero muchas ganas de lograr algo. Al menos le estoy haciendo toda la lucha.

—Pero no solo eso, querido amigo, también me impresionó tu plan de hacer que los mexicanos se tomen de la mano para mejorar sus condiciones de vida en los Estados Unidos. Cuando en una entrevista hablabas de un día sin mexicanos, en donde los meseros no servirían en los restaurantes, ni los pizcadores cosecharían frutas y legumbres en los campos gringos ni los albañiles pegarían tabiques ni seguirían haciendo los trabajos más pesados obteniendo a cambio sueldos muy por abajo de los devengados por los norteamericanos, me convencí de la importancia de estar a tu lado para ayudarte en esas faraónicas tareas que has emprendido y que te estarán costando sangre, sudor y lágrimas para salir adelante solo con tu propio esfuerzo.

—Bravo, bravísimo —respondió Juanito—. Ya hizo usted mi día. A veces pienso que solo estoy haciendo rayas en el agua que finalmente no servirán para nada, pero aquí estoy escuchándolo con gran sorpresa y mucha emoción.

—Ya no estás solo, abogado. En mí ya tienes un amigo y en México tienes otro, y ambos estamos dispuestos a ayudarte, cada quien con sus armas. Yo me dedico a asuntos financieros en Nueva York —le hizo saber su profesión con tal de animarlo revelándole un indicador patrimonial, una probable fuente de ingresos para el abogado—. Esa es mi chamba y así me gano la vida.

—Mil gracias, ¿y quién es mi aliado mexicano, si se puede saber? —cuestionó Alcalá intrigado.

—Claro —contestó Madariaga—. Se llama Gerardo González Gálvez, el famoso GGG, más conocido como Martinillo. Seguramente has oído hablar de este periodista y novelista.

—Por supuesto que lo identifico, es un luchador por la democracia y feroz enemigo de Lugo Olea, tal como lo soy yo aun cuando antes trabajaba con ese sujeto que está acabando con nuestro país.

—Bingo, pues hecho, entonces. Formemos un trío para tratar de inmovilizarlo políticamente desde nuestras respectivas trincheras, ¿de acuerdo? Solo te digo que la tuya nos llamó muchísimo la atención a Gerardo y a mí. Ambos queremos ayudarte y desde ahora podrás contar con nosotros en lo que sea necesario. Pienso volar a Los Ángeles en estos días, ya te diré, para analizar algunos probables negocios y para invitarte a comer y conversar más ampliamente. ¿Te parece…?

—Déjeme decirle, don Alfonso —agregó Juanito sin apearse en ningún caso del rígido usted—, que el único compromiso que tenía era durante el desfile deportivo del 20 de noviembre, cuando brincaba en un *tumbling* ambulante frente a Palacio Nacional, pero como por ahora no tengo pensado volver a México, estoy a la orden. Solamente dígame cuándo quiere que nos veamos y en dónde y ahí estaré como tachuela.

—Si te parece bien —contestó el financiero después de soltar una carcajada—, veámonos en el hotel Beverly Wilshire, en Beverly Hills. ¿Va? En ningún bar de Estados Unidos preparan mejor los martinis…

—Claro que va, encantado… He pasado por ahí muchas veces y nunca pensé que podía llegar a comer en ese lugar. A ver si me dejan entrar —exclamó ahora Juan con gran sentido del humor—. Tendré que comprarme unos zapatos porque no creo que me dejen entrar descalzo —concluyó, riéndose, para dejar un buen sabor de boca en Madariaga.

—Ahí te veo entonces, hermano, ya platicaremos…

—Pero dígame, ¿cómo consiguió mi teléfono?

—Me lo dio el director de una estación de radio, cliente de la Casa de Bolsa propiedad de un gran amigo mío, Juan.

—Genial, mil gracias, pero antes de colgar, don Alfonso, déjeme contarle que la sensación que tengo en este momento es la de un náufrago abandonado en una isla a la mitad del océano que logra meter un papel en una botella con un mensaje suplicando ayuda. Nunca sabe uno a manos de quién llegará la botella, pero hoy llegó a las suyas… Muchas gracias, no sabe usted cuánto le agradezco esta llamada. Estaré listo para conversar con usted cuando lo disponga. Le mando un gran abrazo a la mexicana…

El cielo se desplomaba, los relámpagos furiosos y amenazadores sacudían las ventanas del estudio de Martinillo; el viento, también rabioso, pretendía derribar las puertas de aquella reducida habitación al enviar una lluvia feroz e implacable para anunciar la llegada de Sofía Mercado en ese atardecer lóbrego y veraniego, enfundada en una gabardina beige, sosteniendo en su mano un paraguas empapado del que todavía se desprendían gotas que mojaban el vestíbulo del estudio de Gerardo González Gálvez. El autor se levantó de prisa del sillón de su escritorio para recibirla con un gran beso y un abrazo, mientras ella se acicalaba el cabello y asestaba pequeños golpecitos con sus botas humedecidas sobre el breve tapete de la entrada, al tiempo que se secaba el rostro con un pañuelo extraído de su bolsa. El autor contemplaba la escena a corta distancia sin intervenir ni ayudarla por una sospechosa señal enviada por ella. Una vez concluido el feliz momento de la recepción, Sofía, risueña, rompiendo con el protocolo de llegada, se desabotonó el impermeable y lo dejó caer al piso mostrando así, sin más, la magnificencia de su desnudez. Sí que era una mujer hermosa. A sus 35 años apenas empezaba a descubrir el verdadero esplendor de la vida. El periodista no esperaba, ni mucho menos, que el arrebatado encuentro vespertino comenzara con un desplante de esa naturaleza. ¡Qué bárbara! Gerardo quedó pasmado y encantado ante la escandalosa belleza de esa mujer, de esas que solo nacían cada mil años, cuando menos. La contempló de arriba abajo hasta que, embelesado, alcanzó a preguntarle:

—¿Yo debo hacer lo mismo, Sofi?

—Haz lo que quieras, amor, pero por lo pronto bésame, atrápame, devórame, cómeme completa, vida de mi vida, hoy más que nunca necesito que lo hagas —agregó sin aclarar el motivo de la urgencia.

Puesto de pie, Martinillo cumplió al pie de la letra las instrucciones: la abrazó, la besó, la acarició, la apretó contra él, se llenó de ella en sus manos y en su aliento, sujetándola firmemente de las nalgas, como el garañón que le gustaba ser a su lado, por ello siempre le repetía al oído: "Me encanta ser la persona que soy cuando estoy a tu lado, Sofi, amor mío". Ella, ni tarda ni perezosa, entre arrumaco y arrumaco, empezó a desvestir a Gerardo, hasta que, por alguna oscura razón, ya totalmente desnudo el galán, ella soltó una sonora carcajada al burlarse de sus calcetines decorados a todo color con diversos motivos golfísticos.

Sin hacer el menor caso de la burla de la fotógrafa, Martinillo la tomó entre sus brazos y la cargó conduciéndola a la habitación sin dejar de besarse en el breve trayecto. Dentro de la feliz rutina que ambos disfrutaban, tomaban previamente algún destilado para alcanzar el máximo nivel de erotización. En esta ocasión no habría whisky ni coñac ni martinis ni gin and tonics previos al intercambio amoroso. La pareja disfrutaba ese inolvidable momento como si fuera el último de su vida o el primero de haberse finalmente entregado después de cierto tiempo de alimentar el apetito. A saber… No había que dejar nada para mañana. ¿Mañana…? Mañana tal vez todos estaremos muertos…

Si innumerables parejas se aburrían ante la odiosa y frustrante rutina de las caricias, entre ellos era precisamente la rutina lo que más disfrutaban en sus encuentros fugaces, imposible prescindir de los rituales cada vez más exquisitos y gratificantes. Ya en la cama, se besaron sin que, en ningún momento, sus labios se separaran, salvo para recorrer con ellos esa piel que los enloquecía. La recorrían de arriba abajo, de norte a sur, de este a oeste, jugando con sus lenguas en la búsqueda del máximo placer. ¿Cómo no repetir ese hábito inveterado? ¿Cómo, si ahí daban con la fuente de su felicidad?

En cada encuentro amoroso que resultaba inolvidable e histórico. Echaron mano de todo su repertorio de posiciones entre comentarios procaces y felices hasta que se rindieron entre tremendos espasmos acompañados de lamentaciones, gritos agónicos, advertencias y súplicas incontestables que anunciaban el final de la batalla, en realidad, la invariable derrota del guerrero agotado e inutilizado.

El periodista y la fotógrafa permanecieron inmóviles durante unos instantes con el ánimo de recuperar la respiración, en tanto Gerardo secaba con sus manos el sudor de la frente de Sofía y la hacía girar delicadamente para verla de frente. Así estuvieron un buen rato sin que ninguno de los dos pronunciara una sola palabra ni de agradecimiento ni de reconciliación ni de reconocimiento por otro instante intenso e inolvidable en sus vidas. En casi tres meses de relaciones amorosas nunca habían permanecido callados durante tanto tiempo después de sus apasionados encuentros.

La primera en hablar, Sofía, prefirió estar de espaldas a Martinillo para comunicarle una decisión tomada a raíz de las protestas callejeras en Cuba que la prensa había publicado en los últimos días. Crispó el rostro como quien espera el estallido de una bomba.

—Amor, voy a hacer un viaje a La Habana para retratar la violencia y las represalias que padecen quienes luchan por la libertad en esa isla. Iré con mi cámara a captar imágenes de lo que ocurre por allá para que los asquerosos comunistas, unos miserables tiranos, no cuenten los hechos como se les dé su gana. Mis fotografías serán la mejor evidencia para divulgar en México la barbarie de la dictadura castrista, de modo que todos estos políticos de una supuesta izquierda se den cuenta de los alcances de una intolerancia que no padecen en México. Resulta muy fácil ponerte del lado del dictador cuando vives en la Ciudad de México con todas las comodidades con las que sueñan los cubanos de a pie, porque ya sabemos que los del gobierno comen caliente todos los días. Es hora de encuerar a todos esos miserables para dejar constancia de lo que realmente ocurre en Cuba, a donde deberían vivir estos supuestos líderes de izquierda, auténticos rábanos, rojos por fuera, blancos por dentro, nadie los digiere y todos los eructan, pero eso sí, gozan de diferentes opciones posibles gracias a la democracia.

Martinillo hizo caso omiso al chistorete de Sofía para agregar:

—Es peligroso ir a Cuba en este momento, Sofi, mi vida. Me llegan imágenes todos los días de las golpizas que les dan a quienes protestan y, además, me he cansado de ver cómo la policía secreta o la uniformada, es igual, les arrebatan sus cámaras y sus equipos a los fotógrafos que pretenden exhibir en el mundo la realidad cubana y luego los patean en las calles o en las cárceles para hacerlos desistir de su trabajo y de sus planes. Cuidado, estarías entrando a un campo minado y podrías volar por los aires, muerta, en cualquier momento. Los castristas son hijos de puta por definición…

Ella se animaba con la conversación y se hacía de fuerza para comunicarle a su amante el plan completo de su viaje. Gozaba de la enorme ventaja de no verlo cara a cara.

—No te preocupes, amor, sabré manejarme. No me angustia.

—Sí, claro que me preocupo —exclamó Gerardo—. Los he visto golpear igual a hombres que a mujeres, a sabiendas de que los matones, los asesinos, nunca serán castigados, simplemente porque en Cuba no hay más ley que los estados de ánimo de Raúl Castro, un criminal que no debería morir en la cama, como Francisco Franco, José Stalin o Mao Tse Tung, o hasta Hugo Chávez, válgase la comparación, entre otros terribles dictadores. Es falso que quien la hace la paga, muchos de estos perros asquerosos han fallecido con todas las bendiciones, dependiendo el caso, sin liquidar una sola factura de sus gigantescas deudas políticas y populares.

Al concluir ese comentario, Sofía inhaló, como si fuera a dar un gran salto:

—Si te digo que no te preocupes, cariño, es porque no voy a ir sola, y te lo comento —aspiró profundamente cerrando los puños firmemente—, de acuerdo con el pacto al que nos comprometimos cuando nos conocimos.

—¿Qué quieres decir? No entiendo nada…

—Quiero decir que cuando nos conocimos, salimos y nos enamoramos, dada nuestra diferencia de edades, tú 58 y yo 35, ambos acordamos que cuando llegara un hombre en el que yo pudiera depositar mi confianza para disfrutar lo que me quedara de vida, yo te lo haría saber, de la misma manera en que tú estás obligado a decirme si llegara otra mujer a tu lado, y no me refiero a tu esposa, claro. Como sabes, ya estoy separada de mi marido desde hace un par de meses.

El periodista recibió el golpe rudo y brutal como si hubiera venido corriendo en la noche y se estrellara de pronto contra un muro para caer noqueado en el piso.

—¿Y ese hombre que dices, ya llegó a tu vida…?

—Sí, creo que sí, ya llegó, lo tengo claro, por lo menos voy a darle una oportunidad y a conocerlo a fondo, en la medida de lo posible, pero no puedo empezar esta nueva experiencia sin decirte la verdad, confesártela, tal y como quedamos, por más trabajo que me cueste hacértelo saber.

Gerardo se quedó paralizado, entumido, sin saber qué contestar. No era la primera vez, le había ocurrido recientemente, un par de semanas atrás, y también se había quedado inmovilizado con una confesión de Roberta, su mujer, sí, nada menos que su mujer, su propia esposa. La vida le jugaba de nueva cuenta otra terrible pasada y lo ponía a prueba. La sabiduría popular hablaba de los peligros de beber en dos bocas. El autor no podía moverse. Su único deseo consistía en desaparecer, esfumarse o al menos zafarse de ella. No existir en ese momento. Huir…

Sí que la había disfrutado, había gozado su inteligencia, sus conocimientos, su profesión, su sensibilidad política, su sentido del humor, sus sonrisas, su indumentaria, se decoraba, no se vestía, y sabía que esa magia podría concluir en cualquier instante, y ese instante había llegado precisamente esa tarde del 15 de julio de 2021. ¿Seguirla abrazando? ¡Imposible! ¿Cubrirla con las mantas de la cama para evitarle la sensación del frío que ella padecía después de hacer el amor? ¡De ninguna manera! ¿Arreglarle el cabello? ¡Tampoco! ¿Hacerle cariñitos en la espalda y besársela una y mil veces? ¡Ni hablar! ¿Disfrutar su saliva como el elixir mágico para enloquecerlo? ¡Al carajo con la saliva, el elixir y con ella misma! ¡Todo al carajo!

Empezó a vivir una sensación de luto como cuando muere un pariente cercano o un querido amigo. ¿Qué haría sin Sofía? En el fondo la necesitaba, la iba a extrañar con locura. ¿Cómo saber si iba a estar bien protegida en Cuba o alguien le daba un golpe mortal o simplemente la encerraban sin volver a saber de ella o, tal vez, tampoco regresaría a sus brazos porque su nueva pareja le daba y le entregaba lo que él, Gerardo, nunca podría darle? Recordó con gran pesar aquello de que los dioses castigan a los humanos entregándoles lo que siempre han querido en su vida, en el momento más inoportuno… Tener con ella alguna cortesía, preguntarle ¿quién era?, ¿qué edad tenía?, ¿a qué se dedicaba?, ¿por qué le había gustado tanto? ¿Si ya habían tenido relaciones amorosas aún estando con él? ¿Lo había engañado acostándose con el nuevo pretendiente para saber si la dejaba satisfecha y entonces mandarlo a él a la mierda? ¿Eso era? ¡Qué barbaridad! Se levantaban en tropel todos los fantasmas para arrebatarle la paz. ¡Imposible soportarlo! Imposible seguir a su lado ni un segundo por más que ella cumplía con la debida nobleza el acuerdo entre ambos y él tenía que responder con madurez, sí, pero ¿de dónde sacar la madurez a sus 58 años? ¿Acaso al alcanzar una edad provecta las personas se convierten en robots, ya no sienten nada y todavía se les exige que no reaccionen como menores de edad? ¿De eso se trataba?

Martinillo descansaba, o mejor dicho, yacía abrazando a Sofía por la espalda con su brazo derecho abajo de su cintura para poder tomarla y acariciarle los senos. Al escuchar el proyecto cubano se desprendió de ella gradualmente, con la debida delicadeza, eso sí, sin ninguna violencia, hasta quedar tirado en la cama boca arriba completamente desnudo. No resistió. Ahora era él quien debería cubrirse el cuerpo y no precisamente por el frío, sino por un inesperado pudor que experimentó al hablar, tal vez, con una extraña en una muy rara intimidad. La cama, que antes era un espacio enorme solo para ellos dos, ahora se convertía en un lugar estrecho en donde resultaba difícil darles cabida a ambos.

¿Qué tenía que ver Sofía con él a partir de ese momento? Nada. Se tapó sin sacar siquiera los brazos por encima de las sábanas. Ella entendió el desplante. Venía preparada. Imposible que Gerardo reaccionara de otra manera. Estaba claro. Por supuesto que no le aplaudiría ni podría festejar su partida. Bien sabían los dos que su relación no tenía futuro alguno, solo que ignoraban el momento de la separación, que tarde o temprano llegaría irremediablemente, tal y como llegó esta tarde de verano lluvioso en la Ciudad de México.

—Los dos sabíamos que esto iba a ocurrir en algún momento, amor. Tan lo sabíamos, tan lo sabemos, que hasta lo conversamos con la debida valentía y transparencia. Sin embargo, yo no sabía cómo abordar el tema contigo, pero quiero que sepas que ese hombre me gusta, me encanta, lo confieso, pero nunca me he metido con él en la cama, jamás te he perdido el respeto, tal y como quedamos. De ti depende creerme o no, pero te suplico que me creas, te he sido fiel a pesar de innumerables tentaciones y muchas más oportunidades, pero nunca me rendí, y ahora lo haré. Por supuesto que en Cuba me voy a acostar con él…

—Te creo, ahora bien, ¿y si no te funciona regresarás conmigo como si yo fuera tu peor es nada? ¿Así debo entenderlo? ¿Volverás a mi lado porque fracasó tu otra relación? ¿Así lo ves, así lo entiendes? —nada de que "así lo ves o así lo entiendes, amor mío". ¿Cuál amor mío? Las palabras cariñosas habían caído en absoluto desuso. Lo mejor sería levantarse, vestirse y sentarse en un pequeño sillón ubicado enfrente de su escritorio en lo que ella se arreglaba y se marchaba. Él no podía dejarla sola y abandonada en su estudio. Sería un caballero hasta el final. ¿Qué más podría continuar? De la misma manera en que cae el telón en una obra de teatro, así había acontecido en su caso sin escuchar un solo aplauso del público. El telón se había caído abruptamente. Se había acabado, había concluido uno de los episodios más hermosos de su vida del que tendría que vivir ya solo de su recuerdo. La *commedia è finita*, decía en la ópera de Leoncavallo el payaso Pagliacci... En ese momento recordó una conversación que había tenido con el gran Gabo cuando hablaron del final de una inolvidable relación amorosa: "No sufras porque la perdiste, celebra porque algún día la tuviste...".

Sofía tampoco sabía cómo proceder. Hubiera querido tener su ropa al alcance de la cama. Objetivo imposible, porque había llegado vestida solamente con el impermeable. Se arrepentía de haber llegado vestida así en ese preciso momento de la despedida, pero en el fondo había deseado que ese fuera el recuerdo definitivo que Gerardo tuviera en su mente al contemplarla desnuda con la gabardina tirada a sus pies en espera del último instante amoroso de sus vidas. Esperaba que, con el paso del tiempo, él solo recordara esa imagen de ella de pie, desnuda para alegrarle los años en que la degradación física hiciera verdaderos estragos en su erotismo y en sus pasiones. Llévate esta imagen, amor mío, a la tumba, te acompañaré ahí también cuando nadie nos vea, en la eternidad.

Sofía se levantó en busca de su gabardina, se la colocó sin pronunciar una sola palabra. Se la abotonó, se calzó las botas, tomó su bolsa, se alisó los cabellos, se armó de valor y se dirigió al sillón en donde el autor estaba sentado solo para besarle la frente, y ante la respuesta inerte del ya viejo galán, abandonó su estudio sin voltear, para enfrentar su nuevo futuro. ¿Lloraba? Sí, pero mañana sonreiría. Ella había disfrutado con el periodista sus instantes felices, sus reacciones, su sentido del humor, su concepción del mundo y de la vida, su pasión por México y su insaciable curiosidad por lo pasado, lo actual y por lo futuro. Soñaba con un México convertido en potencia sin pobres, sin personas sepultadas en la pobreza, sin rivalidades raciales ni materiales. Él tenía las fórmulas, él sabía cómo, pero el tiempo también lo había atropellado. Sus ilusiones las había hecho suyas para siempre. Era un hombre dotado de una eterna juventud. A saber si alguien alguna vez leería sus libros y aprovechaba sus aportaciones y conocimientos. Adoraba sus virtudes. Por lo pronto, al girar sobre sus talones con los ojos anegados, incapaz de hablar, Sofía Mercado abrió la puerta del estudio para no volver nunca más.

Martinillo regresó a casa verdaderamente devastado después del rompimiento inesperado con Sofía luego de algunos meses de feliz y constructiva relación. Su vida amorosa se había derrumbado sin previo aviso. Por un lado, había perdido a Sofía; él jamás estaría en posición de darle a esa mujer lo que sí, en efecto, podría proporcionarle un pretendiente mucho más joven y tal vez con más recursos económicos de los que él hubiera podido generar en toda su existencia. Por si lo anterior fuera poco y el malestar insuficiente, de las relaciones con su amada esposa ya solo quedaba la mitad, o si acaso y con mucha suerte, una cuarta parte, porque tenía que compartir el lecho matrimonial con otro hombre de acuerdo con lo que él mismo había hecho con otras mujeres y con la propia Roberta. La equidad de género por la que él había luchado por tantos años finalmente se había impuesto en su propio hogar y en términos tan abruptos como inimaginables. Así, molido, desganado, confundido y extraviado regresó a casa esa tarde-noche, para encontrarse a Roberta echada en un sillón escuchando tocar el último movimiento de la séptima sinfonía de Beethoven mandándoles instrucciones a las flautas, a los oboes, al corno, a los fagots, a los trombones, a los timbales y a la tuba, o lo que fuera, ¿qué más daba que Wagner hubiera dicho que esa obra maestra de Beethoven era la "apoteosis de la danza…"? A ver, sí, ¿qué más daba, fuera lo que fuera…?

El día anterior, precisamente el día anterior, el 14 de julio, Roberta había regresado feliz y sonriente de su viaje por las Bermudas. Sobra decir que sí le había traído a Gerardo, como recuerdo, una pequeña cabecita de jíbaro comprada en una de las tiendas de curiosidades para turistas en las afueras de Hamilton. El objeto no podía ser más espantoso, ¿una miniatura de cabeza? ¿De quién?, pero al fin y al cabo constituía una prueba de amor, la evidencia irrefutable de que había pensado en él, eso sí, en los términos que se deseara…

Martinillo, por su parte, había inventado un par de pretextos para cancelar su viaje a Nueva York, en México habían surgido diversos problemas que le habían impedido viajar…

Después de besarla esquivamente en la mejilla y de acomodarse a su lado, Roberta se dirigió a su marido con las siguientes palabras seductoras:

—Amor mío, ya ves que tengo varios colegas, ¿quisieras, mi vida, echarle un ojito a un texto? Solo para saber si estás de acuerdo con sus afirmaciones, tal vez un tanto cuanto radicales, por cierto, ya tú me dirás si sus datos históricos son correctos, me pidió ayuda porque te admira…

Comenzar la conversación con un "amor mío, mi vida" constituía para Roberta la expresión más natural del mundo que anticipaba la continuación feliz de su relación, al menos de parte de ella. ¿Pero él, Martinillo, era quien debía padecer el rencor, el coraje, el desprecio? Roberta gozaba ahora lo mejor de todos los mundos. ¿El privilegio de llevar a cabo una doble vida no debería estar reservado a los hombres machos, muy machos, pero el tiempo afortunadamente había transcurrido lentamente, a favor del sexo débil? El autor no podía adelantarse a los acontecimientos ni suponer qué ocurriría tan pronto concluyera esta nueva plática con su esposa. ¿Qué le deparaba de nueva cuenta el destino? No tardaría en descubrirlo, o tal vez, de padecerlo… ¿Maldita vieja infiel y además cínica perversa? ¿Sí…?

¿Colega? Maldito idioma el castellano, pensó el autor víctima de los celos. ¿Colega hombre o colega mujer? ¿Él celoso…? Pues sí, en efecto, celoso, y muy celoso, aunque no lo confesara. ¿Acaso Roberta se atrevía a presentarle un texto redactado por uno de sus amantes que recibía a vistas, como ella decía con su indigerible humor?

De sobra conocía el talento y los conocimientos de Roberta, una fanática del comportamiento humano, una curiosa universal deseosa de entender las reacciones y respuestas del comportamiento social, en particular, en este caso, de los mexicanos. De acuerdo, sí, solo que de ahí a que ella se pusiera de pie para leer entusiasmada un trabajo redactado por quién sabe quién y, lo peor, verse obligado a dedicarle su atención sin atreverse a confesar sus sentimientos. ¿Ayudar al amante encubierto de su esposa? ¿Cierto? A saber, ¿pero cómo negarse a escucharla, con qué pretexto, con diez mil carajos? Pero además, su supuesto colega, un universitario, no dispondría jamás de los recursos para rentar un yate en las Bermudas? ¿Se trataría de otro amante…? No, por favor no…

De esta suerte comenzó Roberta, feliz de contenta, con la lectura:

> ¿Acaso los mexicanos pensaron que nunca tendrían que pagar una factura por los tremendos daños generacionales que ocasionaron a lo largo de su dolorida historia? Atentaron, año tras año, sexenio tras sexenio, siglo tras siglo, en contra de los marginados, de los desamparados, sin considerar cómo se multiplicaban y sin atender las condiciones miserables en las que difícilmente subsistían sepultados en una pavorosa pobreza y en una patética ignorancia. El egoísmo y la indolencia solo les permitió ver por su propio bienestar, como si no existieran millones de terceros marginados por su falta de educación, por su felicidad, por su superación, sin ver

por los millones de personas que pedían limosna en las calles del país y que eran contempladas como parte del paisaje urbano de México. ¿Creían que a los excluidos nunca se les iba a agotar la paciencia y que escucharían la voz de un populista, un mentiroso profesional que los hundiría aún más en la desesperación antes de recurrir a la violencia para hacer valer su ley, cualquiera que esta fuera? ¿Quienes acaparaban la riqueza nunca pensaron que con su desprecio iban a despertar al México bronco y hastiado o a orillarlo a votar por un líder mesiánico que acabaría por destruir lo poco que tenían?

México se extravió cuando los españoles sustituyeron el Calpulli, una comunidad política-agrícola y social, en donde era obligatoria la existencia de una o varias escuelas, por disposición de la ley, pero al aparecer la Encomienda, otra organización agrícola, en lugar de continuar con la política educativa mexica, sustituyó las escuelas por iglesias, de ahí que a la llegada de Iturbide al poder, en 1822, nuestro país estaba poblado casi por analfabetos. ¿Qué hubiera sido de Cholula, Puebla, a título de ejemplo, si en lugar de contar 283 parroquias, sin incluir capillas, templos menores y oratorios, hubieran construido 283 universidades, escuelas y academias? ¿Qué hubiera sido de México si en lugar de iglesias se hubieran construido centros de enseñanza?

Ante la ausencia de un Estado de derecho, de una estructura democrática, de un sentimiento humanista y filantrópico, de una munificencia social, México se expuso a la aplicación de una purga eficiente e inevitable, abundante y concentrada para reparar el organismo enfermo. La purga vomitiva se llama AMLO, quien, en lugar de tratar de curar y aliviar el cuerpo político y social, ha venido a prostituirlo y atrasarlo mucho más. ¿Qué hemos aprendido los mexicanos de este cataclismo político? ¿Cuál estrategia de largo plazo se debe diseñar para incorporar a la mayor cantidad de compatriotas, por lo pronto, al mínimo nivel de bienestar exigido por la más elemental dignidad humana?

Roberta leía y contemplaba de reojo a su marido…

El enrarecimiento del ambiente no debe sorprender a nadie. Un sistema gangrenado desde su fundación en 1929, un auténtico aborto republicano, una sociedad carcomida por la corrupción, exhibió evidentes señales de intensa putrefacción a partir del arribo de la diarquía Obregón-Calles, del oprobioso maximato encabezado por Calles y sus famosos "peleles", para concluir con la Dictadura Perfecta, de la cual la historia nacional ha dejado cuenta y razón para toda la posteridad. AMLO, la supuesta esperanza, la de juntos haremos historia, el de la República amorosa, solo vino a interrumpir el proceso democratizador cuando ya somos 130 millones de mexicanos. Él no es un reformador, es un transformador anacrónico para el mal del país.

En México nadie cree en la autoridad, de la misma manera que la autoridad tampoco cree en los gobernados: la fractura es muy clara. El problema está en los mexicanos, en su incapacidad de organizarse, sobre la base de que nadie vendrá a salvarlos. ¿Cómo lograr un consenso cuando hablamos de dos, tres o tal vez cuatro Méxicos? ¿Cómo tener un proyecto común cuando cada grupo exige la satisfacción de necesidades distintas, ciertamente irreconciliables? ¿A dónde vamos cuando ni siquiera nos conocemos ni sabemos cómo sentimos? ¿Quiénes somos? ¿A dónde nos dirigimos si en lo toral no remamos todos en el mismo sentido? ¿A qué podemos aspirar cuando no hablamos el mismo idioma ni sentimos lo mismo ni esperamos lo mismo ni necesitamos lo mismo?

México se desarrolló históricamente sin el rico proceso de oxigenación de los vientos renovadores provenientes de la Reforma protestante europea del siglo XVI y sin los de la Ilustración, dos pérdidas en su formación filosófica, política y moral de particular importancia.

El proceso de alfabetización llegó muy tarde, apenas hace un siglo, cuando Álvaro Obregón y Vasconcelos crearon la SEP en 1921 y se empezaron a construir mil escuelas públicas al año, ritmo maravilloso que continuaría con Calles, en tanto la sociedad mexicana, apática y egoísta, no se sumaba al esfuerzo educativo y observaba con desgana la burocratización de la educación.

—Ve estos párrafos, amor. Son buenérrimos, te lo juro. Pon mucha atención. Es un comparativo genial —exclamó Roberta entusiasmada, sin advertir el efecto emocional de sus palabras en su marido—:

El rey de España no estaba sujeto a la ley como hoy en día, 500 años después, AMLO tampoco está sujeto a la ley. Viola a diario la Constitución sin temer represalias jurídicas y políticas. El rey era todopoderoso, no respetaba nada: hoy AMLO, también todopoderoso, apabulla con sus inmensos poderes al saberse intocable, sin imaginar, en su ceguera autoritaria, que tarde o temprano perderá su autoridad y enfrentará las consecuencias de su despotismo. Él es el Estado de derecho. Los poderes del rey eran absolutos. El soberano del siglo XVI y subsecuentes concedía exenciones o las negaba, al igual que hoy hace la 4T. Hace 500 años se cambió la piedra de los sacrificios por la pira de la Santa Inquisición y su inmensa estela de castraciones intelectuales. La conquista espiritual causó estragos, se perseguía sin piedad a quien se pensara peligroso, tal y como hoy lo hace la Fiscalía General de la República, en la inteligencia de que la industria lucrativa del perdón empieza a prosperar como ninguna otra encabezada por AMLO, la máxima autoridad espiritual de México, aunque mienta 80 veces al día, según los expertos...

El monarca intervenía en decisiones judiciales, y si quería se contradecía al día siguiente, tal y como en la actualidad Lugo Olea critica las sentencias emitidas por jueces federales y hasta presiona a los ministros de la Corte. ¿Cuál división de poderes como si viviéramos todavía en el virreinato? Era clara la ausencia de parlamentos y congresos que precariamente nacieron a la vida ya entrado el siglo XIX. En nuestros días sí existe un Congreso, solo que sometido parcialmente al presidente, quien le prohíbe quitar una sola coma a sus iniciativas legales. ¡He ahí el nacimiento de la impunidad, del autoritarismo y de la corrupción que padecemos hasta nuestros días! En aquellos años el clero tenía el monopolio educativo; hoy lo tiene el gobierno con todas sus consecuencias sociales y económicas, basta con salir a la calle para demostrarlo. El clero acaparaba 70% de las tierras cultivables que estaban abandonadas a la suerte improductiva de las manos muertas, de la misma forma en que hoy el ingreso lo acaparan 30 familias poderosas del país. El clero tenía fuero y todo género de privilegios políticos, como hoy lo disfrutan los presidentes, los legisladores y los gobernadores. El clero tenía tribunales especiales, de la misma manera en que Lugo Olea decide a quién juzgar y a quién no, porque el fiscal "autónomo" es un empleado sometido a su potestad. El clero financió una serie de revueltas y golpes de Estado que durante décadas desmantelaron las instituciones nacionales, de la misma forma en que Lugo Olea pretende desmantelar nuestra democracia, otra forma de asestar un golpe de Estado encubierto, pero con un aspecto un tanto cuanto más civilizado. ¿Cuántos derrocamientos presidenciales patrocinó la Iglesia protestante en Estados Unidos en el siglo XIX? Al ser la ley letra muerta en México, tal y como acontece hoy en día, la economía se estancó por falta de reglas eficientes y la involución política se hizo evidente para estimular el atraso. Basta un comparativo muy breve para demostrarlo: George Washington se negó a ser reelecto, ocupó la presidencia en una sola ocasión.

—¿Te gusta, mi vida? Di que sí, pichoncito. ¿Verdad que mi colega las trae? —insistió Roberta sin escuchar respuesta alguna de su marido, salvo un par de gestos de aprobación.

El clero obstaculizó el desarrollo económico de México desde que acaparó los capitales, 70% de los terrenos cultivables y recaudó durante siglos impuestos a través del diezmo, de la misma forma que hoy Lugo Olea desea concentrar la mayor cantidad de capitales para construir obras faraónicas reñidas con el bienestar social, por más que se diga lo contrario. ¿Cuántos impuestos recaudó la Iglesia protestante norteamericana o cuántos latifundios detentó o cuántas guerras financió, como la de Reforma, o cuántos bancos fundó o cuantos levantamientos armados patrocinó para defender sus intereses materiales? Hoy prácticamente ya no existen los latifundios en México, pero se dan en la modalidad destructora de las empresas paraestatales como Pemex y la CFE, bienes modernos de manos muertas porque no solo no generan bienestar, sino que lo destruyen.

¡Cuánta riqueza tiene México! Cuenta con todo, absolutamente con todo para vencer: agua, tierras fértiles, plata de sobra, oro, inmensos litorales, ganadería, excelente mano de obra, laboriosidad de su gente, sol en abundancia, todo tipo de tesoros de sus abuelos, riqueza por doquier, poderosos socios del norte, y sin embargo, somos un pueblo pobre, porque no sabemos nada: somos lo que sabemos y lo que recordamos, pero no sabemos nada ni recordamos nada. ¿De qué sirven tantas herramientas si no las sabemos utilizar?

Los norteamericanos están orgullosos de su pasado inglés. Los mexicanos rechazamos a los españoles y simultáneamente renegamos de nuestras raíces indígenas. No queremos ser españoles, pero tampoco indígenas. La confusión fue y sigue generando confusión y extravío en materia de identidad nacional. El pensamiento oficial es antihispano y con ello se destruye la unidad nacional. Somos mestizos, nos guste o no…

En Estados Unidos se logra la separación Iglesia-Estado desde el siglo XVIII, es decir, desde su independencia de la Corona inglesa. En México no fue sino hasta después de la guerra de Reforma que logramos sacudirnos de la garganta a esa maldita sanguijuela que devoraba golosa las esencias y la sangre del país sin ningún beneficio social. En el México de nuestros días la sanguijuela se llama populismo, la tentación autoritaria.

En ese párrafo Roberta giró para beber un poco de agua. Continuó leyendo convencida de que Gerardo ponía atención, eso sí, sin refutar una sola afirmación del o la colega. Leía con fundado orgullo el ensayo. Sabía que el contenido del texto coincidía con los análisis y conclusiones políticas e históricas de su marido.

La gran diferencia, sin ignorar otras más, entre la colonización inglesa y la conquista española, fueron, sin duda alguna, las mujeres, una afirmación, en efecto, poco estudiada. ¿En qué se convirtió una raza de piel oscura poderosa, imaginativa, industriosa y productiva? Bien: los españoles, a diferencia de los ingleses, no vinieron a la Nueva España con sus familias hasta ya muy superada la Conquista, por lo que la mezcla racial produjo resultados desastrosos, como en toda América Latina. La riqueza, el poder y la educación los concentraron rabiosamente los españoles y sus hijos, los criollos. Al México antiguo llegaron hombres solos, ávidos de aventura, muchos prófugos de la justicia que procrearon decenas o hasta centenas de hijos desconocidos. Destruyeron el núcleo familiar mexica, y al destruirlo nació el rencor, el resentimiento que se perpetúa hasta nuestros días. Aparecieron la resignación, el fatalismo, el pesimismo y se reforzaron las supersticiones. El México precolombino perdió la brújula para siempre después de 300 años de virreinato. Los millones de aborígenes todavía no despiertan, a la fecha, de esa pesadilla, en tanto subsisten en la improductividad, el abandono y la miseria. ¿Cómo omitir que para los norteamericanos el mejor indio era el indio muerto? Resulta imposible no comparar las economías de los países colonizados por Inglaterra con los conquistados por España. ¿Qué tal comenzar por Estados Unidos, Canadá y Australia y continuar, por otro lado, con Nicaragua, México, Perú y Bolivia?

Los conquistadores españoles, las autoridades virreinales, la dictadura porfirista y la Iglesia católica coincidieron en una misma meta: someter política y espiritualmente a las masas por medio de las armas y de los confesionarios, exprimirlas y explotarlas sin detenerse a considerar que su creciente desesperación podría provocar estallidos sociales como aconteció durante la guerra de Independencia, la Guerra de Reforma y la Revolución Mexicana.

Comencemos por comparar los países angloparlantes con los hispanoparlantes para extraer algunas conclusiones a partir de las enormes diferencias existentes entre ambos. Los primeros promovían ideales políticos y sociales, como los valores democráticos, la libertad, la igualdad y la justicia basada en el derecho, convivían en términos de un *habeas corpus* con garantías ciudadanas en contra de la autoridad. Todos eran iguales ante la ley que no se negociaba, no se subastaba, y la corrupción era severamente sancionada. Inglaterra contaba con un Parlamento electo, existía el libre mercado, libertad de prensa, de cultos y de conciencia, al extremo de que ya en 1649 decapitaron a Carlos I en el castillo de

Whitehall, bajo los cargos de alta traición. El soberano inglés alegaba que su autoridad le había sido concedida nada menos que por Dios. ¿Y si hubieran decapitado a Carlos IV y a Fernando VII de España?

Gerardo escuchaba cabizbajo y en silencio la voz de Roberta como quien escucha la sentencia dictada por un juez, mientras ella caminaba de un lado al otro de la estancia con las cuartillas en la mano. Pensó en levantarse con cualquier pretexto, pero la verdad, coincidía con las afirmaciones del colega, con un demonio…

En el imperio español tú siempre lo has sostenido, amor, los monopolios españoles impidieron las libertades comerciales, provocaron los privilegios, incrementaron la concentración de riqueza en pocas manos y, colateralmente, propiciaron el arribo de los piratas, ávidos de vender a precios atractivos los productos controlados desde Madrid… ¿Cuál libertad de prensa o libertad religiosa en los territorios en donde no se ponía el sol? Los violadores de las leyes de la censura podían acabar sus días en los sótanos de la Santa Inquisición. ¡Ay de aquel que practicara una religión distinta a la católica porque podría perecer incinerado en una pira pública o torturado en los sótanos del Santo Oficio!

En las comunidades protestantes los ricos se salvan, mientras que los pobres y los analfabetos se condenan. Unos son arquitectos responsables de su vida, mientras que otros están a lo que Dios mande… Unos activos, los otros pasivos. Mientras que una religión genera riqueza, para la otra, la católica, es un estigma, el trabajo es un castigo de Dios, y la pobreza, un signo de humildad y sencillez.

En México resultó imposible poner una piedra encima de la otra sin estabilidad política. En Estados Unidos ningún jefe de Estado regresó 11 veces al poder como lo hiciera Santa Anna, sin olvidar que en México, solo de 1820 a 1856, hubo 36 presidentes. Biden es el número 46 en 242 años.

Gerardo empezaba a sentirse inquieto, se movía incómodo sentado en el sillón. Sentía que el o la "colega" se había pirateado sus textos. Por eso, entre otras razones ya no quería seguir escuchando. Roberta, conocedora de su marido, le advirtió el final de la lectura. Se trataba solo de un par de párrafos más, apelaba a su paciencia...

Además de la concentración del poder y de la riqueza en muy pocas manos, la educación en México se burocratizó, y al ser nuestros maestros burócratas, en las escuelas mexicanas se incuba el atraso, la resignación y la deserción escolar con todas sus consecuencias sociales. ¿O acaso las decenas de millones de reprobados que escasamente concluyeron la instrucción primaria serán técnicos de vanguardia excelentemente capacitados? Si existen millones de pobres es porque no saben hacer nada, y no saben hacer nada, entre otras razones, porque falló la educación y, claro está, también la economía, y más claro aún, falló la sociedad mexicana apática en relación con la educación de sus hijos.

Ante una sociedad indolente en torno a la educación no debe llamar la atención la aparición de la miseria, la inmadurez política, la incapacidad de generar riqueza, la explosión demográfica, el crecimiento de las manchas urbanas, el deterioro de la vida citadina, la expansión del desempleo, el disparo de la delincuencia organizada, la compra-venta de niñas, la trata de blancas, la ruina de la investigación científica, el desprecio por la ley, la corrupción, la destrucción ecológica, la descomposición social, la aparición masiva de focos de violencia, la dependencia del exterior, el patriotismo decadente, el orgullo nacional erosionado, la imaginación de la nación, el creciente endeudamiento, la depresión del ingreso per cápita, la caída de la recaudación, el deterioro de las instituciones públicas, la concentración de poderes políticos, la desnutrición, el hambre, la insalubridad y la mortandad infantil, los orígenes de la tragedia...

Los empresarios deberían entender que no hay mejor manera de defender sus intereses, que son los de México, que participando en la educación nacional, considerando que mientras más escuelas se le arrebaten al gobierno, más posibilidades habrá de superar las crisis sociales. Las revoluciones las hacen los desesperados, y si estos y sus hijos ingresan, por lo pronto, en escuelas diurnas y nocturnas de oficios, en universidades y academias nacionales o extranjeras, el país y su planta productiva estará cada día más a salvo.

Se impone volver a poner en vigor la Reforma Educativa de Pasos Narro, sin paternalismos ni lástimas ni temores ni complejos...

En cada mexicano debe haber un maestro, solo así podrán construir el país con el que sueñan los mexicanos.

Federico Reyes Guzmán

En esa ocasión Gerardo no estaba para discusiones filosóficas ni políticas ni antropológicas, ni nada de nada, es decir, nada... Ni siquiera había tomado notas del texto del "colega" o lo que fuera de Roberta... Redujo sus opiniones a algunas acotaciones tangenciales antes de retirarse a descansar lo más rápido posible. Le gustó aquello de que los mexicanos tendrían que pagar una factura por los daños generacionales causados a lo largo de su historia y lo de que a los excluidos se les iba a agotar la paciencia... Esa afirmación era una verdad de a kilo... Coincidió en que México se había extraviado cuando los españoles sustituyeron las escuelas por iglesias, agregó que el sistema político mexicano siempre había estado gangrenado, que en México nadie creía en la autoridad, de la misma manera que la autoridad tampoco creía en los gobernados, y que los excluidos, tarde o temprano, harían valer su ley con lo que tuvieran a su alcance, sí, solo no tenía el menor interés de discutir el texto con Roberta en esa desagradable coyuntura, en fin, se disculpó invitando a su mujer a dialogar al otro día… Ella entendió el motivo de la conducta de su marido. Dejó las cuartillas sobre el escritorio mientras lo veía dirigirse al dormitorio. Ahora, pensó ella, con una sonrisa traviesa, comenzaba el segundo acto, por ninguna razón lo desperdiciaría…

Una vez agotado el tema, arrastrando los pies, presa de un natural decaimiento y apatía, se dirigió a la habitación con el ánimo de dormirse y dar por concluido ese día tan doloroso y complicado, pensando en Sofía... "ay, Sofi, mi Sofi". No deseaba estar despierto ni un segundo más. Sí, era entendible, pero cuál no sería su sorpresa que cuando ya se había envuelto en las sábanas y su cabeza reposaba abajo de la almohada, de repente ingresó Roberta al baño, se desmaquilló para salir vestida con un baby doll de encajes color negro. Martinillo prefirió cerrar los ojos y permanecer inmóvil, para impedir cualquier acción de su mujer, cuando su único deseo consistía en dar por terminadas las actividades de ese día.

A Roberta no le importó abordarlo porque de acuerdo con el tiempo transcurrido resultaba imposible que ya estuviera dormido, por lo que se acercó a él enredándose en las sábanas, abrazándolo por la espalda, intenciones que el autor no podía ignorar. Con su rostro crispado, exasperado, permaneció inmóvil, desabrido, indiferente, sin responder a las caricias ni acusar recibo de las palabras de su esposa.

—Pichón, pichoncito mío, despierta, cariño. Soy yo, tu eterna musa, tu fuente de inspiración, amor, reacciona ya, pedazo de pendejo, no te hagas güey —adelantó ella audazmente a sabiendas de que Gerardo disfrutaba mucho su sentido del humor y más, mucho más, cuando lo insultaba con una gracia inaceptable. Por esa, entre otras tantas razones, llevaban conviviendo como matrimonio feliz ya casi 30 años.

Martinillo no se inmutó. Si hubiera podido gritar lo habría hecho sin la menor consideración, pero era impropio de un caballero. Roberta tampoco se dio por aludida y, perseverante, continuó con una sucesión de besos en el cuello, exhalaciones de aliento en los oídos, caricias atrevidas por todos lados para hacer reaccionar al hombre, sí, pero el cuerpo entumecido del galán desvalorado se parecía al de un muerto. Roberta entendía a la perfección la reacción de su esposo, pero no podía cejar en su esfuerzo por comprobar si él había superado el trance y estaba de acuerdo con compartirla con otro hombre sin condición alguna. Era la prueba de fuego de su relación y Gerardo la entendió a la perfección. ¿Qué hacer? Imposible permanecer inmóvil ante tan descarada intromisión, en la que no había existido previamente una gentil conversación para explorar el terreno y, tal vez, continuar con la relación matrimonial. Roberta iba a los hechos. El lenguaje corporal era suficiente. No requería del oral. Las evidencias estaban a la vista.

Martinillo, sin opciones, finalmente giró para colocarse boca arriba, con el propósito de no verla cara a cara y explicarse e intentar, al menos intentar, hablar con ella. La situación no podía ser más compleja. En la solución de las diferencias concurrirían las diversas educaciones recibidas por ambos desde su remota infancia, el papel asignado a hombres y mujeres en una sociedad machista, las rígidas concepciones sociales, la dignidad, el sentido del honor de los hombres como jefes de familia, rodeados de súbditos carentes de derechos que ellos sí disfrutaban desde la aparición de la primera golondrina, todo lo anterior encerrado dentro en un marco de modernidad inadmisible para mentalidades antiguas, y por antiguas se trataba de no más de 50 años para atrás. El cambio había sido verdaderamente abrupto. En ese momento Roberta, en un arrebato, lo besó en los labios para impedir cualquier tipo de charla. Según ella, las palabras sobraban, no había nada más que decir. Después de hablar horas y horas se enredarían más, mucho más. Si el objetivo era unir dos puntos, nada mejor que la línea recta, y por supuesto que ella tomó la línea recta y lo besó sin gran pasión, hasta ahí no llegaba, pero eso sí, con gran dulzura.

¿Acaso el escritor iba a empujarla o a echarla del lecho matrimonial? ¿Él recurrir a la violencia y sobre todo con un ser tan querido? ¡Antes muerto! No, no, imposible… Pero cómo amarla y perdonarla, esa difícil idea de una supuesta superioridad jerárquica para exonerar a alguien, cuando en los últimos días ella había estado haciendo el amor con otro hombre a saber cuántas veces al día, en qué posiciones y condiciones. ¡Carajo…! Ya la besó el diablo, se decía en los años de la remota infancia cuando una paleta o un caramelo chupado se caía al suelo y resultaba imposible volver a comerlo, pensó el autor en un silencio confuso sin exponer sus pensamientos inadmisibles. No había pasado nada, tenía que disculparla, olvidar lo sucedido y continuar viviendo. De eso se trataba. Algo quedó muy claro en la mente del periodista: si la despechaba y la ignoraba, dicha decisión equivaldría a perderla para siempre, una compañera inteligente, graciosa, divertida, culta, poderosa, simpática, comelona, bebedora, guapa y juguetona y permanentemente alegre que, además, siempre veía por él en las duras y en las maduras. ¿Dónde encontraría, a su edad, a otra mujer como ella? No, ya no había tiempo para nada, los dados estaban en el cubilete listos para agitarlos contra el cuero y hacer la última jugada.

Cabía la posibilidad de decirle a Roberta: ¿qué te parece si mañana hablamos?, hoy tuve un día difícil. Esa clásica argumentación de las esposas cuando entienden las insinuaciones eróticas nocturnas de sus maridos o de sus parejas. Diferir la conversación era tanto como encender la mecha porque ella, una mujer apasionada, desearía abordar el tema en ese momento, sin preámbulos ni concesiones de ninguna naturaleza. ¡Al grano! "¿Va o no va, gañancito mío, amor?" Así era Roberta, así era ella, así conoció a esa singular colombiana con la que hizo el amor en Medellín dos horas después de conocerla. Estaba claro que ella jamás iba a ceder. Ahora o nunca, y no empieces con tu palabrería, nene...

Al recibir sus besos tiernos, al embriagarse con su perfume infinito, al percibir el juego de sus manos expertas al recorrer su cuerpo, poco a poco Gerardo fue cediendo, empezó a soltarse, a relajarse, a cerrar los ojos, a sentir, a levitar, hasta perder su voluntad víctima del viejo embrujo con el que ella lo había atrapado años atrás. Que los hombres éramos imbéciles, pues sí, sí, y la estrategia diseñada instintiva o racionalmente por las mujeres resultaba casi siempre infalible, al menos en el caso del pobre autor incapaz de ver los hilos que lo movían como a una marioneta.

De repente se prendió el hombre, se encendió el garañón, se incendió el macho y le mordisqueó los labios, la estrujó, la palpó, la apretó, la tomó como si fuera a violarla al convertirse Martinillo en una fiera ávida de venganza por el daño recibido. La violaría, sí, la destazaría, la abriría en canal, la castigaría, la disciplinaría, la haría entender el agravio, la domesticaría, la sancionaría y se apropiaría de ella para que nunca jamás fuera a olvidar la lección ni tuviera tentaciones con otro hombre. Él, Gerardo González Gálvez, Martinillo, era el macho alfa, el macho dominante, el que toma las decisiones y somete a los demás por la fuerza. A ver si el amante de Roberta le llegaba siquiera a los talones.

Sin caricias sugerentes previas, ni preámbulos amorosos, ni contemplaciones ni advertencias ni insinuaciones delicadas, sin privar a Roberta de su baby doll, simplemente se lo subió apresuradamente sin dejar expuestos sus senos, no había tiempo para eso, ni siquiera para verlos ni tocarlos, en su arrebatada búsqueda de la venganza no pensó con encontrarse un obstáculo insalvable: las pequeñas bragas, muy coquetas y pícaras, que arrancó con un par de tirones para montarse encima de ella y penetrarla sin mediar aviso alguno. Así lo hizo una y otra vez al grito de:

—Toma, toma, toma, eso es lo que te mereces, toma, toma —pronunciaba y repetía esa palabra sin agregar ninguna otra que ni siquiera pasaba por su mente calenturienta, como "toma, salvaje, piruja, mujer perdida, malagradecida". Cómo insultarla cuando ella ejercía el mismo derecho que él, salvo que sus convicciones feministas fueran una farsa, lo que desembocaría en una irremediable decepción. Todo se redujo a un orquestado y reiterativo y desesperado toma.

Toma, toma y toma, que ella gozaba al haber captado el feliz momento de la reconciliación. La oscuridad de la noche no le permitió a Gerardo contemplar la sonrisa satisfecha de Roberta a la hora de someterse al supuesto castigo. A partir de ese día podría compartir su vida también con otro galán que igualmente la haría muy feliz. ¿Para cualquier otra mujer ella, Roberta, no pasaría de ser una casquivana? Cualquiera de ellas que padeciera ese pensamiento cavernícola, en el fondo de sus reflexiones, solo estaría ocultando una envidia inconfesable. "No se puede ser feliz sin ser valiente", pensó en su silencio cargado de picardía. ¡Viva la libertad! ¡Viva la audacia! ¡Vivan las mujeres definidas y atrevidas! ¡Viva la vida, muera la resignación! ¡Viva el placer! ¡Viva la comprensión entre hombres y mujeres! ¡Muera la tristeza…!

Lo último con lo que no contaba Roberta, una vez rendido el hombre, después de una batalla infernal, tirados sus restos a su lado, mostrándole la espalda, era que Martinillo, el hombre forjado en el mejor de los aceros, empezara a gimotear. Nunca lo había visto tan dolido ni afectado, pero él tenía que enfrentar la realidad, una realidad con la que él había comenzado. Era la hora de vivir un duelo, su duelo, y empezar otro episodio matrimonial orientado a perdurar muchos años más. Roberta, confundida, pero no arrepentida, trató de rascarle la espalda y recorrérsela amable y cuidadosamente con las uñas.

Se mordió la lengua antes de usar el siguiente argumento:

—Amor mío, ¿dónde quedó aquello de mira, mijito, las cadenas del matrimonio son de tal manera pesadas que deben ser cargadas entre tres, en este caso, entre cuatro?

Gerardo no la rechazó, volvió a ocultarse permaneciendo inmóvil, hasta que momentos después su respiración se volvió pesada, la señal esperada de que se había entregado al sueño de los justos.

Mañana sería otro día, pero el que terminaba significaba el inicio de otra vida más plena en la que las caricias y la pasión renovada volverían a reportar felices oportunidades para justificar la existencia. ¿A dónde se iba sin pasión y sin amor en la vida? A partir de esa noche histórica del 15 de julio Roberta empezaría a vivir el mejor de los mundos, salvo que no pudiera administrar sus emociones y en una determinada coyuntura la vida diera muchos giros y en un momento quedarse en una soledad que a sus 58 años difícilmente podría superar amorosamente. La competencia sería feroz, pero ya el tiempo diría. El ganar-ganar no podía ser eterno.

Bien sostenía un filósofo francés aquello de que "puedes tenerlo todo en la vida, pero nada más...", porque después del complejo encuentro con Roberta, cuando creía tener felizmente resuelta su existencia, surgió de improviso el momento en que Martinillo se vio obligado a sacar fuerzas de la flaqueza y cumplir como hombre, en toda la extensión de la palabra. Al tener que aparecer risueño frente a sus cámaras improvisadas, todavía tuvo que echar mano de su escaso depósito de humor y de energía, para asistir en tiempo, coraje y forma a su programa matutino que transmitiría por internet sin decepcionar a sus múltiples internautas. En su exposición archivada en su podcast se preguntaba con la voz un tanto cuanto apagada, haciendo su mejor esfuerzo por esconder su desencanto ante su público:

¿Tú votaste por esto?
Querido compatriota, ¿tú votaste para que se cancelara el aeropuerto y que México tirara a la basura miles y muchos más de miles de millones de pesos, imprescindibles en escuelas, universidades y hospitales? ¿Votaste por

344

AMLO para que en dos años y medio sucumbieran en la pobreza 4 millones de mexicanos? ¿Votaste para que asaltaran a tu familia en el transporte público o para que los hampones te extorsionaran al cobrarte el derecho de piso y tuvieras que cerrar tu negocio? ¿Votaste para que la violencia alcanzara niveles impensables y padeciéramos decenas de miles de homicidios dolosos, desaparecieran miles de compatriotas, asesinaran a mujeres y el narco se apoderara de casi la mitad del país, para que estrangulara, extorsionara y aterrorizara de una y mil formas a la sociedad? ¿Eso querías, estimado amigo?

¿Acaso votaste para que fallecieran centenas de miles de mexicanos víctimas de Covid, más los miles de niños muertos ante la falta de quimioterapias por el criminal desabasto de medicamentos que ha puesto en jaque a los sistemas de salud de México o votaste para que desapareciera el Seguro Popular, para que clausuraran las guarderías, cerraran los refugios para mujeres golpeadas, cancelaran los comedores comunitarios, a donde los mexicanos más pobres asistían a paliar el hambre? ¿Votaste para que nuestras fuerzas armadas fueran sobornadas, dedicándolas a construir proyectos inútiles abandonando a su suerte a la ciudadanía? ¿Para todo lo anterior votaste? ¿Sí…?

¿Votaste para que el presidente intentara destruir o secuestrar las instituciones de la República, atentara contra la división de poderes y contra la libertad de expresión echando mano de herramientas siniestras de intimidación? ¿Votaste por la erradicación de la corrupción para descubrir que hoy estamos más podridos que antes, con los peligros sociales que esto implica? ¿Cuánto tiempo más resistirá nuestro pueblo este amenazador proceso de putrefacción que detona la desigualdad?

¿Votaste por la división social del país de modo que la reconciliación histórica fuera cada vez más compleja, en lugar de tomarnos de la mano para construir, con todas las dificultades, un México mejor? ¿Votaste para destruir la marca México y para que apoyáramos dictaduras oprobiosas y para aislar a México de los foros internacionales, en donde se discute el futuro de la humanidad? ¿Votaste por un jefe de Estado que padeció en su infancia condiciones extremas de pobreza y que, hoy en día, vive en un palacio como si fuera un emperador y que todavía se atreve a agredir públicamente a quien desea superarse en la vida?

Antes, en 1990, la tasa de mortalidad materna por cada 100 mil nacidos era de 90 y en 2015 había bajado a 38; la cantidad de mexicanos sin servicio de energía eléctrica pasó de 6% en 1990 a 1.1% en 2016, el producto interno bruto del país pasó de 261 mil millones de dólares en 1990 a un billón 222 mil millones de dólares en 2018, el número de solicitudes de marcas comerciales, una forma indirecta de medir el crecimiento económico, pasó de 25 mil en 1990 a 128 mil en 2016, la tasa de analfabetismo pasó de 12% en 1990 a 6% en 2015, el número de contribuyentes activos en el SAT pasó de 24 millones en 2008 a 56 millones en 2016. ¿Por quién votaste? ¿Por quién votarás? ¿Estás conforme al ser parte de la generación de la ignominia, la que destruye lo que construyeron quienes nos antecedieron en este paso por la vida? ¿Crees que podrás alegar ignorancia o resignación cuando México está en juego…?

Bien haría el patético jefe de Estado, mexicanos, en explicar algún día qué es un conservador o un neoliberal para él, porque sucede que a quienes él llama despectivamente conservadores, claro que no se refiere a los del siglo XIX o neoliberales, son los verdaderos constructores del México moderno, según lo acabo de demostrar. ¡Vivan los conservadores y los neoliberales…!

¿Estás conforme con la estrategia de abrazos y no balazos para acabar con el narcotráfico, cuando los abrazos se obsequian y los balazos se reciben, cuando se ordena a las fuerzas armadas recibir los tiros sin devolverlos? ¿Estás de acuerdo en que presuntos estudiantes se roben las cuotas de peaje de las carreteras del país o que también presuntos maestros bloqueen las vías férreas para liberarlas a cambio de sobornos, en tanto paralizan una parte de la industria exportadora nacional? ¿Votaste por la inestabilidad, el terror y el crimen o por la aplicación coactiva de la ley, el marco de convivencia civilizada? ¿Votaste por las auto-defensas, por resolver nuestras diferencias con las armas, de modo que cada quien haga justicia con su propia mano como en la edad de las cavernas? ¿Y las policías y las fuerzas legales del orden? ¿Votaste por la destrucción de las instituciones creadas por nuestros padres en las últimas dos generaciones para garantizar nuestra democracia, como el IFE, una nueva Suprema Corte, el INAI, la CNDH, la CRE, la CNH, el IFT? ¿Entonces por qué razón volviste a votar por Morea y sus partidos mercenarios en las últimas elecciones intermedias?

¿Votaste para que AMLO impusiera su voluntad en el Poder Legislativo y a sus iniciativas legales no se les cambiara "ni una coma", aun cuando fueran contrarias al T-MEC?

Escúchame bien: la 4T está muerta, se trata de un cadáver insepulto. Lo verdaderamente traumático de esta experiencia necrológica no será la desaparición política de una camarilla de demagogos dirigida por un supuesto iluminado cargado de odios y confusiones emocionales, sino el daño propiciado a la nación, comenzando por los pobres, aquellos que juró rescatar de la miseria cuando fue investido con la banda presidencial. ¿Votaste por este embuste? ¿No te diste cuenta de nada? ¿No aprendiste nada...?

¿Votaste por Morea, por el circo mañanero integrado por una mayoría de seudoperiodistas que asisten a sus diarias homilías y permanecen dóciles y seducidos a billetazos? ¿Te prestarás a la consulta para juzgar a los ex presidentes o a quién sabe más en este contexto cantinflesco, como si no existieran leyes para juzgarlos sin entender que se trata de un distractor político? ¿Irás a votar por quienes todavía creen en la revocación de mandato, otra invención populista de Hugo Chávez, a pesar de que se trata de una nueva estrategia de manipulación política para timar a los candorosos y a los ignorantes?

¿Entonces por qué volviste a votar por Morea? ¿Por qué los enemigos del mejor porvenir de México ganaron 11 de 15 gubernaturas, cuentan con 19 congresos estatales a su favor y lograron la mayoría absoluta en la Cámara de Diputados? ¿Quién eres, mexicano? Te desconozco… México se salvó porque muchos millones de mexicanos no le concedieron a AMLO la mayoría calificada con la que sin duda hubiera podido concluir el brutal proceso de destrucción del país. ¿Eres un inútil con una pluma y una boleta electoral en la mano para convertirte en cómplice de la devastación nacional que también acabará contigo?

México perdió la esperanza. Sí, pero la perdió en AMLO y en su 4T. Ahora nos toca de nueva cuenta reconstruir a México…

"Esto es todo por hoy, señores internautas, solo algunos queridos internautas, nos vemos en la siguiente transmisión", agregó cortante y sin su conocido "ahí nos vemos, cocodrilo…".

Cuando Gerardo González Gálvez regresó a casa se zafó los zapatos, se aflojó el corbatín, arrojó el saco sobre su escritorio, abrió las ventanas para escuchar la respiración de la noche y se dejó caer en el sillón de su estudio. El silencio reinaba en su departamento. Roberta dormiría de buen tiempo atrás. Con el ánimo de hurgar en su interior, recostó la cabeza sobre el respaldo con el propósito de aprovechar ese momento de soledad para diseñar un plan estratégico orientado a dar los primeros pasos en torno a su candidatura presidencial. Sus 30 novelas históricas, ensayos, videos y publicaciones en medios nacionales y extranjeros hablaban de él. No requeriría de mayores presentaciones. Su batalla en la prensa como columnista era reconocida por un buen número de lectores y despreciada por otra parte de su público que discrepaba de sus ideas radicales reñidas con la 4T. Como él bien decía, "es imposible que todos estemos siempre de acuerdo en todo, de ser así, jamás habría evolución en cualquiera de los órdenes de la vida nacional…".

Contaba con tres preciosísimos años para afianzar su posición como candidato independiente y empezar a agitar las aguas electorales sin caer en los supuestos actos anticipados de campaña para evitar sanciones y descalificaciones. Una aberración electoral en una democracia. Comenzaría por anunciar en su programa de internet sus aspiraciones políticas. ¿Por qué no? Iniciaba su movimiento con mucha anticipación porque se encontraba en una clara desventaja al competir sin el apoyo de los partidos políticos y al ser un desconocido en varias entidades federativas; es decir, arrancaba de menos cero. Contaba con el apoyo de Madariaga y su clan financiero, además del soporte de innumerables empresarios que estarían decididos a patrocinar su causa, sin olvidar sus contactos en los círculos políticos y en los medios de difusión masiva. Solo no estaba, lo ayudarían intelectuales, periodistas y amistades, pero el gran espaldarazo lo recibiría de la gente, de la ciudadanía y hasta de una buena parte del populacho, harto de la catástrofe de la Cuarta Transformación.

Martinillo había perdido a Sofía, su amante, había pagado el precio de la igualdad de género en efectivo y al contado con Roberta, su esposa, lo habían despedido de la radio, sus columnas en los periódicos jamás llegaban a las bases de Morea y trataba de convencer a quienes ya estaban convencidos, una tarea inútil de cara a sus objetivos políticos, si no se perdía de vista que Lugo Olea contaba con el monopolio mediático. Reuniría fondos para empezar a recorrer el país, buscaría espacios en las estaciones de radio y televisión, contrataría a un experto en redes sociales que lo acompañaría como su propia sombra a donde fuera. Con la campaña electoral se reconciliaría con su existencia al jugarse el todo por el todo en esa, la última carta de su vida, con o sin narco…

Martinillo se quedó dormido sin darse cuenta hasta el amanecer, cuando Roberta, de sueño muy pesado, lo despertó con unos cariños en sus mejillas.

—Amor mío, aquí, tirado en el sillón, no descansas, cielo, te quedas toda la noche con el motor prendido. Ya te lo he dicho, si no cargas bien tus energías en la cama te esperará otro día de horror.

—Caray, Rober, no me di cuenta —repuso el autor frotándose los ojos.

—¿Cómo te fue ayer en tu programa? —cuestionó la filósofa, mientras su marido se ponía de pie para dirigirse a su habitación.

—¡Ah!, más tarde te cuento. Pero creo que nuestras vidas están a punto de cambiar.

—¿Nuestras vidas? ¿Por qué? —preguntó intrigada.

Sin pensar en la respuesta, Martinillo aclaró:

—Voy a lanzarme como presidente de la República…

—¿Qué…?

—Lo que oyes, amor…

—Pues sí que estuvo fuerte la whiskiza —respondió ella mientras se dirigía a la puerta de salida para ir a la universidad a tomar unas clases en relación con la vida y obra de Martin Heidegger—. Ya me contarás ahora que se te acabe de bajar el cuete, cariño —fue lo último que escuchó el autor antes de que ella desapareciera en dirección a la academia.

Tiempo después, en un momento inesperado, Alfonso Madariaga se comunicó por teléfono con Juan Alcalá para decirle que, debido a la urgencia de verse, en lugar de esperar su encuentro en el Beverly Wilshire, sería mejor una reunión por Zoom también con Gerardo González Gálvez, el miércoles siguiente, a las cinco de la tarde, hora de la Ciudad de México. El primero se comunicaría desde su oficina en Nueva York; el segundo, desde su estudio de la Ciudad de México, y el último se enlazaría desde Los Ángeles. Se trataba de aprovechar la tecnología para dialogar.

Llegado el día y la hora de la cita, cada uno frente a su computadora, después de los saludos de rigor, una vez que Madariaga y González Gálvez hubieran felicitado al abogado por la iniciativa patriótica y desinteresada, este, agradecido por la intención de ayudarlo en sus planes, planteó un resumen de la problemática migratoria mexicana, de modo que sus dos interlocutores contaran con la mínima información necesaria para tomar decisiones.

Comenzó por decirles que la comunidad chicana integraba la minoría más numerosa de los Estados Unidos con 38 millones de compatriotas de los que casi 27 millones eran mexicoamericanos que nacieron en los Estados Unidos y 11 millones en México. Del gran total, solo 6 millones eran migrantes ilegales. No se debía olvidar a los *dreamers*, los jóvenes indocumentados, los soñadores, traídos a Estados Unidos de niños o adolescentes por sus padres indocumentados y que ahora sumaban más de un millón de gran peso político en la temática migratoria de México.

Trajo a la conversación que "el pueblo chicano, el México de afuera o el México perdido" había sufrido dramáticas persecuciones, linchamientos, muertes violentas, discriminación, hostigamiento y violencia y, sin embargo, no se resignaba, seguiría luchando para influir cada día más en el acontecer norteamericano.

—¿Se imaginan ser tejanos, todavía escrito con jota —preguntó al hacer un breve paréntesis—, mexicanos radicados en territorio nacional en 1846 y dos años después de la guerra convertirse en nada al ser despojados de sus bienes y de su identidad en un nuevo Estado ya sometido a las leyes de Estados Unidos y al poder incontestable del hombre blanco? Solo las tribus indígenas padecieron índices de violencia superiores, qué difícil, ¿no?

—Como era sabido —continuó entusiasmado para no perder la dorada oportunidad de obtener apoyo para su causa—, México había recibido 40 mil millones de dólares en 2020 de sus connacionales radicados en los Estados Unidos, un ingreso vital para incontables familias mexicanas con el que podían subsistir, comprar alimentos, medicinas, ropa y útiles escolares, necesidades imposibles de satisfacer sin dichos recursos —explicó que la mayoría de los chicanos invertían lo mejor de su atención, antes que nada, en cuidar sus empleos, en no verse deportados por la migra, que aceptaban sueldos inferiores a los de los norteamericanos con tal de poder solventar los gastos domésticos, luego ya verían, pero lo importante era permanecer con chamba en territorio norteamericano—. La pesadilla de volver a México los convertía en personas modelo en lo que hacía al respeto escrupuloso de la ley. El infierno mexicano los aterrorizaba en diversos órdenes de su vida, más aún por el justificado desprecio a una autoridad que los extorsionaba o no les otorgaba facilidades para alcanzar una vida digna. En México los abuelos, los padres, los hijos y los nietos, una cadena interminable de generaciones fracasadas y frustradas, no habían podido prosperar. Era mejor, mucho mejor, abandonar

352

México. Nuestro país implicaba para ellos la muerte de toda esperanza. Imposible evolucionar en la patria ante gobiernos corruptos, ineficientes o insensibles o todo junto. En Estados Unidos su comportamiento era impecable porque tenían pánico hasta de una nimia o insignificante infracción de tránsito, por el peligro de tener que mostrar una documentación migratoria de la que millones de ellos carecían.

Juanito revisaba los rostros del financiero y del autor. No intentaban siquiera interrumpirlo. La información de primera mano era de gran utilidad.

—Los chicanos —continuó—, no mostraban gran preocupación por la suerte de México, ni parecía importarles la política mexicana: su único objetivo, según lo habían enunciado, consistía en ganar dinero y permanecer con los miedos y sufrimientos del caso dentro de las fronteras del coloso del Norte. Hablar con los chicanos no era sencillo, porque en su mirada delataban las dudas respecto a una intención oculta, el famoso sospechosismo, el escepticismo crónico de todo mexicano —¿qué se traía en el fondo este individuo entre manos?, parecían preguntarse cuando el abogado explicaba sus razones. ¿Qué escondía? ¿Qué daño podía ocasionarles? ¿Sería un traidor?

Si en México buena parte del electorado desconocía que el Partido Verde era un aliado de Morea, una de las patrañas de AMLO, habría que imaginarse si dicha información tan importante la iban a manejar los chicanos. ¡Claro que no, jamás! La ignorancia acerca de los asuntos políticos mexicanos era realmente preocupante. Si bien hablaban castellano y consumían comida mexicana en los supermercados, las nuevas generaciones de chicanos aprendían lo más rápido posible el inglés, se americanizaban y absorbían las costumbres yanquis desarraigándose día con día de México.

Los compatriotas mexicanos mandaban su dinero sin saber de la parálisis económica mexicana ni de la pérdida de empleos ni de las orientaciones totalitarias del presidente ni los cientos de miles de muertos por la pandemia ni de los homicidios dolosos ni de la pérdida de empleos ni del avance de la delincuencia organizada ni de la catástrofe educativa. No estaban al tanto de nada, aun cuando algunos tenían una información medianamente válida, pero si los suyos, los receptores de las remesas, los que vivían en México, no leían los periódicos nacionales ni conocían la realidad del país y muchos ni siquiera sabían lo que era la 4T, ¿por qué ellos, los mexicoamericanos, sí iban a conocer lo que acontecía en la patria cada vez más alejada de su mente? Ellos cumplían con mandar el dinero y ¡ya…!

—Los gobiernos mexicanos —explicaba Juanito— como una locomotora a toda marcha, han concentrado su atención en nuestros inmigrantes que marchan con todas las dificultades hacia la frontera norte o tratan de defender a los compatriotas que viven ilegalmente en Estados Unidos, pero no se preocupan por los 27 millones de personas de ascendencia mexicana que nacieron y radican en los Estados Unidos desde hace varias generaciones y que han preservado nuestras costumbres, nuestro idioma y hasta la religión católica en medio de impactantes procesos de norteamericanización y de desprecio hacia los mexicanos.

La gran tarea consistía en informar. Ese y no otro debería ser el objetivo de su estancia en los Estados Unidos: que la mayor cantidad de gente supiera lo que ocurría en México para que pudieran tomar las medidas políticas apropiadas. Se trataba de crear una alianza entre las familias binacionales y habría que recurrir a las redes sociales contratando empresas especializadas para divulgar el mensaje. Solo que sin dinero y sin patrocinadores, como era el caso del abogado, el proceso tardaría muchos años en consolidarse para constituir una fuerza electoral definitiva de cara a 2024. La renovación de poderes presidenciales y del Senado de la República estaban a la vuelta de la esquina, por lo que no había tiempo que perder. Resultaba imperativo comenzar mañana, sí, mañana, hoy mismo de ser posible, y para todo efecto, se requería la creación de un fideicomiso para recibir dinero, rendir cuentas con la debida transparencia y empezar a promover la idea de que México no solamente dependía económicamente de las remesas, sino que las familias binacionales pudieran cambiar el destino del país. Su influencia era de capital importancia porque los chicanos representaban la autoridad económica y la sabiduría proveniente de los hombres del norte. Su voz era poderosa y determinante entre los beneficiarios de los envíos, algo así como la innegable influencia del "tío rico" que mantiene a familiares empobrecidos. Sus opiniones eran como una biblia para los dependientes.

Madariaga interrumpió al sentir que la conversación ingresaba en su terreno de acción. Él crearía con su abogado el fideicomiso y empezaría a nutrirlo con recursos propios, así como de sus clientes mexicanos y amigos también interesados en el proyecto. Juanito tendría que contratar a una empresa especializada en redes sociales y en anuncios callejeros espectaculares, además de una compañía de mercadotecnia y publicidad especializada en la redacción de mensajes impactantes para atrapar la atención chicana, de modo que el esfuerzo no se desperdiciara, fuera eficiente y llegara a sus destinatarios.

Juanito seguiría convocando reuniones en diversas plazas públicas, sobre todo de California, claro que contrataría a las agencias de publicidad, a las administradoras de las redes sociales, continuaría buscando más estaciones de radio y televisión para lograr entrevistas y difundir el mensaje. Gerardo, por su parte, aprovecharía también su propio programa de internet, la prensa y pediría ayuda a sus colegas mexicanos y norteamericanos para que cooperaran con donativos destinados a crear conciencia electoral, económica y política entre las familias binacionales. Él emplearía, entre otros argumentos, el desprecio de Lugo Olea por la inversión extranjera, un peligro para sus inversiones y su patrimonio en México, razón de más para echarlo del poder lo más rápido posible.

Para cerrar con broche de oro, el abogado concluyó con las siguientes palabras:

—Ellos nos necesitan, somos imprescindibles en el campo, en el turismo, en la construcción y en diversas industrias que paralizarían a la economía estadounidense si lográramos organizar una huelga masiva de brazos caídos, sí, nos necesitan, pero no nos respetan… En lo que hace a México, como país, se debe entender que dependemos del México de afuera, del México perdido. Por una razón o por otra, Estados Unidos y México dependen de los queridos chicanos a quienes nadie hace justicia…

Los tres se identificaron plenamente y brindaron, uno con whisky, el otro con tequila y el tercero con vino, chocando sus vasos y copas contra las pantallas. Eran de los pocos mexicanos que habían entendido esa maravillosa fuente de poder electoral para cambiar el destino de México. Los partidos políticos se habían negado a invertir recursos orientados a la politización de la comunidad chicana. Alegaban la inutilidad de la tarea al ser de largo plazo y de resultados muy cuestionables. He ahí otra muestra del castrante escepticismo, otra vez el escepticismo…

Quedaron de comunicarse por lo menos cada 15 días, el primero y el tercer miércoles de cada mes, para actualizarse en los avances del trabajo. Juan se había echado a la bolsa a sus interlocutores, y a sus amigos, en el primer movimiento de esgrima política. Empezaron a construir una relación de futuro. El proceso de concientización tenía que iniciar a la brevedad. Quienes enviaban las remesas debían entender que el gobierno mexicano no estaba haciendo un esfuerzo proporcional al de sus remitentes, porque cuando millones de chicanos luchaban por beneficiar a sus familiares en México, la 4T acababa con el empleo, provocaba desabasto de medicamentos, los hospitales carecían de camas y de equipo para atender a los enfermos de Covid, la delincuencia lastimaba a propios y extraños, ricos o pobres, la educación era un desastre, entonces, ¿por qué mandar recursos sin condiciones, sobre todo cuando con su voto y su dinero podían ser determinantes en la expulsión del culpable del desastre en México? En resumen: ¿para qué mandar tanto dinero si finalmente su esfuerzo se iba a desperdiciar por el caos nacional? Contaban con tan solo tres años para organizarse y echar a AMLO del poder. Cualquier trinchera era válida para lograrlo.

Cuando ya estaba delineada la estrategia a seguir y acordados los pasos para ejecutarla puntualmente, Juanito les hizo saber que su posición en Estados Unidos era muy inestable porque en el último mitin organizado por él en una plaza pública en las afueras de Sacramento, a donde habían concurrido aproximadamente unas 300 personas, de repente había llegado la policía para arrestar a aquellos compatriotas que carecieran de la documentación para acreditar su legal estancia en los Estados Unidos. Había sido detenida por lo menos la mitad de la concurrencia, rodeada por un cordón policiaco, para subirlos a camiones y de ahí trasladarlos a algún aeropuerto y transportarlos de regreso a México. El abogado hizo notar que desde el 20 de marzo de 2020 la Patrulla Fronteriza había realizado más de 845 mil expulsiones hacia México, 450 mil en la primera mitad de 2021, obviamente durante la administración del propio Biden, una barbaridad, sin considerar lo que faltaba. Era claro que se trataba de su principal preocupación de cara a las elecciones intermedias. No era fácil prever cuándo se le iba a acabar la paciencia al jefe de la Casa Blanca ni qué medidas radicales llegaría a tomar si continuaba, como continuaría, el flujo brutal de personas de México, Centroamérica y del Caribe hacia los Estados Unidos en busca de seguridad, empleo, educación y salud, satisfactores que obviamente faltaban en sus países de origen. En cualquier momento podían arrestarlo a él mismo y enviarlo de regreso a México, pero mientras eso no sucediera continuaría luchando. Ya estaba en trámites para obtener la residencia por medio de una empresa que lo contrataría como asesor externo, a saber, para de alguna manera poder continuar con su tarea.

Madariaga se ofreció también a resolver ese problema, pues tenía a la mano un buen número de contactos en el Departamento de Estado. Ya vería.

Uno de los defectos más claros de las conversaciones vía Zoom consistía en la imposibilidad de abrazarse al terminar la reunión; sin embargo, lo hicieron a la distancia con palmaditas en el pecho y muchos planes para informar, informar e informar a como diera lugar. Todo se reducía finalmente a una palabra: Informar. El tiempo atropellaba. "Manos a la obra, mexicanos al grito de guerra", dijo Juanito al salir de la reunión.

Brigitte González Mahler, una mujer con gran poder político bien podría haberse distinguido al seguir el sabio ejemplo de la señora, señorona, doña Eva Sámano de López Mateos, dedicada con pasión y justicia a continuar con la tarea de aumentar hasta el infinito los desayunos escolares con el objetivo de ayudar a la nutrición de niños, de impedir que se durmieran hambrientos en los pupitres, que continuaran con su instrucción primaria y que aumentaran sus índices de aprendizaje después de renovar los libros de texto gratuitos... ¿La señora González Mahler buscó la manera de triplicar, cuando menos, los desayunos escolares? ¡No! ¿Intervino en la redacción, diseño y configuración de los libros de texto gratuitos para que los conocimientos de los niños mexicanos rivalizaran con los de Corea del Sur, Finlandia, Suiza, Alemania o Japón? ¡No! ¿Invirtió parte de su tiempo en investigar sistemas de enseñanza en otros países para importar dichos conceptos en el México del siglo XXI? ¡No! ¿Se le vio en varias visitas a los hospitales, donde fallecían los pequeñitos enfermos de cáncer a falta de quimioterapias? ¡No, tampoco! No le preocupaba ni le importaba la nutrición de los niños mexicanos ni su educación ni su salud. ¿Y entonces...? ¿Cuál sería su responsabilidad en su carácter de primera dama, o no primera dama? Con toda su florida juventud, su experiencia, sus conocimientos y títulos académicos, además de textos escritos y publicados, ¿aprovechaba su poder político para colocarse al lado de la infancia y, por supuesto, también de las mujeres?

Pero claro, a favor de ella justo es consignar en estas líneas que algunas de sus antecesoras no fueron radicalmente distintas a la actual no primera dama. Si bien Brigitte se apartó de la política o la apartó su marido como uno más de sus complejos autoritarios, dejó asentado, con la debida claridad y sin dejar espacio a la menor duda, que ella no se enriquecería en lo personal como la señora Ford, lucrando nada menos que con la beneficencia pública ni regentearía burdeles, sí, burdeles al estilo de la señora Ruiz Fernández, ni tendría amantes a diestra y siniestra ni cerraría joyerías en Europa para comprar relojes, anillos, collares y aretes de lujo con cargo al erario, ni adquiriría departamentos de precios exorbitantes en el extranjero con fondos de origen inexplicables no, si bien es cierto que nunca se pareció ni de lejos a dichos especímenes femeninos, no es menos cierto que su reconocido talento y conocimientos se extraviaron en la noche de los tiempos.

En sus múltiples visitas al Palacio de Lecumberri, al Archivo General de la Nación, ella coordinaba los trabajos para reescribir amañadamente la historia de México, con arreglo a perversos e inadmisibles monopolios de la verdad, a la manera de los comunistas de antaño. Para lograrlo, entre otras medidas arbitrarias, había limitado a 70 años el acceso a expedientes sensibles como el de AMLO, su marido, así como clausurado diversos salones con el pretexto de la digitalización de los archivos.

Ya de regreso, cumplida de nueva cuenta su misión, encendió su celular, sentada en la parte trasera de su vehículo, para encontrarse con un video de la doctora Sara Eugenia Duval intitulado "El cerebro reptiliano de AMLO". Movida por la curiosidad, decidió verlo al menos unos momentos. Todo parecía indicar que, al regresar de Lecumberri, invariablemente se encontraría con críticas terribles en contra de su marido, tal y como prometía ser en esta ocasión. La experta en lenguaje corporal, una mujer joven, hermosa y brillante, exponía de la siguiente manera sus conclusiones:

El rostro de Lugo Olea predice su derrota, sabe que fracasó en sus objetivos de gobierno, he aquí las razones:

La necesidad de dominar es inherente al ser humano. En ocasiones, todos luchamos por dominar, controlar situaciones, acciones y personas, pero puede llevarse a extremos sumamente dañinos y peligrosos. Aprende los sorprendentes secretos del comportamiento humano y serás más empático y exitoso, ya que este nos exhibe para bien o para mal.

Yo soy Sara Eugenia Duval, quédate conmigo porque hoy analizaremos algunos componentes relacionados con el ansia desmedida de poder.

Nuestro cerebro pesa aproximadamente 1500 gramos y, sin duda, es la maquinaria más sorprendente, perfecta y a la vez compleja que existe. Neurobiólogos, neuropsicólogos y demás interesados en descifrar los grandes misterios que esconde han dedicado su vida entera a buscar respuestas a muchos misterios que siguen siendo inexplicables. Existen muchas teorías que tratan de explicar estos secretos no conocidos; sin embargo, en lo que prácticamente todos concuerdan es en el hecho de que el cerebro actual ha ido añadiendo capas y capas a lo largo de la evolución yendo, desde una parte más primitiva o reptil, hasta una capa más sofisticada, resultado de nuestro progreso como humanidad. Hoy les compartiré una teoría desarrollada por el médico neurocientífico Paul Mac Lean, quien entendió el cerebro humano como un compendio de tres cerebros en uno. Entre otras cosas, estos tres cerebros son relativamente independientes y se relacionan entre sí, siguiendo una jerarquía, dependiendo de su antigüedad y la importancia de sus funciones, teniendo siempre como finalidad absoluta nuestra supervivencia y bienestar.

En esta ocasión me centraré en el primero, el cerebro reptiliano, que constituye la parte más antigua del cerebro. Este se encuentra en la parte más baja del prosencéfalo y es el responsable de las funciones de supervivencia inmediata como la respiración, la temperatura corporal, el ritmo cardiaco, etc. Se le llama cerebro reptiliano por generar, en su gran mayoría, comportamientos estereotipados y predecibles que se dan en los animales vertebrados o coevolucionados. Se trata de conductas simples e impulsivas.

El ser humano se rige casi siempre por el cerebro reptil a la hora de escoger un producto u otro. Ahora bien, ¿sabes en cuál de estos cerebros se aloja el ansia de poder? En el cerebro reptiliano.

Se dejan guiar casi exclusivamente por el cerebro reptil los que son adictos a la territorialidad, al control, la dominación, el poder e, incluso, la agresión. Hagamos este ejercicio:

Un buen día desconoces a alguien con quien has trabajado o por quien has votado. Ese alguien que prometió muchas cosas. Ese alguien que ahora ya tiene un puesto de poder. Lo empiezas a ver solo, aislado, sin escuchar, sin contacto con la gente, agresivo, cometiendo errores que jamás pensaste que cometería. Cada vez más rodeado por incondicionales que solo dicen que sí. Ciegos y fanáticos a su alrededor. ¿Qué sucedió? El cerebro reptil está dominando su proceder.

La zona del cerebro de reptil empuja hacia el dominio, la agresividad, la defensa del territorio y la autoubicación y la cúspide de una jerarquía vertical e indiscutida. En altos cargos jerárquicos, así como la política, siempre está en juego el poder.

El delirio del poder es una actitud donde pesa sobremanera el cerebro de reptil: Este es mi territorio. Aquí mando yo. Estoy por encima de todos. Si llegué aquí es porque soy más capaz que ustedes, si soy más capaz que ustedes, entonces no pierdo tiempo escuchándolos. Y, además, no quiero que nadie llegue a amenazar este poder, ni siquiera en el futuro; por lo tanto, no dejo que nadie se acerque, solo dejaré que se aproximen aquellos que hagan los correspondientes rituales de sometimiento y sumisión.

¿Se puede mitigar? Tal vez sí, pero antes de que el cerebro de reptil asuma el mando, lo antes posible. ¿Y cómo? En resumen, podríamos decir:

La primera opción es permitiendo recibir ayuda, humildemente abrirse y escuchar opiniones, pero es muy difícil; es más, casi imposible cuando el cerebro de reptil ya está al mando. La segunda opción es que se dé cuenta de cómo su comportamiento está destruyendo su carrera. En conclusión, el reptil que llevamos dentro es el primero en procesar la información y establecer un filtro. Cada situación pasa por el mismo proceso reptiliano: Me daña o me beneficia.

Hoy me centraré principalmente en la tragedia de la línea 12 del metro capitalino, el pasado 3 de mayo.

Antes de analizar dicha tragedia, es obligatorio señalar que, en política, los protocolos funerarios deben ser acatados y respetados para subrayar la importancia que le estamos concediendo al evento.

Los hombres deben vestir de luto, una vestimenta formal oscura, que impone el uso de corbata negra, asociada al duelo.

En octubre de 2020, a modo de ejemplo, el presidente de México despreció a las víctimas de Covid en nuestro país al usar un atuendo con el que demostró la nula importancia al hecho. La indumentaria cuenta, como contó durante la visita de la señora Kamala Harris a México, la vicepresidenta de Estados Unidos, a la que recibió con un traje intencionalmente sucio, al igual que sus zapatos. ¿Verdad que la indumentaria habla y cuenta?

Ahora sí, pasemos a nuestro tema de hoy: el derrumbe de dos vagones de la línea 12 del metro que arrojó tristemente un saldo de 25 muertos y decenas de heridos. Al día siguiente de este terrible suceso y, sabiendo que durante la mañanera este sería de manera obligada el tema medular, AMLO se presentó sin guardar luto alguno, pero ya antes de decir siquiera "lamentable accidente", elevó la comisura izquierda de sus labios, mostrando un micro gesto de desprecio dirigido a la tragedia.

Antes de decir "que costó la vida a varias personas", bajó la cabeza, escondió el labio inferior al afinar los labios, pasó la lengua por la boca, así como la parte interna de las cejas se elevaron, mostrando con todo esto ansiedad y tristeza.

Al enviar el pésame a los familiares, la comisura izquierda nos mostró un microgesto de desprecio. ¿Será por verse obligado a enviar el pésame o por lo que implicó el desastre ocurrido?

Más adelante, fuera de todo protocolo y del más elemental respeto concedido a las víctimas, habló sobre el hecho de que está siendo atacado, sobre la prensa acusadora, sobre un personaje del pasado, y no faltó su mención a los conservadores.

Mientras habló sobre el accidente, mostró tristeza y ansiedad, pero el ataque a su ego le causó de manera mucho más profunda un verdadero pesar, consternación y dolor, que se demostró al levantar las cejas y bajar las comisuras de los labios en forma muy pronunciada.

Analicemos los 14 segundos de silencio involuntario en lo que encontraba la mejor manera de continuar con su patética intervención. Detengámonos a observar cómo se va transformando su expresión hacia un microgesto de asco, repulsión e indignación, levantándose el labio superior de manera unilateral aunado a una mirada de absoluta frialdad. Unidos estos microgestos, nos hablan de rencor y resentimiento. Cuando se llevó las manos hacia atrás es que se está ocultando algo y, generalmente, con un significado de: tengo un as bajo la manga.

Vayámonos ahora a una de sus declaraciones más desafortunadas hasta el momento y que se relaciona con este mismo tema, una declaración que hará historia y que definirá a su gobierno.

Su respuesta ante el cuestionamiento de ¿por qué no ha ido a Tláhuac? ¿Por qué no ha visitado los hospitales?

Mencionó que le duele mucho, pero no percibimos dolor o pesar en su rostro; por el contrario, observamos malestar, una actitud retadora, ¿verdad?, ¿por qué?

Mentón elevado, mirada ligeramente hacia abajo mostrando irrespeto, desafío, altanería. Termina con los párpados tensos y mirada fría y retadora, defendiéndose en los siguientes términos: ¡Al carajo! Una expresión que finalmente definirá su posición en torno al país. Todo se irá al carajo, como cuando negó toda la importancia a la venta de niñas alegando que eran costumbres ancestrales...

Porque no es ese mi estilo, eso tiene que ver más con lo espectacular y lo que se hacía antes. No me gusta la hipocresía, estoy pendiente, estoy solidarizándome con los familiares de las víctimas, me duele mucho, pero esto no es de irse a tomar fotos, al carajo, ese estilo demagógico, hipócrita, eso tiene que ver con el conservadurismo.

O sea, me pregunto, ¿el presidente no fue a ver a las víctimas porque no es hipócrita, es decir, no va a consolarlas porque no siente nada? ¿Esa es la interpretación? Como no siente nada no asiste, porque consolar sería una hipocresía... ¡Caray!

Le puedo asegurar que muchas de las personas que se vieron afectadas directa o indirectamente por esta tragedia votaron por usted, presidente; y aun cuando no lo hubieran hecho, es usted el líder máximo de nuestro país y, la verdad, no se trata de dar más razones, simple y sencillamente usted debería haber estado ahí.

Pero hay algo en lo que sí concuerdo con usted al cien por ciento, y me refiero a que esto no se trata de irse a tomar fotos, esto de asistir, además de otras palabras que le dije hace un momento, también tiene que ver con la conciencia.

¡Ah, perdón, olvidé, esta palabra!: "conciencia" en todas sus acepciones, sin duda es de las más importantes en su diccionario de carencias, y se las explico:

Conciencia. Capacidad que tenemos para saber qué actos, pensamientos, palabras y situaciones son correctas y cuáles no.

Consciencia. Conocimiento que un ser tiene de sí mismo y de su entorno.

Entonces, queda de más decir:

Que esto quede en su conciencia, presidente.

Recuerda, lo que dices, cómo lo dices y tu comportamiento te exhiben para bien o para mal.

"La conciencia solo puede existir de una manera y es teniendo consciencia de que existe." Jean Paul Sartre.

El miércoles 28 de julio el presidente de la República comenzó como siempre, muy temprano, su jornada de trabajo. Una vez concluida su conferencia mañanera de aproximadamente dos horas y media de duración, regresó a su oficina antes de las diez de la mañana con el ánimo de acabar de leer un par de columnas en los diarios de mayor circulación. El más atractivo, cuya lectura no pudo terminar, se refería a ciertas predicciones en relación con el futuro de México y del mundo. Por supuesto que le parecieron inadmisibles, al considerarlas una manera perversa de engañar a los lectores y a la opinión pública. "Bobadas, estupideces, cuentos chinos", se dijo, "estos futurólogos son lo peor del neoliberalismo, la parte más decadente del conservadurismo cavernícola". Entre los puntos más sobresalientes del texto de marras destacaban aspectos muy relevantes que llamaron su atención por la dimensión del escandaloso embuste:

¿Quién se iba a creer que desaparecerían los talleres de reparación de automóviles, que en 10 minutos se podría reemplazar un motor eléctrico, que ya no existirían gasolineras, que los coches caminarían con energía eléctrica, que se cargarían en cualquier esquina, que las industrias del carbón desaparecerían, que las compañías de gasolina y petróleo se extinguirían y que ya nadie o pocos extraerían petróleo, que la OPEP cerraría sus puertas y que Medio Oriente se vería en un tremendo predicamento económico? ¿El mundo cambiaría por completo? ¿Quién iba a creer todas esas sandeces como que las computadoras serían mucho más útiles para entender el planeta, que los equipos electrónicos podrían diagnosticar el cáncer con más precisión que los médicos humanos, que los coches serían autónomos, que ya no se requerirían choferes, que los jóvenes ya no tendrían una licencia para conducir y que jamás serían propietarios de un automóvil porque a través del teléfono celular podrían contratar al número de vehículos que necesitaran y a la hora en que lo quisieran en sus domicilios? Se acabaría el tráfico, ya no habría contaminación, la movilidad cambiaría dramáticamente, desaparecerían los estacionamientos y, en su lugar, surgirían enormes áreas verdes, las compañías de energía fósil estarían condenadas a la ruina gracias a una tecnología de vanguardia y los marcadores biológicos identificarían cualquier enfermedad con una anticipación sorprendente. Las personas vivirían muchísimos años más porque podrían tener en casa enormes sacos con sus propias vísceras para sustituirlas quirúrgicamente por las viejas ubicadas en sus cuerpos, sin mayores contratiempos. Carajo con estos astrólogos o astrónomos o lo que sean…

El presidente no había concluido la lectura de otros columnistas cuando le anunciaron el arribo de Eugenio Ibarrola. ¡Con cuánta satisfacción recibía siempre a su mánager publicitario!

Después del acostumbrado abrazo y de sentarse cada uno en unos cómodos sillones color café claro, forrados en cuero, Ibarrola decidió empezar de inmediato la conversación a sabiendas de que la agenda presidencial siempre estaba muy congestionada.

—Te veo bien, querido Antonio. Dame la receta, porque con todos los problemas que tienes, tu rostro se ve sano y tu mirada luce muy optimista —exclamó cuando las ojeras del presidente evidenciaban una pavorosa fatiga.

—Desde afuera tal vez así se ve, querido Eugenio, pero solo levántame el cofre y verás la realidad del motor —acotó el presidente con un tinte humorístico.

Sin pérdida de tiempo y libreta en mano, Ibarrola entró en materia. El tiempo apremiaba y él requería armar un sistema de respuestas para defender las posturas presidenciales:

—Todos sabemos cómo has apoyado a Cuba, a Nicaragua, a Venezuela de la misma manera que atacaste durísimo a la OEA con el argumento de que era una institución de lacayos, pero lo que llamó más que nada la atención fue tu interés en reanudar las relaciones con Corea del Norte, una potencia nuclear que tiene aterrorizado al mundo...

—Sí, Eugenio, son señales que debo darle a todo el mundo, en particular a Washington, para que se convenza de la independencia de México y de nuestra autonomía de gestión —adujo comiendo unos cacahuates—. Corea del Norte me importa un pito y dos flautas, pero sí me interesa el hecho de mandarle esa señal al presidente Biden, para que vea que no soy su payaso ni el payaso de nadie. Sé que les cae muy mal, pero no soy su trapeador ni tampoco el changuito del organillero que baila al ritmo que quieran para luego cobrar una limosna. Soy la típica criada respondona, si lo quieres ver así. Acuérdate de que al que se agacha se le ven los calzones y Biden nunca va a ver los míos.

Ibarrola contestó con una carcajada solo para agregar:

—¿No crees que es un exceso?

—Para nada. Acuérdate de que Echeverría apoyó a Allende y todos los gobiernos de la Dictadura Perfecta estuvieron del lado de Castro por más que se enchilaran los gringos, de la misma manera que De la Madrid defendió a Nicaragua en el caso de los contras. Esta política de autodeterminación de los pueblos tiene que ser respetada —afirmó al haber estudiado algo de la historia diplomática de México—. ¿Y tú cómo ves las cosas por aquí? —preguntó el jefe de la nación.

—Pues mira, de lo que me felicito y no debemos perder de vista, es que las televisoras mexicanas han guardado un prudente silencio y no se han atrevido a criticar tu gestión, porque acabo de regresar de Estados Unidos y prácticamente en todas las estaciones de televisión criticaban a o recordaban a Biden y su plan de abandonar Afganistán. La politización de los medios de difusión norteamericanos es tremenda. Si la televisión abierta en México fuera igual de crítica que las estaciones de radio, te aseguro que se habría inclinado la balanza al lado del neoliberalismo. La radio en México, comparada con la televisión, es otro boleto. En el primer caso se dicen cosas que nunca pensaría ver en las pantallas domésticas abiertas. Imagínate, querido Toño, en México, comprobadito, hay 32 millones de hogares con televisión, y si las televisoras fueran nuestras enemigas y cumplieran con un papel informativo y crítico, ya nos habrían partido el queso desde cuando…

—Afortunadamente, los dueños de las televisoras saben que con un jaloncito les quito su concesión, de modo que comen en mi mano. Más les vale a esos cabrones caminar muy derechitos conmigo. Si difundieran la verdad, todo lo que saben, estaríamos perdidos, pero ellos y yo sabemos, querido amigo, que tienen varios cadáveres en el clóset, de modo que no te preocupes, las televisoras comen aquí, insisto, de mi mano —señaló el primer mandatario al mostrar su extremidad derecha, señalada con el dedo índice de la izquierda, el lugar en donde se alimentaban los dueños de las televisiones mexicanas—. En México a todos nos conviene ser hipócritas.

La conversación no podía ser más ágil, de ahí que le comentara Ibarrola cómo muchos jefes de Estado desearían disfrutar unas Mañaneras para influir en sus gobernados con tanto éxito.

—Eres todo un señor del espectáculo, ningún jefe de Estado resiste dos horas diarias de conferencias, no se atreven ni pueden —exclamó uno de los lambiscones más sofisticados del gabinete ampliado—. Piensa por un momento, Toño querido, en una conferencia de prensa como las que se llevan a cabo en la Casa Blanca, en donde la mayor parte de los periodistas llega con la espada desenvainada. Son verdaderos tiburones que no se tragan los rollos y realmente se tiran a matar. Aquí tienes la gran ventaja de que a casi todos los que llegan, no a todos, claro, ya se les autorizó lo que van a preguntar y saben que no cabe la réplica porque se quedan sin su chequecito.

—Así es, Eugenio, que nunca se te olvide que soy pendejo pero voy a misa, por lo menos a la mía, a mi misa, y por lo tanto tengo mi teatro muy bien armadito. Te lo defino como periodismo dirigido —dicho lo anterior volvió a sonreír para relajar el ambiente—. Todo sea por el bien de la patria.

Como el mánager del presidente tenía varios temas guardados en la buchaca, disparó el siguiente sin pérdida de tiempo:

—Oye, Toñazo, por cierto, ya nunca comentamos el terrible asesinato tecnológico del poblano. ¿No te sorprendió? Parecía una película de Hollywood…

—Bueno sí, en realidad fue novedoso, pero yo no creo que pase de ser un soberano pleito entre pandillas, igual que se pelean entre sí los capos, ahora sucede que los neoliberales también se cobran las cuentas entre ellos. Hace bien el autor del crimen: mientras más se maten entre sí, más rápido purificaremos al país. No hay quien se salve de esa gentuza y coincido que le hace un bien a la patria con el hecho de matarlos. Yo le levantaría un monumento a este criminal anónimo.

—¿Pero no le sacas, no crees que se quiere meter contigo también? —cuestionó Ibarrola con cierta timidez.

—Obregón siempre dijo —contestó Lugo Olea pausadamente— que quien quisiera dar su vida a cambio de la suya, podría asesinarlo en cualquier esquina, y así le sucedió al famoso Manco de Celaya —en ese momento al presidente se le congeló el rostro—: Me pueden buscar lo que quieran, y como quieran, Eugenio, ya viste que en el gobierno anterior me estuvieron espiando de día y de noche, tanto a mí como a los míos y a mis amigos, y como era lógico, no sacaron ninguna información valiosa porque solo no se sabe lo que no se hace y yo no hice nada, de modo que no pudieron encontrar nada —dicho lo anterior, trató como pudo de ocultar su nerviosismo y su ansiedad porque de sobra sabía los datos de los que se habían hecho Villagaray y Pasos Narro para asegurar el respeto al pacto de la impunidad.

—Tenemos que buscar una explicación inteligente para demostrar la importancia de que la Guardia Nacional se incorpore al ejército, de hacer valer las reformas al INE y las de la Reforma Eléctrica, para que la gente entienda de qué se trata, el porqué de tus intenciones, ¿no lo crees, Toño? Debemos explicar…

En ese momento el presidente de la República, presa de sus recurrentes dolores de espalda, se puso de pie, caminó unos pasos, llevándose ambas manos a la cintura, para después aparentar que tomaba una pelota de beisbol entre sus manos y se proponía hacer un lanzamiento con el ánimo de distraerse, unos instantes, de esa temática tan complicada. Regresando a su asiento, continuó la conversación:

—Aquí entre tú y yo, querido Eugenio, te cuento que voy a perder, que no van a ser posibles las reformas constitucionales, simple y sencillamente porque no tengo la mayoría calificada, por lo que perderé, pero lo importante es que a mis seguidores les quede claro que hice mi mejor esfuerzo y que los clásicos neoliberales, enemigos de la patria, los conservadores, me lo impidieron. Tú me has recomendado muchas veces continuar con la victimización que me ha funcionado al cien por ciento.

—Bien hecho, lo que pasa que mucha gente se la estaba creyendo y no sabía cómo ibas a conseguir la mayoría calificada cuando te faltaban por lo menos 50 diputados…

—Voy a intentar comprarlos a billetazos, todos son unos corruptos sin bandera política, a cooptarlos, a amenazarlos con meterlos al bote, pero estoy convencido que no lograré los 50 legisladores, son una enormidad, y ya no tendré éxito ni tiempo —confesó con genuino pesar—. Cuando supe quiénes eran los nuevos diputados, de cualquier manera empezamos a investigarlos, a chantajearlos con sus fortunas mal habidas, con sus chanchullos de siempre, para acercarlos a Morea, antes de despedazarlos en los periódicos. No me doy por vencido, ni me daré…

—Oye, y ¿cómo te sientes con respecto a lo de la consulta del 1 de agosto para juzgar a los ex presidentes, presidente?

—Bueno, tú sabes que son los distractores a los que siempre hemos recurrido —agregó para agradecerle a Ibarrola sus consejos—. Claro que no será vinculatorio el resultado, porque se necesitan 37 millones de votos en ambos casos, votos que nunca tendremos, pero mientras tanto, le estamos dando atole con el dedo a quienes creen que voy a enjuiciar a los presidentes, cuando, en el mejor de los casos, las acciones penales ya caducaron, pero el numerito me sirve para que me vean como a un luchador de las causas justas y para que dejen de pensar en la pandemia o en la corrupción y en los escándalos de mis hermanitos, carajo con ellos, Eugenio, carajísimo… Son un par de idiotas que no supieron hacer bien las cosas por más que les dije cómo…

—Pero te cuento —continuó Ibarrola sin entrar a temas familiares—, a pesar de que pierdas la consulta y que no tenga ningún sentido en la revocación de mandato, el número de votos que se obtengan podría reflejar el parecer de millones de personas que ya no te quieren en el Palacio Nacional. ¿No te preocupa eso?

—Que me quieran o que no me quieran me tiene sin cuidado, porque no me podré quedar en el poder después del 24, ya que nunca lograré modificar constitucionalmente la reelección, eso ni intentarlo, ni tampoco lograré tener la extensión de dos años más de mi gobierno, tal y como se lo propuse al presidente de la Corte, ni intentaré, te lo adelanto, un golpe de estado por más que tengo a los militares de mi lado; si insisto por las malas me cargará el payaso y mi figura histórica se irá al demonio. De modo que ya no necesito capital político para reelegirme ni para quedarme más tiempo en Palacio Nacional. Esto se acabó. Tenemos que entender que México ya cambió. Salga lo que salga de la consulta por la revocación de mandato no me iré antes de tiempo ni extenderé mi periodo presidencial.

—Pero a ver, ¿no te preocupa que el Partido Verde, que ha sido un partido bisagra, de repente empiece a chaquetear y se vaya con la oposición en busca de mejores prebendas que las que tú les concedes? —todo parecía indicar que se trataba de una entrevista parecida a un pliego de mortaja, un testimonio íntimo para cuando Lugo Olea ya no existiera. El experto en propaganda dejó pasar, por lo pronto, el tema del golpe de estado, eso que se lo crea su abuela…

—El Partido Verde se ha vendido con casi todos los partidos políticos de peso. Son, no lo repitas, unos auténticos mercenarios, hijos de la chingada, pero la gran ventaja, estimado y fino amigo, es que son nuestros hijos de la chingada, y mientras sean nuestros no me preocupa, además de que los llené de diputados plurinominales para que lucieran un gran poder político, pero de que son unos auténticos hijos de la chingada, la gran vergüenza de la democracia mexicana, no tengas la menor duda…

La carcajada de Ibarrola no pudo ser más sonora. Sí que el presidente tenía un sentido del humor seco y rudo. Claro, pensó para sí, yo prefiero que sea mi hijo de la chingada y no de otro… Cómo gozaba el mánager el ingenio y los puntos de vista prácticos del jefe de la nación.

—A otra cosa entonces, Toño. Para preparar la agenda mediática me preocupa el número de feminicidios, los homicidios dolosos, los muertos por la pandemia, la falta de vacunas, la economía, el crimen organizado, en fin —después de hacer una breve pausa para analizar el rostro del presidente, continuó cuidando sus pasos ante los conocidos ataques de ira de su interlocutor—. Yo tengo que adelantarme a los acontecimientos para poder defenderte, pero necesito elementos, ¿cuáles me das? Entiende, por favor, que si te hago estas preguntas no es porque yo no esté de tu lado, tú sabes muy bien que soy incondicional, solamente quiero línea para seguir trabajando, pero con mucha información para poder interceder en caso dado.

—Como tú dices, te cuento: ¿ves los homicidios dolosos, ves los niños con cáncer, ves los 250 mil muertos por el Covid? Es falso que sean 600 mil; ¿ves que estamos en el cuarto lugar mundial en la tragedia de la peste?; ¿ves que decrecimos económicamente casi 9%?; ¿ves que se desplomó el empleo?; ¿ves que no hay medicamentos?; ¿ves que se ha disparado el comercio informal?; ¿ves que la delincuencia organizada ha crecido exponencialmente?; ¿ves que dicen que somos el país más corrupto después de Togo?; ¿ves que el narco se ha apropiado del país?; ¿ves que se cayó la inversión extranjera?; ¿ves que ha subido la inflación? Ves, ves, ves y aquí me tienes disfrutando un 56% de aceptación y de aprobación, según afirma la mayoría de las encuestadoras, críticas por lo general en contra mía. Tengo 56% de aceptación a pesar de todo el desmadre. De modo que ¿de qué me preocupo? Es muy fácil gobernar este país…

Eugenio Ibarrola pensó para sus adentros: "La confianza mata al hombre y AMLO está muy confiado en que su pueblo lo adora hasta que de repente deje de adorarlo".

—¿Y el gabinete? ¿No te preocupa una renuncia en masa de tu equipo de trabajo porque no están de acuerdo contigo?

—Tú sabes que trato de no usar palabras altisonantes en público, pero a ti si te digo la neta, todos, salvo Carlos Ugalde, ese malagradecido de Hacienda, un malviviente, miserable sietemesino, saben perfectamente bien que a la primera respingada los mando a la chingada, que no es precisamente la libertad —explicó conteniendo una expresión burlona—. A muchos de ellos los tengo bien agarraditos porque saben que si se mueven les saco sus trapitos al sol, por lo tanto asisten muy peinaditos y dóciles a las Mañaneras y corren a mi encuentro cuando les trueno los dedos. ¿De cuándo acá hay dignidad entre los políticos?

La conversación entre el mánager y el presidente no podía ser más interesante. AMLO se abría el pecho como en muy pocas ocasiones.

—Si analizas la renuncia de Evo Morales —continuó Ibarrola—, sorprendente, por cierto, como recordarás, varias figuras muy importantes del Pentágono se acercaron con su secretario de la Defensa y le dijeron que hablara con el presidente Morales porque ya se iba, en tanto los militares bolivarianos gobernarían para nombrar un presidente interino en lo que se convocaba a elecciones. Morales renunció por presiones de Washington, ¿pero tú crees que con tantas facultades que le has dado al ejército te va a ser leal, sobre todo por los miles de gringos que mueren de sobredosis de fentanilo mexicano? ¿No te preocupa una visita de militares yanquis con nuestro secretario de la Defensa?

—Lo veo muy remoto. Evo se arrugó cuando le pidieron que se fuera. Él tenía que haber hecho un escándalo mayúsculo. Si fuera el caso, que nunca se dará por lo que te voy a decir a continuación, yo moriría heroicamente, como lo hizo en su momento Salvador Allende. A mí tendrían que sacarme de Palacio Nacional con las patas por delante, y en ese caso los gringos estarían creando un mártir, cuya causa duraría por muchos años. Si el Che Guevara se hubiera muerto de viejo nunca habría sido una figura, un ejemplo para los jóvenes. Si me matan me harían mártir, y si me hacen mártir las masas jugarán en su contra. Evo era una cosa y yo otra, espero que entiendan esta situación. Están como los francotiradores esperando cualquier movimiento extraño de su presa para dispararle y acabar con ella.

—Nos pueden dejar de vender gasolina o gas o granos todo lo que consumimos o disparar los aranceles al estilo Trump, ¿no crees?

—Lo que hagan ahora jugará en su contra, porque yo les echaré al pueblo encima y todo lo que lograrán será complicarse la vida. Disfrutemos estas vacaciones diplomáticas, mientras llegan las elecciones intermedias en Estados

Unidos. No creo que por el momento se nos vengan encima y esa situación me concede licencias muy importantes.

—¿Como qué licencias?

—Sí, por ejemplo, si se meten conmigo, yo retiro a los 30 mil guardias nacionales que están en el Suchiate, con lo cual les abro la compuerta a cientos de miles de centroamericanos, haitianos, cubanos, quienes llegarán a los Estados Unidos, en la inteligencia de que si algo no quiere Biden ahorita son problemas migratorios. Los republicanos lo harían papilla. No se metan con AMLO porque no se la acaban —concluyó jocoso mientras ordenaba una jarra de café.

—¿Y el foro de Sao Paulo para instalar el comunismo en México?

—La verdad es que subestimé a los mexicanos, nuestros paisanos, porque nunca estarían de acuerdo con la imposición del comunismo en México. Es un país completamente distinto al del presidente Cárdenas de hace 80 años. Lo que ha pasado en todo ese tiempo yo no lo entendí con la debida claridad. Ya te puedes olvidar del foro y del comunismo y no solo porque los gringos no estarían de acuerdo con un país comunista en su frontera, ya tuvieron suficiente con Cuba y Venezuela, sino por nuestros mismos paisanos, ni pensar en esa propuesta que tendríamos que imponer por la fuerza, con las bayonetas, con las armas, y yo no estoy dispuesto seguir ese camino ni tampoco ellos lo permitirían. El foro de Sao Paulo no hay cómo aplicarlo en México, ni hablar. Bueno, me interrogas más que un aduanero, como si supieras todos los temas que me duelen y sí que los conoces y sí que los dominas y sí que me duelen. Pero me gusta el jueguito…

"¿Quién habría comprado esos candiles que iluminaban el despacho presidencial con cientos de brillantes luminosos?", se preguntó Ibarrola. Aceptaba que Palacio Nacional tenía toda la dignidad y la herencia histórica para convertirse en un museo. En el fondo se dolía de que Lugo Olea hubiera cancelado la residencia oficial de Los Pinos, en donde también se les daba una recepción honorable y distinguida a las personalidades que la visitaban. ¿Quién se habrá chingado los muebles y los enseres de la residencia de los presidentes?

—Aquí entre tú y yo, hay palabras que materialmente me enferman, me hacen paté el hígado, destrozan mi equilibrio emocional y me matan —expresó el presidente con los ojos vidriosos.

—¿Cuáles son, tú?, para no pronunciarlas…

—Odio la palabra *utilidades*, odio la palabra *dividendos*, odio las palabras *capital humano*, odio las palabras *mercados libres*, odio las alianzas empresariales, odio a los tragadólares, odio a los tragapesos, odio a todas esas putas personas que todo lo que quieren en la vida es el dinero, un dinero que no se van a gastar nunca y que solo servirá para prostituir a sus familias. Menudo vacío el del dinero… ¿Para qué quieren tanto dinero? Son tan pobres que solo tienen eso, dinero, caray…

Ibarrola suponía que si se había respetado el pacto de impunidad era porque Villagaray y Pasos Narro conocían el patrimonio oculto de Lugo Olea después de profundas investigaciones, de modo que eso de que el dinero no le importaba, a otro perro con ese hueso; sin embargo, tenía que continuar la conversación sin que pareciera un crítico del presidente, sino un amigo que le ayudaría a resolver entuertos. Por esa razón dejó pasar ese argumento sin tratar de refutarlo, entre otros tantos más…

—A ver, otro tema, una nueva carta. ¿Qué harías con un gobernador bravucón que no estuviera de acuerdo con los recortes presupuestales y que iniciara un proceso de escisión de la República?

—Ya intentaron esa jalada el año pasado, querido Eugenio, y fracasaron… ¿Por qué crees que de 15 gobiernos ganamos 11 en las últimas elecciones? Porque a todos los teníamos agarrados de las partes. Además, si saliera un gobernador inconforme, yo buscaría la manera de crearle un problema local con sus adversarios o inventarle cualquier contingencia de las que te puedes imaginar. Para comenzar, les cerraría la llave de la lana o se las daría a cuentagotas para desquiciarlos… No tienen remedio: se someten o se chingan…

Ibarrola sacaba temas de las mangas o de los bolsillos del pantalón.

—Bien, buena respuesta. Me llama la atención que estallen pozos de Pemex, que de repente se incendien las instalaciones de las refinerías o haya muertos en las plataformas por explosiones o estallen ductos al robarse el combustible, o se caiga el metro en la Ciudad de México, transijo con todo eso, pero con lo que no puedo, lo que verdaderamente me desquicia y no sé cómo controlarlo…

—¿Qué, a ver dime? Me pones nervioso —respondió AMLO inquieto.

—Sí, Toño, con lo que no puedo y se me atraganta aquí en el gañote —expresó mientras se llevaba las manos a la garganta—, es que llegara a haber una explosión en la central nuclear de Laguna Verde, donde ya hubo un problema muy serio en septiembre del año pasado. No me quiero ni imaginar un desastre así, causaría millones de muertos. Ahí sí deberías gastar, ahí sí, perdón, deberíamos atraer a los mejores ingenieros del mundo, cueste lo que cueste, para que revisen las instalaciones antes de que un estallido acabe con medio país. Una cosa es que estalle un pozo marino en el Golfo de México y otra cosa muy distinta es que explote Laguna Verde y haya millones de muertos. ¿Qué me dices?

—No te alarmes. Me informaron oportunamente de unos desechos nucleares, pero ya pedimos ayuda y tenemos controlado el tema que a mí también me preocupa, sobre todo por la cercanía con mi estado. Debemos tener un gran cuidado y tomar todas las precauciones, porque una catástrofe nuclear en México sería verdaderamente devastadora. De modo que tranquilo, ya lo atendimos…

—Gracias, gracias, mil gracias, el tema no me deja dormir, serían millones de muertos y décadas para reparar los daños de las radiaciones —pero bueno, sabiendo que hablaba con un mentiroso profesional—, todos confiamos a

ciegas en ti, pero a ver, y el agua, ¿no te preocupa que 48%
de las presas del país se hayan secado tanto y que también
una sequía pueda producir daños enormes?

—No te angusties, la prensa mexicana se especializa en
asustar para vender más ejemplares, es escandalosa por naturaleza solo para ganar mucho dinero, ese miserable excre-
mento del diablo. No leas tanto los periódicos y mejor ven a
verme cuando tengas dudas y te cuento la neta…

—¡Va! —repuso Ibarrola—. Ahora dame explicaciones
para la oposición cuando alegue que violaste la Constitución
en la veda electoral…

—Traes grandes puntos a colación —contestó satisfecho
el presidente. Adoraba esas preguntas—. Lo primero es que,
si me quieren notificar una violación constitucional, tendrán que encontrarse con la Guardia Nacional en la puerta
de Palacio, y de ahí no pasarán. Ahora bien, si intentaran
notificarme en una gira, rompería el papelucho en su cara.
Soy el presidente de la República y, por lo tanto, intocable.
Ya sabes por dónde me paso las leyes, se los he demostrado
hasta el cansancio y no dejan de sorprenderse, parecen una
yunta de güeyes. ¿De verdad creen que yo le voy a pagar
una multa al INE o voy a hacer caso de una sentencia del
Tribunal Federal Electoral? Ya se pueden ir todos al carajo, al
igual que tu puta Corte Internacional de Justicia, ¿va a venir
a arrestarme? Ya, carajo, ya…

—¿Y el muro para que no pasaran las mujeres?

—No, puse el muro para que las mujeres, esas vándalas
que querían pintarrajear Palacio, no lo hicieran, y no sucedió nada, absolutamente nada. Es más, la mayoría votó por
Morea… No les creas, es más, a ningún mexicano le creas,
son mentirosos y escandalosos por naturaleza.

—Pero a ver, Toño, con la mano en el corazón, ¿cómo
lees la catástrofe electoral de la Ciudad de México cuando le
arrebataron a Morea 9 de 16 alcaldías? ¿Cómo lo entiendes?

—Es muy sencillo, querido amigo, tan pronto los capita-
linos empezaron a ganar más lana gracias a mí, y se metieron

billetes en el bolsillo, mandaron a quienes luchamos por los pobres a la fruta. Por eso siempre he dicho que es malo que la gente prospere, porque es malagradecida por naturaleza y tan pronto tienen feria se olvidan de ti, de ahí que sea muy importante que nuestro mercado electoral dependa de los pobres, porque con ellos lucras con su esperanza y te creen y esperan y sueñan, porque no tienen recursos; es más, son igualitos a la anécdota del burro y la zanahoria, porque el burro, al caminar, nunca va a poder alcanzar la zanahoria para comérsela, ¿lo entiendes? Mientras más dinero y más comodidades y más satisfactores tienen, menos van a querer saber de Morea, por eso nuestros mercados electorales son los de los jodidos, y mientras más jodidos haya, más votos tendremos, y mientras más votos tengamos, más tiempo nos quedaremos en el poder con todo y su puta democracia. Eso hicimos antes en el DF y por eso llevamos tanto tiempo en el poder. El camino es el de los pobres, por eso siempre dije que primero los pobres, porque a más pobres más nos pertenecerán y nos ayudarán en las urnas.

—Se te ha venido encima la prensa europea, la alemana, la francesa y la inglesa, bueno, muchas, lo sabes…

En ese momento AMLO lo interrumpió para preguntarle:

—¿No sería mejor que hablaras en plural?

—¿Cómo que en plural?

—Sí, que dijeras "se nos ha venido encima la prensa europea, se nos ha venido encima la alemana y la francesa y la inglesa, todas se nos han venido encima", en lugar de que uses la segunda persona del singular, como si ya no tuvieras nada que ver conmigo…

—Perdón, perdón, perdón, gracias por la aclaración. Se nos ha venido encima la prensa europea, la alemana, la francesa, la inglesa y en general la prensa yanqui, el *Washington Post*, el *New York Times*, entre tantos más…

—A ver, Eugenio —contestó el presidente como un buen padre de familia—, yo no le voy a enseñar al Papa a dar la bendición, pero dime, ¿cuántos de los millones de personas que votan por mí leerán la prensa europea o la gringa? ¿No es eso lo que tú siempre me dices? Esos diarios no tienen manera de llegarle a mi base, salvo que aceptes que esos pendejos puedan leer un periódico en alemán, en inglés o en francés para luego reclamarme algo. Por mí que digan misa, porque curiosamente, y en contra de todos sus pronósticos, la inversión extranjera en México no se ha desplomado y ha llegado mucha lana por las diferencias que tienen los chinos con los gringos. México es tierra fértil y no les preocupa la 4T. Cómo entenderás, Eugenito, a chillidos de marrano, oídos de chicharronero… Me tienen sin cuidado tus periodicuchos…

Todo parecía indicar que la conversación era un paso de comedia, porque al mismo tiempo que se oía la tonada de *La Adelita*, interpretada por un organillero que intentaba ganar unos pesos en el Zócalo, el presidente recurría a mexicanismos propios de quien había recorrido incansablemente el país en los últimos 20 años. Lugo Olea conocía como nadie el temperamento y las vivencias de sus gobernados.

—Otra baraja, otra carta —Ibarrola no se cansaba—: Recientemente han salido varios videos en los que te comparan con Hugo Chávez, y aciertan al afirmar que repites exactamente lo que dijo el comandante venezolano. Él decía: "Amor con amor se paga", y tú repetías lo mismo, o "estás con la revolución o estás contra la revolución" y tú declarabas "estás con la transformación o en contra de la transformación". Dicen que lo de la revocación de mandato es idea de él, al igual que expresiones como "el pueblo pone y el pueblo quita", o "hay que medir el Producto Interno Bruto de otra manera, como hacerlo tomando en cuenta el bienestar", ¿te alarma que te comparen con Chávez?

—Sí, sí repito lo que dijo Chávez. Ahí están las evidencias, son declaraciones para consumo popular, pero la gente que vota por mí ignora el origen de esas sabias palabras y cree que son mías. ¿Tú crees que no les gusta eso de que el pueblo pone y el pueblo quita? ¿Tú crees que la revocación de mandato no es una maravilla? Ya sé que la revocación no va a ser vinculante, pero millones van a votar por mí, aunque no tenga ningún sentido. Chávez era un genio, y a los genios hay que imitarlos con la debida discreción.

—Dicen, perdona que insista, que la consulta del 1 de agosto es inútil, es un absurdo, un pretexto tramposo, propaganda populista, y que además costará 500 millones de pesos, en lugar de que destines ese dinero a la compra de quimioterapias. Alegan que no se debe consultar si se aplica o no la ley porque esta debe aplicarse, ya que fue votada por la representación popular del Congreso de la Unión.

Lugo Olea no lo dejó continuar.

—Los ministros de la Corte inutilizaron la pregunta en el sentido de que se juzgara a los presidentes, la pregunta está completamente inutilizada, pero de cualquier manera nos va a servir, en la inteligencia de que no vamos a juzgar a nadie, pero vamos a volver a crear esperanza, y esa esperanza es la que nos mantiene en el poder por más que haya autores de quinta que me llamen ladrón de esperanzas. Qué más da, qué digan lo que digan... Odio a los analistas, odio a los críticos, odio a los periodistas, odio a la prensa internacional, odio a la oposición, odio a los empresarios, odio a quienes me critican, odio a quienes no me entienden, odio a los pobres que hay que alimentar como si fueran animalitos y a los ricos que solamente los mueve el dinero. Soy una víctima como también lo fue Jesús, amigo mío.

—Así es la política, presidente. En cada gobernado hay un traidor o un malagradecido, pero dime, ¿qué contesto cuando me pregunten acerca de los 20 millones de vacunas almacenadas que no se aplican y que nadie sabe dónde están?

—¿Qué les vas a decir? Es muy sencillo —contestó con su sonrisa evasiva que tanto irritaba a sus críticos—. Lo que les tienes que decir, Eugenio (ya sin querido Eugenio), es que todas son mentiras de los conservadores, de los neoliberales, de nuestros adversarios. Estamos vacunando a todo el país a más velocidad que en los Estados Unidos, pero eso no lo quieren ver. Diles que son mentiras. El que afirma está obligado a probar, y ellos no pueden probar absolutamente nada, embusteros, tramposos, francotiradores, asesinos de la democracia y de la evolución de los pueblos. Te juro que yo abriría de nueva cuenta la cárcel en San Juan de Ulúa, como hizo don Porfirio, para encerrar a todos esos periodistas miserables que confunden a la opinión pública. Solo que ya pasaron más de 100 años de esos eventos y siento que yo luciría muy mal si los encierro en ese lugar —en ese momento el presidente se detuvo para preguntar al experto en propaganda—: ¿Estarías de acuerdo en la repatriación de los restos de don Porfirio para darle una sepultura digna en su patria y no en Francia?

Ibarrola, que igual era de derecha que de izquierda, que del extremo centro, titubeó solo para agregar después de una pausa:

—Está bien que lo traigan de regreso sus familiares, es su derecho, pero eso sí, sin concederle ningún honor como a un ex jefe de Estado…

—¿Por qué sin honores, sin himno, sin velar sus restos en Palacio con la bandera tricolor sobre su pequeño ataúd? —cuestionó Lugo Olea.

—Después de todo fue un tirano, un líder político que llegó al poder por medio de un golpe de estado. El símbolo es pernicioso, presidente, el mensaje que incluye la aprobación de una dictadura podría ser complicado…

—Tal vez tengas razón, Eugenio, pero la repatriación me serviría para distraer a esta bola de pendejos de los verdaderos problemas nacionales… Está bien, lo pensaré e invitaré, llegado el caso, a los familiares, si es que no me odian…

—Ya casi termino, querido presidente —dijo al verlo cansado y ojeroso. No podía seguir sentado por su dolor de espalda—. Lo que dijiste en la Mañanera, que de 100 compromisos adquiridos durante la campaña ya habías cumplido con 98. ¿Qué hago si me piden una lista de esos 98? ¿Estamos en posibilidades de proporcionarla?

—¡Claro que no, Eugenio, por supuesto que no, desde luego que no, no la tenemos ni la tendremos! Diles que pidan la listita al Instituto de la Transparencia y que tú les harás llegar la respuesta tan pronto la tengas en tu poder. ¿Sabes cuándo la tendrás en tu poder? —preguntó con una gran sorna—. Nunca. Lo que importa es que quienes voten por mí crean que sí cumplí con los 98, a los fifís, a los perfumaditos, a los conservadores, a los neoliberales no tengo por qué explicarles nada, que hagan su solicitud ante el Instituto Nacional de la Transferencia o como se llame la chingadera esa...

—Lo que sí, ya me adelanté para garantizarles que la 4T no espía a nadie, porque no lo necesita, porque se conduce de acuerdo con la verdad, la honestidad y la autenticidad, no necesita manejarse por secretos ajenos...

—Hiciste muy bien, Eugenio, pero ahora que nadie nos escucha, te confieso que claro que espiamos y que sí investigamos, salvo que creas que la UIF o el SAT se están chupando el dedo, claro que escuchamos los teléfonos, claro que escrutamos el WhatsApp, el Twitter y claro que seguimos a las personas y claro que sabemos lo que hacen y claro que sabemos lo que hicieron los neoliberales y claro que repetimos en mecánicas a los neoliberales, solo que lo sabemos encubrir muy bien. Gran respuesta la tuya, pero claro que los secretos son mi fuente de mi poder. Yo sé lo que nadie sabe, y eso tiene aterrorizados a mis adversarios.

—Ya para despedirme, a título personal, perdona que insista, pero me preocupa que los niños no estén vacunados para evitar enfermedades como la difteria, el sarampión, las enfermedades de los pequeñitos. Si van a la escuela desprotegidos podemos crear una debacle en la infancia, y esa debacle podría tener otra extensión si los niños contagian a sus abuelos con enfermedades de las que ellos sobreviven, pero no así los mayores que habitan en su casa. ¿Verdad que todos los niños mexicanos que van a ir a la escuela presencial ahora ya fueron vacunados de acuerdo con la cartilla de vacunación?

—Claro que ya fueron vacunados, desde luego que lo están. ¿Cómo crees que nosotros íbamos a ahorrar dinero a costa de la salud de los niños? Hubiera sido un crimen sin precedentes. Los niños primero, son la parte más delicada y sensible de una sociedad, y por eso instruí al secretario de Salud para que no escatimara ningún esfuerzo para vacunarlos a todos. Si están diciendo que no están vacunados es otra vez porque quieren reventar mi gobierno y porque quieren exhibirme como un presidente cruel, como ya me calificó un escritor que publica pasquines. No lo soy. Adoro a los niños. Confía en que no va a haber ningún contagio en las escuelas y que en la entrada habrá siempre un líquido desinfectante, tapetes para evitar contagios y tapabocas de sobra para todos los niños de México.

Ibarrola se tragó la última respuesta, se mordió la lengua ocultando difícilmente su coraje, el presidente de la República era un auténtico embustero digno del máximo desprecio. ¡Claro que había ahorrado dinero con la salud de los niños y claro que había destruido el sistema educativo y con ello el futuro de la infancia! Claro que era un presidente cruel destruido por dentro, claro que sí, pero seguiría trabajando a su lado porque estaba buscando hacerse de una estación de radio para consolidar su grupo de negocios de entretenimiento. Al final de cuentas, él mismo le había aconsejado que en un país anestesiado y acobardado el embuste rendía estupendos dividendos. A nadie le caía mal una lanita si para lograrlo tenía que masticar vivo un ratón blanco previamente remojado en alcohol para evitar enfermedades…

Las muestras de la fatiga aparecieron en el rostro del presidente. Ya había sido suficiente. Cansado y harto de ocultar sus verdaderos sentimientos, frustrado porque la realidad estaba demostrando la invalidez de sus propios datos, sus mentiras recurrentes avergonzaban hasta a los suyos, la verdad se abría paso como la luz de la alborada, dolorido de la espalda, el jefe del Estado, puesto de pie, tomó del brazo a su querido colaborador Eugenio Ibarrola y lo condujo hasta la salida del despacho presidencial.

—A propósito, dos últimos puntos —cuestionó Ibarrola en el umbral de la puerta—: ¿ya tienes título para tu próximo libro?

—Sí, se va a llamar *A medio camino*, ¿qué te parece?

—Excelente, muy acertado, será un gran balance —aseguró el mánager a sabiendas que, a espaldas del mandatario, sin copas encima, no se cansaba de repetir que era la única persona que había escrito más libros de los que había leído.

—Sí, Eugenio querido, lo malo es que solo lo leerán o lo reelerán mis críticos, porque el pueblo no lee, se quedaría con la boca abierta al conocer todos mis logros, pero ni modo —concluyó con una inconfundible expresión de cansancio—. Ya verás cómo pongo al tribunalito electoral en relación con las elecciones que ganamos en Campeche, entre otros sonoros palos que nos han dado esos corruptos neoliberales, igualitos que los de INE; a todas esas ratas inmundas las voy a abrir en canal con una reforma tajante, no se vale...

—¿Listo también para tu informe...? —continuó Ibarrola en su interrogatorio a sabiendas de que tanto el Tribunal como el Instituto Electoral habían operado de acuerdo con la ley. ¿Cómo contradecirlo? ¿Quién se atrevía a pesar de que no contaba con la mayoría calificada para reformar la Constitución?

—¡Listo! —adujo con la intención de dar por cancelada la reunión.

—¿Te gustaría rendirlo en el Congreso de la Unión como en los viejos tiempos...?

—Ni muerto, con todas las curules que nos robaron los conservadores en la Cámara de Diputados, ya te podrás imaginar las rechiflas y las mentadas de madre, no, ni muerto... Saludos en casa, Eugenio.

Sabiéndose ya inoportuno el experto en redes y publicidad, alcanzó a aventurar un comentario final:

—A ver si no se te hace bolas el engrudo invitando a Putin y a Biden, aun cuando estén espaciadas las visitas, en el mes patrio.

—No te preocupes, Eugenio: El pájaro canta aunque la rama cruja, como que sabe el poder de sus alas…

Un choque fraternal de puños selló la despedida definitiva.

Santo Dios misericordioso —pensó el presidente de la República, en su soledad, mientras se asomaba por la ventana favorita de su despacho de Palacio Nacional, esa ventana por la que transcurría toda la vida de la República—, ¿por qué, sí, por qué me castigas si me he sometido, sin pretexto alguno, a tus designios y he cumplido tus santísimos mandamientos al pie de la letra? ¿Por qué estoy empantanado, desamparado, rodeado de enemigos y también de colaboradores que supuestamente me respetan, pero, en el fondo, me arrojan miradas de desprecio que esconden al entrar a mi oficina o disimulan durante mis conferencias o en mi vida diaria? La hipocresía se ha instalado en Palacio y mi equipo de trabajo se presta a jugar el baile de las mil máscaras. La verdad ya no sé con quién comparto mi vida, y quienes me rodean esconden sus odios para lucrar con un interés oculto. El capitán de un barco, bien lo sé, debe estar solo en el puente de mando y escuchar los puntos de vista de sus subalternos, pero al final del día, él decidirá lo más conveniente para los pasajeros y la tripulación. El ejercicio del poder no se comparte. Uno decide y otros obedecen para bien o para mal.

Nos ahogaremos, pero moriremos de pie, no de rodillas, porque somos patriotas… Como bien dijo José Martí: "Nuestro vino es amargo, pero es nuestro vino…".

En ese momento, al contemplar las danzas rituales mexicas interpretadas a un lado del asta bandera, entrelazó los

dedos de las manos atrás de la espalda y continuó sus reflexiones en hermético silencio:

No, no retrocederé aunque se trate de un suicidio
colectivo, no, carajo, no…

Odio a los fifís, aunque no se debe odiar al prójimo,
lo sé, pero los odio, Señor, perdóname, porque sin ellos,
debo aceptarlo con profundo dolor, cualquier esfuerzo
resultará inútil. Dependo de sus capitales como si me
persiguiera un maldito karma. Los detestables pirrurris
crean empleos y riqueza con su cochino dinero y, lo peor
de todo, mantienen a México, por lo que hasta los debo
estimular y respetar, a pesar de ser unos traidores que
cuando se llevan su lana, al robarse el tesoro nacional,
quiebran la economía, destruyen el bienestar, acaban con
los empleos, desploman la recaudación, desmadran el
gasto público y nos impiden satisfacer las necesidades de
los pobres. Cabroncitos, ¿no? Los fifís son una auténtica
mierda, discúlpame, Padre santísimo, porque si les tocas
un simple pelo contagian a medio mundo de miedo, y,
por si fuera poco, mil veces miserables, invierten en el
extranjero su riqueza creada en México, para beneficiar
con sus malvados fondos a otros países. Son unos malagradecidos, cómo no odiarlos si esos despreciables tragadólares son unos traidores, mira nada más, Señor, cómo
dejaron a Cuba y a Venezuela, no quedó nada de aquellas
espléndidas naciones… Solo date una vueltecita por ahí,
¿te parece bien…? Los fifís, escúchame, son *escrementos*
humanos, ¿*escrementos* o excrementos? Caray con las putas reglas de ortografía. ¿No sería una maravilla que no
existieran reglas de nada y para nada? Odio también las
reglas, odio todo lo que me limita, verdá de Dios que sí…

¿Y sabes qué es lo peor de todo?, lo confieso ante
tu suprema potestad divina. Yo ignoraba lo dicho anteriormente cuando me lancé por la presidencia. Estuve
equivocado siempre. ¿Por qué no me sacaste a tiempo

del error, ¡oh, Señor mío!, y permitiste que me estrellara? Demonios, ¡ay!, perdón, perdón, perdón…

¿Tú crees que la única industria que ha prosperado en mi gobierno es la del despojo porque prevalece el asalto, el secuestro, la extorsión y los embargos fiscales? ¿Lo crees…? ¿Crees que despojé a los pirrurris de una parte de su patrimonio porque supuestamente ellos sí pagan impuestos, eso sí, los que se les dan la gana, sin recibir a cambio ni la salud, ni la educación, ni la seguridad pública esperadas? ¿Crees que entre la 4T y la delincuencia despojamos a la sociedad de la paz y de la certeza jurídica? ¿Los despojamos de todo? ¡Carajo! ¡Cómo se ve que no tienen nada que hacer más que contar sus asquerosos billetes!

Los pensamientos destructivos le arrebataban la tranquilidad al jefe del Estado Mexicano y los sentimientos se le atoraban en la garganta. Le costaba trabajo confesarlo, de hecho, jamás lo haría, pero en el fondo, los pirrurris, los dueños del dinero, según él, eran blancos, en tanto las masas de piel oscura, las subordinadas, habían sido históricamente explotadas. A ver quién era capaz de encontrar a un fifí indígena. ¿Quién? Veía a los capitalistas como a los nuevos conquistadores que se habían apoderado de la nación y por ello odiaba la habilidad, los conocimientos y la inteligencia de quienes eran superiores académica e intelectualmente a él mismo y a la gente de a pie. Había que acabar con ellos, declararles, si se pudiera, una guerra sin cuartel, echarlos de México para que nos dejaran en paz… ¿Pero qué país nos heredarían en su fuga?

Es falso que mi República amorosa —continuó pensativo con los labios torcidos— sea una república violenta, en donde mueren niños y adultos por falta de medicamentos, asesinan a hombres y mujeres, el narco se ha apropiado del país y la gente ya no sabe si al salir a trabajar regresará sana y salva a su casa. ¿No es una canallada? Que en la República amorosa existe la guerra sucia, sí, pero yo no la comencé. Soy inocente de cualquier cargo. Los daños son heredados de gobiernos inútiles y corruptos y a mí, por mala suerte, se me vino a morir el niño en los brazos. ¿Lo sientes justo, Señor? ¿De qué me culpan?

El rostro del presidente aparecía demudado. Sus ojeras estaban incomparablemente más pronunciadas que cuando tomó posesión. Sus mejillas se escurrían flácidas como las de un anciano, en tanto la piel del cuello caía como otra señal de su envejecimiento prematuro, también visible en su mirada opaca, antes cargada de energía y de esperanza. El lenguaje de su cuerpo era inconfundible. Se trataba de un hombre agotado y acabado, roto por dentro.

Su rostro se iluminó al recordar a Emiliano Zapata cuando se negó a sentarse en la silla presidencial, en Palacio Nacional, porque estaba "embrujada", según le comentó a Pancho Villa, ya que cualquier persona buena que se sentara en ella, a juicio del Caudillo del Sur, se convertiría en mala… Por esa razón AMLO la había mandado a "desembrujar" con los chamanes, ante quienes se arrodilló el día de su toma de posesión envuelto en una humareda de copal, solo que el "desembrujo" no había funcionado porque él se había convertido en una mala persona, en un pésimo presidente, el que más daños había ocasionado a la nación en los últimos 150 años, según denunciaban los odiosos neoliberales…

¿Te imaginas, Dios mío, y yo deseando que me reverenciaran como a un Huey Tlatoani, como cuando me dieron un baño de incienso en el Zócalo los adoradores de Quetzalcóatl, de Caoatlicue y de Huitzilopochtli?

Uno a uno su mente narcisista incapaz de aceptar errores pasaba lista en doloroso detalle de sus deberes y de sus haberes.

Señor, Tú que todo lo sabes, perdona que me dirija a Ti en la segunda persona del singular, pero te confieso con el corazón sangrante que no puedo dar marcha atrás, no, imposible desdecirme de la justificación de mi existencia. Me irritó, me perturbó, me descompuso cuando los intelectualoides de chisguete de este país me descalificaron como interlocutor ante el rey de España al recordar mi origen olmeca. ¿No te parece, Señor, una gran chingadera que, al no nacer en Tenochtitlán, al ser olmeca, tabasqueño de corazón, y no mexica, me excluyan del diálogo, cuando todos éramos iguales? ¿No? ¿No constituíamos una amorosa familia de indígenas con todo y los sacrificios humanos de los tenochcas?

AMLO movía la mandíbula inferior de un lado al otro con una intensa expresión de malestar. Soportaba una enorme catarata de reflexiones que se precipitaban sobre su mente descontrolada.

Los mexicanos y el mundo entero deben saber que Tú me encargaste salvar a este pueblo jodido y no lo he logrado ni con tu Santa ayuda. Lo siento, he fallado. Te he fallado, me has fallado, con todo respeto, porque siempre no me funcionó aquello de pase lo que pase, llueva, truene o relampaguee, me canso ganso, no, pero con la obediencia que Te debo, continuaré gobernando de acuerdo con la sagrada ruta que Tú me trazaste y me moriré en la raya, aun cuando me vaya directo al precipicio con 130 millones de personas. Sé que me amas y quieres lo mejor para mí, pero estamos fallando en mi juramento de llegar a ser el mejor presidente de México. Lo juré, Señor, lo juré, pero cada día está más difícil lograrlo porque no nos entienden, Señor, no nos entienden y tendrás que perdonar a estos malagradecidos, o tal vez merezcan otro calificativo un tanto más agresivo, bola de cabrones…

La lluvia empezó a mojar la ventana de su oficina. La gente corrió a guarecerse. En un momento la plaza quedó vacía, salvo algunos peatones que caminaban cubiertos por un paraguas.

Me vale madres, pero no admito que quitarles a los ricos para darle a los pobres sea como querer acabar con los genios para que haya menos pendejos. ¿Verdá que no? ¡Sácame de las dudas, Tú que todo lo sabes!

En ese momento, abrió las piernas, puso los brazos en jarra y giró la cabeza para encontrar una bandera tricolor guardada en una lujosa vitrina.

¿Verdá, insisto, que no seré castigado en el más allá por haber sido aspiracionista en mi vida, porque nací muy pobre en Tabasco y hoy vivo en el palacio más importante y lujoso de México? ¿Verdá que no tenía que haber permanecido jodido toda mi vida? El esfuerzo debe tener sus debidas recompensas...

Querido Padre Celestial, si a Fidel Castro la historia lo absolverá, ¿por qué no habrá de absolverme a mí, siempre y cuando me eches una manita de tu Santa Gracia, porque, como sabes, siempre actué de buena fe y, por lo tanto, no estoy moralmente derrotado? Juntos estamos haciendo historia al moralizar la vida pública de México, al imponer la "Honestidad Valiente" para erradicar la cleptocracia y la mafiocracia. Ante Ti, Señor, insisto que tendríamos un país de rateros si millones de mexicanos hubieran estudiado en Harvard o en el extranjero, ¿no es cierto...?

Entonces se introdujo el dedo en el oído para extraer rastros de cerumen que le provocaban comezón. Una vez concluida la operación y salvado del malestar, se limpió la extremidad en la bolsa derecha de su pantalón.

AMLO tomaba aire, inhalaba al entrar en terrenos complejos inmanejables para él. En todo caso, buscaba elementos para que el peso de la culpa no lo aplastara.

Ya no creceremos económicamente por la pandemia, claro que por la pandemia, solo que mi flaco de oro, nada de doctor muerte, sabrá combatirla con su reconocida eficiencia. Pero ¿quién se atreve a culparme? ¿Yo importé la enfermedad? ¡No!, ¿verdá? Si entregara un país hecho jirones, eso sería, llegado el caso, por culpa de quienes me rodean, porque de sobra sabes que soy un hombre de palabra, de intenciones sanas, y si aumentaron los pobres es porque no saben hacer nada ni pueden valerse por sí mismos, la neta, son cargas de plomo sobre las alas del águila nacional. Tú dirás qué debo hacer para ganarme un lugar en el Paraíso si todo lo que me interesa de ellos son sus votos el día de las elecciones.

El ciudadano presidente de la República inhalaba y exhalaba lentamente al contemplar el techo, sin detener el alud de pensamientos obsesivos.

El pueblo bueno y sabio no me concedió la mayoría calificada en las urnas, pero eso sí, trataré todavía de pasar por encima de la voluntad popular que se reduce a comprar un buen número de priistas dispuestos a vender su curul para reformar la Constitución o promulgar una nueva, pero si no lo logro, entonces ¡al carajo con mi querida 4T! Lo confieso: estaría perdido. Se acabaría la 4T junto con mi gobierno. Con la democracia no pude ni podré. Me quedé sin el apoyo de la Corte por el traidor de su presidente, perdí el control, como te dije, del Congreso, del Tribunal Electoral, de los jueces federales y sus putos amparos, para ya ni hablar del INE. ¿Ves, buen Dios?, quedaría sin un triste perro que me ladrara. En las Mañaneras, Tú lo sabes por mis oraciones nocturnas, ya no sé ni qué inventar para distraer al pueblo y sueño con que una muchedumbre va a orinarse en mi tumba… ¡Carajo, Señor, no lo permitas, para eso *inventastes* el Infierno, ¿no…? Haz que los incineren allá.

De un tema pasaba al otro con gran rapidez, la mejor manera de probar un creciente estado de ansiedad. Le resultaba imposible ocultar su malestar, su destrucción anímica, fácil de comprobar en sus ademanes, en su lenguaje, en su mirada, en sus desplantes.

Pero algo sí te pido encarecidamente, querido santo Dios, este sí, favor de favores, ayúdame a defender el peso como un perro, pero no al estilo de López Portillo… Ya me aprendí de memoria aquello de que un presidente que devalúa se devalúa, y yo no quiero dar marcha atrás en mis doctrinas o principios económicos ni someterme a los caprichos de mi tercer secretario de Hacienda, pero tampoco quiero devaluar, no, no y no, *plis*… Ayúdame a no tener que pasar por la vergüenza histórica de haber tenido diez secretarios de Hacienda y devaluaciones que acabarán destruyendo mi imagen histórica, porfa, ¿no…? ¿Qué te costaría si Tú todo lo puedes y logras? Envíame un ángel celestial de consejero financiero, aunque sea neoliberal… ¿Va? ¿Sí?

AMLO cerraba los ojos como si fuera a quedarse dormido de pie. La fatiga era evidente. Él se sabía acabado, maniatado, pero jamás confesaría su derrota, y de llegar a hacerlo, invariablemente culparía a terceros del desastre: él siempre luciría inocente de todo cargo.

De nada me servirá haber comprado la lealtad del ejército, como me lo recomendó Chávez y me lo confirmó Maduro, para eternizarme en el poder. No echaré mano de la fuerza para mantenerme en la presidencia, y no porque no me muera de ganas, bien lo sabes, la realidad es que es imposible. México, ya lo entendí, ¡oh, Padre Nuestro que estás en el cielo!, no es Venezuela ni Cuba. Los mexicanos maduraron horrores desde la expulsión del gran Porfirio del país el siglo pasado. No sería tan fácil instalar una dictadura en México, porque mis paisanos, Señor, lo he comprobado en estos más de dos años, son de mecha corta y mi querido pueblo no integra un rebaño de corderitos dóciles, no, ¡qué va!, porque Tú sí sabes cómo me reciben en mis giras con sonoras mentadas de madre, Tú perdonarás, al extremo de que a veces no me dejan ni bajarme de mi coche para explicarles. Se niegan a escucharme en los pueblos y ciudades, y por lo visto solo desean que me regrese por donde llegué. ¿Tú le ligas…? Dime, Padre del Hombre, ¿por qué la gente está tan encabronada?, ¿por qué…? Si intentara reelegirme o aumentar mi mandato tan solo un par de años más, me sacarían de Palacio a guamazo limpio y la verdá, la neta, ni con Tu santa ayuda le entraría, no, ahí sí no, confío en Ti, pero esa decisión sería suicida y yo pagaría los platos rotos aquí en la tierra, por más que mis soldados coman de mi mano y los haya llenado de dinero…

De pronto, agachó la cabeza, por alguna razón contempló sus zapatos perfectamente boleados para intentar escapar a un mensaje doloroso, tal vez el más agresivo de todos. Imposible olvidar cuando se los ensució a propósito para recibir a la señora Kalala o como se llamara la pinche vieja esa…

Sé, Dios mío, que si lo intentara perdería la reelección. ¡Ay, dolor, ya no me duelas tanto…! Si ves las elecciones y mi consulta como un conjunto de referéndums para conocer la opinión pública, en los comicios de 2018, pon atención, gané con 30 millones de votos, y en las intermedias de 2021, Morea, sin aliados, obtuve menos de 18 millones, ¡horror!, y en la consulta para juzgar a los presidentes captamos 7 millones, a pesar de los chanchullos que organizaron los muchachos por su parte... ¿Eso significa que de 30 ya únicamente 7 millones me apoyan? ¿Sí...? No, carajo, no, Señor, ayúdame, es un negro vaticinio, ¡oh, Dios...! ¿Qué será de mí y de mi movimiento durante la revocación de mandato y en 2024? ¿Cómo hacer para quedarme en Palacio, aunque pague una rentita como cualquier inquilino? Vivir aquí es inolvidable, lo juro por Ti...

En ese momento, a saber por qué, se vio tirado en una hamaca en La Chingada, su rancho, como si ese fuera a ser su destino... Desesperado, continuó con su interrogatorio al Señor:

¿Verdá que soy el político del futuro, el estadista que México necesita para dirigir un país joven, que no soy un anciano caduco que gobierna con principios y reglas del pasado? Tú, Dios mío, ¿sí venderías gas de puerta en puerta, a la antigüita? ¿Qué hacer con estos fifís agiotistas como los gaseros de hoy? Pero a ver, júzgame desde las alturas, Señor, ¿verdá que no tiene nada de malo comer con la señora Guzmán y con el Chapito en su tierra, un sensacional aguachile, un buen chilorio, unos tamales barbones, unas enchiladas del suelo y unos chiles rellenos de jaiba? Pero ya ves, haga lo que haga generaré un problema en este país de eternos inconformes... Ya *vistes* el escándalo que armaron cuando lamenté que el fentanilo estuviera desplazando a la amapola. ¿De qué va a vivir la gente, Tú...?

Con las manos metidas en los bolsillos del saco, como si se preparara para lo peor, concluyó sus reflexiones negando con la cabeza.

No, no puedo devolverles la vida a los muertos por el Covid, ni a las decenas de miles de hombres y mujeres asesinados, ni aparecer a los desaparecidos, ni revivir a los miles de niños muertos por cáncer, —pensó con algún pesar un tanto cuestionable y dudoso…—. No puedo revertir la historia ni pedirles a los gringos que nos regresen los miles de millones de dólares que les pagué por adelantado para cancelar el aeropuerto, ni puedo reducir el precio de la gasolina ni aumentar la producción petrolera porque estoy rodeado de imbéciles, que confunden el *flow cash* con el *cash flow* o como se diga, la madre esa… Al diablo con todos aquellos que me critican porque, a su juicio, destruyo todo sin construir nada a cambio, solo daño y destruyo por destruir, que solo soy un agitador social… Cabrones, ¿no?

Golpeándose una mano contra la otra, continuó con el rostro descompuesto por la frustración…

No, no puedo volver a instalar el Seguro Popular ni las estancias infantiles, ni detener la construcción del Tren Maya ni la del aeropuerto Felipe Ángeles ni la refinería, ni puedo darles trabajo de golpe a 4 millones de mexicanos que cayeron en la pobreza ni quiero pasarles la mano por el hombro a los inversionistas extranjeros y nacionales para darles confianza, salvo que me retraiga de todo lo que he dicho, y eso jamás lo haré. Disparé un escopetazo en una plaza pública y se espantaron las palomas, y ahora pasará mucho tiempo antes de que vuelvan a sus nidos. ¿Cómo las convenzo? ¿Qué sería de mí y de mi imagen histórica, si cancelara el Banco del Bienestar, intentara revivir los fideicomisos públicos, para lo cual ya no tengo dinero, vendiera los estadios de beisbol, promoviera las energías limpias, eliminara la cartilla moral, dejara Palacio Nacional convertido en museo, me fuera a vivir a Los Pinos, reactivara las Guardias Presidenciales y usara el avión presidencial? ¿Para atrás los *filders*? No, no puedo dejar de mentir, entiéndelo, Señor, dejar de promover la división ni del enfrentamiento entre mexicanos porque eso es lo que precisamente desean las bases que me sostienen, ni voy a pedir la renuncia de mi gabinete integrado por inútiles, pero que me son leales: no puedo cambiar la ruta ni dar marcha atrás. Mi sentido del honor me lo impide, compréndeme, por lo que más quieras —el presidente se restregaba los ojos como si saliera de una pesadilla—. No puedo renegar de mis históricas decisiones. No quiero ser víctima de la angustia, una mala consejera, y expropiar la banca u otras empresas, tal y como lo hizo López Portillo, ni expropiar a lo loco terrenos, fincas y haciendas de último momento, al estilo de Echeverría, además de pelearse a muerte con los empresarios del norte y acabar totalmente mareado al tratar de convertirse en el líder del Tercer Mundo. Cada día también pierdo más control personal, lo admito, Tú lo sabes y lo compruebas en cada momento cuando mis colaboradores hacen como que me obedecen, pero en el fondo me desprecian. Lo sé, lo sé, lo sé todo…

Cuando se cayó la línea 12 del metro, porque eso sí, se cayó solita, me vi sentado en un caballo al revés, sin silla ni albardón, agarrado de la cola de la bestia, mientras mis adversarios le asestaban un latigazo en las ancas… De que me la voy a poner, me la voy a poner… Ya no tengo oportunidad de recuperar el tiempo perdido, salvo que siga los muy afortunados ejemplos de Juan Domingo Perón e Isabel Martínez de Perón, además de Néstor y Cristina Kirchner, en Argentina. ¿Por qué no intentar que Brigitte, mi adorada esposa, me sustituya en el cargo y yo sea el poder atrás del trono que dirija este país seis años más? ¿Me ayudarías, Señor? Si los argentinos pudieron, hagamos la lucha con los mexicanos, ¿ok?

Trató de volver a su escritorio, a leer tal vez la prensa, pero desistió de la idea para no envenenarse aún más la sangre. Permaneció erecto, de pie, con la cabeza erguida, contemplando la enorme bandera con las manos en los costados, como si escuchara el Himno Nacional por última vez.

Me duele confesarlo y abrirme Contigo, Señor, porque sé que me amas, pero no, nunca terminaré mi Tren Maya, ¡nunca!, me duele, pero no, no lo terminaré, es imposible, como tampoco operará como lo deseé, mi aeropuerto Felipe Ángeles, no solo por la falta de recursos, sino porque ahora resulta que sería más pequeñito que el de Guadalajara, el de Tijuana y el de Cancún, o sea, no servirá para nada... A ver, ¿en quién confiar...? Si la pista más grande de mi aeródromo la orientaron estos pendejos con las nalgas, aunque no lo creas, Dios mío, en dirección a una montaña que existe desde hace buen rato, según me dicen, y en esa estúpida ubicación, ¿cómo despegarán y aterrizarán los aviones? ¿Me explicas? ¿A quién se le ocurre? ¿Pensaban acaso que yo imaginaba un centro de lanzamientos de cohetes? Mis ingenieros han de haber estudiado en Harvard...

AMLO insistía en golpearse la palma de la mano con el puño de la otra y viceversa. La desesperación era palpable.

Tendré que seguir endeudando al país e hipotecando el futuro de México, aunque digan que mis obras no tienen sentido financiero ni operativo. Seguiré pidiendo prestado hasta el infinito y que pague quien tenga que pagar en el momento en que tenga que pagar y con lo que le alcance para pagar, ese no es mi problema, como dijo Quetzalcóatl: "después de mí, el diluvio". Se trata de terminar mis proyectos históricos y me vale madres lo que piensen los que piensan...

Te pido, ¡oh, Señor mío!, que no te compadezcas de quien me suceda en la presidencia... Sé que heredaré un caos, pero no te compadezcas de mi sucesor ni lo ayudes para que vea lo que se siente... ¡Ilumíname en lo que me falte de recorrer de este camino cubierto de pétalos, pero que conduce al Infierno! ¡Ayúdame, Padre Eterno, Padre Celestial, Santo Dios Inmortal, a que me sea fácil encarcelar a mis opositores para dejar abierto el camino a quien yo decida en 2024, si es que el pueblo no llega a pedir que me mantenga indefinidamente en el cargo en el que Tú me instalaste en nombre de Tu santa gracia! ¿Me ayudarás, como lo has hecho con notable éxito en Nicaragua? ¿Por qué Ortega y su esposa y no yo con la mía, sobre todo porque soy Tu consentido? Apiádate de tu amantísimo hijo…

A continuación, con ambas palmas de las manos para hacer más efectiva la plegaria, continuó en sus reflexiones:

Empiezo a dudar que la Virgen de Guadalupe proteja a los mexicanos, más bien la veo aparecer al lado de Biden, lejos, muy lejos, en la Casa Blanca. A medio camino ya ha acabado mi gobierno y todo lo que sigue será ruina, decepción y violencia, a menos de que yo cambie, y no cambiaré, no me traicionaré porque soy la verdá absoluta que Tú me has inspirado… Porfa: haz que los narcos se porten bien, mucho mejor que en las elecciones del 6 de junio. A ellos ya tampoco los controlo, me di cuenta en estos días en Badiraguato, Sinaloa, son muy tercos, pero Tú sí podrías. ¿Ayudarías a mi sucesor? Di que no, no lo ilumines… En el fondo, todavía no acabo de entender o de apreciar los auxilios que debo haber recibido de Tu parte… Por el momento, aún no los veo por ningún lado, pero deben aparecer en el futuro. Obviamente no me atrevería a reclamarte nada porque con Tu infinita sabiduría sabrás por qué te negaste a que yo instalara en México una dictadura comunista… Tú sí sabes lo que haces y yo, integrante de Tu sagrado rebaño, debo callar y obedecer.

En ese momento crucial sacó un escapulario de la bolsa de su pantalón, el más efectivo de sus detentes, el Corazón de Jesús está Contigo, inclinó la cabeza, mientras le escurrían unas gotas de llanto por sus mejillas. Todo parecía indicar que elevaba una plegaria genuina, sentida. Imposible mentirle al Señor:

Santo Dios de los mortales, por favor, si escuchaste las plegarias de Hugo Chávez y Te lo llevaste para toda la eternidad y lo ayudaste para que no presenciara el desastre de la Revolución Bolivariana, entonces, Dios mío, si aceptas que Te he sido fiel y leal, hazme el favor de venir por mí. Recógeme para sentarme junto a Ti, a un lado de Tu trono de nubes, pues no quiero vivir ni un segundo más para constatar, con insoportable dolor, en qué se convertirá mi soñada e idolatrada Cuarta Transformación. Evítame, si me quieres, el hecho de padecer la tragedia de mi fracaso, del sueño de mi vida…

Señor, Padre Celestial: auxíliame en este momento tan terrible de mi existencia, en el que solo la muerte me puede dar una salida digna en este país que nunca nos comprendió… Por lo que más quieras, llévame Contigo lo más pronto posible, Te lo ruego, Te lo suplico, ¡oh, Dios mío! ¡Estoy listo! Yo los perdono a todos para tener acceso al Paraíso…

Al concluir agregó:

Soy uno tirano, sí, lo acepto. Lo soy porque México, un país desorientado, ignorante y corrompido requiere de una mano dura, al ser los mexicanos hijos de la mala vida, un rebaño descarriado que se extraviaría sin una férrea conducción. Ayúdame entonces, amadísimo Dios, a irradiar la luz que proviene de tu Santo Espíritu, aléjame de la corrupción, de la envidia, de la rivalidad, del rencor y de la ira. Escucha mi oración, ¡oh, Señor

Jesús!, porque en mis fuerzas no está poder resolver mis conflictos, en cambio cuando eres Tú el que actúa en mi vida, bien podrías auxiliarme, si quisieras, a convencer a mis compatriotas de que no estoy roto por dentro, no, no lo estoy, Tú lo sabes mejor que nadie, ¿verdá que me crees?, pero eso sí, ante Ti acepto, con todo el dolor de mi corazón, ¡ay, de mí!, que heredaré un México roto, absolutamente roto...

Queridos lectores:

Estén muy atentos porque la próxima entrega será la última de esta trilogía de ficción política, escrita en tiempo real. Finalmente, conoceremos los destinos de los personajes y se cerrarán varios asuntos que aquí han quedado en suspenso. Por ejemplo:

- ¿Martinillo recibirá el apoyo necesario para hacer de su campaña un éxito?
- ¿Juanito triunfará en su cometido binacional, convenciendo a los chicanos de condicionar sus remesas al voto contra Morea?
- ¿Qué otras estrategias y trucos tendrá, bajo la manga, Alfonso Madariaga para intervenir en el destino de México?
- ¿Reaparecerá Yanira en la vida de Juanito?
- ¿Regresará Sofía a los brazos de Martinillo?
- ¿Villagaray y Pasos Narro podrán continuar con su impune tranquilidad?
- ¿Roberto Abad se las verá con la justicia?
- ¿Cuáles serán los nuevos compromisos que Antonio deberá hacer con Estados Unidos, con Biden?
- ¿Cómo reaccionará Lugo Olea frente a la realidad de un México roto: cientos de miles de muertos a causa del Covid, pobreza, desempleo, homicidios, feminicidios…
- ¿Eugenio Ibarrola podrá contener la percepción de que todo es un desastre?
- ¿AMLO encontrará a un candidato "digno" para sucederlo? ¿Candidata?

Tengan confianza en que, tan pronto las haya, esta casa editorial les dará noticias sobre esta obra por todos los medios a su alcance.